BESTSELLER

Robert Harris nació en Nottingham, Reino Unido, en 1957 y se licenció en la Universidad de Cambridge. Ha trabajado como reportero de la BBC, ha sido responsable de la sección de política del *Observer* y columnista de *The Sunday Times*. En 2003 fue nombrado Columnista del Año en los British Press Awards. Es autor de las novelas *Patria*, *Enigma*, *El hijo de Stalin* y *Pompeya*, así como de cinco obras de ensayo. En la actualidad vive en Berkshire.

Biblioteca
ROBERT HARRIS

Pompeya

Traducción de
Fernando Garí Puig

DeBOLSILLO

Título original: *Pompeii*
Diseño de la portada: Departamento de diseño de Random
 House Mondadori
Ilustración de la portada: © Glenn O'Neill

Primera edición en U.S.A.: enero, 2006

© 2003, Robert Harris
© 2004, Grupo Editorial Random House Mondadori, S. L.
 Travessera de Gràcia, 47-49. 08021 Barcelona
© 2004, Fernando Garí Puig, por la traducción

Printed in Spain – Impreso en España

ISBN: 0-307-34811-3

Distributed by Random House, Inc.

A Gill

Nota del Autor

Los romanos dividían el día en doce horas. La primera, la *hora prima*, empezaba con la salida del sol. La última, la *hora duodecima*, finalizaba con el ocaso.

La noche se dividía en ocho guardias: *Vespera*, *Prima fax*, *Concubia* e *Intempesta*, justo antes de medianoche; *Inclinatio*, *Gallicinium*, *Conticinium* y *Diluculum*, después.

Los días de la semana eran Luna, Marte, Mercurio, Júpiter, Venus, Saturno y Sol.

Pompeya transcurre a lo largo de cuatro días.

La salida del sol en la bahía de Nápoles, en la cuarta semana de agosto del año 79 d. C., se producía alrededor de las seis y veinte de la mañana.

La superioridad norteamericana en todos los ámbitos de la ciencia, la economía, la industria, la política, los negocios, la medicina, la ingeniería, la vida social, la justicia y, naturalmente, la militar, era completa e indiscutible; incluso los europeos que sufrían los dardos del chovinismo herido contemplaban con pasmo el brillante ejemplo que Estados Unidos había puesto ante los ojos del mundo al comienzo del tercer milenio.

TOM WOLFE, *Hooking Up*

En todo el mundo, no importa bajo qué punto de la bóveda celeste, no hay una tierra tan bendecida con los logros de la naturaleza como Italia, la gobernanta y segunda madre del mundo, con sus hombres y mujeres, sus generales y soldados, sus esclavos, su preeminencia en las artes y oficios y su multitud de brillantes talentos...

PLINIO, *Historia natural*

¡Cómo podemos dejar de admirar un sistema de suministro de agua que, en el primer siglo de la historia, abastecía la ciudad de Roma con bastante más agua de la que recibía Nueva York en 1985!

A. TREVOR HODGE,
Roman Aqueducts & Water Supply

MARTE

22 de agosto

Dos días antes de la erupción

Conticinium

(04.21 horas)

Se ha hallado que existe una estrecha relación entre la magnitud de las erupciones y la duración del intervalo previo de reposo. Casi todas las mayores erupciones de la historia se han producido en volcanes que han estado durmientes durante siglos.

JACQUES-MARIE BARDINTZEFF
y ALEXANDER R. McBIRNEY,
Volcanology

Dejaron el acueducto dos horas antes del amanecer y, a la luz de la luna, ascendieron las colinas que dominaban el puerto: seis hombres en fila india, con el ingeniero a la cabeza. Él los había arrancado personalmente de sus camas —un montón de caras hoscas y legañosas y de extremidades entumecidas—, y en ese momento los oía rezongar y quejarse a su espalda porque las voces resonaban en el tibio y quieto aire de la madrugada.

—¡Qué tontería de misión! —masculló alguien.

—Los niños deberían quedarse en casa —comentó otro.

Avivó el paso.

«Dejemos que protesten», se dijo.

Ya empezaba a notar que se avecinaba el calor de la mañana, la promesa de un nuevo día sin lluvia. Era más joven que la mayoría de los miembros de su equipo de trabajo, y más bajo que todos ellos: una figura compacta y musculosa de cortos cabellos castaños. Los mangos de las herramientas que llevaba a la espalda —una pesada hacha de bronce y una pala de madera— se le clavaban en la bronceada piel de la nuca. Aun así, se obligó a estirar las desnudas piernas todo lo posible, trepando rápidamente de punto de apoyo en punto de apoyo, y solo cuando hubo llegado a una buena altura por encima de Miseno, donde el camino se bifurcaba, dejó caer su carga y esperó a que llegasen los demás.

Se secó el sudor de la frente con la manga de la túnica. ¡Qué cielos tan brillantes y febriles tenían allí, en el sur! Incluso faltando tan poco para el alba, la gran bóveda estrellada se extendía hasta el horizonte. Divisó los cuernos del Toro y el cinturón y la espada del Cazador; allí estaba Saturno, y también el Oso y la constelación que llamaban «del Vinatero», que siempre se alzaba para César el veintidós de agosto, tras el festival de Vinalia, y señalaba que había llegado la hora de la vendimia. La próxima noche habría luna llena. Alzó la mano contra el cielo y sus chatos dedos se recortaron como nítidas manchas negras sobre el fondo de estrellas. Abrió la mano y la cerró varias veces, y por un momento tuvo la impresión de que él era la negrura y el vacío, y que toda la sustancia se hallaba en la luz.

Desde el puerto, más abajo, le llegaron los chapoteos de unos remos mientras la lancha de vigilancia bogaba entre las trirremes ancladas. Las amarillas luces de las farolas de unas barcas de pesca parpadeaban en plena bahía. Un perro ladró y otro contestó. Luego le llegaron las voces de los trabajadores que ascendían penosamente: el áspero acento local de Corax, el supervisor, «¡Mirad, nuestro nuevo aguador está saludando a las estrellas!»; y los esclavos y los hombres libres, por una vez iguales y unidos en su resentimiento, jadeando y riendo por lo bajo.

El ingeniero bajó la mano.

—Al menos con este cielo no necesitamos antorchas —dijo. De repente, mientras se agachaba para recoger sus herramientas y se las echaba a la espalda, se sintió de nuevo vigoroso—. Será mejor que sigamos —añadió. Frunció el entrecejo en la oscuridad. Uno de los ramales conducía hacia el oeste, bordeando los límites de la base naval; el otro llevaba hacia el norte, hacia el centro de veraneo de Baias—. Creo que es aquí donde nos desviamos.

—Lo cree… —Se burló Corax.

El día anterior había decidido que la mejor manera de tratar al supervisor era no prestándole atención. Sin decir palabra, se volvió de espaldas al mar y a las estrellas y empezó a ascender por la negra forma de la colina. Al fin y al cabo, qué era el liderazgo sino la ciega elección de una opción frente a otra con la fingida seguridad de que tal decisión se tomaba basándose en la razón.

El camino se hizo más empinado y tuvo que trepar de lado, ayudándose a veces con su mano libre, mientras sus pies resbalaban y lanzaban una lluvia de piedrecillas que rodaban en la oscuridad. La gente contemplaba esas pardas colinas abrasadas por los incendios de matojos en verano y creía que estaban secas como el desierto; pero el ingeniero sabía que no era así. No obstante, notó que su seguridad de antes flaqueaba e hizo un esfuerzo por recordar qué aspecto había tenido el camino bajo la luz del sol, el día anterior, cuando había ido a inspeccionarlo por primera vez: un sinuoso sendero, apenas lo bastante ancho para dejar pasar una mula; los parches de hierba requemada y luego, en una zona donde el terreno se nivelaba, las manchas verde claro en la oscuridad, señales de vida que resultaron ser unos brotes de hiedra que trepaban por un canto rodado.

Tras subir la mitad de una pendiente y volver a bajar, se detuvo y giró lentamente sobre sí mismo hasta dar una vuelta completa. O bien sus ojos se estaban acostumbrando a la oscuridad o el amanecer estaba próximo, en cuyo caso apenas le quedaba tiempo. Los demás se habían detenido tras él. Oyó sus pesadas respiraciones. Ahí tenían una nueva historia con la que regresar a Miseno: el modo en que el joven y nuevo aguador los había sacado de la cama y los había hecho trepar por la colina en plena noche, y todo por una misión sin sentido. Notó un sabor a ceniza en la boca.

—¿Nos hemos perdido, muchachito?

De nuevo la burlona voz de Corax.

Cometió el error de responder al desafío.

—Estoy buscando una roca.

En ese momento ni siquiera se molestaron en disimular la risa.

—¡Está dando vueltas como un ratón en un orinal!

—Sé que está aquí, por alguna parte. La marqué con tiza.

Más risas.

Se encaró con ellos: el chaparro Corax, de anchos hombros; Becco, el de la larga nariz, que era yesero; el regordete Musa, cuya especialidad consistía en colocar ladrillos; y los dos esclavos, Polites y Corvino. Hasta sus borrosas figuras parecían burlarse de él.

—Reíd, sí. Pero os prometo esto: o la encontramos antes del amanecer o volveremos todos mañana por la noche, incluido tú, Gavio Corax. Pero asegúrate de estar sobrio.

Silencio. Corax escupió y dio medio paso al frente. El ingeniero se preparó para una pelea. Llevaban tres días buscándose las cosquillas. Desde que había llegado a Miseno, no había pasado un minuto sin que Corax intentara denigrarlo ante sus hombres.

«Y si luchamos», pensó el ingeniero, «él ganará —son cinco contra uno— y arrojarán mi cuerpo por el acantilado y dirán que resbalé en la oscuridad. Pero ¿cómo se lo tomarán en Roma si un segundo aguador desaparece en Aqua Augusta en menos de dos semanas?»

Durante un largo momento se escrutaron mutuamente, a menos de un paso de distancia, tan cerca que el ingeniero percibió claramente el olor a vino rancio en el aliento del hombre mayor. Pero entonces uno de los otros, Becco, dio un grito y señaló algo.

Apenas visible tras el hombro de Corax había una roca, marcada en su centro con una gruesa cruz de tiza blanca.

El nombre del ingeniero era Atilio, Marco Atilio Primo, para ser exactos, pero él se contentaba con que lo llamaran «Atilio» a secas. Como hombre práctico, no tenía tiempo para los caprichosos apodos que tanto gustaban a sus compatriotas: *Lupus, Pantera, Pulcher* (Lobo, Pantera, Hermoso)... ¿A quién creían estar tomando el pelo? Además, ¿qué otro nombre era más honorable en la historia de su profesión que el *gens,* el nombre de la familia de los Atilio, ingenieros de acueductos durante cuatro generaciones? Su bisabuelo había sido escogido por Marco Agripa de entre la sección *ballista* de la Legión XII, *Fulminata,* y enviado a trabajar en la construcción del Aqua Julia; su abuelo había planeado el Anio Novus; y su padre había completado el Aqua Claudia haciéndolo pasar por las colinas Esquilinas mediante siete kilómetros de arcos y entregándolo a los pies del emperador, el día del bautizo de la obra, como si de una alfombra de plata se tratara. En ese momento, él, a sus veintisiete años, acababa de ser enviado al sur, a Campania, para hacerse cargo del Aqua Augusta.

¡Toda una dinastía erigida sobre el agua!

Entornó los ojos en la oscuridad. Qué gran obra era el Augusta, uno de los mayores logros de la ingeniería jamás alcanzados, ¡y qué gran honor iba a ser dirigirlo! En algún lugar, lejos de allí, al otro lado de la bahía, en las boscosas alturas de los Apeninos, el acueducto se apoderaba de las fuentes del Serino y conducía el agua hacia poniente —canalizándola por sinuosos pasos subterráneos, llevándola en lo alto de grandes arcos que volaban sobre barrancos y quebradas, forzando su paso por los valles mediante formidables sifones— hasta las llanuras de Campania, rodeando el monte Vesubio, siguiendo hacia el sur por la costa de Nápoles para llegar al fin, bordeando las alturas de la península de Miseno, hasta la polvorienta población costera del mismo nombre, situada a una distancia de unos cien kilómetros, con una inclinación media de cinco centímetros y medio cada cien metros. Se trataba del acueducto más grande del mundo, más largo incluso que los mayores de Roma y mucho más complejo puesto que, si sus hermanos solo alimentaban una ciudad, el serpentino canal del Augusta —«la matriz», como lo llamaban, el cordón umbilical— alimentaba no menos de nueve poblaciones alrededor de la bahía de Nápoles: primero, al final de un largo conducto, Pompeya; luego Nola, Acerras, Atella, Nápoles, Puteoli, Cumas, Baias y finalmente Miseno.

Y en opinión del ingeniero, ahí radicaba el problema: el acueducto abastecía a demasiadas poblaciones. Al fin y al cabo, Roma contaba con más de media docena de ellos: si uno se estropeaba, los demás podían compensar el déficit. Pero allí no había suministros de reserva, y mucho menos con aquellos calores y después de tres meses de sequía: los pozos que durante generaciones habían abastecido de agua se habían convertido en agujeros polvorientos; los arroyos estaban secos; y los lechos de los ríos eran ahora cañadas para que los granjeros llevaran su ganado hasta el mercado. Incluso el Augusta daba señales de agotamiento. El nivel de su enorme depósito bajaba por momentos. Ese era el motivo que lo había llevado a la colina en plena madrugada, a unas horas en que debería haber estado en la cama.

Atilio sacó de la bolsa de cuero que llevaba al cinto un pequeño trozo de madera de cedro muy pulida con una mentonera grabada.

La veta de la madera se había vuelto suave y brillante por los años de roce de la piel de sus antepasados. Se decía que su bisabuelo la había recibido a guisa de talismán de manos del mismísimo Vitruvio, el arquitecto del divino Augusto. El anciano siempre había sostenido que el espíritu de Neptuno, el dios del agua, habitaba en él. Atilio no tenía tiempo para dioses (muchachos con alas en los tobillos, mujeres a lomos de delfines, musculosos barbados que arrojaban rayos desde la cima de alguna montaña en sus ataques de ira); esas eran historias para niños, no para hombres. Él depositaba su fe en las piedras y en el agua, en el milagro cotidiano que se producía al mezclar dos partes de légamo en polvo con cinco partes de *puteolanum* —la rojiza arena de la zona— para obtener una sustancia que bajo el agua adquiría la consistencia de una piedra.

Aun así, quien negaba la existencia de la suerte era un loco, y si aquella reliquia familiar podía brindársela... Pasó el dedo por el borde. Estaba dispuesto a intentarlo.

Había dejado los pergaminos de Vitruvio en Roma. Aunque no importaba: mientras que otros niños aprendían a recitar a Virgilio, a él le habían metido en la cabeza desde pequeño todos aquellos conocimientos. Todavía podía repetir de memoria pasajes enteros: «Estas son las cosas que crecen y que se pueden encontrar que muestran indicios de agua: sauces, alisos, bayas silvestres, enredaderas y otras cosas parecidas, cosas que no pueden manifestarse sin humedad...».

—Corax, allí —ordenó Atilio—. Corvino, ahí. Becco, coge el palo y marca el lugar que te diré. Vosotros dos, mantened los ojos abiertos.

Corax lo fulminó con la mirada al pasar.

—Luego —dijo Atilio.

El supervisor apestaba a resentimiento tanto como a vino rancio; sin embargo, ya tendrían tiempo de pelearse cuando volvieran a Miseno. En ese momento tenían que apresurarse.

Una neblina grisácea había tapado las estrellas. La luna se había ocultado. A unos veintidós kilómetros hacia el este, justo en el centro de la bahía, la boscosa pirámide del Vesubio se estaba haciendo visible. El sol saldría tras él.

«Así se comprueba la existencia de agua: estirarse en el suelo boca abajo, antes del amanecer, en el lugar donde hay que hacer la búsqueda y, con la barbilla tocando en el suelo y bien apoyada, examinar la zona. De este modo, la vista no se extraviará más alto de lo necesario porque la barbilla permanecerá inmóvil...»

Atilio se arrodilló en la rala y agostada hierba, se inclinó hacia delante y dispuso la pieza de madera de forma que quedara alineada con la cruz dibujada en la roca, a unos cincuenta pasos de distancia. A continuación apoyó la barbilla y extendió los brazos. El suelo seguía estando tibio del día anterior. Partículas de ceniza volaron ante sus ojos cuando se estiró. Ni rastro de rocío. Setenta y ocho días sin lluvia. El mundo ardía. Por el rabillo del ojo vio a Corax haciendo un gesto obsceno con la pelvis. «¡Nuestro aguador no tiene esposa y por eso intenta follarse a la madre tierra!» Entonces, a su derecha, el Vesubio se oscureció y la luz asomó tras su ladera. Un rayo de calor alcanzó la mejilla de Atilio, que tuvo que alzar la mano para protegerse el rostro del deslumbramiento mientras seguía oteando la colina.

«En esos lugares, donde puede verse la humedad retorciéndose y alzándose en el aire, allí hay que cavar, porque tales señales no pueden producirse en lugares secos...»

Lo ves enseguida o no lo ves, solía decirle su padre. Intentó escudriñar el terreno rápida y metódicamente, pasando su mirada de una porción de terreno a otra. Sin embargo, todo se le antojaba igual: manchas parduscas y grises con vetas de tierra rojiza que ya empezaban a tremolar bajo el sol. Su visión se desenfocó. Se incorporó sobre un codo, se frotó los ojos con los dedos y volvió a colocar el mentón en la madera.

¡Sí, allí!

Era tan leve como un hilo de pescar, y no se retorcía ni alzaba, tal como Vitruvio aseguraba, sino que parecía enganchado cerca del suelo, como si un anzuelo se hubiera quedado pillado en una roca y alguien estuviera tirando del sedal. Zigzagueó en su dirección. Y se desvaneció. El joven se incorporó y señaló el lugar.

—¡Allí, Becco, allí! —El yesero se movió pesadamente hacia el lugar que le indicaba—. Retrocede. Sí, allí. ¡Márcalo!

Se puso en pie y corrió hacia ellos sacudiéndose el rojo polvo y la negra ceniza de la túnica, mientras sonreía y sostenía en alto el pedazo de cedro. Los tres se habían reunido alrededor del lugar, y Becco estaba intentando clavar el palo en el suelo, pero el terreno era demasiado duro para que pudiera hundirlo lo suficiente.

Atilio estaba radiante.

—¿Lo habéis visto? Tenéis que haberlo visto. Estabais más cerca que yo.

Los tres lo miraron inexpresivamente.

—Ha sido curioso, ¿no os habéis dado cuenta? Se alzó así, de este modo. —Hizo unos gestos de arriba abajo con la mano plana—. Igual que el vapor de un calderón al que estuvieran moviendo.

Los miró uno a uno, todavía con la sonrisa en la cara, hasta que se le desvaneció.

Corax meneó la cabeza.

—Los ojos te están engañando, muchachito. No hay ninguna fuente por aquí. Ya te lo dije. Conozco estas colinas desde hace más de veinte años.

—Y yo te digo que lo vi.

—Humo. —Corax pateó el suelo y levantó una nube de polvo—. Un incendio entre los matojos puede arder bajo el suelo durante días.

—Sé cómo es el humo y cómo es el vapor. Eso era vapor.

Estaban haciéndose los ciegos. Tenían que estar fingiendo. Atilio se arrodilló y palpó la tierra, rojiza y reseca. Luego se puso a cavar con sus propias manos, metiendo los dedos bajo las piedras y apartándolas, y tiró de un largo y agostado tubérculo que se le resistía. Algo había salido de allí. Estaba seguro. ¿Por qué la enredadera había vuelto a la vida tan deprisa si no había una fuente?

Sin darse la vuelta dijo:

—Coged las herramientas.

—Aguador...

—¡Coged las herramientas!

Cavaron durante toda la mañana mientras el sol se alzaba en el horno azul que era la bahía, dejando de ser un disco amarillo y fundiéndose en una estrella blanca y gaseosa. El terreno crujía y se atiesaba bajo el calor igual que la cuerda de arco de las máquinas de asedio de su bisabuelo.

En una ocasión pasó un muchacho camino de la aldea que llevaba a una esquelética cabra de una cuerda. Fue la única persona que vieron. Miseno se hallaba oculta a la vista bajo el borde del acantilado. De vez en cuando sus sonidos les llegaban flotando: los gritos de la escuela militar o el martilleo y el ruido de las sierras de los astilleros.

Cubierto con un viejo sombrero de paja, Atilio fue quien más duramente trabajó: mientras los demás salían a ratos del agujero para descansar bajo cualquier sombra que pudieran hallar, él siguió manejando su hacha. El mango estaba resbaladizo a causa del sudor y resultaba difícil de agarrar. Las palmas se le ampollaron y la túnica se le pegó al cuerpo como una segunda piel. No obstante no estaba dispuesto a mostrar debilidad alguna ante sus hombres. Incluso Corax había acabado callándose.

El agujero que finalmente excavaron tenía una profundidad equivalente a la altura de dos hombres y resultaba lo bastante ancho para que dos personas trabajaran dentro. En efecto, había un manantial en su interior, pero se retiraba cada vez que se aproximaban. Cavaban y el polvoriento suelo se humedecía. Pero enseguida se secaba con el calor del sol. Seguían excavando, y el proceso se repetía.

Solo cuando hubo pasado la hora décima, con el astro más allá de su cenit, Atilio reconoció su derrota. Vio cómo se evaporaba la última mancha de humedad, arrojó su hacha por encima del borde del pozo y se aupó fuera. Se quitó el sombrero y se abanicó las ardientes mejillas. Corax se hallaba sentado en una piedra, observándolo. Por primera vez Atilio reparó en que no se cubría la cabeza.

—Con este calor se te van a freír los sesos —le dijo. Destapó el pellejo lleno de agua, se vertió un poco en las manos y se la echó por la cara y la nuca; luego bebió. Estaba caliente y resultaba tan refrescante como tragar sangre.

—He nacido aquí. El calor no me molesta. En Campania a esto lo llamamos «fresco». —Carraspeó y lanzó un escupitajo. Señaló al pozo con un gesto de su prominente mentón—. ¿Qué hacemos con eso?

Atilio miró el hoyo: una fea marca en la ladera de la colina, con grandes montones de tierra a su alrededor. Su monumento. Su insensatez.

—Lo dejaremos como está. Lo taparemos con tablones, y cuando llueva, el manantial surgirá. Ya lo verás.

—Cuando llueva no necesitaremos ningún manantial.

El ingeniero tuvo que reconocer que se trataba de una buena réplica.

—Podríamos montar una tubería aquí —comentó pensativamente. Siempre que se trataba de agua era un romántico: en su imaginación no tardó en formarse una imagen idílica y pastoril—. Así podríamos regar toda la colina. Aquí podría haber filas de limoneros. Y olivos. Se podrían excavar terrazas. Plantar viñas.

—¡Viñas! —Corax meneó la cabeza—. ¡Así que de repente nos hemos convertido en agricultores! Escúchame, joven experto de Roma. Deja que te diga algo: el Aqua Augusta no ha fallado en más de un siglo y no va a fallar ahora, ni siquiera contigo al frente.

—Eso espero. —El ingeniero acabó su agua. Notaba que se estaba poniendo colorado por la humillación, pero el calor disimulaba su vergüenza. Se ciñó el sombrero de paja y le bajó el ala para protegerse la cara—. De acuerdo, Corax, reúne a los hombres. Hemos acabado por hoy.

Recogió sus herramientas y echó a andar sin esperar a los otros. Eran perfectamente capaces de encontrar el camino de regreso por sí mismos.

Tuvo que tener cuidado con dónde ponía los pies. A cada paso una multitud de lagartijas salía a esconderse entre el seco terreno. Pensó que parecía más África que Italia. Cuando llegó al sendero de la costa, Miseno apareció a sus pies, reverberando bajo el calor igual que un oasis latiendo —o al menos eso le pareció— al mismo ritmo que las cigarras.

El cuartel general de la flota imperial del oeste era un triunfo del hombre sobre la naturaleza, ya que ninguna población podía levantarse allí por derecho propio. No había río que la alimentara, ni pozos ni manantiales. Sin embargo, el divino Augusto había decretado que el imperio necesitaba un puerto desde donde controlar el Mediterráneo, así que ahí estaba: la encarnación del poder de Roma, los brillantes discos de plateado mar de su puerto interior y exterior; los dorados picos y las popas en forma de abanico de los cincuenta navíos de guerra brillando con el sol del atardecer; el polvoriento recinto del patio de la escuela militar; los techos de teja roja y las encaladas paredes del sector civil de la población que se elevaban por encima de los mástiles del astillero.

Diez mil marineros y otros diez mil ciudadanos se apelotonaban en aquella estrecha franja de tierra casi desprovista de agua. Solo el acueducto hacía posible la existencia de Miseno.

Volvió a pensar en la curiosa manera de moverse del vapor y en el modo en que el manantial había retrocedido en la roca. ¡Curioso país aquel! Se miró tristemente las ampollas de las manos.

«¡Qué tontería de misión!», pensó.

Meneó la cabeza, parpadeó para apartarse el sudor de los ojos y reanudó sus fatigados andares en dirección a la ciudad.

Hora undecima

(17.42 horas)

> Una cuestión de importancia vital para las predic-
> ciones es el tiempo que transcurre entre la inyección
> de nuevo magma y la erupción resultante. En mu-
> chos volcanes, ese intervalo puede ser de semanas o
> meses; pero en otros puede ser mucho más breve, po-
> siblemente días u horas.
>
> *Volcanology*

En Villa Hortensia, la enorme residencia costera situada en las afueras de Miseno, se disponían a matar a un esclavo. Iban a echarlo como alimento a las anguilas.

No se trataba de una práctica infrecuente en esa parte de Italia, donde muchas de las grandes mansiones repartidas por la bahía disponían de sus propias y complejas pesquerías. El nuevo propietario de Villa Hortensia, el millonario Numerio Pompidio Ampliato, había escuchado por primera vez siendo niño la historia de cómo el augusto aristócrata Vedio Pollio solía arrojar a los criados al estanque de las anguilas a modo de castigo por haber roto algún plato, y con frecuencia se refería a ella admirativamente como la ilustración perfecta de lo que suponía tener poder; poder, imaginación, agudeza y un cierto estilo.

Así, muchos años después, cuando Ampliato se había convertido en propietario de su propia pesquería —situada a pocos kilómetros de la antigua de Vedio Pollio en Pausilipon— y cuando también uno de sus esclavos acababa de destruir algún objeto especialmente valioso, el precedente había acudido a su memoria. El propio Ampliato había nacido esclavo. Sin duda aquel era el comportamiento adecuado en un aristócrata.

El hombre había sido despojado de su ropa, salvo de su taparra-

Al oír aquello, la anciana, que solo tenía cuarenta años —aunqu[e]
los ojos de Corelia los rigores de la esclavitud le habían conferido [el]
[a]specto de una sesentona—, se desasió y se secó torpemente las lágr[i]
[m]as de los ojos.

—Debo encontrar ayuda.

—Atia, Atia... —intervino Corelia dulcemente—. ¿Quién nos [la]
[v]a a prestar?

—Mi hijo ha mencionado al aguador. ¿Acaso no lo oíste? Iré [a]
[b]uscarlo.

—¿Y dónde está?

—Puede que esté en el acueducto, en la colina, donde suelen tra[-]
[b]ajar los hombres.

Se puso en pie temblando pero con decisión, mirando a su alr[e]
[d]edor con aire espantado. Parecía una loca, y Corelia se dio cuenta [de]
[in]mediato de que en ese estado nadie le haría caso. Se reirían de el[la]
[o] le tirarían piedras.

—Te acompañaré —dijo mientras otro grito terrible les llega[ba]
desde la balsa.

Corelia se recogió la falda con una mano, asió a Atia con la ot[ra]
y juntas atravesaron corriendo el jardín, pasaron ante la vacía [mar]
quesina del portero y salieron por la puerta lateral al calor abrasad[or]
de la vía pública.

El final del Aqua Augusta consistía en un enorme depósito subte[-]
rráneo que se hallaba a unos centenares de pasos de Villa Ho[r]
tensia, tallado en la pendiente que dominaba el puerto y conoci[do]
desde tiempo inmemorial como *Piscina Mirabilis*, «El estanque de l[os]
prodigios».

Visto desde fuera, no había nada especial en él, y la mayoría de l[os]
transeúntes pasaban a su lado sin dedicarle una segunda ojeada. P[or]
fuera era un edificio de ladrillo rojo y techo plano festoneado de e[n]
redaderas, una construcción larga como una manzana entera y anc[ha]
como media, rodeada de comercios y almacenes, tabernas y vivie[n]
das, oculta entre las polvorientas calles que había sobre la base nav[al].

Solo por la noche, cuando el ruido del tráfico y los gritos de l[os]

bos, y había sido conducido al borde del mar con las manos atadas a
la espalda. Le habían hecho profundos cortes en las pantorrillas para
que sangrara abundantemente y se los habían regado con vinagre,
producto del que se decía que volvía locas a las anguilas.

Era la última hora de la tarde y hacía mucho calor.

Las anguilas disponían de su propio recinto, construido lejos de
las otras balsas para mantenerlas alejadas, al que se llegaba por un estrecho pasadizo que se adentraba en la bahía. Esa especie de anguilas
eran morenas, conocidas por su agresividad; sus cuerpos tenían la
longitud de un hombre y la anchura de un torso humano; sus cabezas eran aplastadas y sus dientes, afilados como cuchillas. La pesquería de la villa tenía ciento cincuenta años de antigüedad y nadie sabía
cuántas morenas merodeaban por el laberinto de túneles y por las
zonas de sombra construidas en el fondo del estanque; muchas, cientos probablemente. Las más viejas eran como monstruos y varias llevaban joyas: de una, a la que habían colocado un anillo de oro en
su aleta pectoral, se decía que había sido la favorita del emperador
Nerón.

Las morenas despertaban un terror especial en aquel esclavo
porque —y Ampliato no pudo evitar saborear la ironía de la situación— hacía tiempo que era el responsable de alimentarlas. Así pues,
el hombre ya gritaba y forcejeaba antes de que lo arrastraran por el
pasadizo. Las había visto en acción todas las mañanas, cuando les
arrojaba su ración de cabezas de pescado y entrañas de pollo; había
visto el modo en que la superficie del agua se agitaba y luego bullía
cuando las bestias olfateaban la llegada de la sangre, la velocidad con
la que salían de sus escondrijos para disputarse la comida desgarrán-
dola en pedazos.

A la hora undécima, a pesar del intenso calor, Ampliato se acercó en persona para presenciar la escena acompañado de su hijo adolescente, Celsino; su mayordomo, Scutario; unos cuantos clientes de sus
negocios (que lo habían seguido desde Pompeya y habían permanecido a su lado desde el amanecer con la esperanza de que los invita-
ran a cenar) y un centenar de sus otros esclavos, de quienes esperaba
que sacaran algún provecho del espectáculo. A su esposa e hija les había
ordenado que permanecieran dentro: aquella no iba a ser una oca-

sión para mujeres. Una gran butaca había sido dispuesta para él al lado de otras más pequeñas para los invitados. Ni siquiera conocía el nombre del esclavo: era miembro del lote que se ocupaba de las balsas cuando, a principios de año, había comprado la villa por la friolera de diez millones.

Con grandes gastos se criaban todo tipo de peces a lo largo de la costa que formaba parte de la finca: lubinas de blancas carnes; mújoles, que requerían altos muros alrededor de su recinto para que no saltaran en busca de la libertad; lenguados, doradas, lampreas, congrios y merluzas.

No obstante el más caro de los tesoros acuáticos de Ampliato —se estremecía al recordar lo que había pagado por ellos, y eso teniendo en cuenta que no le gustaba especialmente el pescado— habían sido los salmonetes, aquellos bigotudos y delicados peces que resultaban notablemente difíciles de criar y cuyos colores oscilaban del rosa pálido al naranja brillante. Y eran esos los que el esclavo había matado, ya fuera por malicia o ineptitud. Ampliato no lo sabía y ni le importaba; pero allí estaban: juntos en la muerte como lo habían estado en vida, una alfombra multicolor que flotaba en la superficie de la balsa y que habían descubierto aquella misma tarde. Unos cuantos ejemplares todavía vivían cuando se los mostraron a Ampliato, pero habían acabado muriendo ante sus ojos y habían emergido como hojas muertas hasta la superficie para reunirse con los demás. Envenenados. Todos envenenados. En el mercado le habrían reportado seis mil piezas. Un solo salmonete valía cinco veces más que el miserable esclavo que se suponía que debía cuidarlos; pero en esos momentos solo servían para ser arrojados al fuego. Ampliato había pronunciado la sentencia en el acto: «¡Arrojadlo a las morenas!».

El esclavo gemía y se debatía mientras lo arrastraban hasta el borde de la balsa. Gritaba que no había sido su culpa; que no era la comida, sino el agua. Gritaba que tenían que ir a por el aguador.

¡El aguador!

Ampliato entornó los ojos ante el resplandor del mar. Le resultaba difícil distinguir con claridad las formas del tembloroso esclavo, de los otros dos que lo sujetaban o del cuarto que sostenía un bichero con el que empujaba la espalda del condenado, simples figuras recor-

tadas todas ellas contra la reverberación del calor y el bri[...] olas. Alzó el brazo igual que un emperador, con la mano c[...] un puño y el pulgar paralelo al suelo. Se sentía poderoso [...] dios y al mismo tiempo lleno de una simple y humana cu[...] Por un momento aguardó, saboreando la sensación. Luego, [...] giró la muñeca y apuntó con el pulgar hacia abajo. ¡Que se [...] merecido!

Los desgarradores gritos del esclavo al borde de la balsa d[...] guilas, provinientes de la costa, sobrevolaron las terrazas [...] cina y penetraron en la silenciosa casa donde las mujeres se [...] dían.

Corelia Ampliata había corrido a refugiarse a su dorm[...] donde se había arrojado a la cama y tapado la cabeza con la a[...] da; sin embargo no había podido huir de los sonidos. A difere[...] su padre, conocía el nombre del esclavo —Hiponax, un grie[...] también el de su madre, Atia, que trabajaba en las cocinas y [...] lamentos, una vez que empezaron, le resultaban aún más inso[...] bles que los de él. Incapaz de soportar los gritos por más tiem[...] tó del lecho y corrió por la desierta villa para encontrar a la d[...] mujer que se había derrumbado junto a una columna en el c[...] jardín.

Al ver a Corelia, Atia se le aferró al borde del vestido y e[...] a sollozar a sus pies, repitiendo una y otra vez que su hijo era in[...] te, que mientras se lo llevaban le había gritado que se trata[...] agua; que algo malo había en el agua. ¿Por qué nadie quería [...] charlo?

Corelia acarició los grises cabellos de la esclava e intentó c[...] larla como pudo. Poco más podía hacer. Sabía que no estaba en [...] ción de acudir a su padre en busca de clemencia: él nunca escuc[...] a nadie, tampoco a las mujeres y mucho menos a su hija, de q[...] solo esperaba ciega obediencia. Una intervención suya solo c[...] guiría hacer doblemente segura la muerte del esclavo. Lo únic[...] podía decir ante las súplicas de Atia era que no había nada que pu[...] ra hacer.

mercaderes remitían, resultaba posible escuchar el grave tronar del agua cayendo; y solo si uno entraba en el patio, abría la estrecha puerta de madera y descendía unos cuantos peldaños dentro del estanque propiamente dicho, conseguía apreciar la verdadera grandeza del depósito. El abovedado techo se sostenía sobre cuarenta y ocho pilares de una altura superior a los quince metros —aunque en su mayor parte se hallaban sumergidos en el agua de la cisterna—, y el eco del acueducto martilleando en la superficie resultaba suficiente para estremecer los huesos de cualquiera.

El ingeniero podía estar allí, escuchando y perdido en sus pensamientos, durante horas. La percusión del Augusta sonaba en sus oídos no como un monótono rugido, sino con las notas de un órgano gigante: la música de la civilización. En el techo había conductos de ventilación, y por las tardes, cuando la burbujeante espuma saltaba a la luz del sol y el arco iris resplandecía entre las columnas —o por las noches, cuando se disponía a cerrarlo y la llama de su antorcha brillaba sobre la negra y tersa superficie como oro derramado sobre ébano—, no tenía la impresión de hallarse en una cisterna, sino en un templo dedicado al único dios en el que valía la pena creer.

El primer impulso de Atilio al regresar de la colina y entrar en el patio fue comprobar el nivel del depósito. Se había convertido en su obsesión. Pero cuando empujó la puerta, la halló cerrada y recordó entonces que Corax tenía la llave en su cinturón. Se encontraba tan fatigado que por una vez no pensó más en ello. Escuchaba el distante rugido del Augusta —funcionaba y eso era lo único importante—, y más tarde, al repasar sus acciones, llegaría a la conclusión de que no tenía nada que reprocharse respecto al cumplimiento de su deber. No había nada que pudiera haber hecho. Los acontecimientos podían haber sido diferentes para él en el terreno personal, eso era cierto, pero en el contexto más amplio de la crisis, ello apenas tenía importancia.

Así pues, se alejó de la Piscina Mirabilis y contempló el patio desierto. La tarde anterior había mandado que ordenaran y limpiaran el lugar mientras él estuviera fuera, y le complacía ver el trabajo realizado. Había algo en el pulcro aspecto del patio que lo sosegaba. Las ordenadas pilas de hojas de plomo, las ánforas llenas de légamo, los sacos de *puteolanum*, los trozos de tubería de terracota; todo aquello eran visiones de su infancia. También los olores: el penetrante del légamo, el del barro cocido dejado todo el día al sol.

Se dirigió al almacén, depositó en el suelo las herramientas y se masajeó el hombro dolorido; luego se secó el sudor del rostro con la manga de la túnica y regresó al patio justo en el momento en que los demás entraban. Rápidamente los hombres se dirigieron a la fuente para beber sin molestarse en saludarlo, turnándose para tomar grandes tragos de agua y refrescarse el torso y la cabeza; primero Corax; luego Musa, y después Becco. Los dos esclavos aguardaron pacientemente en un rincón a que los otros terminaran. Atilio sabía que había quedado en mal lugar durante la mañana; sin embargo, podía enfrentarse a su hostilidad: se había enfrentado a cosas peores.

Gritó a Corax que los hombres podían tomarse el resto del día libre y fue recompensado con una burlona reverencia. A continuación se dispuso a subir los estrechos peldaños de madera que conducían a sus aposentos.

El patio era un cuadrado. Su lado norte correspondía al muro de la Piscina Mirabilis. Al oeste y al sur se hallaban los almacenes y las dependencias administrativas del acueducto. En el lado de levante estaba la zona de viviendas: unos cobertizos a nivel del suelo para los esclavos y un apartamento en el piso de arriba para el aguador. Corax y los otros tres hombres libres vivían en la ciudad con sus familias.

Atilio, que había dejado a su madre y a su hermana en Roma, pensó que a su debido tiempo las trasladaría a Miseno y que también alquilaría una casa que su madre podría llevar para él. Pero por el momento se conformaba con dormir en las estrechas dependencias de soltero de su predecesor, Exomnio, cuyas escasas pertenencias había trasladado a la pequeña habitación que había quedado libre al final del pasillo.

¿Qué había sido de Exomnio? Naturalmente esa había sido la primera pregunta que se hizo Atilio nada más llegar al puerto. Nadie conocía la respuesta o, si la conocían, no estaban dispuestos a compartirla con él. Sus pesquisas toparon con un hosco silencio. Parecía como si el viejo Exomnio, un siciliano que había estado al frente del acueducto durante casi veinte años, hubiera salido una mañana, hacía dos semanas, y nadie hubiera vuelto a tener noticias suyas desde entonces.

En circunstancias normales, el departamento del Curator Aquarum de Roma, encargado de la administración de los acueductos de las regiones I y II (Lacio y Campania), habría dejado el asunto en suspenso durante un tiempo; pero dada la tremenda sequía, la importancia estratégica del Augusta y el hecho de que el Senado hubiese levantado sus sesiones durante el receso de verano, la tercera semana de julio —y de que la mitad de sus miembros se hallasen de vacaciones en sus villas de la bahía—, se había estimado prudente enviar un sustituto de inmediato. Atilio había sido avisado al atardecer de los idus de agosto (el día 13), mientras despachaba trabajos de rutina en el Anio Novus. Conducido ante el Curator Aquarum en persona, Acilio Aviola, había recibido el encargo de sus manos en su residencia oficial del Palatino. Atilio era brillante, enérgico y entregado —el senador sabía cómo halagar a un hombre cuando deseaba algo de él—, y no tenía esposa o hijos que lo retuvieran en Roma. ¿Podría partir al día siguiente? Naturalmente, Atilio había aceptado de inmediato, puesto que se trataba de la oportunidad de ascender en su carrera: se despidió de su familia y tomó el transbordador diario desde Ostia.

Había empezado a escribirles una carta que yacía sobre la mesilla de noche, al lado de su duro catre de madera. No era muy hábil con la correspondencia: una información de rutina —«He llegado. El viaje ha ido bien. Hace calor...»—, escrita con su caligrafía de colegial, era lo máximo a lo que llegaba. No daba ninguna pista del torbellino que sentía en su interior: la presión de la responsabilidad, sus miedos ante la escasez de agua, lo solitario de su posición... Pero se trataba de mujeres; ¿qué podían saber ellas? Además había sido educado en la escuela del estoicismo: no perder el tiempo con asuntos triviales, cumplir con el trabajo sin quejarse, mostrarse imperturbable fueran cuales fueran las circunstancias —dolor, enfermedad o desengaño— y mantener un estilo de vida sencillo: un catre o una capa.

Se sentó al borde del jergón. Su esclavo particular, Philo, le había dejado una jarra de agua y una palangana, un poco de fruta, una hogaza de pan, vino y una tajada de un queso blanco y duro. Se lavó metódicamente, devoró la comida, rebajó el vino con agua y se lo bebió. Luego, demasiado exhausto para quitarse el calzado y la túnica, se tumbó en la cama, cerró los ojos y se dejó arrastrar hacia aquel territorio a medio camino entre la vigilia y el sueño donde moraba su esposa, que lo llamaba con gemidos urgentes: «¡Aguador, aguador!».

Su esposa contaba veintidós años cuando él había visto su cuerpo entregado a las llamas de la pira funeraria. Pero aquella mujer era más joven, de unos dieciocho años quizá. Aun así, el sueño permanecía en su cabeza, y en la joven del patio había lo suficiente de Sabina para que el corazón le diera un vuelco. El mismo cabello oscuro, la misma palidez de la piel, la misma voluptuosa figura. Se hallaba bajo la ventana y le gritaba:

—¡Aguador!

El sonido de los gritos había atraído a algunos hombres de entre las sombras y, para cuando hubo llegado al pie de la escalera, estos habían formado un boquiabierto círculo en torno a ella. La joven vestía una túnica blanca suelta, abierta en el cuello y las mangas, un atuendo más propio para ser lucido en privado, que mostraba de los blancos senos y desnudos brazos más de lo que una dama respetable se habría atrevido a mostrar en público. También vio que no estaba sola: una esclava la acompañaba, una flaca y temblorosa anciana cuyos grises cabellos se hallaban medio sujetos por una pinza y medio desparramados por la espalda.

La muchacha se encontraba sin aliento y balbuceaba algo acerca de un estanque de salmonetes rojos que habían muerto aquella tarde en las balsas de su padre; algo acerca de veneno en el agua y de un hombre que iba a ser arrojado a las morenas; que debía acudir de inmediato...

Le resultó difícil captar todas sus palabras. Alzó la mano para interrumpirla y le preguntó cómo se llamaba.

—Soy Corelia Ampliata, hija de Numerio Popidio Ampliato, de Villa Hortensia —anunció ella con impaciencia. Cuando ella mencionó a su padre, Atilio se percató de que Corax y otros hombres intercambiaban miradas—. ¿Eres tú el aguador?

—El aguador no está aquí —dijo Corax.

El ingeniero lo apartó con un gesto.

—Yo estoy al frente del acueducto, sí.

—Entonces, ven conmigo.

Echó a andar hacia là puerta y pareció sorprenderse cuando Atilio no la siguió inmediatamente. Los hombres empezaron a reírse de ella. Musa hizo una imitación del ondulante movimiento de caderas de la joven al tiempo que echaba hacia atrás la cabeza con grandilocuencia.

—¡Oh, aguador, ven conmigo! —se burló.

—Corelia Ampliata —dijo Atilio con paciencia y no sin amabilidad—, es posible que no pueda permitirme comer salmonetes rojos, pero me parece que son peces marinos, y mi responsabilidad por el agua no alcanza los mares.

Corax esbozó una media sonrisa.

—Ya has oído. ¡Cree que eres Neptuno!

Sonaron más risas, pero Atilio los mandó callar sin contemplaciones.

—Mi padre se dispone a ejecutar a un hombre. El esclavo no ha dejado de llamar al aguador. Eso es todo lo que sé. Eres su única esperanza. ¿Vas a venir o no?

—Un momento —dijo Atilio, e hizo un gesto con la cabeza señalando a la anciana que se cubría el rostro con las manos y seguía llorando—. ¿Quién es?

—Su madre.

Los hombres callaron.

—¿Lo entiendes ahora? —Corelia extendió la mano y le tocó el brazo—. Ven, por favor...

—¿Sabe tu padre que estás aquí?

—No.

—No te metas —intervino Corax—, este es mi consejo.

Un sabio consejo, pensó Atilio, ya que si un hombre tuviera que echar una mano cada vez que un esclavo era tratado con crueldad, no tendría tiempo de comer ni de dormir. ¿Una balsa de agua de mar llena de salmonetes muertos? Eso no le incumbía en absoluto. Miró a Corelia. ¿Y si el pobre infeliz lo había reclamado de verdad?

Profecías, portentos, auspicios...

Vapores que tremolaban como hilos de pescar. Fuentes que retrocedían hacia las entrañas de la tierra. Un aguador misteriosamente desaparecido. Los pastores habían informado de haber visto gigantes en los pastos de las laderas del monte Vesubio. Según un hombre, en Herculano una mujer había dado a luz un niño con aletas en lugar de pies. Y en ese momento una balsa entera de salmonetes habían muerto en Miseno en una sola tarde y sin causa aparente.

Un hombre debía interpretarlo lo mejor que pudiera.

Se rascó la oreja.

—¿A qué distancia está tu villa?

—A un centenar de pasos. Por favor... Está muy cerca.

Ella le tiró del brazo y él se dejó llevar. Aquella Corelia Ampliata no era mujer a la que fuera fácil resistirse. Quizá lo correcto fuera acompañarla a su casa. Pasear por las calles de una ciudad portuaria no era seguro para una joven de su clase. Por encima del hombro llamó a Corax para que lo siguiera, pero este se negó.

—¡No te metas! —repitió el supervisor.

Pero antes de que Atilio se diera cuenta de lo que estaba pasando, ya había cruzado la puerta y se hallaba en la calle, fuera de la vista de los otros.

Era la hora del día —más o menos una hora antes del crepúsculo— a la que la gente del Mediterráneo empezaba a salir de sus casas. Aun así, la ciudad no se había enfriado mucho: las piedras parecían ladrillos recién sacados del horno. Las ancianas se sentaban en taburetes bajo sus porches y se abanicaban, mientras los hombres, que llenaban las tabernas, bebían y charlaban. Barbados dálmatas y becios, egipcios con pendientes de oro, rubicundos germanos, cetrinos griegos y cilicios; enormes y forzudos nubios, negros como el carbón y con los ojos enrojecidos por el vino; hombres llegados de todos los rincones del Imperio, todos ellos lo bastante desesperados, lo bastante ambiciosos o lo bastante estúpidos para estar dispuestos a vender veinticinco años de sus vidas encadenados a un remo a cambio de la ciudadanía romana. De algún punto del centro de la ciudad, cerca del puerto, llegaron las cantarinas notas de un órgano de agua.

Corelia avivaba el paso, sujetándose la falda con ambas manos, mientras sus sandalias se deslizaban en silencio sobre las piedras. La esclava los precedía, y Atilio las seguía a grandes zancadas. «Un centenar de pasos —se dijo—, está muy cerca.» Quizá, pero, ¡ay!, siempre cuesta arriba. La túnica se le pegaba a la espalda por el sudor.

Por fin alcanzaron terreno llano, y ante ellos hallaron que se levantaba un muro largo y alto, de color pardo, con una entrada bajo un arco coronada por dos delfines de hierro forjado que saltaban e intercambiaban un beso. Las mujeres cruzaron a toda prisa la desguarnecida verja y Atilio, tras echar un vistazo alrededor, las siguió y pasó, de una ruidosa y polvorienta realidad a un mundo azul y silencioso que lo dejó sin aliento. Turquesa, lapislázuli, índigo, zafiro, todos los matices de azul que la naturaleza era capaz de producir se extendían ante él en las aguas someras y cristalinas, en las oscuras profundidades y en el limpio horizonte y el claro cielo. La villa propiamente dicha se desplegaba a sus pies en una serie de terrazas; de espaldas a la montaña y encarada a la bahía, estaba construida únicamente pensando en aquel sublime panorama. Amarrado a un muelle, había un lujoso navío de veinte remos pintado en rojo carmesí y dorado y con la cubierta alfombrada a juego.

Apenas tuvo tiempo para registrar algo más, aparte del dominante azul, antes de volver a correr con Corelia, que iba al frente conduciéndolo entre estatuas, fuentes, cuidados céspedes y por suelos de mosaico con representaciones acuáticas, hasta que salieron a una terraza donde había una piscina también azul, enmarcada de mármol, que se proyectaba hacia el mar. Una pelota hinchable rodaba lánguidamente sobre las baldosas como si hubiera sido abandonada en pleno partido. Atilio se dio cuenta de repente de lo solitaria que se hallaba la casa, pero cuando Corelia le pidió que se aproximara a la balaustrada y él apoyó con cuidado las manos en el parapeto de piedra y se inclinó, vio el motivo: todos estaban reunidos en la orilla del mar.

Su mente tardó unos segundos en asimilar los elementos de la escena. Tal como había supuesto, el lugar era una pesquería, pero mucho más grande de lo que había imaginado y más vieja, además, a juzgar por su aspecto; probablemente se había construido en los decadentes años de la República, cuando se había puesto de moda tener peces. La componían una serie de muros que formaban estanques rectangulares. La superficie de uno de ellos estaba llena de peces muertos. Alrededor del más distante, un grupo de hombres contemplaba algo en el agua, un objeto al que uno de ellos atizaba con un bichero. Atilio tuvo que protegerse los ojos con la mano para poder distinguirlo. Mientras lo examinaba atentamente, se le hizo un nudo en el estómago y recordó el instante de la muerte en el anfiteatro, la inmovilidad, la erótica complicidad que se establecía entre la víctima y los espectadores.

Tras él, la anciana empezó a proferir un lento gemido de dolor y desesperación. Atilio dio un paso atrás y se volvió hacia Corelia meneando la cabeza. Deseaba huir de aquel lugar, quería regresar a los aspectos prácticos y decentes de su profesión. No había nada que pudiera hacer allí. No obstante ella se interponía en su camino, de pie, muy cerca de él.

—Por favor —dijo—, ayúdala.

Sus ojos eran azules. Más azules que los de la propia Sabina. Tanto que parecían recoger todo el azul de la bahía y devolvérselo. Vaciló. Tensó la mandíbula y a regañadientes volvió a contemplar el mar.

Obligó a sus ojos a descender desde el horizonte, evitando deliberadamente lo que tenía lugar en la balsa, y dejó que recorrieran la costa intentando abarcar el conjunto con mirada de profesional. Vio las compuertas de madera, las asas de metal para levantarlas, las protecciones metálicas de algunos estanques destinadas a evitar que los peces escaparan, pasadizos, tuberías...

Tuberías.

Se detuvo. Luego dio media vuelta y observó la colina. El oleaje debía pasar a través de unos enrejados situados bajo la superficie, en los lados de los estanques, para evitar que el agua de los recintos se estancara. Eso lo sabía, pero las tuberías... Ladeó la cabeza intentando comprender. Los conductos debían de llevar agua dulce de tierra adentro para mezclarla con la del mar y hacerla salobre. Igual que en una laguna, en una laguna artificial. El entorno perfecto para criar peces. Y el pez más delicado de criar, el más sensible, el manjar reservado solo para los más ricos, era el salmonete rojo.

Preguntó en voz baja:

—¿Dónde se conecta el acueducto con la casa?

Corelia negó con la cabeza.

—No lo sé.

«Tiene que ser grande —pensó Atilio—. Para un lugar así...»

Se arrodilló al lado de la piscina, recogió un poco de agua en la palma de la mano y la probó, ceñudo, paladeándola igual que un catador experto en vinos. Estaba limpia, a su juicio. Sin embargo, eso no quería decir nada necesariamente. Intentó recordar cuándo había sido la última vez que había comprobado el flujo del acueducto. No lo había hecho desde la noche del día anterior, antes de irse a la cama.

—¿A qué hora murieron los peces?

Corelia interrogó con la mirada a la anciana, pero la mujer se hallaba perdida en su mundo interior.

—No lo sé. Puede que haga un par de horas.

¡Dos horas!

Atilio saltó por encima de la balaustrada hasta la terraza inferior y echó a andar a grandes zancadas hacia la orilla.

Al borde del agua, la diversión no había estado a la altura de lo que había prometido. Pero ¿qué lo estaba en aquellos días? Ampliato percibía cada vez con mayor frecuencia que había alcanzado un punto —¿a causa de la edad, de la riqueza?— en que la excitación que le despertaba la expectación resultaba siempre más exquisita que el vacío que le proporcionaba satisfacerla. La voz de la víctima que gritaba, las salpicaduras de sangre y, luego, ¿qué? Solo una muerte más.

La mejor parte había sido el principio: la lenta preparación seguida del largo momento en que el esclavo simplemente había flotado inmóvil en el agua, con el rostro apenas sobresaliendo de la superficie, concentrándose para no atraer la atención de lo que nadaba bajo él. Eso había sido divertido. Aun así, los segundos se habían hecho interminables bajo aquel calor, y Ampliato había empezado a pensar que aquella historia de las morenas no era más que una exageración y que Vedio Pollio no tenía tanto estilo como imaginaba. Pero no.

¡Siempre se podía confiar en la aristocracia! Justo cuando se disponía a abandonar el espectáculo, el agua había empezado a agitarse y, de repente, ¡plop!, el rostro había desaparecido, igual que el flotador de un sedal, para resurgir durante un breve instante con una expresión de sorpresa y hundirse irremisiblemente. Retrospectivamente considerado, esa expresión había sido el clímax. El resto, con aquel calor del atardecer, había resultado más bien desagradable de contemplar.

Ampliato se quitó el sombrero de paja, se abanicó con él y observó a su hijo. Celsino parecía estar mirando fijamente hacia delante, pero en realidad tenía los ojos cerrados, lo cual era típico del chico. Siempre parecía obedecer, pero resultaba fácil comprobar que lo hacía mecánicamente y que su atención se encontraba en otra parte. Su padre le hundió un dedo en las costillas. Los ojos del chico se abrieron de golpe.

¿Qué tendría en la cabeza? Algún tipo de basura oriental, sin duda. Se culpó a sí mismo. Cuando el muchacho tenía seis años —y de eso hacía ya doce—, Ampliato había hecho construir, pagando de su propio bolsillo, un templo en Pompeya dedicado al culto a Isis. Siendo un ex esclavo no habría estado bien visto que lo dedicara a Júpiter, el mejor y el más grande, a la madre Venus ni a ninguna de las sagradas deidades guardianas. Pero Isis era egipcia, una diosa adecuada para mujeres, peluqueros, actores, perfumistas y gente de ese tipo. Había presentado el edificio en nombre de Celsino con la intención de introducir al muchacho en el Consejo de Gobierno de Pompeya. Lo que no previó fue que Celsino se lo tomaría tan en serio; pero eso había hecho el chico. Sin duda sus cavilaciones iban en aquel instante en esa dirección: hacia Osiris, el dios Sol, esposo de Isis, que todas las noches es encadenado al atardecer por su traidor hermano, Set, el portador de la oscuridad; hacia el modo en que todos los hombres, al morir, son juzgados por el soberano del reino de los muertos y, si son hallados justos de corazón, reciben la vida eterna para resurgir al amanecer, como Horus, el heredero de Osiris y sol vengador, portador de la luz. ¿De verdad creía Celsino en aquella palabrería para mujeres? ¿Realmente pensaba que, por ejemplo, aquel esclavo a medio devorar podía regresar de su muerte al ponerse el sol y llevar a cabo su venganza al amanecer?

Ampliato se estaba dando la vuelta y se disponía a preguntarle exactamente eso cuando lo distrajo un grito que oyó a sus espaldas. Entre los esclavos allí reunidos, se produjo una agitación y Ampliato se volvió aún más en su sillón. Un hombre al que no conocía se acercaba a grandes pasos desde la villa, agitando un brazo en alto y gritando.

Los principios de la ingeniería eran simples, universales e impersonales —tanto en Roma como en Galia o Campania—, y eso era lo que a Atilio le gustaba de ellos. Incluso mientras corría se estaba haciendo una idea de lo que no podía ver. La canalización principal del acueducto debía de hallarse en la colina, tras la villa, enterrada medio metro bajo la superficie a lo largo de un eje norte-sur, desde Baias hasta Piscina Mirabilis. Y quienquiera que hubiera sido el propietario de la villa cuando el Aqua Augusta fue construido hacía más de un siglo, sin duda había conectado dos canalizaciones: una alimentaba la gran cisterna de la casa, la piscina y las fuentes del jardín, de modo que si se había producido alguna contaminación en la línea principal, podía tardar todo un día en manifestarse, dependiendo del tamaño del depósito. Pero la otra debía de llevar una parte del agua del Augusta directamente a la pesquería y a las balsas. Cualquier problema con el acueducto tendría allí una repercusión inmediata.

Ante él, la escena de la carnicería estaba empezando a perfilarse con igual claridad: el propietario de la casa —Ampliato, seguramente— que se levantaba de su asiento, sorprendido; los espectadores, en ese instante de espaldas a la balsa; todos lo ojos fijos en él mientras bajaba a toda prisa el último tramo de escalones. Corrió por el camino de la pesquería, aminorando la marcha a medida que se acercaba a Ampliato, pero sin detenerse.

—¡Sacadlo! —ordenó mientras pasaba a su lado.

Ampliato, con el enjuto rostro lívido de ira, gritó algo a su espalda, y Atilio se volvió. Sin dejar de trotar, retrocedió e hizo un gesto de súplica.

—Por favor, sacadlo.

Boquiabierto pero mirando fijamente a Atilio, el millonario alzó

41

lentamente la mano, un gesto enigmático que sin embargo desencadenó una serie de actividades, como si todo el mundo hubiera estado esperando exactamente esa señal. El mayordomo de la casa se llevó dos dedos a la boca, silbó al esclavo del bichero y le hizo un gesto hacia arriba con la mano, ante el cual este llevó el extremo del palo hasta la superficie, lo enganchó en algo y empezó a arrastrarlo.

Atilio se encontraba casi al lado de las tuberías. De cerca resultaban más grandes de lo que había creído en la terraza. Eran de terracota. Dos. De casi medio metro de diámetro. Salían de la pendiente, atravesaban la rampa juntas, se separaban al llegar a la orilla y allí tomaban direcciones opuestas, a ambos lados de la pesquería. Cada una contaba con una tosca abertura de inspección —un trozo de tubería de medio metro cortado por la mitad—, y cuando llegó hasta ella vio que una había sido movida y mal repuesta en su sitio. Al lado había un cincel, como si quienquiera que lo había estado utilizando hubiera sido interrumpido.

Atilio se arrodilló y encajó la herramienta en la rendija, moviéndola hacia arriba y hacia abajo; luego la giró, de manera que consiguió espacio suficiente para poder meter los dedos bajo la tapa y levantarla. La apartó sin preocuparse de lo que pesaba. Tenía el rostro justo encima de la corriente de agua, y lo olió de inmediato. Aun liberado del estrecho espacio de la tubería, resultaba lo bastante intenso para producirle arcadas. El inconfundible olor a podrido. A huevos podridos.

El aliento de Hades.

Azufre.

E l esclavo estaba muerto. Eso saltaba a la vista incluso desde la distancia. Atilio, agachado junto a la tubería, vio que sacaban los restos de la balsa de las morenas y los metían en un saco, y también que el público se dispersaba y regresaba caminando con desgana a la villa al tiempo que la mujer de grises cabellos se abría paso entre ellos en la dirección contraria, hacia el mar. Los otros evitaron mirarla y le dejaron vía libre como si fuera una apestada. Cuando llegó al cadáver, alzó las manos al cielo y empezó a balancearse silenciosamente.

Ampliato no había reparado en ella, sino que caminaba decididamente hacia Atilio. Corelia lo seguía junto con un joven que se le parecía —su hermano, probablemente— y otros más. Algunos de los hombres llevaban cuchillos al cinto.

El ingeniero fijó su atención en el agua. ¿Acaso se trataba de su imaginación o era cierto que la presión disminuía? El olor resultaba mucho menos penetrante con la trampilla abierta. Metió las manos en la corriente, ceñudo, intentando calcular su fuerza mientras esta se retorcía entre sus dedos igual que un músculo, como algo vivo. En una ocasión, siendo niño, había visto matar a un elefante en los juegos circenses, acosado por arqueros y lanceros vestidos con pieles de leopardo; sin embargo, más que la caza, lo que le había impresionado había sido el modo en que el cuidador del animal —que seguramente había acompañado a la bestia desde África— se había agachado junto a su oreja cuando se derrumbó en el suelo y le había susurrado. Así se sentía en aquel momento: el acueducto, el inmenso Aqua Augusta, parecía estar muriéndose en sus manos.

Una voz dijo:

—Te hallas en mi propiedad.

Alzó la vista y vio que Ampliato lo miraba fijamente. El propietario de la villa debía de tener unos cincuenta años. Era bajo, pero fuerte y ancho de espaldas.

—En mi propiedad —repitió Ampliato.

—Su propiedad, sí; pero el agua es propiedad del emperador. —Atilio se puso en pie mientras se secaba las manos en la túnica. El derroche de tan precioso líquido en plena sequía para satisfacer el capricho de peces de un millonario lo enfurecía—. Tiene que cerrar las esclusas que conectan con el acueducto. Hay azufre en la corriente principal, y el salmonete rojo aborrece cualquier tipo de contaminación. Eso y solo eso —dijo haciendo énfasis en la palabra— ha sido lo que ha matado a sus preciosos peces.

Ampliato echó la cabeza hacia atrás levemente, captando el insulto. Su rostro era agraciado y de elegantes facciones. Tenía los ojos del mismo color azul que su hija.

—¿Se puede saber quién eres?

—Marco Atilio. Aguador del Aqua Augusta.

—¿Atilio? —El millonario frunció el entrecejo—. ¿Qué le ha pasado a Exomnio?

—Ojalá lo supiera.

—Pero Exomnio sigue siendo el aguador, ¿no?

—Ya no. Como le he dicho, el aguador ahora soy yo. —El ingeniero no estaba de humor para presentar sus respetos. Despectivo, estúpido, cruel... En otra ocasión estaría encantado de transmitirle sus cumplidos, pero en ese momento no tenía tiempo—. Debo regresar a Miseno. Tenemos una emergencia con el acueducto.

—¿Qué tipo de emergencia? ¿Acaso se trata de un presagio?

—Puede llamarlo así.

Hizo ademán de marcharse, pero Ampliato se hizo velozmente a un lado y le cerró el paso.

—Me has insultado —le dijo—. Me has insultado en mi propiedad y ante mi familia. ¿Vas a marcharte sin ofrecer siquiera una disculpa? —Había aproximado tanto su rostro al de Atilio que este pudo distinguir claramente las gotas de transpiración que le perlaban la frente, justo donde el cabello empezaba a ralear. Desprendía el olor dulzón del aceite de azafrán, el más caro de todos los ungüentos—. ¿Quién te ha dado permiso para entrar?

—Si le he ofendido en algún sentido... —empezó a decir Atilio; pero entonces se acordó de los despojos humanos que había dentro del saco y las disculpas se le atragantaron—. Apártese de mi camino.

Intentó abrirse paso, pero Ampliato lo agarró del brazo, y alguien sacó un cuchillo. Atilio se dio cuenta de que un paso más, un solo empujón, y todo habría terminado.

—Ha venido por mí, padre. Yo le pedí que lo hiciera.

—¿Qué?

Ampliato se dio la vuelta para enfrentarse con Corelia. Atilio nunca supo cuál habría sido la reacción del padre o si este la habría golpeado, porque en ese instante sonó un grito desgarrador. Avanzando por la rampa, se acercaba la anciana de grises cabellos. Se había manchado la cara, los brazos y la ropa con la sangre de su hijo, y su mano apuntaba hacia delante con el primero y el último de sus huesudos y bronceados dedos rígidamente extendidos. Gritaba en un idioma que Atilio no entendía; sin embargo no le hacía falta conocerlo: una maldición era siempre una maldición en cualquier lengua; y esa estaba dirigida directamente a Ampliato.

El millonario le soltó el brazo y se volvió para encararse con la mujer, absorbiendo la fuerza del maleficio con expresión indiferente. Luego, cuando el torrente de improperios empezó a menguar, se echó a reír. Atilio miró de reojo a Corelia, que le respondió con un movimiento afirmativo de la cabeza, apenas perceptible, al tiempo que le señalaba a la villa con los ojos. «No me pasará nada —parecía estar diciendo—. Márchate.» Aquello fue lo último que el ingeniero vio o escuchó antes de dar la espalda a la escena y empezar a remontar el sendero que conducía a la casa; dos, tres peldaños a la vez, corriendo con unas piernas que le parecían de plomo, igual que un hombre huyendo en un sueño.

Hora duodecima

(18.48 horas)

Inmediatamente antes de una erupción, puede producirse un marcado aumento de las proporciones de S/C, SO_2/CO_2, S/Cl, así como de las cantidades globales de HCl. Un aumento considerable de los componentes de la capa incandescente es a menudo señal de que el magma ha ascendido en un volcán durmiente y de que se puede producir una erupción en cualquier momento.

Volcanology

Un acueducto era la obra del hombre, pero las leyes que obedecía eran las de la naturaleza. Los técnicos podían apoderarse de un manantial y apartarlo de su curso establecido; pero, una vez había empezado a fluir, corría ineluctable e implacablemente a una velocidad promedio de cuatro kilómetros por hora, y Atilio no podía impedir que contaminara las aguas de Miseno.

No obstante todavía albergaba una leve esperanza: que el azufre no hubiera pasado de Villa Hortensia, que el origen de la fuga estuviera en el sistema de tuberías de la casa y que la propiedad de Ampliato no fuera más que un foco de podredumbre aislado en la preciosa curva de la bahía.

Esa esperanza le duró el tiempo que tardó en descender la colina corriendo hasta llegar a Piscina Mirabilis, arrancar a Corax del cobertizo donde estaba jugando una partida de huesos con Musa y Becco, explicarle lo sucedido y esperar impacientemente mientras el supervisor abría la puerta del depósito, momento en el que se evaporó por completo, fulminada por el mismo pútrido olor que había notado en la tubería de la pesquería.

—¡Aliento de perro! —bufó Corax con gesto de disgusto—. Debe de haberse estado acumulando durante horas.

—Dos horas.

—¿Dos horas? —El supervisor a duras penas podía disimular su satisfacción—. ¿Mientras nos llevabas por la montaña en esa estúpida misión?

—¿Y qué diferencia habría habido si hubiésemos estado aquí?

Atilio bajó unos peldaños tapándose la nariz con el dorso de la mano. La luz se estaba desvaneciendo. Lejos de su vista, más allá de los pilares, oía el acueducto desaguando en el depósito, pero con mucha menos fuerza de la habitual. Ocurría tal como había sospechado en la pesquería: la presión estaba bajando rápidamente.

Llamó a Polites, el esclavo griego que estaba esperando al final de la escalera, y le dijo que necesitaba algunas cosas: una antorcha, un plano del caño principal, la matriz del acueducto y una de las botellas taponadas que se utilizaban para tomar muestras de agua. Polites se alejó, obediente, y Atilio atisbó en la oscuridad, aliviado de que el supervisor no pudiera ver su expresión, ya que un hombre era lo que su rostro decía. Tal rostro, tal hombre.

—Corax, ¿cuánto tiempo llevas trabajando en el Augusta?

—Veinte años.

—¿Alguna vez ha ocurrido algo así?

—Nunca. Nos has traído mala suerte a todos.

Manteniendo una mano en la pared, Atilio descendió cautelosamente los últimos peldaños hasta el borde de la cisterna. El ruido del agua que caía de la boca del Augusta, junto con el olor y la melancolía de la luz del crepúsculo, le produjo la impresión de estar descendiendo a los infiernos. Había incluso un bote de remos amarrado a sus pies: el transporte perfecto para hacerle cruzar la laguna Estigia.

Intentó bromear para disimular el miedo que se estaba apoderando de él.

—Te dejo que seas mi Caronte —dijo a Corax—, pero no tengo ninguna moneda para darte.

—Pues en ese caso estarás condenado a vagar por el infierno para siempre jamás.

Aquello tenía gracia. Atilio apretó el puño contra su pecho, su gesto habitual cuando pensaba. Luego, gritó hacia el patio.

—¡Polites, espabila!

—¡Ya va, aguador!

La delgada figura del esclavo apareció en el umbral sosteniendo una vela y la antorcha. Bajó a toda prisa y se las entregó a Atilio, que acercó la llama a la masa de estopa y brea. La punta se encendió con un soplido de aceitoso calor. Las sombras de los hombres danzaron en los muros.

Subió con cuidado a la barca sosteniendo en alto la tea y se dio la vuelta para coger los rollos de los planos y la botella de cristal. La embarcación era endeble y de fondo plano, la que se usaba para el mantenimiento del depósito. Cuando Corax embarcó, el bote se hundió aún más.

«Debo dominar mi pánico», pensó Atilio. «Tengo que comportarme como un jefe.»

—Si esto hubiera pasado estando Exomnio aquí, ¿qué habría hecho él?

—No lo sé; pero te digo una cosa: conocía esta agua mejor que ningún otro hombre. Lo habría visto venir.

—Puede que lo viera venir y por eso ha desaparecido.

—Exomnio no es ningún cobarde. No ha escapado de nada.

—Entonces, ¿dónde está?

—Ya te lo he dicho, muchachito; te lo he dicho cientos de veces: no lo sé.

El supervisor se inclinó, desató la amarra, dio impulso a la barca para alejarla de los escalones, se volvió, se sentó frente a Atilio y tomó los remos. A la luz de la antorcha, su rostro parecía atezado y con una expresión suspicaz; aparentaba más edad que los cuarenta años que tenía. Corax tenía esposa y un montón de hijos con los que vivía en una abarrotada casita al otro lado de la calle, delante del depósito. Atilio se preguntó por qué el supervisor lo odiaba tanto. ¿Se debía sencillamente a que ambicionaba el cargo de aguador y le mortificaba que hubieran enviado a alguien más joven desde Roma o había algo más?

Le dijo a Corax que remara hasta el centro de la cisterna. Cuando llegaron, le entregó la antorcha, destapó la botella y se arremangó la túnica. ¿Cuántas veces había visto a su padre hacer lo mismo en los depósitos subterráneos del Claudia y del Anio Novus, en los montes Esquilinos? El anciano le había enseñado que todas las matrices tenían su propio sabor, tan distinto uno de otro como las diferentes cosechas de un vino: el Aqua Marcia, que brotaba de los tres claros manantiales del río Anio, era el más dulzón; el Aqua Alsietina era el que olía peor, ya que su agua salía de un sucio lago y solo era apta para el riego; el Aqua Julia resultaba tibio y suave, y así uno tras otro. Un buen aguador, le había dicho su padre, debía conocer algo más que las leyes de la hidráulica y la arquitectura; tenía que tener un olfato especial para el agua y para las piedras y las rocas por las que esta discurría en su camino hacia la superficie. De semejante talento podían depender muchas vidas.

En su mente apareció una imagen de su padre, muerto antes de los cincuenta años a causa del plomo con el que había trabajado toda su vida, que lo había dejado como cabeza de la familia siendo solo un adolescente. Al final no había quedado mucho de él, apenas un pálido pellejo sobre unos huesos esqueléticos.

Su padre habría sabido qué hacer.

Sujetando la botella boca abajo, Atilio se inclinó sobre la borda y la sumergió en el agua todo lo que pudo; luego le dio la vuelta lentamente y dejó que el aire se escapara en un reguero de burbujas. La volvió a tapar y la retiró.

Sentado en la barca, la volvió a abrir y la movió en círculos bajo su nariz. Tomó un trago, se pasó el líquido por la boca y se lo tragó. Amargo pero bebible, aunque por poco. Se lo entregó a Corax, que se lo cambió por la antorcha, bebió lo que quedaba hasta el final en un solo trago y se limpió la boca con el dorso de la mano.

—Puede pasar siempre que la mezcles con el suficiente vino —dijo.

La barca chocó contra uno de los pilares y Atilio se fijó en la distancia cada vez mayor que había entre la marca seca del nivel máximo y la superficie del agua: más de treinta centímetros. El depósito se estaba vaciando más deprisa de lo que el Aqua Augusta podía llenarlo.

De nuevo el pánico. «¡Lucha contra él!», se dijo.

—¿Qué capacidad tiene el depósito?

—Doscientos ochenta *quirinarie*.

Atilio alzó la antorcha hacia el techo, que desaparecía entre las sombras, a unos cinco metros por encima de sus cabezas. Eso significaba que el agua debía de tener una profundidad de unos doce metros, las dos terceras partes del depósito lleno. Era plausible suponer que en esos momentos contuviera unos doscientos *quirinarie*. En Roma trabajaban sobre la base de que un *quirinarie* cubría los requerimientos mínimos de doscientas personas. La guarnición naval de Miseno se componía de unos diez mil hombres, eso sin contar con los otros diez mil civiles.

El cálculo era bastante sencillo.

Tenían agua para dos días. Suponiendo que pudieran racionar el abastecimiento, dispondrían de una hora de suministro al amanecer y otra a la puesta del sol; eso dando por sentado que la concentración de azufre en el fondo de la cisterna fuera igual que en la superficie. Intentó pensar.

En un manantial natural, el azufre brotaba caliente y, por lo tanto, tendía a ascender hacia la superficie; pero ¿qué hacía una vez se había enfriado? ¿Se dispersaba, flotaba o se hundía?

Atilio miró en dirección al extremo norte del depósito, donde desembocaba el Augusta.

—Podríamos comprobar la presión.

Corax empezó a remar con vigorosos impulsos, guiándose con mano experta por el laberinto de pilares hacia el agua que caía. Atilio sostenía la antorcha con una mano mientras con la otra desenrollaba los planos y los aplanaba sobre las rodillas con el antebrazo.

La totalidad del extremo septentrional de la bahía, desde Nápoles hasta Cumas, era sulfuroso; eso lo sabía. De las minas de los montes Leucogaei, a tres kilómetros de distancia al norte del acueducto, se extraían grandes bloques translúcidos de azufre. Además estaban los manantiales sulfurosos de Baias y sus balnearios, adonde acudían convalecientes de todos los rincones del imperio. Había un estanque bautizado como *Posidian* en honor de un liberto de Claudio, donde el agua estaba lo bastante caliente para hervir la carne. De vez en cuando incluso el mar soltaba chorros de vapores sulfurosos ante Baias. El punto que había contaminado el Augusta tenía que hallarse en algún lugar de aquella abrasada región, donde la Sibila tenía su guarida, cuyos infernales agujeros daban acceso al inframundo.

Llegaron al túnel del acueducto. Corax dejó que el bote se deslizara un momento; luego remó en sentido contrario y lo detuvo con precisión al lado de una de las columnas. Atilio dejó a un lado los planos y levantó la antorcha. La llama resplandeció sobre el verde esmeralda de una gran placa de musgo e iluminó la gigantesca cabeza de Neptuno, esculpida en piedra, de cuya boca en circunstancias normales manaba un torrente de agua que parecía negra como la tinta. Sin embargo el chorro había disminuido, incluso durante el tiempo que habían empleado en el trayecto: en ese momento apenas era más que un goteo.

Corax dejó escapar un suave silbido.

—Nunca pensé que viviría para ver el Augusta seco. Tenías razón para estar preocupado, muchachito. —Miró a Atilio, y por primera vez su rostro reflejó un asomo de temor—. ¿Bajo qué estrellas has nacido para habernos traído esta desgracia?

Al ingeniero le estaba resultando difícil respirar. Se tapó de nuevo la nariz con la mano y movió la antorcha por la superficie del depósito. El reflejo de la llama en las quietas y oscuras aguas sugería un fuego en las profundidades.

Aquello era imposible, se dijo. Los acueductos no fallaban de ese modo, en cuestión de horas. Las matrices estaban rodeadas de muros de ladrillos impermeabilizados y encajadas en unos moldes de argamasa de medio metro de espesor. Los problemas más frecuentes —fallos estructurales, fugas, depósitos calcáreos que estrechaban las canalizaciones— tardaban meses e incluso años en manifestarse. El Claudia había tardado toda una década en quedar inservible.

Lo interrumpió la llamada de uno de los esclavos, Polites.

—¡Aguador!

Volvió la cabeza a medias. No podía distinguir los peldaños a causa de los pilares, que se elevaban igual que árboles petrificados de alguna sombría y apestosa marisma.

—¡Hay un jinete en el patio, aguador! ¡Porta un mensaje que dice que el acueducto ha fallado!

Corax masculló:

—Eso ya lo vemos, griego idiota.

Atilio echó mano de los planos.

—¿De qué ciudad viene?

Confiaba en que el esclavo diría que de Baias o Cumas. Puteoli en el peor de los casos. Si era Nápoles se trataría de un desastre. Sin embargo la respuesta le llegó como un puñetazo en el estómago.

—¡De Nola!

El mensajero estaba tan cubierto de polvo que tenía más aspecto de fantasma que de hombre; pero, mientras explicaba su historia —que el agua había dejado de llegar al depósito de Nola al amanecer y que el fallo había estado precedido de un fuerte olor a azufre surgido en plena noche—, se oyó en una calle vecina el sonido de otros cascos de caballo, y un segundo jinete entró trotando en el patio.

El hombre desmontó con solemnidad y sacó un papiro enrollado. Era un mensaje de los padres de la ciudad de Nápoles: el Augusta había fallado allí al mediodía.

Atilio lo leyó detenidamente haciendo un esfuerzo por permanecer impasible. En ese momento ya se había reunido una pequeña multitud en el recinto, además de dos caballos y dos jinetes rodeados por el grupo de trabajadores del acueducto, que habían interrumpido su cena para enterarse de lo que sucedía. El barullo también había empezado a atraer la atención de los transeúntes y de algunos tenderos de la zona.

—¡Eh, aguador! —gritó el propietario de una taberna cercana—. ¿Qué ocurre?

Atilio pensó que bastaría con nada, apenas el más leve soplo de viento, para que el miedo prendiera igual que un incendio en el monte. Sentía en su interior el chisporroteo del fuego. Ordenó a un par de esclavos que cerraran las puertas del patio y le dijo a Polites que se encargara de que dieran de comer y beber a los mensajeros.

—Musa, Becco, buscad un carro y empezad a cargarlo. Meted herramientas, *puteolanum*, légamo seco, todo lo que podamos necesitar para reparar la matriz. Cargad todo lo que un par de bueyes puedan arrastrar.

Los dos hombres intercambiaron una mirada.

—Pero no sabemos qué tipo de avería es —objetó Musa—. Puede que no baste con una carreta.

—Entonces recogeremos el material que nos haga falta al pasar por Nola.

Atilio se encaminó hacia las dependencias administrativas del acueducto con el mensajero de Nola pegado a sus talones.

—Pero ¿qué voy a decir a los ediles? —El jinete era apenas un muchacho. Las cuencas de los ojos eran la única parte de su rostro que no estaba cubierta de una gruesa capa de polvo; su rosado aspecto resaltaba el miedo de su mirada—. Los sacerdotes quieren hacer un sacrificio a Neptuno. Dicen que el azufre es un presagio terrible.

—Diles que estamos al corriente del problema. —Atilio gesticuló vagamente con los planos—. Diles que estamos organizando las reparaciones.

Se escabulló por la baja entrada y entró en el pequeño cubículo. Exomnio había dejado los archivos del Augusta hechos un caos. Comprobantes de venta, facturas, recibos, pagarés, normas legales y dictámenes, informes de los ingenieros, inventarios del almacén, cartas del departamento del Curator Aquarum y órdenes del comandante naval de Miseno —algunas de ellas de hacía veinte o treinta años— se desparramaban por el escritorio, la mesa y el suelo. Atilio barrió la mesa con el brazo y desplegó sus planos.

¡Nola! ¿Cómo era posible? Nola era una ciudad importante, situada a unos cincuenta kilómetros al este de Miseno y alejada de los terrenos sulfurosos. Usó el pulgar para medir las distancias. Con un carro de bueyes tardarían casi dos días en llegar hasta allí. El mapa le mostraba con la claridad de una imagen el modo en que se había extendido el desastre, cómo la matriz se había vaciado con matemática precisión. Lo recorrió con la yema del dedo mientras sus labios se movían en silencio. ¡Casi cuatro kilómetros por hora! Si Nola había caído al amanecer, Acerras y Atella lo habrían hecho a media mañana. Si Nápoles, que estaba a dieciocho kilómetros de distancia de Miseno a lo largo de la bahía, se había quedado sin suministro a mediodía, a Puteoli le habría tocado a la octava hora; a Cumas, a la novena; a Baias, a la décima; y por fin a la duodécima les llegaría el turno.

Ocho poblaciones sin suministro. Solo Pompeya, situada a unos pocos kilómetros de Nola corriente arriba, se había librado; pero aun sin ella, significaba que más de doscientas mil personas se habían quedado sin agua.

Se percató de que a a sus espaldas la entrada se oscurecía, de que Corax se acercaba y se apoyaba en el marco de la puerta, observándolo.

Enrolló el mapa y se lo puso bajo el brazo.

—Dame la llave de la compuerta.

—¿Por qué?

—¿Acaso no está claro? ¡Voy a cerrar el depósito!

—Pero se trata del agua de la Armada. No puedes hacerlo. No sin la autorización del almirante.

—Entonces, ¿por qué no vas y la solicitas? Voy a cerrar la compuerta. —Por segunda vez aquel día, sus rostros casi se tocaron—. Escúchame bien, Corax. Piscina Mirabilis es una reserva estratégica, ¿lo entiendes? Para eso está aquí, para que sea cerrada en caso de emergencia. Y todo el tiempo que pasemos discutiendo es agua que perdemos. Ahora dame la llave o responderás de ello ante Roma.

—Muy bien. Hazlo a tu manera, muchachito. —Sin apartar la mirada de los ojos de Atilio, desenganchó la llave de la anilla del cinto—. Yo voy a ver al almirante, a explicarle lo que ocurre. Entonces veremos quién responde de qué y ante quién.

Atilio cogió la llave, pasó ante el supervisor y salió al patio.

—Polites, cierra las puertas detrás de mí —le dijo al esclavo que estaba más cerca—. Que no se permita el acceso a nadie sin mi permiso.

—Sí, aguador.

En la calle todavía se amontonaba una multitud de curiosos, pero estos se hicieron diligentemente a un lado para dejarlo pasar. Hizo caso omiso de sus preguntas. Giró a la izquierda, de nuevo a la izquierda y bajó un tramo de escalera. El órgano de agua seguía canturreando en la distancia. Las coladas de ropa colgaban sobre su cabeza, tendidas entre los muros. Una niña prostituta, de como mucho diez años de edad y vestida de color azafrán, se colgó de su brazo y se negó a dejarlo ir hasta que Atilio le dio un puñado de monedas de cobre.

Mientras maldecía su simpleza, la vio escabullirse entre el gentío y entregárselas a un gordo capadocio, a todas luces su propietario.

El edificio que albergaba la compuerta era un pequeño cubículo de ladrillo rojo, apenas más alto que un hombre. En un nicho, al lado de la puerta, había una estatua de Egeria, la diosa de los manantiales; a sus pies yacían unas cuantas flores marchitas y trozos de fruta enmohecida, ofrendas depositadas por las mujeres embarazadas que creían que Egeria, consorte de Numa, el príncipe de la paz, les haría más fácil el parto cuando este se produjera. Otra superstición inútil. Un despilfarro de comida.

Giró la llave en la cerradura y tiró furiosamente de la pesada puerta de madera.

En ese instante se hallaba al mismo nivel que Piscina Mirabilis. El agua del depósito brotaba a presión de un túnel de la pared, pasaba por una rejilla de bronce, se arremolinaba en el abierto conducto que había a sus pies y de ahí se repartía entre las tres tuberías que se desplegaban y desaparecían bajo las losas que había a su espalda, llevando el suministro hasta el puerto y la ciudad de Miseno. El chorro se controlaba mediante una compuerta empotrada en la pared que se accionaba con una manivela de madera sujeta a una rueda de hierro. La falta de uso la había agarrotado, y tuvo que aporrearla varias veces con el canto de la mano para soltarla. Al final, cuando se apoyó con todas sus fuerzas en ella, empezó a girar. Le dio vueltas tan rápidamente como pudo y la compuerta descendió entre chirridos, igual que el rastrillo de una fortaleza, reduciendo gradualmente el caudal hasta interrumpirlo por completo y dejar un olor a polvo húmedo.

En el canal de piedra solo quedó un pequeño charco que se evaporó tan pronto bajo el efecto del calor que Atilio apenas lo vio reducirse. Se inclinó, metió los dedos en los restos de humedad y se los llevó a los labios. Ni rastro de azufre.

Lo había hecho, se dijo, había privado a la armada de su agua en plena sequía, sin ninguna autorización, a los tres días de haber tomado posesión de su puesto. Muchos hombres habían sido desposeídos de su rango y enviados a galeras por faltas menores que esa. Entonces se le ocurrió que había sido un tonto al permitir que Corax fuera el primero en ir a ver al almirante. Sin duda se iba a poner en marcha una comisión de investigación y el supervisor ya estaría asegurándose de quién cargaría con las culpas.

Cerró la cámara de la compuerta y miró a un lado y a otro de la concurrida calle. Nadie le prestaba atención. Nadie sabía lo que estaba sucediendo. Se sintió en posesión de un terrible secreto, y ese conocimiento lo volvió furtivo. Echó a andar por un estrecho corredor hacia el puerto, manteniéndose pegado a la pared, con los ojos clavados en la alcantarilla, y evitando cruzarse con la mirada de la gente.

L a villa del almirante se hallaba en el extremo de Miseno, y para llegar hasta ella el ingeniero tuvo que hacer la mayor parte del trayecto —principalmente caminando, aunque ocasionalmente arranques de miedo lo impulsaron a correr— por el estrecho camino y cruzar el puente de madera giratorio que separaba los dos puertos naturales de la base naval.

Había sido prevenido respecto al almirante antes de salir de Roma. «El comandante en jefe es Cayo Plinio Secundo —le había dicho el Curator Aquarum—, Plinio el Viejo. Tarde o temprano te encontrarás con él. Cree que lo sabe todo acerca de todo. Puede que sea cierto. Tendrás que tratarlo con guante de seda. Deberías echarle un vistazo a su último libro: la *Historia natural*; todos los hechos de la madre naturaleza recogidos en treinta y siete volúmenes.»

Había un ejemplar en la Biblioteca del Pórtico de Octavio. El ingeniero apenas había tenido tiempo de leer más allá del índice de materias: «El mundo, su forma, su movimiento. Eclipses solares y lunares. Truenos. Música de las estrellas. Portentos celestes, episodios constatados. Rayos celestes, aperturas celestes, colores del cielo, fuegos celestes, iras del cielo, auras repentinas. Eclipses, lluvias de piedras...».

En la biblioteca había más libros de Plinio: seis volúmenes de oratoria, ocho de gramática; veinte sobre la guerra en Germania, donde había mandado una unidad de caballería; treinta volúmenes sobre la historia reciente del imperio, para el que había servido como procurador en Hispania y la alta Galia. Atilio preguntó cómo se las había arreglado para escribir tanto y al mismo tiempo llegar tan alto en la jerarquía de la administración del imperio, y el Curator respondió: «Porque no tiene esposa. —Y añadió, riendo ante su propia ocurrencia—: Y porque tampoco duerme. Vigila que no te pille desprevenido.»

El cielo se había puesto rojo con el crepúsculo y, a su derecha, la gran laguna donde los navíos de guerra eran construidos y reparados se hallaba desierta de cara a la noche. Algunas aves marinas graznaban lastimeramente entre las cañas. A su izquierda, en el puerto exterior, un transbordador de pasajeros se aproximaba entre las doradas luces, con las velas recogidas y una docena de remos extendidos a cada costado, hendiendo el agua rítmicamente mientras la nave se deslizaba entre las trirremes ancladas de la flota imperial. Era demasiado tarde para que fuera el navío que hacía el trayecto nocturno desde Ostia, lo cual significaba que se trataba de un servicio local. El peso de los pasajeros que atestaban el puente lo hundían en el agua.

«Lluvias de leche, de sangre, de carne, de hierro, de lana, de ladrillos. Portentos. La tierra como centro del mundo. Terremotos. Abismos. Respiraderos. Maravillas combinadas de fuego y agua: breas minerales, naftas, regiones de resplandores perpetuos. Principios armónicos del mundo...»

Atilio se estaba desplazando más rápidamente de lo que las conducciones de agua se vaciaban, y cuando pasó el arco de triunfo que señalaba la entrada del puerto, comprobó que de la gran fuente pública del cruce seguía manando agua. A su alrededor se encontraba la habitual multitud de todos los atardeceres: marineros mojándose sus ebrias cabezas, niños andrajosos salpicando y riendo, una fila de mujeres y esclavos sosteniendo recipientes de barro en la cadera o sobre la cabeza a la espera de recoger su agua para la noche. Una estatua del divino Augusto colocada hábilmente al lado de la intersección para recordar a los ciudadanos quién era el responsable de tamaña bendición contemplaba fríamente la escena, inmóvil en su perpetua juventud.

El sobrecargado transbordador se había acercado al muelle. Las pasarelas habían sido extendidas y ya se arqueaban bajo el peso de los pasajeros que se apresuraban a desembarcar. Las maletas y los bultos pasaban de mano en mano. El propietario de unos taxis, sorprendido por el súbito movimiento, corría de un lado a otro y pateaba a los portadores para que se pusieran en pie. Atilio preguntó de dónde provenía el barco, y el propietario de los taxis le gritó por encima del hombro:

—De Nápoles, amigo mío, y antes de eso de Pompeya.

¡Pompeya!

Atilio dio un paso y se detuvo. Era raro que no hubiera tenido noticias de Pompeya, la primera ciudad que se abastecía de la matriz del Augusta. Vaciló, dio media vuelta y se encaró con la multitud.

—¿Quién llega de Pompeya? —Agitó los rollos de los planos en el aire para llamar la atención—. ¿Alguien ha estado en Pompeya esta mañana?

Nadie le hizo caso. La gente estaba sedienta tras el viaje. Atilio se dijo que los que llegaban de Nápoles tendrían que estarlo necesariamente, ya que allí se habían quedado sin suministro al mediodía. Muchos lo dejaron atrás en sus prisas por alcanzar la fuente, salvo uno, un anciano hombre santo, tocado con la gorra puntiaguda y que empuñaba el curvado bastón de los augures mientras caminaba despacio y escrutaba el cielo.

—Yo he estado en Nápoles esta tarde —dijo cuando Atilio lo detuvo—, pero por la mañana me encontraba en Pompeya. ¿Por qué? ¿Hay algo en lo que te pueda ayudar, hijo mío? —Sus velados ojos adquirieron una expresión astuta y bajó el tono de voz—. No tienes que ser tímido. Tengo práctica en la predicción de todos los fenómenos habituales, truenos, entrañas, pájaros de presagios, manifestaciones sobrenaturales... Mis tarifas son razonables.

—¿Puedo preguntaros, santo padre, ¿cuándo habéis salido de Pompeya?

—Con las primeras luces.

—¿Y las fuentes funcionaban? ¿Había agua?

Tanto dependía de aquella respuesta que Atilio casi temía escucharla.

—Sí, había agua. —El augur frunció el entrecejo y alzó su bastón hacia el crepúsculo—. Pero cuando llegué a Nápoles, las calles estaban secas y en los baños se olía a azufre. Por eso decidí tomar el transbordador y venir hasta aquí. —Examinó el cielo en busca de aves—. El azufre es siempre un terrible presagio.

—Desde luego —asintió Atilio—, pero ¿estáis seguro? ¿Estáis seguro de que fluía el agua?

—Sí, hijo mío, estoy seguro.

Se produjo un alboroto alrededor de la fuente y ambos se volvieron para mirar. Había empezado con poca cosa, algunos empujones y agarrones, pero no tardaron en aparecer los puños. La multitud pareció contraerse, hacerse más densa. Desde el centro salió volando un gran cuenco de barro que dio vueltas en el aire y cayó en el dique, haciéndose pedazos. Una mujer gritó. Un hombre vestido con una túnica griega y que se aferraba a un pellejo lleno de agua apareció culebreando entre la multitud; la sangre le manaba de un corte en la sien; cayó de bruces, se recobró y se escabulló por un callejón.

«Así empieza —pensó el ingeniero—. Primero esta fuente, luego las demás del puerto, y por fin el gran depósito del foro y los baños públicos y los grifos de la escuela militar y las grandes mansiones. Nada saldrá de las vacías cañerías salvo el ruido del plomo y el silbido del aire.»

El lejano órgano de agua se atascó en una nota y se extinguió con un largo quejido.

Alguien gritaba que un bastardo napolitano se había abierto paso y había robado las últimas gotas de agua. La multitud, igual que una fiera dotada de un único cerebro e impulso, se dio la vuelta y se lanzó en su persecución por la callejuela. Y de repente, con la misma rapidez con que había comenzado, el alboroto se alejó dejando tras de sí una escena de recipientes rotos y a un grupo de mujeres encogidas en el polvo que se protegían la cabeza con las manos, al borde de la silenciosa fuente.

Vespera

(20.07 horas)

Los terremotos pueden ocurrir en oleadas en áreas
donde se concentren líneas de fractura, como en las
zonas próximas a una falla, y en los lugares cercanos
al magma donde tienen lugar cambios de presión.

HARALDUR SIGURDSSON (ed.),
Encyclopaedia of Volcanoes

La residencia oficial del almirante se hallaba en lo alto de una
loma que dominaba el puerto. Cuando Atilio llegó y fue conducido a la terraza, ya había oscurecido. Por toda la bahía, en
las villas situadas al lado del mar, antorchas, lámparas de aceite y bra-
seros iban siendo encendidos, de modo que una línea discontinua de
luz había empezado a surgir y ondulaba a lo largo de varios kilómetros dibujando el perfil de la costa antes de desvanecerse en un resplandor púrpura en las cercanías de Capri.

Un centurión de la armada con uniforme completo, coraza, casco
empenachado y una espada colgándole del cinto, se alejó a toda prisa
cuando vio llegar al aguador. Los restos de una copiosa cena estaban
siendo recogidos de una mesa de piedra que había bajo una pérgola.
Al principio Atilio no vio al almirante, pero en el instante en que un
esclavo lo anunció, «¡Marco Atilio Primo, aguador del Aqua Augusta!»,
un hombre robusto de cincuenta y tantos años de edad que se hallaba
al final de la terraza se dio la vuelta y se le acercó, bamboleándose, seguido por los que Atilio supuso que eran los invitados de la cena que
celebraba: cuatro hombres sudando bajo sus togas, uno de los cuales, al
menos a juzgar por la cinta púrpura de su vestimenta oficial, era senador. Tras ellos, obsequioso, malévolo, inevitable, iba Corax.

Por alguna razón Atilio había imaginado al famoso erudito como una persona delgada; sin embargo, Plinio el Viejo era grueso y el vientre le sobresalía igual que el espolón de cualquiera de sus navíos de guerra. Se enjugaba la frente con una servilleta.

—¿Debo arrestarte en el acto, aguador? Ya sabes que podría. Eso es algo que está lo suficientemente claro. —Su voz era la propia de alguien gordo: un tono chillón que fue haciéndose más áspero a medida que enumeraba con los dedos los cargos en su contra—. Para empezar, incompetencia; ¿quién podría dudar de eso? Negligencia, ¿dónde te hallabas cuando el azufre empezó a contaminar el agua? Insubordinación, ¿con qué autoridad has cortado el suministro? Traición; sí, supongo que podría aplicarte un cargo de traición. ¿Y qué tal otro por fomentar la rebelión en los astilleros imperiales? He tenido que enviar una centuria de marinos, cincuenta a la ciudad para que corten algunas cabezas y restauren el orden público y otros cincuenta a la cisterna para que vigilen lo que quede allí. Traición...

Hizo una pausa falto de aliento. Con sus arreboladas mejillas, fruncidos labios y ralos bucles grises aplastados por el sudor ofrecía todo el aspecto de un avejentado y furioso querubín recién caído de algún fresco deteriorado. El más joven de sus invitados, un muchacho gordezuelo recién salido de la adolescencia, dio un paso al frente para sostenerlo del brazo; pero Plinio se desembarazó de él. Detrás del grupo, Corax sonreía mostrando una hilera de ennegrecidos dientes: había tenido más éxito del que Atilio había creído a la hora de esparcir su veneno. Con lo ladino que era, seguro que le había enseñado algún truco al senador.

Atilio reparó en que una estrella había asomado por encima del Vesubio. Nunca se había fijado en la montaña como era debido, y desde luego nunca la había observado desde aquel ángulo. El cielo se veía oscuro, pero la montaña todavía más y se alzaba sobre la bahía como una mole, afilándose hacia la cima. Allí estaba el origen del problema, pensó, en algún lugar de la montaña. No en el lado que daba al mar, sino en la zona de tierra adentro, en la pendiente nororiental.

—Además, ¿quién eres tú? —consiguió articular finalmente Plinio—. No te conozco, y me pareces demasiado joven. ¿Qué ha sido del verdadero aguador? ¿Cómo se llamaba?

—Exomnio —intervino Corax.

—Exomnio. Eso es. ¿Dónde está y a qué cree Acilio Aviola que está jugando al enviarme a un muchacho para hacer el trabajo de un hombre? ¡Habla! ¿Qué tienes que decir en tu descargo?

Tras el almirante, el Vesubio formaba una perfecta pirámide acompañada por la tenue línea de luz de las villas situadas al borde del mar que se extendían por su base. En ciertos lugares la línea se hacía más densa. «Esas», pensó el ingeniero, «deben de ser las poblaciones.» Las había reconocido por su situación en los planos. La más próxima era Herculano; la más lejana, Pompeya. Atilio se enderezó.

—Necesito que me prestéis un navío.

Extendió su mapa en la mesa de la biblioteca de Plinio y lo mantuvo en su sitio poniéndole en las esquinas unos fragmentos de magnetita que cogió de una vitrina. Un anciano esclavo arrastraba los pies tras el almirante mientras encendía un trabajado candelabro de bronce. Las paredes estaban cubiertas de estanterías de madera de cedro llenas de rollos de pergamino amontonados en forma de panal, y ni siquiera con las puertas de la terraza abiertas de par en par soplaba la brisa suficiente para disipar el calor. Los grasientos hilos de humo de las velas ascendían sin ser molestados. Atilio notó que el sudor le goteaba por los costados, incordiándolo como un insecto que se arrastrara.

—Di a las damas que nos reuniremos con ellas enseguida —ordenó el almirante al esclavo. Acto seguido se dio media vuelta e hizo un gesto de asentimiento al ingeniero.

—De acuerdo, escuchemos lo que tengas que decirnos.

Atilio observó los rostros de los presentes, atentos bajo la luz de las velas. Le habían dicho sus nombres antes de sentarse y quería estar seguro de recordarlos debidamente: Pedio Casco, un anciano senador que, según recordaba vagamente, había sido cónsul años atrás y poseía una gran mansión en la costa de Herculano; Pomponiano, un antiguo compañero de armas de Plinio, había llegado en su barco de remos aquella misma noche procedente de su villa de Stabias; y Antio, capitán de la nave insignia imperial, *Victoria*. El rollizo joven era el sobrino de Plinio, Cayo Plinio Cecilio Segundo.

Puso el dedo en el mapa y todos se inclinaron hacia delante, incluso Corax.

—Aquí es donde pensé que debía estar la rotura, almirante; aquí, en los abrasados campos de Cumas. Eso explicaría la presencia del azufre. Pero entonces nos enteramos de que el suministro también había quedado cortado en Nola, aquí, hacia el este. Eso ocurrió hacia el amanecer. Determinar el momento resulta crucial porque, según un testigo que estuvo en Pompeya con las primeras luces, las fuentes de la ciudad seguían funcionando a esa hora. Como podéis ver, Pompeya se halla conectada a la matriz a cierta distancia antes que Nola. Por lo tanto, con toda lógica, el Augusta debería haber fallado allí en plena noche. El que no lo haya hecho solo significa una cosa: la rotura tiene que estar en este punto —trazó un círculo—; en este tramo, que tiene unos ocho kilómetros y discurre cerca del Vesubio.

Plinio frunció el entrecejo.

—¿Y el barco? ¿Qué tiene que ver con todo esto?

—Calculo que nos quedan reservas de agua para dos días. Si partimos por tierra desde Miseno para descubrir lo ocurrido, tardaremos al menos todo ese tiempo en encontrar dónde se ha producido la rotura. En cambio, si vamos por mar hasta Pompeya, si viajamos ligeros y recogemos lo que necesitemos allí, deberíamos ser capaces de empezar las reparaciones mañana mismo.

En el silencio que se hizo a continuación, el ingeniero pudo percibir el constante goteo del reloj de agua, al lado de las puertas. Algunos pabilos de las velas se habían retorcido y habían caído en la cera fundida.

—¿De cuántos hombres dispones? —preguntó Plinio.

—Cincuenta en total; pero la mayoría de ellos se hallan dispersos a lo largo de la matriz, ocupados en labores de mantenimiento de los tanques de decantación y de los depósitos de las ciudades. En Miseno cuento con unos doce. Me gustaría llevarme a la mitad. El resto de trabajadores que podamos necesitar los contrataré en Pompeya.

—Podríamos prestarle una liburnia, almirante —dijo Antio—. Si partiera al amanecer, podría estar en Pompeya a media mañana.

Corax pareció aterrorizarse ante la mera sugerencia.

—Con el debido respeto, almirante, esto no son más que pamplinas. Yo no haría mucho caso. Para empezar, me gustaría saber por qué el aguador está tan seguro de que en Pompeya sigue habiendo agua.

—Almirante —replicó Atilio—, en el muelle me he encontrado con un hombre. Un augur. El transbordador local acababa de llegar. Me ha dicho que esta mañana había estado en Pompeya.

—¡Un augur! —se burló Corax—. Entonces ha sido una lástima que no previera todo el asunto. Muy bien, asumamos que está diciendo la verdad. Digamos que la rotura se encuentra ahí. Conozco esa zona de la matriz mejor que nadie, sus ocho kilómetros y cada centímetro de ella bajo tierra. Tardaremos más de un día solo en dar con el sitio donde se ha roto.

—Eso no es cierto —objetó Atilio—. Con toda esa agua escapando de la canalización, hasta un ciego podría dar con el fallo.

—Y con toda esa agua retenida en los túneles, ¿cómo vamos a meternos dentro a hacer las reparaciones?

—Mirad, cuando lleguemos a Pompeya, nos dividiremos en tres grupos —dijo el ingeniero. No había hecho planes y estaba improvisando sobre la marcha, pero percibía que Antio estaba de su lado y que el almirante no podía apartar los ojos del mapa—. El primer grupo partirá hacia el Augusta, siguiendo la conducción desde Pompeya hasta la matriz, luego se desviará hacia poniente. Puedo aseguraros que hallar la rotura no será problema. El segundo grupo se quedará en Pompeya y reunirá los hombres y materiales necesarios para la reparación. Un tercer grupo subirá a las montañas, hasta Avelino, con instrucciones para cerrar el Augusta.

El senador lo fulminó con la mirada.

—¿Puede hacerse? En Roma, cuando hay que cerrar un acueducto para repararlo, permanece semanas fuera de servicio.

—Según los planos, senador, sí, puede hacerse. —Atilio apenas se daba cuenta, pero estaba inspirado; toda la operación discurría ante sus ojos mientras la describía—. Nunca he visto las fuentes del Serino, pero, según el plano, fluyen hasta un depósito con dos canales. La mayor parte del agua corre hacia el oeste, hacia nosotros; pero hay una conducción más pequeña que se desvía hacia el norte para abastecer Benevento. Si mandamos toda el agua hacia el norte y drenamos el canal de poniente, podremos meternos dentro para repararlo.

La ventaja es que no tendremos que hacer una represa y desviar la corriente temporalmente antes de iniciar el mantenimiento, que es lo que se hace con los acueductos de Roma. Podremos trabajar mucho más deprisa.

El senador trasladó su lánguida mirada a Corax.

—¿Es eso cierto, supervisor?

—Puede ser —reconoció a regañadientes. Parecía percibir que había sido derrotado, pero no estaba dispuesto a rendirse sin lucha—. A pesar de todo, recalco que está diciendo bobadas si insiste en asegurar que todos esos trabajos pueden hacerse en uno o dos días. Como he dicho, conozco ese tramo. Tuvimos problemas allí hace veinte años, cuando el gran terremoto. Exomnio era entonces el aguador y era nuevo en su oficio. Acababa de llegar de Roma. Era su primer puesto de responsabilidad y trabajamos juntos en el problema. Sí, reconozco que la matriz no quedó bloqueada por completo, pero aun así tardamos semanas en reparar todas las grietas de los túneles.

—¿Qué gran terremoto? —Atilio nunca lo había oído mencionar.

—De hecho, fue hace diecisiete años —intervino por primera vez el sobrino de Plinio con voz atiplada—. El terremoto ocurrió en los nones de febrero, durante el consulado de Régulo y Vírgino. En aquellos momentos el emperador Nerón se hallaba en Nápoles interpretando en el escenario. Séneca ha descrito el incidente. Seguro que lo has leído, tío. Lo más relevante se encuentra en *Cuestiones naturales*, libro sexto.

—Sí, Cayo, gracias —contestó el almirante con aspereza—, ya lo he leído, aunque te agradezco la referencia. —Contempló el mapa y resopló—. Me pregunto... —Se revolvió en la silla y llamó al esclavo—. ¡Dromo, tráeme un vaso de vino! ¡Deprisa!

—¿Te encuentras mal, tío?

—No, no. —Plinio apoyó la barbilla en los codos y se fijó en el plano—. Así pues, ¿esto es lo que ha dañado el Augusta, un terremoto?

—Pero entonces tendríamos que haberlo notado —objetó Antio—. El último temblor destruyó la mayor parte de Pompeya. Tanto que todavía la están reconstruyendo. Media ciudad está en obras. No nos han llegado informes de nada parecido.

—Aun así —continuó diciendo Plinio, casi para sus adentros—, este clima es típico de terremotos. El mar en calma, un cielo tan sereno que hasta los pájaros han dejado de volar… En circunstancias normales estaríamos preparándonos para una tormenta. Sin embargo, cuando Saturno, Júpiter y Marte están en conjunción con el sol, en lugar de ocurrir en el aire, la naturaleza desencadena sus truenos bajo tierra. Esa es, en mi opinión, la definición de un terremoto: un trueno que surge de las entrañas del mundo.

El esclavo apareció a su lado arrastrando los pies y llevando una bandeja en cuyo centro había una copa de vidrio llena de vino en sus tres cuartas partes. Plinio gruñó y alzó el vaso hacia la luz de las velas.

—Un Caecuban —murmuró Pomponiano, impresionado—, con cuarenta años y todavía se deja beber con delectación. —Se pasó la lengua por los gruesos labios—. No me importaría compartirlo contigo, Plinio.

—Dentro de un momento. Observa… —El almirante hizo girar el vino en la copa. Era espeso como un jarabe y del color de la miel. Atilio percibió su aroma dulzón cuando pasó bajo su nariz—. Y ahora mirad con atención.

Dejó la copa en la mesa.

Al principio el ingeniero no comprendió lo que pretendía demostrar; pero al examinar la copa de cerca vio que la superficie del vino vibraba ligeramente. Leves ondas surgían de su centro, igual que la pulsación de una cuerda musical al ser pellizcada. Plinio cogió la copa y el movimiento cesó. La depositó de nuevo y se reanudó.

—Lo he percibido durante la cena. Me he entrenado para estar alerta a los sucesos de la naturaleza que otros pueden pasar por alto. El temblor no es continuo. Ved ahora… El vino no vibra.

—Esto es realmente notable, Plinio —dijo Pomponiano—. Te felicito. Me temo que cuando yo tengo un vaso en la mano, no lo dejo hasta haberlo vaciado.

El senador no estaba tan impresionado. Cruzó los brazos y se recostó en su silla como si hubiera hecho el ridículo al contemplar un truco propio de niños.

—No veo qué importancia pueda tener. Sí, la tierra tiembla, ¿y qué? Podría tratarse de cualquier cosa: el viento…

—No sopla viento.

—... O pasos en alguna parte. O quizá Pomponiano, aquí presente, ha estado acariciando a alguna de las damas por debajo de la mesa.

La risa relajó la tensión. Solo que Plinio no sonreía.

—Sabemos que este mundo sobre el que nos sostenemos, que nos parece tan inamovible, de hecho está en permanente movimiento y gira a una increíble velocidad. Puede ser que esta masa que viaja por el espacio produzca un sonido cuyo volumen nuestros sentidos no alcanzan a percibir. Si las pudiéramos oír, es posible que las estrellas de ahí fuera estén tintineando como campanillas. ¿No podría ocurrir que las ondas en este vaso de vino fueran la manifestación física de esa misma armonía celeste?

—Entonces, ¿por qué se para y vuelve a empezar?

—No tengo respuesta para eso, Casco. Quizá en un momento la tierra se desliza silenciosamente y en otro encuentra resistencia. Existe una escuela que sostiene que los vientos están ocasionados por el hecho de que la tierra se mueve en una dirección y las estrellas en otra. ¿Tú qué opinas, aguador?

—Soy ingeniero, almirante —dijo Atilio con prudencia—, no filósofo. —Desde su punto de vista, estaban perdiendo el tiempo. Pensó en mencionar el extraño comportamiento del vapor en la ladera aquella mañana, pero optó por no hacerlo. ¡Estrellas tintineantes! Su pie golpeaba el suelo de impaciencia—. Todo lo que puedo deciros es que un acueducto se construye para que soporte las fuerzas más extremas. En las zonas en que el Augusta discurre bajo tierra, que son la mayoría, tiene dos metros de alto y uno de ancho y descansa en un lecho de argamasa de medio metro de espesor y entre muros de un grosor equivalente. Sea cual sea la fuerza que los haya dañado, tiene que haber sido formidable.

—¿Más formidable que la fuerza que hace temblar mi vino? —El almirante miró al senador—. Si no nos estamos enfrentando a un fenómeno de la naturaleza, entonces ¿de qué se trata? ¿De un acto de sabotaje dirigido, quizá, contra la flota imperial? Pero ¿quién se atrevería? En esta parte de Italia no se alzado un enemigo desde los tiempos de Aníbal.

—Y el sabotaje no explica la presencia de azufre.

—¡Azufre! —exclamó Pomponiano de repente—. ¿No es esa la

materia de los rayos? ¿Y quién lanza rayos? —Miró a su alrededor nerviosamente—. ¡Júpiter! Deberíamos sacrificar un buey blanco en honor a Júpiter como deidad de los aires y hacer que le examinaran las entrañas. Ellas nos dirían qué debemos hacer.

El ingeniero rió.

—¿Dónde está la gracia? —preguntó Pomponiano—. ¿Acaso es más gracioso que la idea de un mundo que vuela por el espacio? Una idea que, si Plinio me lo permite, plantea la pregunta de por qué entonces no nos caemos.

—Es una estupenda sugerencia, amigo mío —repuso Plinio en tono tranquilizador—. Y puesto que como almirante también ocupo el cargo de sacerdote en jefe de Miseno, te aseguro que si tuviera un buey blanco, lo sacrificaría aquí mismo. Sin embargo por el momento lo que necesitamos es una solución más práctica. —Se recostó en su asiento, se enjugó el sudor de la cara con la servilleta y la examinó como si pudiera contener alguna clave vital—. Muy bien, aguador, te daré tu barco. —Se volvió hacia el capitán—. Antio, ¿cuál es la liburnia más rápida de la flota?

—Yo diría que la *Minerva*, almirante, el navío de Torcuato. Acaba de llegar de Rávena.

—Que esté lista para partir al amanecer.

—Sí, almirante.

—Y quiero carteles en todas las fuentes avisando a los ciudadanos de que a partir de este momento se impone el racionamiento. Solo habrá agua dos veces al día, durante una hora exactamente, a la salida y a la puesta del sol.

Antio hizo una mueca.

—Almirante, ¿no estáis olvidando que mañana es fiesta pública? Vulcanalia. ¿Os acordáis?

—Soy plenamente consciente de que mañana es Vulcanalia.

«En efecto, mañana», pensó Atilio. En sus prisas por salir de Roma y con los problemas del acueducto se había olvidado por completo del calendario. Veintitrés de agosto, el día de Vulcano, cuando se arrojaban peces vivos a las hogueras como sacrificio destinado a apaciguar al dios del fuego.

—¿Y qué pasa con los baños públicos? —insistió Antio.

—Cerrados hasta nueva orden.

—Eso no va a gustar, almirante.

—Pues no se puede evitar. Además, nos hemos vuelto demasiado blandos. —Lanzó una breve mirada a Pomponiano—. El imperio no fue construido por individuos que se pasaban todo el día haciendo el vago en los baños públicos. A la gente le sentará bien tener una idea de cómo eran las cosas en otro tiempo. Cayo, escribe una carta en mi nombre para los ediles de Pompeya pidiéndoles que proporcionen los hombres y materiales necesarios para la reparación del acueducto; ya sabes, algo del estilo: «En el nombre del emperador Tito César Vespasiano Augusto, y de acuerdo con el poder depositado en mí por el Senado y el pueblo de Roma, blablablá...». Algo que los haga saltar. Corax, está claro que conoces el terreno del Vesubio mejor que nadie; por lo tanto te toca cabalgar y dar con la rotura mientras el aguador reúne la expedición principal en Pompeya.

El supervisor se quedó boquiabierto del pasmo.

—¿Qué ocurre? ¿No estás conforme?

—Al contrario, almirante. —Corax disimuló rápidamente su inquietud, pero a Atilio no se le escapó—. No me preocupa buscar la rotura, pero ¿no sería más adecuado que uno de nosotros se quedara aquí para supervisar el racionamiento...?

Plinio lo interrumpió en seco.

—El racionamiento es cosa de la Armada. Se trata de un asunto de orden público.

Por un instante pareció que Corax fuera a discutir; sin embargo inclinó la cabeza, ceñudo.

Desde la terraza llegaron sonidos de voces femeninas y carcajadas.

«Corax no quiere que vaya a Pompeya», se dijo Atilio de repente. «Toda esta comedia de esta noche ha sido para mantenerme alejado de Pompeya.»

La cabeza de una mujer con un peinado muy elaborado apareció en el umbral. Señaló al almirante con un dedo huesudo. Debía de tener unos sesenta años. Las perlas de su collar eran las más grandes que el ingeniero había visto en su vida.

—Casco, cariño, ¿cuánto tiempo más piensas tenernos esperando?

—Discúlpanos, Rectina —terció Plinio—, ya casi hemos terminado. ¿Hay algo más que añadir? —Miró a los presentes—. ¿No? En ese caso, por mi parte propongo que terminemos la cena.

Empujó la silla hacia atrás y todo el mundo se puso en pie. El peso de la barriga le dificultó levantarse. Cayo le ofreció el brazo, pero él lo apartó. Tuvo que darse impulso varias veces y el esfuerzo de incorporarse lo dejó sin aliento. Con una mano se aferró a la mesa y tendió la otra para coger la copa; pero se detuvo con los dedos bailando en el aire.

El vino volvía a vibrar con aquel imperceptible tremor.

Plinio resopló.

—Creo que después de todo mandaré sacrificar ese buey blanco, Pomponiano. En cuanto a ti —añadió dirigiéndose a Atilio—, devuélveme el agua antes de dos días. —Recogió la copa y tomó un sorbo—. De lo contrario todos necesitaremos la protección de Júpiter.

Nocte intempesta

(23.22 horas)

> Los movimientos del magma también pueden alterar
> los acuíferos locales, de modo que se pueden detec-
> tar cambios en la temperatura y en el flujo de las
> aguas subterráneas.
>
> *Encyclopaedia of Volcanoes*

Dos horas más tarde, insomne, desnudo y estirado en su catre, el ingeniero aguardaba a que llegara el amanecer. El familiar y tranquilizador arrullo del acueducto se había desvanecido y su lugar había sido ocupado por los pequeños ruidos de la noche: Fuera, en la calle el roce de las botas de los centinelas; el frufrú de los ratones en las vigas, la entrecortada tos de un esclavo en los cobertizos de abajo... Cerró los ojos y los abrió casi inmediatamente. Con el pánico de la crisis se había olvidado de la visión del cadáver que habían sacado de la balsa de las morenas; pero en la oscuridad no podía evitar que ante sus ojos pasara una y otra vez la escena: el espeso silencio que imperaba al borde del agua, el cuerpo enganchado y arrastrado por el bichero, la sangre, los gritos de la mujer; la expresión de angustia y la palidez de las extremidades de la joven...

Demasiado exhausto para dormir, se sentó al borde del catre y puso los pies en el tibio suelo. Una pequeña lámpara de aceite parpadeaba en la mesilla de noche. A su lado yacía la carta a medio acabar. En ese momento, pensó, no tenía sentido terminarla: o bien repararía el Augusta, en cuyo caso su madre y su hermana sabrían de él a su regreso; o se enterarían cuando lo devolvieran a Roma, caído en desgracia, a fin de enfrentarse a una comisión de investigación, para deshonra del apellido familiar.

Cogió la lámpara y la dejó en el estante que había al pie del catre, entre el pequeño santuario compuesto por figuritas que representaban sus antepasados. Se arrodilló, tendió la mano y cogió la efigie de su bisabuelo. ¿Era posible que el anciano hubiera sido uno de los primeros ingenieros del Augusto? Los archivos del Curator Aquarum mostraban que Agripa había enviado una fuerza de cuarenta mil hombres compuesta por esclavos y legionarios que habían tardado dieciocho meses en completarlo. Eso había sido seis años antes de que construyera el Aqua Julia en Roma y siete antes de que levantara el Virgo. Sin duda, su bisabuelo había tomado parte en ambos. Le complacía pensar que otro Atilio anterior a él hubiera llegado al sur, a esas sofocantes tierras, y que incluso se hubiera sentado en el mismo lugar donde los esclavos habían excavado Piscina Mirabilis. Pero entonces sintió que su ánimo flaqueaba: el Augusta lo habían construido los hombres y los hombres tendrían que repararlo; él tendría que repararlo.

Repuso la figura y tomó otra, pasando el pulgar cariñosamente sobre la pulida cabeza.

Su padre.

«Tu padre fue un hombre valiente. Asegúrate de serlo tú también.»

No era más que un niño cuando su padre terminó el Aqua Claudia, pero había escuchado tantas veces la historia del día de la entrega —de cómo a los cuatro años de edad había sido llevado en hombros de los ingenieros entre la multitud en las colinas Esquilinas— que a veces tenía la impresión de recordarlo de primera mano: al anciano Claudio, con sus tics y tartamudeos, oficiando el sacrificio a Neptuno y el agua apareciendo en el canal como por arte de magia, justo en el instante en que levantaba las manos al cielo. Sin embargo, a pesar de las exclamaciones de los presentes, aquello no había tenido nada que ver con la intervención de los dioses. Había ocurrido de ese modo porque su padre conocía las leyes de la física y había abierto las esclusas en la cabecera del acueducto exactamente dieciocho horas antes de que la ceremonia alcanzara su clímax, y había galopado luego hasta la ciudad más deprisa de lo que el agua podía fluir.

Contempló la figurita de barro en la palma de su mano.

«¿Y tú, padre? —se preguntó—. ¿Estuviste alguna vez en Miseno? ¿Conociste a Exomnio? Siempre solías decir que los aguadores de Roma formaban una familia más unida incluso que una cohorte.

¿Fue Exomnio uno de tus ingenieros aquel día, en los montes Esquilinos, en tu hora de triunfo? ¿Me llevó en brazos como los demás?»

Se quedó contemplando la figura un rato. Luego la besó y la colocó con cuidado junto a las otras.

Se sentó en cuclillas.

«Primero desaparece el aguador —pensó—, y después, el agua.» Cuantas más vueltas le daba, más se convencía de que ambas circunstancias tenían que estar relacionadas. Pero ¿de qué modo? Contempló las paredes toscamente encaladas que lo rodeaban. Allí no encontraría ninguna pista, de eso estaba seguro. El hombre no había dejado ninguna impronta de su carácter en aquella austera celda. Sin embargo, según Corax, Exomnio había estado al frente del Augusta durante más de veinte años.

Recogió la lámpara y salió al corredor haciendo pantalla con la mano. Descorrió la cortina del fondo y alumbró el cubículo donde estaban guardadas las pertenencias de Exomnio: unos arcones de madera, un par de candelabros de bronce, una capa, unas sandalias, un orinal... No era mucho como muestra de toda una vida. Reparó en que ninguno de los arcones estaba cerrado.

Echó un vistazo por encima del hombro hacia la escalera, pero el único sonido que llegaba de abajo era el de ronquidos. Sosteniendo la lámpara en alto, levantó la tapa del arcón más próximo y empezó a hurgar en su interior con la mano libre: ropa; ropa vieja en su mayor parte, que despedía un olor a sudor a medida que la revolvía; dos túnicas, varios taparrabos y una toga cuidadosamente doblada. Tampoco había muchas cosas en el otro: un raspador de la piel para quitarse el aceite del baño, una figura cómica de Príapo, con un gran pene erecto; un cubilete de barro para los dados con más figuras fálicas grabadas en su periferia; los dados, unos cuantos frascos con hierbas y ungüentos, algunos platos y una copa de bronce muy deslustrada.

Agitó los dados en el cubilete tan silenciosamente como pudo y los lanzó. La suerte estaba de su lado: cuatro seises, la tirada de Venus. Lo intentó de nuevo y consiguió otra Venus. A la tercera Venus quedó claro: eran dados trucados.

Los dejó a un lado y cogió la copa. ¿Era bronce realmente? Al examinarla de cerca ya no estuvo tan seguro. La sopesó, le dio la vuelta y le echó el aliento antes de frotar su base con el pulgar. Apareció un rastro de oro y un trozo de una letra «P» grabada. Frotó más, ampliando la zona de metal limpio, hasta que pudo leer todas las iniciales.

«N.P.N.L.A.»

La «L» quería decir *Libertus* y mostraba que se trataba de la propiedad de un esclavo manumitido.

Un esclavo que había sido liberado por un propietario cuyo apellido comenzaba con la letra «P» y que era lo bastante rico y vulgar para beber su vino en una copa de oro.

La voz de la joven surgió en su mente con tanta claridad como si la hubiera tenido ante sus ojos.

«Mi nombre es Corelia Ampliata, hija de Numerio Popidio Ampliato, propietario de Villa Hortensia.»

La luna brillaba sobre los negros y lisos adoquines de la callejuela y destacaba el perfil de los planos tejados. Hacía casi tanto calor como al mediodía, y la luna brillaba con la misma intensidad que el sol. Mientras subía los peldaños entre las silenciosas y cerradas viviendas, volvió a ver la imagen de la chica corriendo ante él, el ondular de sus caderas bajo el sencillo vestido blanco.

«Un centenar de pasos pero, ¡ay!, ¡siempre cuesta arriba!»

Volvió a salir a terreno llano y ante el alto muro de la mansión. Un gato gris echó a correr sobre él y desapareció al otro lado. Los brillantes delfines de hierro saltaban y se besaban sobre la verja encadenada. Desde la distancia le llegaba el sonido del mar rompiendo contra la costa y el de los grillos en el jardín. Movió los barrotes de hierro y apoyó la cara contra el tibio metal. Las dependencias del portero estaban cerradas a cal y canto. No se veía una sola luz.

Recordó la reacción de Ampliato cuando apareció en la orilla: «¿Qué le ha pasado a Exomnio? Pero, Exomnio sigue siendo el aguador, ¿no?». En la voz del propietario había habido sorpresa y, si lo pensaba bien, también algo más: miedo.

—¡Corelia! —llamó en voz baja—. ¡Corelia Ampliata!

No hubo respuesta. Luego, de la oscuridad salió un susurro, tan leve que apenas lo oyó.

—Se ha ido.

Era una voz de mujer. Provenía de algún punto a su izquierda. Se apartó de la verja y escrutó las sombras. No distinguió nada salvo un montón de harapos amontonados contra el muro. Se acercó y se dio cuenta de que los retales se movían ligeramente. Un flaco pie sobresalía de ellos como un hueso. Era la madre del esclavo muerto. Se arrodilló y palpó con cuidado la tosca tela de su vestido. La anciana se estremeció; luego gimió y murmuró algo. Atilio retiró la mano. Tenía los dedos pegajosos de sangre.

—¿Puedes ponerte en pie?

—Se ha ido —repitió.

La levantó con cuidado hasta dejarla medio sentada, apoyada en el muro. La hinchada cabeza cayó hacia delante y Atilio vio que los enredados cabellos habían dejado una marca en la piedra. La habían azotado sin piedad y arrojado de la casa para que muriera.

N.P.N.L.A.: Numerio Popidio Numerii Libertus Ampliatus. Manumitido por la familia Popidio. Era un hecho de la vida que no había amo más cruel que un antiguo esclavo.

Puso los dedos en el cuello de la mujer para asegurarse de que seguía con vida. Acto seguido le pasó un brazo por debajo de las rodillas y el otro por los hombros. No le costó ningún esfuerzo levantarla. No era más que harapos y huesos. En algún lugar, en las calles vecinas del puerto, un vigilante cantó la quinta división de la oscuridad: «¡*Media noctis inclinatio!*», medianoche.

El ingeniero se enderezó y empezó a descender la colina mientras el día de Marte se convertía en el día de Mercurio.

MERCURIO

23 de agosto

El día antes de la erupción

Diluculum

(06.00 horas)

Antes del año 79 d.C., un gran depósito de magma se había acumulado bajo el volcán. Resulta imposible afirmar cuándo había empezado a formarse dicha cámara de magma, pero tenía, como mínimo, un volumen de 3,6 kilómetros cúbicos, se hallaba a unos tres mil metros de la superficie y se componía de elementos estratificados en los que abundaba magma alcalino rico en volátiles (55% de SiO_2 y casi un 10% de K_2O) que cubría otro magma ferromagnésico más denso.

PETER FRANCIS, *Volcanoes: A Planetary Perspective*

En lo alto del gran faro de piedra, oculto tras el promontorio meridional de la bahía, los esclavos estaban apagando el fuego para dar la bienvenida al amanecer. Se suponía que se trataba de un terreno sagrado. Según Virgilio, ese era el lugar donde descansaba Miseno —el heraldo de los troyanos, asesinado por Tritón, el dios del mar—, enterrado con sus remos y su trompeta.

Atilio contempló cómo se desvanecía el rojo resplandor tras el arbolado promontorio mientras en el puerto la silueta de los barcos de guerra tomaba forma contra un cielo gris perla.

Se dio la vuelta y caminó por el muelle hasta donde estaban los demás. Los distinguió con claridad: Musa, Becco, Corvino, Polites. Empezaban a resultarle tan familiares como sus propios parientes. Todavía no había señales de Corax.

—¡Nueve burdeles! —decía Musa—. Créeme, si lo que quieres es un buen revolcón, Pompeya es el lugar indicado. Hasta Becco podría darle un respiro a su mano derecha para variar. ¡Eh, aguador! —gritó cuando Atilio se acercó—, dile a Becco que puede conseguir un revolcón.

El muelle apestaba a excrementos y a tripas de pescado. Atilio vio un melón podrido y el hinchado y pálido cadáver de una rata flotando a sus pies entre los pilares del embarcadero. ¡Allá los poetas! De repente deseó tener ante sí uno de esos mares del norte de los que había oído hablar —el Atlántico o quizá el Germánico—, una costa donde la marea barriera diariamente la arena y las rocas, un lugar menos insalubre que ese tibio estanque romano.

—En lo que a mí concierne —dijo—, si conseguimos reparar el *Augusta*, Becco puede tirarse a todas las chicas de Italia.

—Ahí lo tienes, Becco. Tu polla pronto será tan larga como tu nariz...

La nave que el almirante les había prometido estaba amarrada ante ellos: la *Minerva*, así bautizada en honor a la diosa de la sabiduría, con un mochuelo, el símbolo de la deidad, tallado en la proa. Era una liburnia, una de esas naves con dos hileras de remos por banda, más pequeña que las grandes trirremes, construida pensando en la velocidad. Su alto codaste sobresalía en la popa y se curvaba hacia arriba y adelante igual que el aguijón de un escorpión dispuesto a picar. Estaba desierta.

—Están Cuculla y Zmyrna —seguía diciendo Musa—, y también esa judía pelirroja, Martha. Y la pequeña griega, si es que te gustan ese tipo de cosas. Su madre tiene poco más de veinte años...

—De qué nos sirve un barco sin tripulación —masculló Atilio, que ya se impacientaba. No podía permitirse perder una sola hora—. Polites, corre a los cobertizos. Allí hay un buen tipo. Averigua qué ocurre.

—... y Aegle y María...

El joven esclavo se puso en pie.

—No hace falta —terció Corvino haciendo un gesto con la cabeza en dirección a la entrada del puerto—. Allí vienen.

—Tu oído ha de ser mejor que el mío —contestó Atilio; pero entonces los oyó él también.

Un centenar de pares de pies doblando la esquina de la calle que conducía a la escuela militar. Cuando cruzaron el puente de madera, las rítmicas pisadas se convirtieron en un tronar de cuero sobre las tablas. Entonces aparecieron unas antorchas, y la unidad giró por la calle que conducía al final del puerto. Se acercaron, en columna de cinco, con tres oficiales al frente vestidos con corazas y cascos empenachados. A la primera voz del comandante, la columna se detuvo; a la segunda, los marineros se dispersaron y subieron a bordo. Nadie dijo una palabra. Atilio dio un paso atrás para dejarlos pasar. Con sus túnicas sin mangas, los deformados hombros y los musculosos brazos de los remeros parecían desproporcionados respecto al resto de su cuerpo.

—Miradlos —dijo el más alto de los oficiales—. Lo mejor de la armada: bueyes humanos. —Se volvió hacia Atilio y alzó el puño en gesto de saludo—. Torcuato, capitán de la *Minerva*.

—Marco Atilio, ingeniero. Zarpemos ya.

No tardaron en cargar el barco. Atilio creía innecesario arrastrar las pesadas ánforas de légamo y los sacos de *puteolanum* desde el depósito y cruzar con ello toda la bahía. Si tal como le habían dicho Pompeya rebosaba de constructores, utilizaría la carta del almirante para conseguir lo que necesitara. No obstante las herramientas eran otra cuestión. Un hombre debía utilizar siempre sus propias herramientas.

Dispuso una cadena de brazos para llevarlas a bordo y entregarlas a Musa, que se las pasaba a Corvino —hachas, mazas, sierras, picos y palas; bandejas de madera para llevar la argamasa, paletas para mezclarla y los pesados hierros planos que usaban para aplastarla en el lugar debido— hasta que al final llegaban a Becco, que se encontraba de pie en la cubierta de la *Minerva*. Trabajaron deprisa, sin intercambiar palabra. Cuando terminaron se había hecho de día y el barco estaba listo para zarpar.

Atilio subió por la pasarela y saltó al puente. Una fila de marineros con bicheros aguardaba para apartar la nave del muelle. Desde su plataforma bajo el codaste, al lado del timonel, Torcuato gritó:

—¿Estás listo, ingeniero?

Atilio le respondió afirmativamente. Cuanto antes partieran, mejor para todos.

—Pero Corax todavía no ha llegado —objetó Becco.

«Al diablo con él», pensó Atilio. Era casi un alivio. Terminaría el trabajo solo.

—Ese es su problema.

Soltaron las amarras. Los bicheros cayeron igual que lanzas y se apoyaron en el muelle. Atilio notó el casco de la nave oscilar cuando sacaron los remos y la *Minerva* empezó a moverse. Miró hacia la costa. Una multitud se había reunido en torno a la fuente esperando que el agua apareciera. Se preguntó si tendría que haberse quedado en el depósito para supervisar la apertura de la compuerta; pero había dejado seis esclavos para que se ocuparan de Piscina Mirabilis, y además el edificio estaba custodiado por los soldados de Plinio.

—¡Allí está! —gritó Becco— ¡Mirad, es Corax! —Empezó a agitar el brazo por encima de la cabeza—. ¡Corax! ¡Corax! ¡Por aquí! —Lanzó una mirada acusadora a Atilio—. ¿Ves? Tendrías que haberle esperado.

El supervisor había aparecido caminando lentamente, con una bolsa al hombro, aparentemente sumido en sus pensamientos; pero cuando alzó la vista y los vio, echó a correr. Se movía deprisa para ser un hombre de cuarenta años. La distancia entre el barco y el muelle se agrandaba rápidamente —un metro, metro y medio—, y a Atilio le pareció imposible que pudiera conseguirlo; pero cuando Corax alcanzó el embarcadero, arrojó su bolsa al barco y se lanzó tras él. Unos cuantos marineros lo agarraron y lo subieron a bordo. Cayó de pie en cubierta, cerca de la popa, fulminó a Atilio con la mirada y le hizo un gesto obsceno con el dedo. El ingeniero se dio la vuelta.

La *Minerva* se alejó del puerto balanceándose, la proa cortando el agua y los remos desplegados, dos docenas a cada banda de su estrecho casco. Sonó un tambor bajo cubierta y las palas hendieron el agua. Volvió a sonar y emergieron, empujadas por dos hombres cada una. La nave se deslizó hacia delante, al principio imperceptiblemente, y fue tomando velocidad a medida que el ritmo del tambor se aceleraba. El piloto, inclinado sobre el espolón y mirando al frente, señaló hacia estribor. Torcuato dio una orden, y el timonel se apoyó pesadamente en el remo que hacía de timón, trazando un rumbo entre dos trirremes ancladas. Por primera vez en cuatro días, Atilio notó la caricia de la brisa en el rostro.

—¡Tienes público, ingeniero! —gritó Torcuato indicando la colina que dominaba el puerto.

Atilio reconoció la larga y blanca terraza de la mansión del almirante, que se levantaba entre bosquecillos de mirto, y, apoyada en la balaustrada, distinguió la gruesa figura de Plinio en persona. Se preguntó qué estaría pasando por la mente del anciano. Dubitativo, alzó la mano. Al cabo de un instante, Plinio respondió. La *Minerva* pasó entre dos grandes navíos de guerra, el *Concordia* y el *Neptuno*. Cuando Atilio volvió a mirar, la terraza se hallaba desierta.

En la distancia, tras el Vesubio, el sol empezaba a asomar.

Plinio contempló cómo la liburnia ganaba velocidad y se dirigía a aguas abiertas. Contra el fondo gris, los remos levantaron vívidas manchas blancas que le despertaron dormidos recuerdos de un plomizo Rin al amanecer —en Vetera, treinta años atrás— y del transbordador de las tropas de la V Legión, «Las Alondras», llevando su caballería a la otra orilla. ¡Qué tiempos! ¡Qué no habría dado por poder embarcarse de nuevo al amanecer o, mejor aún, por mandar una flota en combate!

No lo había hecho en los dos años que llevaba como almirante. Sin embargo solo el esfuerzo de salir a la terraza desde su biblioteca para ver partir a la *Minerva* —levantarse de la silla y dar unos pocos pasos— lo había dejado sin aliento; y, cuando había levantado el brazo para devolver el saludo del ingeniero, había tenido la impresión de estar levantando pesas.

«La naturaleza no ha hecho mejor regalo al hombre que el de la brevedad de su vida. Los sentidos se embotan, los miembros se vuelven torpes, la vista, el oído, los andares, incluso los dientes y los órganos de la alimentación mueren antes que nosotros; y, a pesar de todo, de ese período se dice que es parte de la vida.»

Bonitas palabras. Fáciles de escribir cuando se es joven y la muerte acecha tras distantes colinas, en alguna parte. Pero menos fáciles cuando se tenían cincuenta y seis años y el enemigo avanzaba a plena vista a través de los campos.

Descansó la barriga en la balaustrada con la esperanza de que ninguno de sus secretarios notara su flaqueza. Luego se apartó y volvió dentro caminando pesadamente.

Siempre había sentido predilección por los hombres jóvenes como Atilio. No en el sentido griego y sucio de la palabra, naturalmente —nunca había tenido tiempo para ninguna de esas paparruchas, aunque había visto muchas en el ejército—, sino en un aspecto espiritual, como la personificación de las vigorosas virtudes romanas. Los senadores podían soñar con imperios; los soldados, con conquistarlos; pero eran los ingenieros quienes tendían las calzadas y los acueductos, los que construían todo eso y proporcionaban a Roma su alcance universal. Se prometió que cuando el aguador regresara lo invitaría a cenar para sonsacarle y averiguar exactamente qué le había ocurrido al Augusta. Entonces consultarían algunos textos de su biblioteca y le mostraría unos cuantos misterios de la naturaleza, cuyas sorpresas eran inacabables. Por ejemplo, aquellos intermitentes y armónicos temblores, ¿qué eran? Tendría que anotar el fenómeno e incluirlo en la próxima edición de su *Historia natural*. Todos los meses descubría algo que requería explicación.

Sus dos esclavos griegos esperaban pacientemente al lado de la mesa: Alcman para leer en voz alta, Alexion para el dictado. Llevaban atendiéndolo desde poco después de la medianoche, ya que hacía tiempo que el almirante se había acostumbrado a vivir con pocas horas de sueño. Su lema era: «Estar despierto es estar vivo». El único hombre que había conocido capaz de prescindir del sueño igual que él había sido el difunto emperador Vespasiano, con quien solía encontrarse en Roma en plena noche para despachar asuntos oficiales. Esa había sido la razón de que lo hubiera puesto al frente de la flota. «Mi siempre vigilante Plinio», lo había llamado con su acento de patán, y le había pellizcado la mejilla.

Echó una mirada a la estancia y a los tesoros acumulados durante sus viajes por todo el Imperio. Ciento sesenta libros de notas en los que había dejado constancia de todos los hechos interesantes sobre los que había leído u oído hablar (Larcio Licinio, el gobernador de la Hispania Tarraconense, le había ofrecido cuatrocientos mil sestercios por el lote, pero él no se había sentido tentado). Dos fragmentos de magnetita extraídos en Dacia y unidos por su misteriosa magia; un pedazo de reluciente piedra gris de Macedonia, de la que se decía que había caído de las estrellas; un poco de ámbar germano con un antiguo mosquito atrapado en su interior, como en una jaula transparente; un trozo de vidrio cóncavo, hallado en África, que recogía los rayos solares y los dirigía concentradamente a un punto con tal calor que hasta la madera más dura se ennegrecía y calcinaba; y su reloj de agua, el más exacto de Roma, construido según las especificaciones de Ctesibius de Alejandría, el inventor del órgano de agua, cuyas aberturas talladas en oro y piedras preciosas evitaban la corrosión.

El reloj era lo que necesitaba. Se decía que los relojes eran como los filósofos: resultaba imposible encontrar dos que estuvieran de acuerdo. No obstante un reloj de Ctesibius era el Platón de los relojes.

—Alcman, tráeme un cuenco con agua. No. —Cambió de opinión cuando el esclavo estaba a medio camino de la puerta. ¿Acaso Estrabón, el gran geógrafo, no había descrito la exuberante bahía de Nápoles como «el cuenco de vino»?—. Pensándolo mejor, un poco de vino será más apropiado, pero algo barato, un Sorrento, quizá. —Se sentó pesadamente—. Muy bien, Alexion, ¿dónde estábamos?

—Preparando un borrador para el emperador.

—Ah, sí.

Ya que era de día, iba a tener que mandar un mensaje mediante destellos para informar al nuevo emperador, Tito, del problema del acueducto. Pasaría de torre de señales en torre de señales hasta Roma y llegaría a manos del emperador al mediodía. Se preguntó qué haría con él el nuevo amo del mundo.

—Mandaremos la señal al emperador, y cuando hayamos terminado con eso, creo que empezaré un nuevo libro de anotaciones y apuntaré algunas observaciones científicas. ¿Te interesaría?

—Sí, almirante.

El esclavo cogió su punzón y la tablilla de cera esforzándose por contener un bostezo. Plinio fingió no haberlo visto. Se pellizcó el labio. Conocía bien a Tito: habían servido juntos en Germania. Encantador, cultivado, inteligente y... absolutamente implacable. La noticia de que un cuarto de millón de personas se había quedado sin agua podía provocarle una de sus letales iras. Iba a tener que ser cuidadoso con el lenguaje.

—Para su eminentísima alteza, el emperador Tito, de su comandante en jefe en Miseno —empezó a dictar—. ¡Saludos!

La *Minerva* pasó entre las moles que protegían la entrada del puerto y salió a la amplitud de la bahía. La pálida luz de la mañana reverberaba en el agua. Más allá del racimo de postes que señalaba el emplazamiento de los cultivos de ostras, donde las gaviotas chillaban y se zambullían, Atilio divisó la pesquería de Villa Hortensia. Se puso en pie con tal de verla mejor y se sujetó ante el balanceo de la nave. Las terrazas, los senderos del jardín, la pendiente donde Ampliato había hecho colocar su silla para presenciar la ejecución, las rampas de la orilla, los caballetes entre las balsas; el estanque de las morenas, alejado del resto; todo estaba desierto. El yate dorado y carmesí ya no se hallaba amarrado al final del embarcadero.

Era exactamente como Atia había dicho: se habían marchado.

La anciana todavía no había recobrado la conciencia cuando él se marchó del depósito, antes del amanecer. La había estirado en un jergón de paja, en una de las habitaciones que se encontraban al lado de la cocina, y le había indicado a Phylo que fuera a buscar un médico y se ocupara de que la atendieran. El esclavo había puesto mala cara, pero Atilio le ordenó ásperamente que obedeciera. Si la anciana fallecía, sería una piadosa liberación. Si se recobraba, por lo que a él se refería, podía quedarse. En cualquier caso, iba a tener que comprar otro esclavo para que se ocupara de su ropa y su comida. No necesitaba mucho, así que su trabajo no resultaría pesado. Nunca había prestado mucha atención a ese tipo de asuntos: Sabina se había ocupado de la casa mientras estuvieron casados; cuando ella murió, su madre la relevó.

La imponente mansión parecía sombría y cerrada, como si estuviera lista para un funeral. Los graznidos de las gaviotas parecían los llantos de unas plañideras.

—Tengo entendido que pagó diez millones por ella —dijo Musa.

Atilio recibió el comentario con un gruñido, sin apartar los ojos de la casa.

—Bueno, ahora no está.

—¿Ampliato? Claro que no. Nunca está. Tiene casa en todas partes. Casi todo el tiempo lo pasa en Pompeya.

—¿En Pompeya?

El ingeniero se volvió. Musa estaba sentado con las piernas cruzadas y la espalda apoyada en las herramientas comiéndose un higo. Siempre estaba comiendo. Su mujer lo mandaba al trabajo todas las mañanas con comida suficiente para media docena de hombres. Se llenó la boca con el resto de fruta y se chupó los dedos.

—Sí. Es originario de allí. En Pompeya fue donde amasó su fortuna.

—Y eso que nació esclavo.

—Eso es lo que ocurre en nuestros días —dijo Musa con amargura—. Los esclavos comen con cubiertos de plata mientras que los honrados ciudadanos libres trabajan desde el amanecer hasta la puesta de sol a cambio de una miseria.

Los demás hombres estaban sentados a popa, alrededor de Corax, que tenía la cabeza inclinada hacia delante y hablaba en voz baja mientras explicaba alguna historia que necesitaba de enfáticos aspavientos y gestos de cabeza. Atilio supuso que estaría relatando la reunión de la noche anterior con Plinio.

Musa destapó su pellejo de agua, tomó un trago, limpió el gollete y se lo ofreció a Atilio. El ingeniero lo tomó y se sentó de cuclillas a su lado. El agua tenía un sabor levemente amargo. Azufre. Tomó un poco más, no tanto porque tuviera sed como para mostrarse amistoso. Lo limpió y se lo devolvió.

—Tienes razón, Musa —dijo tanteándolo—. ¿Cuántos años debe de tener Ampliato? Ni siquiera cincuenta. Ha pasado de ser esclavo a propietario de Villa Hortensia en el lapso de tiempo que tú o yo emplearíamos en ahorrar lo suficiente para comprarnos una mísera vivienda. ¿Cómo puede un hombre conseguir eso honradamente?

—¿Un millonario honrado? ¡Eso es tan raro como el diente de una gallina! —exclamó Musa bajando la voz y mirando por encima del hombro—. Cuando de verdad empezó a ganar dinero fue después del terremoto. Había recibido su manumisión del testamento del anciano Popidio. Ampliato era un tipo bien parecido y no había nada que no estuviera dispuesto a hacer por su amo. El viejo era un libertino. No creo que dejara en paz ni al perro, y Ampliato también

se ocupaba de cuidar de su esposa en su lugar, no sé si me entiendes...
—Musa hizo un guiño—. En fin, el caso es que Ampliato consiguió
la libertad y un poco de dinero que sacó de algún sitio, y entonces intervino Júpiter para liar un poco las cosas. Eso ocurrió en época de
Nerón. Fue un terremoto muy malo, el peor que nadie recuerda. Yo
estaba en Nola y pensé que había llegado el fin, te lo aseguro. —Besó
su amuleto de la suerte, un pene con sus testículos hecho de bronce
que llevaba al cuello colgando de una tira de cuero—. Pero ya sabes
lo que se dice, que la ruina de un hombre es la fortuna de otro. Pompeya se llevó la peor parte; mientras todos estaban debatiendo sobre
lo destruida que había quedado la ciudad, Ampliato ya había empezado a comprar las ruinas. Así consiguió algunas de esas fincas por casi
nada, las arregló, las dividió en tres o cuatro y las revendió por una
fortuna.

—No hay nada ilegal en eso.

—Puede que no; pero ¿era realmente su propietario cuando las
vendió? Ahí está el asunto. —Musa se golpeó un lado de la nariz—.
Propietarios muertos o desaparecidos, herederos legales esparcidos por
todo el Imperio. Media ciudad estaba en ruinas, no lo olvides. El emperador mandó un comisionado desde Roma para que aclarase quién
era propietario de qué. Se llamaba Suedio Clemencio.

—¿Y Ampliato lo sobornó?

—Digamos solo que Suedio se marchó más rico de lo que había
llegado. Al menos eso dicen.

—¿Y Exomnio? Era el aguador en el momento del terremoto.
Seguro que conoció a Ampliato.

Atilio se percató en el acto de que había cometido un error. La
ávida chispa del chismorreo desapareció de los ojos de Musa.

—No sé nada de eso —murmuró al tiempo que se entretenía
con su bolsa de comida—. Exomnio era un buen hombre. Daba gusto trabajar con él.

«Era —pensó Atilio—. Era un buen hombre. Daba gusto trabajar
con él.» Intentó relajar el ambiente haciendo una broma.

—¿Quieres decir que no os sacaba de la cama en plena noche?

—No. Me refiero a que era honrado y nunca se le habría ocurrido engañar a un incauto para hacerlo hablar más de la cuenta.

—¡Eh, Musa! —gritó Corax—. ¿Qué estáis haciendo ahí? Chismorreáis como un par de mujeres. ¡Ven y tómate algo con nosotros!

Musa se puso en pie de inmediato y corrió por el puente para reunirse con los demás. Mientras Corax le lanzaba la bota de vino, Torcuato saltó del puente de popa y se acercó al centro de la cubierta, donde se guardaban las velas y el mástil.

—Me temo que no las vamos a necesitar. —Era un hombre corpulento. Escrutó el cielo con los brazos en jarras. El limpio y ardiente sol se reflejaba en la pechera de su coraza, que ya estaba caliente—. Bueno, ingeniero, vamos a comprobar de qué son capaces mis bueyes.

Puso los pies en la escalerilla y bajó a la cubierta inferior. Un instante después, el ritmo del tambor se aceleró y Atilio notó que la nave daba un bandazo. Los remos relampaguearon y la silenciosa Villa Hortensia se desvaneció tras ellos en la distancia.

La *Minerva* siguió avanzando imperturbablemente mientras el calor de la mañana se instalaba en la bahía. Durante dos horas, los remeros mantuvieron el mismo ritmo implacable. Nubes de vapor surgían de las terrazas de los baños al aire libre de Baias. En las colinas que dominaban Puteoli, los fuegos de las minas de azufre brillaban con su resplandor verde pálido.

El ingeniero se sentó lejos de los demás. Con las manos entrelazadas alrededor de las rodillas, el sombrero inclinado para protegerse los ojos, contempló la costa pasar, buscando en el paisaje alguna pista de lo ocurrido con el Augusta.

Pensó que todo en esa parte de Italia le resultaba extraño. Hasta la rojiza tierra de los alrededores de Puteoli tenía cierta mágica cualidad que hacía que, si se mezclaba con légamo y se tiraba al mar, adquiriera la dureza de la roca. El *puteolanum*, como lo llamaban en honor a su lugar de origen, era el descubrimiento que había transformado Roma; y también el que había otorgado una profesión a toda su familia, ya que aquello que en otra época había necesitado de una laboriosa construcción de piedra y ladrillo podía erigirse de la noche a la mañana. Con él Agripa había levantado en el mar los grandes muelles de Miseno y había irrigado el imperio con acueductos: el Augusta en Campania, el Julia y el Virgo en Roma, el Nemausus en la Galia meridional. El mundo había sido transformado.

Pero en ninguna otra parte aquella argamasa había sido utilizada con más provecho que en el lugar de su descubrimiento. Espigones y muelles, terrazas y bancales, rompeolas y pesquerías habían cambiado la faz de la bahía. Villas enteras parecían surgir de entre las olas y flotar en la costa. Los que en otra época habían sido los dominios de los más ricos —César, Craso, Pompeyo— se habían visto invadidos por una nueva clase de millonarios, gente como Ampliato. Atilio se preguntó cuántos de aquellos propietarios, torpes y relajados, mientras el abrasador mes de agosto se desperezaba, bostezaba y entraba en su cuarta semana, se habrían enterado de la avería del acueducto. Supuso que no muchos. El agua solo era algo que los esclavos transportaban o que milagrosamente aparecía en las cañerías de los baños de Sergio Orata. Pero pronto se enterarían; pronto se darían cuenta de que iban a tener que beberse sus piscinas.

A medida que remaban hacia el este, el Vesubio fue dominando la bahía. Sus lomas inferiores eran un mosaico de fincas y campos de cultivo; pero desde su mitad hacia arriba se alzaba un verde y tupido bosque virgen. Torcuato le había dicho que la caza era excelente allí: verracos, ciervos, liebres... Había ido muchas veces con sus perros y una red, y también con su arco. Sin embargo, había que tener cuidado con los lobos. En invierno la cima se cubría de nieve.

Sentado al lado de Atilio, el capitán se quitó el casco y se enjugó el sudor de la frente.

—Es difícil imaginarse la nieve con este calor —dijo.

—¿Resulta fácil de escalar?

—No es complicado. Es más fácil de lo que parece. Cuando llegas arriba es bastante llano. Espartaco montó ahí el campamento de su ejército rebelde. Tuvo que ser una formidable fortaleza natural. No es de extrañar que esa chusma pudiera resistir a las legiones durante tanto tiempo. Cuando el día es claro, se divisa hasta setenta kilómetros a lo lejos.

Habían dejado atrás la ciudad de Nápoles y navegaban ante una población más pequeña que Torcuato identificó como Herculano, aunque la costa era tal conjunto ininterrumpido de construcciones

—muros ocres y rojos tejados ocasionalmente interrumpidos por verdes pilares de cipreses— que no siempre resultaba posible decir dónde acababa una ciudad y empezaba otra. Herculano, al pie de la exuberante montaña y con sus ventanas mirando al mar, ofrecía un aspecto imponente y orgulloso. Embarcaciones de recreo de vivos colores, algunas con formas de criaturas marinas, se bamboleaban en las aguas someras. En las playas se veían parasoles; la gente pescaba en los rompeolas. La música y los gritos de los niños que jugaban a pelota flotaban sobre las tranquilas aguas.

—Esa es la finca más grande de toda la bahía —dijo Torcuato. Hizo un gesto con la cabeza señalando una inmensa propiedad llena de columnas que se extendía cerca de la orilla y cuyas terrazas dominaban el mar—. Es Villa Calpurnia. Tuve el honor de llevar hasta allí al nuevo emperador cuando fue a visitar al antiguo cónsul, Pedio Casco.

—¿Casco? —Atilio recordó la figura de lagarto del senador de la noche anterior, envuelto en su toga púrpura—. No tenía idea de que fuera tan rico.

—Lo heredó de su esposa, Rectina. Ella estaba relacionada con el clan de los Pisón. El almirante viene con frecuencia para consultar la biblioteca. ¿Ves ese grupo de figuras leyendo a la sombra, al lado de la piscina? Son filósofos. —A Torcuato aquello le hizo mucha gracia—. Algunos, como pasatiempo, crían pájaros; otros tienen perros. ¡El senador, en cambio, cultiva filósofos!

—¿Y de qué especie son esos filósofos?

—Seguidores de Epicuro. Según Casco, sostienen que el hombre es mortal, que los dioses son indiferentes a su destino y que, por lo tanto, la única cosa que hay que hacer en esta vida es disfrutar.

—Yo habría podido decirle lo mismo gratis.

Torcuato rió de nuevo. Luego se puso el casco y se ató la mentonera.

—Falta poco para Pompeya, ingeniero. Media hora y habremos llegado.

Se levantó y se dirigió a popa.

Atilio contempló la villa. La filosofía nunca le había parecido de especial utilidad. ¿Por qué un hombre tenía que heredar semejante palacio, otro acabar devorado por morenas y un tercero partirse el espinazo en una sofocante oscuridad atado al remo de una liburnia? Cualquiera podía volverse loco intentando comprender por qué el mundo funcionaba de ese modo. ¿Por qué había tenido que ver morir a su mujer si ella apenas era una chiquilla? Que le mostraran un solo filósofo que tuviera respuesta para eso y empezaría a encontrarles sentido.

Sabina siempre había deseado ir a pasar unos días de descanso a la bahía de Nápoles, pero él lo había pospuesto arguyendo que estaba demasiado ocupado. En ese momento ya era tarde. La pena por lo que había perdido y el remordimiento por lo que no había hecho, sus dos asaltantes, lo pillaron desprevenido otra vez y lo dejaron vacío, como siempre hacían. Notó un agujero en la boca del estómago. Mientras contemplaba la costa recordó la carta que un amigo le había mostrado el día del funeral de Sabina. La había aprendido de memoria. El jurista Servio Sulpicio, más de un siglo antes, regresaba a Roma en barco desde Asia sumido en la tristeza cuando se descubrió contemplando la costa mediterránea. Más tarde había descrito aquellos sentimientos a Cicerón, que acababa de perder a su hija. «Allí, detrás de mí, se hallaba Aegina; delante, Megara; a la derecha, El Pireo; y a la izquierda, Corinto; en otra época ciudades florecientes, pero en ese momento sumidas en ruinas. Entonces, empecé a pensar y me dije: "Cómo podemos lamentarnos, efímeras criaturas que somos, cuando uno de nosotros fallece o es muerto, cuando los cadáveres de tantas ciudades yacen abandonados en un solo sitio. Contente, Servio, y recuerda que naciste siendo mortal. ¿Puedes conmoverte por la pérdida del frágil espíritu de una pobre mujer?".»

Pero para Atilio la respuesta seguía siendo, más de dos años después, un rotundo «sí».

Dejó que durante un rato el calor le bañara el cuerpo y el rostro, y, a pesar suyo, debió de quedarse dormido, porque, cuando volvió a abrir los ojos, la ciudad había desaparecido y había otra enorme villa descansando a la sombra de sus enormes pinos, con esclavos que regaban el jardín y recogían hojas de la superficie de la piscina. Sacudió la cabeza para aclararse la mente y buscó la bolsa de piel donde llevaba lo que necesitaba: la carta de Plinio dirigida a los ediles de Pompeya, una bolsita llena de monedas de oro y los planos del Augusta.

El trabajo siempre era su consuelo. Desenrolló el plano apoyándolo en sus rodillas y sintió un repentino arrebato de inquietud. Se dio cuenta de que las proporciones del dibujo no eran nada precisas, que no retrataba la inmensidad del Vesubio, que todavía no habían dejado atrás, y que, mirándolo bien, debía de tener diez o doce kilómetros de extensión. Lo que en el mapa parecía la simple marca de un pulgar suponía en realidad toda una mañana de viaje bajo el abrasador calor del sol. Se reprochó el haber sido tan ingenuo: el haber presumido ante un superior, en la comodidad de su biblioteca, de lo que podía hacerse sin antes haber comprobado la naturaleza del terreno. La clásica pifia del principiante.

Se incorporó y se dirigió hacia sus hombres, que estaban sentados en círculo, jugando a los dados. Corax tapaba con la mano el cubilete y lo agitaba con vehemencia. No levantó la vista para mirar a Atilio cuando la sombra de este cayó sobre él.

—¡Vamos, Fortuna, vieja puta! —masculló antes de lanzar.

Sacó cuatro unos, un perro, y gruñó. Becco dio un grito de alegría y recogió el montón de monedas de cobre.

—La suerte no me ha fallado hasta que él ha aparecido —protestó el supervisor, señalando a Atilio—. Peor que un cuervo, colegas. Acordaos de mis palabras: ¡nos llevará a la muerte!

—No soy como Exomnio —dijo Atilio al sentarse con ellos—. Apuesto a que él siempre ganaba. —Cogió los dados y preguntó—: ¿De quién son?

—Míos —contestó Musa.

—Te diré lo que haremos. Jugaremos a otro juego. Cuando lleguemos a Pompeya, Corax partirá el primero hacia el otro lado del Vesubio para dar con la avería. Alguien tiene que ir con él. ¿Por qué no sorteáis el privilegio?

—¡El que gane irá con Corax!

—No. El que pierda —propuso Atilio.

Todos rieron salvo el supervisor.

—¡El que pierda! —repitió Becco—. ¡Esta sí que es buena!

Se turnaron para tirar los dados y todos rodearon el cubilete con ambas manos y murmuraron sus respectivas frases de la suerte.

Musa fue el último y sacó un perro. Su aspecto fue de total abatimiento.

—¡Tú pierdes! —exclamó Becco—. ¡Musa es el perdedor!

—Muy bien —dijo Atilio—. Los dados lo han decidido. Corax y Musa irán a localizar la avería.

—¿Y qué pasa con los demás? —masculló Musa.

—Becco y Corvino cabalgarán hasta Avelino y cerrarán las compuertas.

—No sé por qué hacen falta dos para ir a Avelino. ¿Y Polites? ¿Qué hará él?

—Polites se quedará conmigo, en Pompeya, y organizará las herramientas y el transporte.

—¡Eso sí que es justo! —protestó Musa amargamente—. ¡Los libres se parten el espinazo en la montaña mientras el esclavo se dedica a follar con todas las putas de Pompeya! —Cogió los dados y los arrojó al mar—. ¡Esto es lo que pienso de mi suerte!

Desde la proa del barco les llegó el grito de aviso del piloto:

—¡Pompeya, recto delante!

Las seis cabezas se volvieron a la vez para contemplarla.

Apareció lentamente, desde detrás de un promontorio, y no era en absoluto como el ingeniero la había imaginado: no vio una gran aglomeración como Baias o Nápoles, sino una ciudad fortificada construida para soportar un asedio, situada en terreno elevado a medio kilómetro del mar. El puerto se extendía a sus pies.

Solo cuando se aproximaron Atilio se dio cuenta de que sus murallas ya no eran continuas, que los largos años de paz romana habían convencido a sus habitantes de que bajaran la guardia. Se había permitido que a lo largo de los muros surgieran casas y que se extendieran por los bancales, a la sombra de las palmeras, hasta llegar casi al puerto. Dominando la línea de planos tejados, sobresalía un templo que miraba al mar: relucientes columnas de mármol coronadas por lo que a simple vista parecía un friso de figuras de ébano. Pero se dio cuenta de que el friso tenía vida. Operarios, en su mayoría desnudos de cintura para arriba y tostados por el sol, se movían ante un fondo de piedra blanca, trabajando incansablemente a pesar de que era un día festivo. El repicar de los cinceles en la piedra y el gruñido de las sierras flotaban en el cálido ambiente.

Actividad por todas partes: gente caminando por la cima del muro y trabajando en los jardines que daban al mar; gente que deambulaba por la calle ante la ciudad —a pie, a caballo o en carreta—, levantando una nube de polvo y abarrotando los empinados caminos que conducían desde los muelles a la ciudad. Cuando la *Minerva* cruzó la estrecha bocana del puerto, el eco de la multitud se incrementó; una multitud de día festivo, a juzgar por su apariencia; una multitud que llegaba de los pueblos vecinos para celebrar el festival de Vulcano. Atilio examinó los muelles en busca de una fuente, pero no distinguió ninguna.

Los hombres, alineados junto a él, permanecían silenciosos; cada uno sumido en sus propios pensamientos.

Se volvió hacia Corax.

—¿Dónde está la conexión de agua de la ciudad?

—Al otro lado —respondió el supervisor, mirando fijamente la ciudad—, cerca de la puerta Vesubiana. Eso —y puso todo el énfasis posible en sus palabras— si es que todavía fluye.

«Esta sí que va a ser buena —pensó Atilio—, si a final resulta que aquí tampoco hay agua y que los he hecho venir para nada, solo porque me he fiado de la palabra de un viejo augur.»

—¿Quién trabaja allí?

—Solo un esclavo de la ciudad. No creo que te sirva de mucha ayuda.

—¿Por qué no?

Corax sonrió maliciosamente pero no contestó. Se trataba de su broma particular.

—Muy bien. Entonces empezaremos en la puerta Vesubiana. —Dio unas palmadas—. ¡Vamos, muchachos! ¡Ya sabéis lo que es una ciudad! ¡Se acabó el paseo en barco!

Llegaron al final del puerto. Grúas y almacenes se apelotaban al borde del agua. Más allá estaba el río —el Sarno, según el mapa de Atilio—, lleno de barcazas que esperaban ser descargadas. Torcuato, gritando órdenes, caminaba de un extremo a otro de la cubierta. El ritmo del tambor aminoró y cesó por completo. Los remos fueron recogidos. El timonel hizo girar el timón ligeramente y la nave se deslizó a lo largo del muelle a velocidad de caminante. Apenas treinta centímetros de agua la separaban del muelle. Dos grupos de marineros con amarras saltaron a tierra y las hicieron firmes en los noráis de piedra. Al cabo de un instante, y con una sacudida que estuvo a punto de derribar a Atilio, los cabos se tensaron y la *Minerva* se detuvo.

Lo vio mientras recobraba el equilibrio: un gran plinto de piedra con la cabeza de Neptuno, de la cual manaba agua que caía en un cuenco en forma de ostra. ¡Y el cuenco rebosaba! Aquello fue lo que no pudo olvidar: que el agua rebosaba hasta bañar los adoquines del suelo y se derramaba descuidadamente en el mar.

Nadie hacía cola para beber. Nadie le prestaba la más mínima atención. ¿Por qué deberían hacerlo? No se trataba más que de un milagro cotidiano. Desde la baja cubierta del navío de guerra saltó a tierra y notó la extraña firmeza del terreno tras la larga travesía de la bahía. Dejó caer su bolsa y metió las manos bajo el limpio chorro de agua, las ahuecó y se llevó el líquido a los labios. Sabía dulce y a limpio, y casi rió de alivio. Acto seguido metió la cabeza en la fuente y dejó que el agua le corriera por todas partes —por la boca, las fosas nasales, los oídos, el cuello—, indiferente a las miradas de quienes lo contemplaban como si se hubiera vuelto loco.

Hora quarta

> Los estudios de isótopos del magma volcánico de
> Nápoles muestran un alto grado de mezcla con la
> roca que lo rodea, lo cual sugiere que el depósito no
> es un cuerpo fundido uniforme. Al contrario, el de-
> pósito puede parecerse más a una esponja, donde el
> magma se escapa a través de numerosas fracturas en
> la roca. La gigantesca capa de magma puede alimen-
> tar distintos depósitos menores que se encuentran
> más cerca de la superficie y que son demasiado pe-
> queños para localizarlos con técnicas sísmicas...
>
> *Boletín de noticias de la American Association*
> *for the Advancement of Science,*
> «Massive Magma Layer feeds Mt. Vesuvius»,
> 16 de noviembre de 2001

Un hombre podía adquirir cualquier cosa que se le antojara en el puerto de Pompeya: papagayos de la India, esclavos nubios, sales de nitrato de los depósitos al aire libre de El Cairo, canela china, monos africanos; esclavas llegadas de Oriente, famosas por sus habilidades sexuales... Los caballos eran tan fáciles de encontrar como las moscas. Media docena de tratantes se distribuían más allá del cobertizo de las aduanas. El más cercano estaba sentado en un taburete bajo un tosco dibujo que representaba un alado Pegaso y que llevaba una inscripción donde se leía: «Báculo: Caballos lo bastante rápidos para los dioses».

—Necesito cinco —dijo Atilio al tratante—. Y no quiero ninguno de tus jamelgos. Quiero unos animales sanos y fuertes capaces de trabajar todo el día, y los necesito ahora.

—No hay problema, ciudadano. —Báculo era un hombre bajito

y calvo con el rostro colorado como un ladrillo y los acuosos ojos de un bebedor empedernido. Llevaba un anillo de hierro demasiado grande para su dedo, y lo hacía girar incesantemente—. En Pompeya nada es un problema si se cuenta con el dinero suficiente; pero os advierto que exijo un depósito. La semana pasada me robaron uno de mis caballos.

—Y también necesito bueyes. Dos grupos con sus respectivas carretas.

—¿En día festivo? Me temo que eso me llevará un poco más de tiempo.

—¿Cuánto tiempo?

—Dejadme ver... —Baculo miró al cielo. Cuanto más difícil lo pusiera, más podría pedir—. Dos horas. Quizá tres.

—Conforme.

Discutieron el precio. El vendedor exigió una cantidad astronómica y Atilio la redujo de inmediato a la décima parte. Aun así, cuando al final se estrecharon la mano, Atilio estaba seguro de haber sido timado, cosa que le irritaba al igual que cualquier tipo de gasto inútil. Sin embargo no tenía tiempo de buscar un trato mejor. Le dijo al vendedor que llevara de inmediato cuatro caballos a la puerta Vesubiana y se abrió paso entre los comerciantes, de regreso a la *Minerva*.

La tripulación había sido autorizada a subir a cubierta, y casi todos se habían quitado las empapadas túnicas. El olor a sudor que desprendían aquellos cuerpos desparramados resultaba lo bastante intenso como para competir con la hediondez que salía de la cercana fábrica de salsa de pescado, donde líquidas menudencias de pescado se descomponían en grandes tanques al sol. Corvino y Becco se abrían paso entre los remeros y las pasaban por la borda a Musa y Polites. Corax se hallaba de espaldas al barco, mirando hacia la ciudad, y de vez en cuando se ponía de puntillas para atisbar por encima de las cabezas de la gente.

Reparó en Atilio y se detuvo.

—Así pues, hay agua —dijo cruzándose de brazos. Había algo heroico en su tozudez, en su reticencia a admitir que algo había ido mal. Fue entonces cuando Atilio supo sin asomo de duda que, cuando aquello terminase, tendría que deshacerse de él.

—Sí, la hay.

Hizo un gesto con la mano a los demás para que dejaran lo que estuvieran haciendo y se aproximaran. Acordaron que Polites se quedaría para terminar de descargar y a vigilar las herramientas en el muelle; a continuación los cinco restantes partieron en dirección a la puerta más próxima, con Corax a la zaga mirando a un lado y a otro como si estuviera buscando a alguien.

El ingeniero los condujo fuera del puerto, por la rampa, hacia los muros de la ciudad, bajo el templo de Venus a medio acabar y por el oscuro pasaje que había bajo las puertas. Los oficiales de aduanas les echaron un somero vistazo para comprobar que no llevaran nada que pudieran vender y les hicieron señas de que entraran en la ciudad.

La calle no resultaba tan empinada como la rampa ni tan resbaladiza, pero era más estrecha, así que quedaron casi aplastados por los cuerpos que avanzaban en tropel. Atilio se sintió arrastrado mientras pasaba ante comercios y otro templo enorme —ese dedicado a Apolo— hasta desembocar en el bullicioso y cegador espacio del foro.

Para tratarse de una ciudad de provincias resultaba impresionante: una basílica, un mercado cubierto, más templos, una biblioteca pública —todos de brillantes colores y relucientes al sol—, dos o tres docenas de estatuas de los emperadores y de los dignatarios locales, altas en sus pedestales. No todas las construcciones estaban acabadas. Un entramado de andamios cubría algunos de los edificios más grandes. Los altos muros actuaban como pantallas que recogían el ruido de la multitud y lo hacían rebotar: las flautas y las panderetas de los músicos ambulantes, los gritos de los mendigos y los buhoneros, el siseo de los alimentos al ser cocinados. Los vendedores de fruta ofrecían higos verdes y rosadas tajadas de melón; los vinateros vociferaban tras hileras de rojas ánforas dispuestas en cestas de mimbre amarillo; al pie de una estatua cercana, un encantador de serpientes estaba sentado con las piernas cruzadas tocando una flauta mientras una serpiente se alzaba medio atontada en la alfombra que tenía delante y otra se le enroscaba por el cuello. En una parrilla cercana alguien asaba trozos de pescado. Esclavos inclinados bajo el peso de grandes fardos de leña se apresuraban a amontonarla en la gran hoguera que había sido dispuesta en el centro del foro para el sacrificio vespertino a Vulcano. Un barbero se anunciaba como experto sacamuelas y mostraba una pila de negras dentaduras para demostrarlo.

El ingeniero se quitó el sombrero y se enjugó el sudor de la frente. No había hecho más que llegar y ya había algo en ese lugar que no acababa de gustarle. Es una ciudad de buscones, se dijo, llena de gente al acecho, hospitalaria con los visitantes mientras pueda esquilmarlos. Llamó a Corax para preguntarle dónde podía encontrar a los ediles —tuvo que hacer bocina con las manos cerca del oído del supervisor para hacerse oír—, y este le señaló una hilera de tres pequeñas oficinas en el lado sur de la plaza, todas cerradas por ser día festivo. Un gran tablón de anuncios aparecía lleno de proclamas, prueba evidente de una infatigable burocracia. Atilio soltó una maldición: nada estaba resultando fácil.

—Tú conoces el camino hasta la puerta Vesubiana —le gritó a Corax—. Ve delante.

El agua corría por toda la ciudad. Mientras se abrían paso hacia el otro extremo del foro, Atilio la oyó barrer las grandes letrinas públicas del templo de Júpiter y fluir por las calles de detrás. Se mantuvo pegado a Corax y, en un par de ocasiones, se sorprendió chapoteando en los pequeños charcos que formaban las alcantarillas que arrastraban el polvo y la suciedad hacia el mar. Contó siete fuentes, todas rebosantes. Estaba claro que el problema del Augusta redundaba en beneficio de la ciudad: la fuerza del acueducto no tenía otro sitio que ese donde liberarse. De ese modo, mientras las demás ciudades de la bahía se secaban hasta sus cimientos bajo el calor, los niños de Pompeya chapoteaban en el agua.

Caminar colina arriba resultó un esfuerzo. La mayor parte de los transeúntes iban en dirección opuesta, hacia las atracciones del foro; de modo que, cuando llegaron a la gran puerta norte, Báculo ya los estaba esperando con los caballos. Los había atado a un poste cercano, al lado de una casa adosada a las murallas.

—¿El *castellum aquae*? —preguntó Atilio.

Corax asintió.

El ingeniero lo captó de un solo vistazo: la misma construcción de ladrillo rojo de Piscina Mirabilis, el mismo apagado sonido del agua al caer. Parecía el lugar más elevado de la ciudad, lo cual tenía sentido: todos los acueductos entraban en las poblaciones donde la elevación era mayor. Miró hacia abajo y vio las torres de agua que regulaban el caudal. Envió a Musa al interior para que fuera a buscar al esclavo encargado del agua mientras fijaba su atención en los caballos. No estaban mal. A nadie se le ocurriría correr con ellos en el Circo Máximo, pero servirían para la tarea. Contó unas cuantas monedas de oro y se las entregó a Báculo, que las comprobó mordiéndolas.

—¿Y los bueyes?

El tratante, llevándose la mano al pecho y entornando los ojos hacia el cielo, juró que estarían listos para la hora séptima. Iba a ocuparse de ello inmediatamente. Les deseó que Mercurio derramase todas sus bendiciones en el viaje y se marchó... para desaparecer, según pudo comprobar Atilio, en la taberna más cercana.

El ingeniero asignó los caballos en función de su resistencia como monturas. Los mejores los entregó a Becco y Corvino, ya que a ellos les esperaba la jornada más larga. Estaba explicándole sus motivos a Corax cuando Musa reapareció para anunciar que el *castellum* estaba desierto.

—¿Qué? —Atilio giró en redondo—. ¡Cómo que no hay nadie!

—Es Vulcanalia, ¿recuerdas?

Corax intervino:

—Ya te dije que no serviría de ayuda.

—¡Día festivo! —Atilio habría aporreado gustoso la pared de ladrillos—. ¡Será mejor que en algún sitio de esta ciudad haya alguien dispuesto a trabajar!

Contempló su insignificante expedición con disgusto y pensó en lo poco inteligente que se había mostrado en la biblioteca del almirante al confundir lo que era posible en teoría con lo factible en la práctica. Sin embargo, no había nada que pudiera hacer ya. Se aclaró la garganta.

—Bueno, ya conocéis todos vuestro cometido. Becco, Corvino, ¿habéis estado alguna vez en Avelino?

—Yo sí —dijo Becco.

—¿Cómo es aquello?

—Los manantiales brotan detrás de un templo dedicado a las diosas de las aguas y fluyen hasta una taza dentro del Nimphaeum. El aguador jefe es Probo, que también oficia de sacerdote.

—¿Un aguador haciendo de sacerdote? —Atilio rió amargamente y meneó la cabeza—. Bueno, pues ya puedes decirle a tan divino ingeniero, sea quien sea, que los dioses, en su omnisciente sabiduría, le ordenan que cierre la esclusa principal y que desvíe toda el agua hacia Benevento. Aseguraos de que se cumplan las órdenes tan pronto como lleguéis. Becco, tú te quedarás en Avelino y te asegurarás de que el caudal permanece cerrado durante doce horas. Luego lo vuelves a abrir. Doce horas. Tan exactamente como puedas.

Becco asintió.

—Y si por alguna remota razón no podemos completar las reparaciones en doce horas —preguntó Corax sarcásticamente—, entonces ¿qué?

—Ya he pensado en eso. Tan pronto como las compuertas se cierren, Corvino dejará a Becco en la taza y seguirá el curso del Augusta montañas abajo hasta reunirse con nosotros en el lado noreste del Vesubio. En ese momento ya sabremos cuántos trabajos serán necesarios. Si no hemos resuelto el problema en doce horas volverá para avisar a Becco de que mantenga las esclusas cerradas hasta que terminemos. Significa una larga jornada a caballo, Corvino. ¿Estás preparado?

—Sí, aguador.

—Bien dicho.

—¡Doce horas! —repitió Corax meneando la cabeza—. ¿Quiere decir eso que vamos a trabajar de noche?

—¿Qué pasa, supervisor? ¿Te da miedo la oscuridad? —De nuevo consiguió arrancar una sonrisa a los demás—. Cuando localices la avería haz una estimación de lo que se necesitará para los trabajos y los materiales. Luego te quedas allí y envías a Musa de vuelta con el informe. Yo me ocuparé de requisar las antorchas suficientes y de conseguir lo que haga falta de los ediles. Una vez haya cargado las carretas, esperaré aquí en el *castellum* a recibir noticias tuyas.

—¿Y qué pasa si no puedo localizar la avería?

Atilio pensó que el supervisor, con su resentimiento, bien podía intentar el sabotaje de toda la misión.

—Nosotros partiremos en todo caso y nos reuniremos contigo antes de la puesta del sol. —Sonrió—. Por lo tanto, no intentes joderme.

—Estoy convencido de que hay un montón de gente a quien le gustaría joderte, muchachito, pero no soy uno de ellos. —Corax le lanzó una mirada impúdica—. Estás lejos de casa, joven Marco Atilio. Acepta mi consejo: en esta ciudad vigila tu espalda. Ya sabes a qué me refiero.

Y meneó la pelvis repitiendo el mismo gesto obsceno que había hecho en la colina la madrugada anterior, cuando Atilio había salido a localizar el manantial.

Los vio alejarse desde el *pomoerium*, el sagrado límite justo más allá de la puerta Vesubiana, libre de edificios en honor de las deidades guardianas de la ciudad.

La calzada discurría alrededor de la ciudad como una pista de carreras, pasando al lado de una obra de bronce y a través de un gran cementerio. Cuando los hombres habían montado sus caballos, Atilio sintió que debía decir algo, un discurso, como César en vísperas de la batalla, pero no pudo encontrar las palabras.

—Cuando todo esto acabe, os invitaré a vino a todos en el mejor sitio de Pompeya —dijo tímidamente.

—¡Y a mujeres! —exclamó Musa señalándolo con el dedo—. ¡No te olvides de las mujeres!

—Las mujeres os las podéis pagar vosotros.

—Eso si es que encuentra una puta que lo acepte.

—¡Que te jodan, Becco! ¡Hasta luego, mamones!

Y antes de que Atilio pudiera pensar en algo que decir, ya habían espoleado sus caballos y cabalgaban entre la multitud que se dirigía a la ciudad: Corax y Musa hacia la izquierda, para tomar la ruta hacia Nola; Becco y Corvino a la derecha, hacia Nuceria y Avelino. Mientras trotaban por la necrópolis, solo Corax se volvió para mirar atrás, no a Atilio, sino por encima de este, hacia los muros de la ciudad. Su mirada resiguió las murallas y las torres de vigilancia por una última vez; luego se afirmó en la silla y se volvió en dirección al Vesubio.

El ingeniero siguió el avance de los jinetes hasta que desaparecieron tras las tumbas, dejando tras ellos solo un rastro de polvo sobre los sarcófagos para mostrar por dónde habían pasado. Se quedó inmóvil unos segundos. Apenas los conocía, pero ¡cuánto de su futuro y de sus esperanzas iba con ellos! Luego volvió sobre sus pasos, hacia las puertas de la ciudad.

Fue solo al unirse a los que hacían cola para entrar cuando se fijó en la leve inclinación del terreno que indicaba por dónde discurría el túnel de acueducto que pasaba bajo los muros de la ciudad. Se detuvo, dio media vuelta y siguió el recorrido hasta el siguiente registro de inspección. Entonces vio con sorpresa que apuntaba directamente a la cima del Vesubio. A través del calor y el polvo, la montaña se alzaba aún más gigantesca que vista desde el mar, pero menos limpiamente, más azul grisácea que verde. Era imposible que la canalización fuera directamente hasta el monte, y supuso que debía desviarse hacia el este, desde las pendientes inferiores, y dirigirse tierra adentro para conectar con la canalización principal del Augusta. Se preguntó dónde sería eso exactamente. Deseaba poder conocer el perfil del terreno, las características del suelo y las piedras; pero Campania era un completo misterio para él.

Volvió a pasar bajo la puerta en sombra y salió a la luz de la pequeña plaza, repentinamente consciente de que se hallaba solo en una ciudad desconocida. ¿Qué sabía Pompeya, o qué le importaba, de la crisis que tenía lugar fuera de sus muros? La indiferente actividad del lugar parecía burlarse deliberadamente de él. Caminó por el lado del *castellum aquae* y por el corto callejón que conducía a su entrada.

—¿Hay alguien ahí?

No hubo respuesta. Desde aquel punto podía oír con mucha mayor claridad el rugido del acueducto. Cuando abrió la baja puerta de madera, le golpearon de inmediato las salpicaduras y el dulce y penetrante olor —un olor que lo había perseguido toda la vida— del agua limpia sobre la roca tibia.

Entró. Haces de luz que salían de lo alto penetraban la fresca oscuridad, pero no necesitaba luz para conocer la distribución del *castellum*, ya que había visto docenas de ellos con los años; todos idénticos, todos basados en los principios de Vitruvio. El túnel de la conducción era más pequeño que el del Augusta, pero seguía siendo lo bastante amplio para que un hombre se introdujera en su interior con el fin de efectuar las reparaciones pertinentes. El agua brotaba de su boca a través de una reja de bronce y caía en un depósito poco profundo dividido por compartimientos de madera que a su vez alimentaban tres grandes caños de plomo: el del centro llevaba el suministro a las fuentes potables; el de su izquierda, a los domicilios particulares; y el de la derecha, a los baños públicos y a los anfiteatros. Lo que no resultaba normal era la fuerza de la corriente, que no solo había empapado los muros, sino que también había arrastrado una masa de porquería a lo largo del túnel, restos que habían quedado atrapados en la reja. Vio que se trataba de ramas y hojas, e incluso pequeñas piedras. Chapucero mantenimiento. No era de extrañar que Corax hubiera comentado que el esclavo responsable era un inútil.

Pasó una pierna por encima del borde del depósito, después la otra y se dejó caer en la arremolinada corriente. El agua le llegaba casi hasta la cintura.

Era como pisar seda caliente. Se acercó a la rejilla y metió las manos bajo la superficie, alrededor del marco, buscando los cierres. Cuando los encontró los desatornilló. Había dos más en la parte de arriba, que también aflojó. Levantó la rejilla y se hizo a un lado para dejar caer los detritos.

—¿Hay alguien ahí?

La voz lo sobresaltó. Un joven se hallaba de pie en la puerta.

—¡Claro que hay alguien, idiota! ¿Acaso no lo ves?

—¿Qué estáis haciendo?

—¿Eres el esclavo encargado? Pues estoy haciendo tu maldito trabajo en tu lugar. ¡Eso es lo que estoy haciendo! —Atilio volvió a colocar la reja en su sitio, cruzó el depósito con el agua hasta la cintura y se aupó fuera de él—. Soy Marco Atilio, el nuevo aguador del Augusta. ¿Y a ti cómo te llaman, aparte de «vago idiota»?

—Tiro, aguador. —Los ojos del chico estaban muy abiertos por el susto y se movían alocadamente de un lado a otro—. Perdonadme —suplicó poniéndose de rodillas—. Hoy es festivo y ayer me fui a dormir tarde. Yo...

—De acuerdo, déjalo estar. —El chico debía de tener unos dieciséis años y no era más que un desecho, más flaco que un perro callejero. Atilio lamentó haberlo tratado con rudeza—. Vamos, levántate. Necesito que me conduzcas hasta los ediles de la ciudad. —Le tendió la mano, pero el esclavo no respondió al gesto. Sus ojos no dejaban de girarle en las órbitas. Atilio agitó la mano ante su rostro—. ¿Eres ciego?

—Sí, aguador.

Un guía ciego. No le extrañaba que Corax se hubiera reído cuando se lo preguntó. ¡Un guía ciego en una ciudad hostil!

—Pero ¿cómo puedes hacer tu trabajo siendo ciego?

—Puedo oír mejor que nadie. —A pesar de su nerviosismo, Tiro habló con un deje de orgullo—. Por el sonido puedo decir de qué modo fluye el agua o si la conducción está obstruida. Puedo olerla, saborear sus impurezas. —Alzó la cabeza, olfateando el aire—. Esta mañana no hará falta que ajuste las compuertas. Nunca había oído un caudal tan fuerte.

—Eso es cierto. —El ingeniero asintió. Había subestimado al muchacho—. La conducción principal está interrumpida en algún punto entre aquí y Nola. He venido a conseguir ayuda para repararla. ¿Eres propiedad de la ciudad? —Tiro hizo un gesto afirmativo—. ¿Quiénes son los magistrados?

—Marco Holconio y Quinto Britio —contestó Tiro de inmediato—. Los ediles son Lucio Popidio y Cayo Cuspio.

—¿Quién es el responsable del suministro del agua?

—Popidio.

—¿Dónde puedo encontrarlo?

—Hoy es fiesta...

—Entonces, ¿dónde se encuentra su casa?

—Siguiendo recto al pie de la colina, hacia la puerta Stabiasna. A la izquierda, justo después del gran cruce. —Tiro se puso en pie rápidamente—. Si queréis os puedo guiar.

106

—Creo que podré arreglármelas solo.

—No, no. —Tiro ya se hallaba en el callejón, deseoso de ofrecerse—. Puedo llevaros, ya lo veréis.

Descendieron juntos hacia la ciudad que se extendía bajo ellos, un paisaje de tejados de terracota que bajaban hacia el centelleante mar. Encuadrando la vista, a la izquierda, se divisaba el promontorio de la península de Sorrento; a la derecha, las boscosas laderas del Vesubio. A Atilio le pareció que sería difícil encontrar un lugar más adecuado para erigir una ciudad, lo bastante elevado por encima de la bahía para ser bañado por las brisas y lo bastante cerca de la costa para disfrutar de las ventajas del comercio mediterráneo. No era de extrañar que hubiera resurgido tan prontamente tras el terremoto.

La calle estaba alineada por una hilera de casas; no eran como los bajos y extendidos conjuntos de viviendas de Roma, sino estrechas fachadas sin ventanas que parecían haber vuelto la espalda al bullicioso tráfico y haberse replegado sobre sí mismas. Algunas puertas abiertas permitían atisbar lo que había más allá —frescos pasillos decorados con mosaicos, patios soleados, fuentes—, pero, aparte de esas breves visiones, lo único que rompía la monotonía de las uniformes paredes eran los eslóganes electorales pintados con gruesos trazos rojos:

Toda la masa ha aprobado la candidatura de Cuspio para el cargo de edil, Los comerciantes de fruta, junto con Helvio Vestalis, solicitan unánimemente que sea elegido Marco Holconio Prisco como magistrado con poderes judiciales, Los adoradores de Isis reclaman con urgencia la elección de Lucio Popidio Secundo como edil.

—Toda vuestra ciudad parece obsesionada con las elecciones, Tiro. Esto es peor que Roma.

—Los hombres libres votan a los nuevos magistrados todos los meses de marzo, aguador.

Caminaban rápidamente; Tiro se mantenía por delante de Atilio mientras marchaban por la abarrotada calle y metían de vez en cuando el pie en la alcantarilla. El ingeniero tuvo que pedirle que aminorara el paso, y el esclavo se disculpó. Era ciego de nacimiento, explicó alegremente, y de pequeño había sido abandonado en un basurero de las afueras de la ciudad para que muriera; pero alguien lo había recogido y desde los seis años había aprendido a ganarse la vida haciendo recados por la ciudad. Conocía el camino por instinto.

—Ese edil, Popidio —preguntó Atilio cuando pasaron ante su nombre por tercera vez—, la suya debe de ser la familia que tuvo en otra época como esclavo a Ampliato, ¿no?

Pero Tiro, a pesar de su fino oído, no pareció escuchar la pregunta.

Llegaron a un amplio cruce dominado por un gran arco de triunfo que se levantaba sobre cuatro pilares de mármol. Cuatro inmóviles caballos de piedra arremetían y se encabritaban contra el fondo azul del cielo arrastrando la figura de Victoria en su carro de oro.

El monumento estaba dedicado a otro miembro de los Holconio, Marco Holconio Rufus, fallecido hacía sesenta años. Atilio se detuvo lo suficiente para leer la inscripción: tribuno militar, sacerdote de Augusto, cinco veces magistrado, patrón de la ciudad.

Entonces pensó que siempre aparecían los mismos nombres: Holconio, Popidio, Cuspio... Los ciudadanos ordinarios podían vestirse con sus togas todas las primaveras, escuchar los discursos y depositar en las urnas sus tablillas con el voto; pero eran los mismos rostros de siempre los que aparecían una y otra vez. El ingeniero tenía tan poco tiempo para dedicar a la política como a los dioses.

Se disponía a poner el pie en la calle para cruzarla cuando se detuvo y le asaltó la impresión de que los enormes adoquines se estremecían. Una potente y seca oleada cruzó la ciudad. Atilio dio un bandazo, igual que cuando el *Minerva* había amarrado, y tuvo que agarrarse al brazo de Tiro para no caer. Alguna gente gritó. Un caballo relinchó.

Al otro lado del cruce, una teja resbaló de un inclinado tejado y se hizo añicos en el pavimento. Durante un breve instante, el centro de Pompeya quedó casi sumido en el silencio. Luego, poco a poco, la actividad se reanudó. Se exhalaron suspiros, se retomaron las conver-

saciones; el conductor hizo restallar el látigo en la grupa del aterrorizado caballo y el carro siguió adelante.

Tiro aprovechó el parón del tráfico para correr hasta el otro extremo del cruce y, tras una vacilación, Atilio los siguió, casi esperando
que los adoquines cedieran bajo sus sandalias. La sensación lo había
sobresaltado más de lo que estaba dispuesto a admitir. Si uno no podía confiar en el terreno que pisaba, ¿en qué podía confiar?

El esclavo lo esperó. Sus ojos vacíos, que no cesaban de buscar
aquello que no podían ver, le conferían un aire de permanente ansiedad.

—No os preocupéis, aguador. Este verano ocurre todo el rato.
Cinco, hasta diez veces en los últimos dos días. ¡Es la tierra, que se
queja del calor!

Le tendió la mano, pero Atilio la rehusó: le parecía inquietante
que un ciego ayudara a alguien que podía ver. Subió la alta acera sin
ayuda y preguntó, irritado:

—¿Dónde está esa maldita casa?

Tiro señaló vagamente un umbral, un poco más abajo, al otro
lado de la calle.

No parecía gran cosa: la típica pared anodina, con una panadería
a un lado y una cola de clientes esperando para entrar en una pastele-
ría. De una lavandería vecina, ante la que había varios recipientes para
que la gente orinara en ellos, salía un hedor a orines (nada limpiaba
mejor la ropa que la orina humana). Al lado había un teatro. Sobre la
puerta de la casa, se leía otro de aquellos ubicuos anuncios pintados
de rojo: Sus vecinos ruegan la elección de Lucio Popidio Secundo como edil. Será digno del cargo. Atilio nunca habría hallado
el lugar por sí solo.

—Aguador, ¿puedo preguntaros algo?

—¿Qué?

—¿Dónde está Exomnio?

—Nadie lo sabe, Tiro. Ha desaparecido.

El esclavo lo escuchó asintiendo lentamente.

—Exomnio era como vos. Tampoco él se podía acostumbrar a
los temblores. Decía que le recordaban los días previos al gran terremoto de hace muchos años. El año en que yo nací.

Parecía al borde del llanto. Atilio le apoyó una mano en el hombro y lo miró fijamente.

—¿Exomnio estaba en Pompeya hace poco?

—Claro, vivía aquí.

Atilio lo sujetó con más fuerza.

—¿Aquí? ¿Quieres decir en Pompeya?

Se había quedado estupefacto, pero enseguida comprendió que tenía que ser cierto.

Sin duda ello explicaba por qué las dependencias de Exomnio en Miseno carecían de enseres personales, por qué Corax no había querido que fuera a Pompeya y la razón de su extraño comportamiento una vez llegados a la ciudad, siempre buscando una cara conocida entre la multitud.

—Tenía una habitación alquilada en casa de Africano. No es que pasara allí todo el tiempo, pero iba a menudo.

—¿Y cuánto hace que hablaste con él por última vez?

—No lo recuerdo.

El joven parecía más asustado por momentos. Volvió la cabeza como si pretendiera ver la mano de Atilio en su hombro. El ingeniero lo soltó de inmediato y le dio un golpecito tranquilizador en el brazo.

—Intenta recordarlo, Tiro. Puede que sea importante.

—No lo sé.

—¿Fue antes del festival de Neptuno o después?

La Neptunalia se celebraba el vigésimo tercer día de julio y era la fecha más sagrada para los hombres de los acueductos.

—Fue luego. Seguro. Quizá dos semanas después.

—¿Dos semanas? Entonces debiste de ser uno de los últimos que habló con él. ¿Y dices que le preocupaban los temblores? —Tiro asintió una vez más—. ¿Y Ampliato? Era buen amigo de Ampliato, ¿no? ¿Iban juntos a menudo?

El esclavo señaló a sus ojos.

—Yo no puedo ver...

«No», pensó Atilio, «pero apuesto a que los escuchaste. Nada escapa a esos oídos tuyos.» Miró al otro lado de la calle, hacia la casa de Popidio.

—Muy bien, Tiro. Puedes volver al *castellum*. Sigue con tu trabajo de todos los días. Agradezco tu ayuda.

—Gracias a vos, aguador.

Tiro hizo una reverencia, tomó la mano de Atilio y la besó. Acto seguido dio media vuelta y empezó a subir la pendiente de la colina hacia la puerta Vesubiana, sorteando, yendo de un lado a otro, la multitud de aquel día de fiesta.

Hora quinta

(11.07 horas)

> Las inyecciones de nuevo magma también pueden
> desencadenar erupciones al alterar el equilibrio tér-
> mico, mecánico o químico del magma antiguo en un
> depósito poco profundo. Los nuevos magmas que
> afloran de fuentes más profundas y calientes pueden
> hacer que aumente bruscamente la temperatura del
> magma anterior haciéndolo entrar en convección y
> dándole una estructura vesicular.
>
> *Volcanology*

La puerta de la casa era de doble hoja, con grandes remaches y recias bisagras de bronce, y estaba firmemente cerrada. Atilio llamó repetidas veces golpeando con el puño. El ruido que hizo le pareció demasiado débil para que fuera oído por encima del barullo de la calle. Sin embargo, los batientes se entreabrieron de inmediato y apareció el portero, un nubio enorme y fornido vestido con una túnica carmesí sin mangas; los gruesos y negros brazos y cuello, fuertes como troncos, relucían de aceite, igual que madera pulida.

—Un portero digno de su puesto, según veo —dijo Atilio.

El hombre no sonrió.

—Diga qué desea.

—Marco Atilio, aguador del Aqua Augusta, desea presentar sus respetos a Lucio Popidio Secundo.

—Hoy es festivo. No está en casa.

Atilio apoyó el pie en la jamba.

—Ahora sí que lo está. —Abrió su bolsa y sacó la carta del almirante—. ¿Ves este sello? Dáselo. Dile que es del comandante en jefe de Miseno. Dile que necesito verle por un asunto que concierne al emperador.

El portero miró el pie de Atilio. Si cerrara la puerta de golpe, se lo partiría como si fuera una ramita. Una voz masculina intervino a su espalda.

—Massavo, ¿ha dicho que concierne al emperador...? Será mejor que lo dejes pasar.

El nubio vaciló —«"Massavo", sí, ese era un buen nombre para un nubio», pensó Atilio—, se hizo a un lado, y el ingeniero se deslizó rápidamente por la abertura. La puerta se cerró a cal y canto tras él. Los sonidos de la calle se desvanecieron.

El hombre que había hablado vestía el mismo uniforme carmesí que el portero y llevaba un manojo de llaves colgando del cinto. Sin duda se trataba del criado principal de la casa. Cogió la carta y pasó el pulgar por el sello para comprobar que no estuviera roto. Una vez satisfecho estudió a Atilio.

—Lucio Popidio tiene huéspedes con ocasión de la Vulcanalia, pero me aseguraré de que lo reciba.

—No —contestó Atilio—. Se lo daré en persona. Inmediatamente—. Tendió la mano. El criado se golpeó los labios con el papiro mientras decidía qué hacer.

—Muy bien. —Devolvió la carta al ingeniero—. Seguidme.

Lo condujo por el estrecho corredor del vestíbulo hasta un soleado atrio y, por primera vez, Atilio empezó a hacerse una idea de la inmensidad de la vieja mansión. La estrecha fachada no había sido más que una ilusión. En línea recta, por encima del hombro de su guía, atisbó el interior en una sucesión de vistas de colores que se prolongaban ciento cincuenta metros en la distancia: el sombreado pasillo, con suelo de mosaico blanco y negro; la deslumbrante luminosidad del atrio, con su fuente de mármol; un *tablinum* para recibir a los huéspedes, flanqueado por dos bustos de bronce; y luego una piscina rodeada de columnas por cuyos pilares trepaban enredaderas. Oyó el canturreo de unos pinzones en una pajarera cercana y voces de mujeres riendo.

Salieron al atrio y el mayordomo se detuvo y dijo bruscamente «espere aquí» antes de desaparecer por la izquierda tras una cortina que ocultaba un estrecho corredor. Atilio miró a su alrededor. Allí había dinero, dinero de toda la vida que había servido para comprar la privacidad más absoluta en pleno centro de una bulliciosa ciudad. El sol se hallaba casi en su cenit, brillando a través de la abertura en el techo del atrio, y el aire resultaba cálido y perfumado con el aroma de las rosas. Desde donde se hallaba podía distinguir la mayor parte de la piscina. Elaboradas estatuas de bronce decoraban los escalones del extremo más próximo: un jabalí, un león, una serpiente enroscándose en sus anillos, un Apolo tocando la cítara... Al fondo se hallaban cuatro mujeres reclinadas en sus tumbonas, abanicándose, cada una con un sirviente de pie a su espalda. Repararon en que Atilio las miraba, y un revoloteo de risas surgió tras los abanicos. Atilio notó que se ruborizaba y se dio la vuelta rápidamente justo en el momento en que la cortina era descorrida y el mayordomo reaparecía indicándole que lo siguiera.

Por la humedad del ambiente y el olor a afeites, Atilio supo de inmediato que estaba siendo conducido a los baños privados de la casa, y pensó que sin duda dispondrían de sus propios vestidores. Con tanto dinero, ¿para qué mezclarse con los parientes? El criado lo llevó hasta un vestuario y le pidió que se quitara las sandalias; a continuación salieron por el pasillo al *tepidarium*, donde un hombre terriblemente obeso yacía desnudo y boca abajo sobre una mesa mientras un joven masajista lo manoseaba. Las blancas nalgas le vibraban mientras el masajista le daba golpecitos a lo largo de la espalda con el canto de la mano. El hombre movió ligeramente la cabeza cuando Atilio pasó a su lado, lo miró con un ojo gris inyectado de sangre y lo volvió a cerrar.

El criado corrió una puerta dejando escapar una bocanada de oloroso vapor del oscuro interior y se hizo a un lado para que pasara el ingeniero.

Al principio le resultó difícil ver en la penumbra del *caldarium*. La única luz provenía de un par de antorchas del techo y de las relucientes brasas de un hogar, la fuente del vapor que inundaba la estancia. Poco a poco Atilio fue distinguiendo una gran bañera a nivel del suelo con tres oscuras cabezas que flotaban en la bruma como si estuvieran desprovistas de sus torsos. En la superficie del agua se produjo una ondulación cuando una de ellas se movió, y una salpicadura acompañó al gesto de la mano que lo saludaba.

—Por aquí, aguador —dijo una lánguida voz—. Creo que tienes un mensaje para mí, de parte del emperador, ¿nos es así? No conozco a estos Flavio. Descienden de antiguos recaudadores de impuestos, o eso creo. En cualquier caso, Nerón era buen amigo mío.

Otra cabeza se movió.

—¡Acerca una antorcha! —ordenó su propietario—. Veamos al menos quién nos molesta en un día festivo.

Un esclavo que había en un rincón y en el que Atilio no había reparado tomó una de las teas de la pared y la acercó al rostro del ingeniero para que pudiera ser examinado de cerca. Las tres cabezas se volvieron hacia Atilio, que notó cómo los poros de la piel se le abrían y el sudor le corría por el cuerpo. El suelo de mosaico le abrasaba las plantas de los pies y cayó en la cuenta de que se hallaba en un *hipocaustum*. Sin duda, el lujo se sumaba al lujo en casa de los Popidio. Se preguntó si en su época de esclavo Ampliato también habría sido obligado a sudar la gota gorda en pleno verano dentro de aquel horno.

El calor de la antorcha en el rostro le resultó insoportable.

—Este no es lugar para tratar los asuntos del emperador —dijo mientras apartaba el brazo del esclavo—. ¿Con quién estoy hablando?

—Desde luego se trata de un tipo grosero —comentó la tercera cabeza.

—Soy Lucio Popidio —dijo la voz lánguida—, y estos caballeros son Cayo Cuspio y Marco Holconio. Y nuestro honorable amigo del *tepidarium* es Quinto Britio. ¿Sabes ya quiénes somos?

—Son los cuatro magistrados electos de Pompeya.

—Correcto —replicó Popidio—. Y esta es nuestra ciudad, aguador, así que controla tu lengua.

Atilio sabía cómo funcionaba el sistema. Como ediles, Popidio y Cuspio otorgaban las licencias para cualquier negocio, desde los burdeles hasta los baños públicos; eran responsables de que las calles se mantuvieran limpias, los templos abiertos y de que corriera el agua. Holconio y Britio formaban el *duoviri*, la comisión compuesta por dos hombres que presidían los tribunales y administraban justicia —una flagelación aquí, una crucifixión allá— y aplicaban multas para llenar las arcas de la ciudad siempre que les era posible. No podría hacer casi nada sin su ayuda, así que se obligó a permanecer de pie y en silencio a la espera de que fueran ellos los que preguntaran. «Tiempo —pensó—, estoy perdiendo un tiempo precioso.»

—Bien —dijo Popidio al cabo de un rato—, supongo que ya me he cocido lo suficiente. —Suspiró y se puso en pie, una fantasmal figura en la bruma de vapor. Tendió la mano esperando una toalla y el esclavo dejó la antorcha en su sitio, se arrodilló ante su amo y le rodeó la cintura con una—. Bueno, veamos, ¿donde está esa carta?

La cogió y caminó despacio hasta la habitación vecina. Atilio lo siguió.

Britio se encontraba boca arriba. Saltaba a la vista que el joven esclavo le había estado dando algo más que un masaje, ya que su pene aparecía colorado y tieso sobre su barriga. Apartó las manos del masajista y buscó una toalla. Tenía el rostro arrebolado y miró aviesamente a Atilio.

—¿Quién es este, Popi?

—El nuevo aguador del Augusta. El sustituto de Exomnio. Acaba de llegar de Miseno.

Popidio rompió el sello y desenrolló la carta. Rondaba los cuarenta años y resultaba delicadamente apuesto. El negro cabello recogido tras las orejas resaltó su aquilino perfil cuando se inclinó para leer. La piel de su cuerpo era blanca, suave y lampiña. «Se ha hecho depilar», pensó Atilio con disgusto.

Los demás llegaron del *caldarium*, curiosos por averiguar lo que sucedía, derramando agua sobre el suelo de damero. Un fresco que representaba un jardín rodeado de una valla de madera recorría las paredes. En un nicho de la pared, sobre un pedestal tallado a modo de ninfo acuático, había un lavamanos semicircular de mármol.

Britio se incorporó apoyándose en un codo.

—Léelo en voz alta, Popi. ¿Qué dice?

Una arruga surcó la tersa frente de Popidio.

—«En el nombre del emperador Tito César Vespasiano Augusto, y de acuerdo con el poder delegado en mí por el Senado y el pueblo de Roma...»

—¡Déjate de palabrería y ve al grano! —exclamo Britio, que hizo un gesto con el índice y el pulgar en señal de dinero—. ¿Qué busca?

—Según parece, el acueducto ha fallado en algún lugar cerca del Vesubio. Todas las ciudades al oeste de Nola se han quedado secas. Dice que quiere... Mejor dicho, nos ordena que proveamos de inmediato hombres y materiales suficientes de la colonia de Pompeya para «efectuar las reparaciones necesarias en el Aqua Augusta, al mando de Marco Atilio Primo, ingeniero, del departamento del Curator Aquarum de Roma».

—¿En serio? ¿Y quién va a firmar las cuentas, si es que puedo preguntarlo?

—No lo dice.

Atilio intervino:

—El dinero no es problema. Puedo asegurar a vuestras excelencias que el Curator Aquarum les reembolsará todos los gastos.

—¿De verdad? Supongo que tendrás autoridad para hacer semejante promesa, ¿no?

Atilio vaciló.

—Tenéis mi palabra.

—¿Tu palabra? Tu palabra no repondrá el oro de nuestras arcas una vez las haya abandonado.

—Además mirad esto —intervino uno de los otros hombres. Debía de tener poco más de veinte años y era musculoso pero de cabeza pequeña. Atilio supuso que se trataba del segundo magistrado, el edil Cuspio, que vertió agua de una tinaja—. Aquí tenemos suministro, ¿lo veis? Por lo tanto, yo me pregunto, ¿qué tiene que ver todo esto con nosotros? ¿Ha venido en busca de hombres y materiales? Pues que vaya a mendigarlos a las ciudades que se han quedado sin agua. Que se vaya a Nola. Aquí nadamos en agua. ¡Mirad! —Y para recalcar su afirmación abrió la espita aún más y dejó correr el líquido.

—Además, esto es bueno para el negocio —dijo Britio maliciosamente—. Todo aquel de la bahía que desee beber o darse un baño tendrá que venir a Pompeya. Y en día festivo. ¿Tú qué dices, Holconio?

El más anciano de los magistrados se ajustó la toalla como si fuera una túnica.

—Para los sacerdotes resulta ofensivo ver hombres trabajando en día festivo —comentó juiciosamente—. La gente debería hacer lo que nosotros: reunirse con sus familiares y amigos y observar los ritos religiosos. Voto que, con todo el respeto al almirante Plinio, le digamos a este joven que se largue echando leches de aquí.

Britio estalló en una carcajada y aporreó la mesa en señal de aprobación. Popidio sonrió y enrolló el pergamino.

—Creo que ya tienes tu respuesta, aguador. ¿Por qué no vienes mañana y vemos lo que se puede hacer?

Intentó devolverle la carta, pero Atilio alargó el brazo más allá de él y cerró el grifo con fuerza. ¡Menudo aspecto ofrecían aquellos tres goteando agua, su agua! Y Britio, con aquella ridícula erección reblandecida entre los pliegues de la barriga... La caliente atmósfera apestaba y resultaba insoportable. Se enjugó el sudor del rostro con la manga de su túnica.

—Ahora escúchenme, excelencias. A partir de la medianoche de hoy, Pompeya también se quedará sin agua. El suministro está siendo desviado hacia Benevento para que podamos introducirnos dentro del canal y repararlo. Ya he enviado a mis hombres a las montañas para que cierren las compuertas. —Se levantó un murmullo de desaprobación, pero Atilio lo atajó con un gesto de la mano—. Sin duda la cooperación es en interés de todos los habitantes de la bahía. —Miró a Cuspio—. Es cierto. Podría ir a Nola en busca de ayuda, pero eso me costaría como mínimo todo un día; todo un día en que ustedes estarían sin agua tanto como ellos.

—Sí, pero con una diferencia —repuso Cuspio—. Nosotros estaremos sobre aviso. ¿Qué te parece esto, Popidio? Podríamos lanzar una proclama avisando a nuestros ciudadanos para que llenen todos los recipientes que tengan. De ese modo la nuestra será la única ciudad de la bahía con reservas de agua.

—Incluso podríamos venderla —añadió Britio—. Y cuanto más dure la avería mejor precio podemos sacar de ella.

—¡No les corresponde a sus excelencias venderla! —Atilio tenía crecientes dificultades para contenerse—. Si se niegan a ayudarme, ¡juro que lo primero que haré cuando la canalización haya quedado reparada será asegurarme de que la conexión con Pompeya se cierre!

—Carecía de autoridad para proferir semejante amenaza, pero aun así la lanzó al tiempo que hundía un dedo en el pecho de Cuspio—. Y haré que Roma envíe a un comisionado para que investigue cualquier abuso del acueducto imperial. ¡Haré que paguen por la más mínima gota que se hayan llevado de más!

—¡Qué insolencia! —exclamó Britio.

—¡Me ha tocado! —gritó Cuspio, colérico—. ¡Lo habéis visto todos! ¡Esta basura me ha puesto la mano encima!

Alzó el mentón y dio un paso adelante para enfrentarse con Atilio, listo para la pelea, que habría replicado, cosa que habría resultado desastrosa —tanto para él como para la misión— si la cortina no hubiese sido descorrida para revelar a otro hombre, uno que había estado todo el tiempo en el pasillo, escuchando la conversación.

Atilio solo lo había visto una vez, pero no estaba dispuesto a olvidar fácilmente a Numerio Popidio Ampliato.

Lo que más sorprendió a Atilio una vez se hubo recobrado de la sorpresa de volverlo a ver fue el respeto que los demás le demostraban. Incluso Britio pasó las piernas por encima del borde de la mesa y enderezó la espalda, como si resultara poco respetuoso estar tumbado en presencia de aquel antiguo esclavo. Ampliato apoyó una mano en el hombro de Cuspio para refrenarlo, le susurró unas palabras al oído, le guiñó el ojo y le revolvió el cabello, todo sin apartar la mirada de Atilio.

El ingeniero se acordó de los restos sanguinolentos del esclavo en la balsa y de la desgarrada espalda de la madre de este.

—¿Qué es todo esto, caballeros? —Ampliato sonrió bruscamente y señaló a Atilio—. ¿Discutiendo en los baños en un día de guardar? Resulta de lo más inapropiado. ¿Qué modales son esos?

—Es el nuevo aguador del acueducto —intervino Popidio.

—Conozco a Marco Atilio. Ya nos hemos encontrado, ¿no es cierto, aguador? ¿Puedo ver eso? —Tomó la carta de manos de Popidio, le echó una rápida ojeada y se volvió hacia Atilio. Vestía una túnica bordada de oro, sus cabellos aparecían relucientes y olía a los mismos caros ungüentos que el ingeniero había percibido el día anterior—. ¿Cuál es tu plan?

—Seguir la conducción de Pompeya hasta su empalme con el Augusta. A partir de ahí seguir el canal principal en dirección a Nola hasta que descubra la rotura.

—¿Y qué necesitas?

—No lo sé exactamente. —Atilio vaciló. La aparición de Ampliato lo había desconcertado—. Légamo, *puteolanum*, ladrillos, tablas, antorchas, hombres...

—¿Cuánto de cada?

—Puede que seis ánforas de légamo para empezar, una docena de capazos de *puteolanum*, cincuenta piezas de madera, unos quinientos ladrillos y tantas antorchas como sea posible. Además, necesitaré diez pares de brazos fuertes. Puede que me haga falta algo más; eso dependerá de lo dañado que esté el acueducto.

—¿Cuánto tardarás en saberlo?

—Uno de mis hombres debe informarme esta tarde.

Ampliato asintió.

—Bien, excelencias, si deseáis saber mi opinión, creo que deberíamos hacer todo lo que esté en nuestra mano para ayudar. Que no se diga nunca que la antigua colonia de Pompeya dio la espalda a una petición del emperador. Además, tengo una pesquería en Miseno que consume tanta agua como vino bebe Brito. Quiero que el acueducto vuelva a funcionar lo antes posible. ¿Qué decís?

Los magistrados cruzaron incómodas miradas. Al final, Popidio dijo:

—Puede que nos hayamos precipitado.

Solo Cuspio se arriesgó a mostrarse desafiante.

—Sigo creyendo que es responsabilidad de Nola y...

Ampliato lo cortó en seco.

—Asunto resuelto, pues. Marco Atilio, si tienes la bondad de esperar fuera, veré de ocuparme de que dispongas de todo lo que necesites. —Llamó por encima del hombro al criado—. ¡Scutario, trae las sandalias al aguador!

Ninguno de los demás miró o dirigió la palabra al ingeniero. Parecían escolares traviesos pillados por su maestro peleándose.

Atilio recogió su calzado y salió del *tepidarium* al oscuro pasillo. La cortina fue rápidamente corrida a sus espaldas. Se apoyó contra la pared mientras se ajustaba las sandalias e intentó escuchar lo que se decía dentro, pero no llegó a captar nada. Desde el atrio le llegó el sonido de alguien que se zambullía en la piscina. Aquel recordatorio de que la casa celebraba un día festivo hizo que se decidiera. No se atrevió a que lo descubrieran husmeando, así que apartó la segunda cortina y salió a la deslumbrante claridad del sol. En el otro extremo del atrio, más allá del *tablinum*, la superficie de la piscina ondulaba por el chapuzón. Las esposas de los magistrados seguían conversando al fondo, donde se les había unido una matrona de mediana edad que se sentaba discretamente, a cierta distancia y con las manos enlazadas en el regazo. Unos cuantos esclavos que portaban bandejas llenas de platos de comida pasaron tras las mujeres. Saltaba a la vista que se estaba preparando un gran festín.

Un reflejo oscuro bajo las claras aguas atrajo la atención de Atilio. Al instante siguiente, la nadadora salió a la superficie.

—¡Corelia Ampliata!

Había pronunciado su nombre en voz alta y sin darse cuenta, pero ella no lo oyó, sino que echó la cabeza hacia atrás y se recogió el cabello con ambas manos con los ojos cerrados. Tenía los brazos abiertos y el pálido rostro vuelto hacia el sol, ajena a que él la contemplara.

—¡Corelia! —susurró para no llamar la atención de las otras mujeres.

Esa vez ella se volvió. Tardó un instante en localizarlo por el deslumbramiento, pero cuando lo vio empezó a vadear la piscina hacia él. Vestía una fina camisola que le llegaba casi hasta las rodillas, y al salir de la piscina se cubrió pudorosamente los senos y el bajo vientre con sus mojados brazos igual que una discreta venus que surgiera de las aguas. Atilio entró en el *tablinum* y caminó hacia la piscina pasando al lado de las máscaras funerarias del clan de los Popidio. Rojas cintas unían las imágenes de los fallecidos mostrando quién estaba emparentado con quién en un enrevesado dibujo que se extendía varias generaciones hacia atrás en el tiempo.

—¡Aguador! ¡Tienes que salir de aquí! —susurró Corelia, que se hallaba de pie en los peldaños semicirculares que formaban el acceso a la piscina—. ¡Sal! ¡Vete! ¡Mi padre está aquí, y si te ve...!

—Ya es demasiado tarde, nos hemos encontrado —contestó Atilio, que no obstante se retiró un poco para permanecer oculto a las miradas de las otras mujeres. «Debería apartar la vista de ella», se dijo, «sería lo decente; pero no pudo quitarle los ojos de encima»—. ¿Qué estás haciendo aquí?

—¿Que qué estoy haciendo aquí? —Lo miró como si él fuera idiota y se le acercó—. ¿En qué otro sitio podría estar? ¡Esta casa es de mi padre!

Al principio Atilio no comprendió el significado de aquellas palabras.

—¡Pero si me dijeron que aquí vivía Lucio Popidio!

—Y aquí vive.

—¿Entonces? —Seguía confuso.

—Nos vamos a casar. —Lo dijo en tono inexpresivo y con un encogimiento de hombros, un gesto que tenía algo terrible, la más total desesperanza.

Y de repente Atilio lo vio todo claro: el motivo de la súbita aparición de Ampliato, la actitud respetuosa de Popidio hacia él, la forma en que los demás lo habían imitado. De algún modo, Ampliato se las había arreglado para segar la hierba bajo los pies de Popidio y en ese momento se disponía a ampliar su dominio casando a su hija con su antiguo amo. La idea de que aquel maduro conquistador, con su cuerpo fofo y depilado, pudiera compartir el lecho de Corelia lo llenó de inesperada furia por mucho que se repitiera que el asunto no le concernía lo más mínimo.

—Pero sin duda un hombre de la edad de Popidio ya debe de estar casado.

—Lo estaba. Lo han obligado a divorciarse.

—¿Y qué piensa él de semejante arreglo?

—Naturalmente, cree que resulta despreciable emparejarse con alguien tan inferior, lo mismo que tú pareces creerlo.

—En absoluto, Corelia —se apresuró a contestar. Vio que ella tenía lágrimas en los ojos—. Al contrario. Creo que vales cien como él. Mil.

—¡Lo odio! —exclamó, pero Atilio no pudo decir si se refería a Popidio o a su padre.

Del pasillo le llegó un sonido de pasos y la voz de Ampliato que lo llamaba:

—¡Aguador!

Corelia se estremeció.

—Por favor, ¡márchate! Te lo ruego. Fuiste bueno ayudándome ayer. ¡No permitas que él te atrape como ha atrapado al resto de nosotros!

Atilio se envaró.

—Soy ciudadano romano, nacido libre, y estoy al servicio del Curator Aquarum del emperador. He venido en misión oficial para reparar el acueducto imperial. No soy ningún esclavo que pueda ser arrojado a las morenas o una pobre mujer a la que puedan azotar hasta matarla.

Entonces fue Corelia quien se horrorizó y se llevó las manos a la boca.

—¿Atia?

—Atia, sí. Supongo que ese debe de ser su nombre. La encontré la noche pasada en la calle y me la llevé a mis aposentos. Había sido azotada hasta dejarla inconsciente y abandonada para que muriera como un perro.

—¡Monstruo! —Corelia retrocedió con el rostro entre las manos y se volvió a meter en el agua.

—¡Te aprovechas de mi buen carácter, aguador! —dijo Ampliato, que se acercaba al *tablinum*—. Te dije que me esperaras, eso fue todo. —Acto seguido fulminó a Corelia con la mirada—. ¡Deberías saber cómo comportarte, especialmente después de lo que te dije ayer! ¡Celsia! —gritó al otro extremo de la piscina, y la mujer de aspecto ratonil en la que Atilio había reparado se incorporó de un salto—, saca a nuestra hija del agua, ¡es impropio de ella que enseñe las tetas en público! —Luego se volvió hacia Atilio—. Míralas, allí. Son igual que una bandada de gallinas gordas y viejas en sus nidos. —Agitó los brazos hacia ellas imitando un cloqueo y las mujeres se cubrieron el rostro con sus abanicos, disgustadas—. Pero no huirán. ¡Oh, no! Si algo he aprendido de la aristocracia romana, es que es capaz de hacer lo que sea a cambio de una comida gratis. Y las mujeres aún son peores. ¡Volveré dentro de una hora! —les avisó—. ¡No empecéis sin mí!

Y haciendo a Atilio un gesto para que lo siguiera, el nuevo amo de la casa de los Popidio dio media vuelta y se encaminó hacia la puerta.

Cuando cruzó el atrio, Atilio miró hacia atrás, a la piscina donde Corelia seguía sumergida como si pensara que hundiéndose bajo el agua podría limpiarse de todo lo que estaba ocurriendo.

Hora sexta

(12.00 horas)

> A medida que el magma asciende de las profundida-
> des experimenta un gran descenso de presión. A diez
> metros de profundidad, por ejemplo, las presiones
> son de unos 300 megapascales, es decir, tres mil ve-
> ces la presión atmosférica. Unos cambios tan grandes
> en la presión ejercen muchas consecuencias en las
> propiedades físicas y en el flujo del magma.
>
> *Encyclopaedia of Volcanoes*

Ampliato tenía una litera y ocho esclavos vestidos con el mismo atuendo del criado y el portero esperándolo en la calle.
Todos se apresuraron a presentarse ante su amo cuando apareció, pero este pasó a su lado haciendo caso omiso de su presencia y
de los mendigos que, a pesar de ser festivo, se sentaban en cuclillas a la
sombra del muro de enfrente y lo llamaban por su nombre.

—Caminaremos —dijo, y echó a andar pendiente arriba, hacia el
cruce, manteniendo el mismo paso vivo que dentro de la casa.

Atilio lo siguió pegado a su hombro. Era mediodía. El aire ardía y
las calles estaban silenciosas. Los pocos peatones que pasaban casi saltaron a la alcantarilla o se retiraron a los portales al pasar Ampliato,
que iba tarareando mientras andaba, intercambiando ocasionales gestos de saludo. Cuando Atilio se volvió, vio que los seguía un cortejo
que no habría desmerecido a un senador: primero, a prudente distancia, los esclavos con la litera; y, tras ellos, una pequeña estela de pedigüeños, hombres con aspecto agotado y harapiento resultado de
aguardar, desde la noche a la mañana, condenados al desengaño, la
aparición de algún hombre importante.

Aproximadamente a medio camino de la puerta Vesubiana —el

ingeniero calculó que a unas tres manzanas—, Ampliato giró a la derecha, cruzó la calle y abrió una pequeña puerta empotrada en un muro. Apoyó la mano en el hombro de Atilio y lo guió dentro. El ingeniero notó que la piel se le encogía con el contacto de la mano del millonario.

«¡No permitas que él te atrape como ha atrapado al resto de nosotros!»

Se liberó de los dedos que lo aferraban. Ampliato cerró la puerta tras ellos, y Atilio se encontró en medio de un espacio desierto, una zona en construcción que ocupaba la mayor parte del bloque. A la izquierda había una pared de ladrillos terminada en un inclinado techo de tejas —la parte trasera de una fila de comercios— con un par de altas puertas de madera abiertas en el medio; a la derecha, un complejo de edificios nuevos casi terminados, con grandes y modernas ventanas que miraban al espacio lleno de escombros. Un tanque rectangular estaba siendo excavado justo debajo de las ventanas.

Ampliato, con las manos apoyadas en la cintura, estudiaba la reacción del ingeniero.

—¿Y bien? ¿Qué crees que estoy construyendo? A ver si lo adivinas a la primera.

—Baños.

—Exacto. ¿Qué te parecen?

—Impresionantes —dijo Atilio. «Y en verdad lo son», pensó. Como mínimo igual de buenos que cualquiera que hubiera visto construir en Roma durante los últimos diez años. El enladrillado y las columnas estaban finamente acabadas y el conjunto desprendía un aire de tranquilidad, de espacio, luz y paz. Las altas ventanas daban al suroeste para aprovechar el sol de la tarde, que ya empezaba a bañar el interior—. Le felicito.

—Tuvimos que derruir casi toda la manzana para conseguir espacio, lo cual no nos hizo muy populares —dijo Ampliato—, pero valdrá la pena. Serán los mejores baños fuera de Roma, y más modernos que cualquier cosa de por aquí. —Miró a su alrededor con aire orgulloso—. Ya ves, nosotros, los de provincias, cuando nos ponemos a ello, todavía somos capaces de dar alguna lección que otra a la gente de Roma. —Hizo bocina con las manos y llamó—: ¡Januario!

Desde el otro extremo de la obra llegó un grito de respuesta, y un hombre de elevada estatura apareció en lo alto de una escalera. Reconoció a su amo y bajó corriendo, limpiándose las manos en la túnica mientras atravesaba el patio y haciendo reverencias a medida que se acercaba.

—Januario, este es mi amigo, el aguador del Augusta. ¡Trabaja para el emperador!

—Muy honrado —repuso Januario, inclinándose de nuevo.

—Januario es uno de mis capataces. ¿Dónde están los muchachos?

—En las barracas, señor. —Parecía aterrorizado, como si lo hubieran descubierto haciendo el vago—. Hoy es la fiesta de...

—¡Olvídate de la fiesta! Los necesitamos aquí y ahora. ¿Dijiste que te hacían falta diez, aguador? Bueno, mejor que sean doce. Januario, mándame doce de los hombres más fornidos que tengamos. De la cuadrilla de Brebix. Diles que lleven agua y comida para una jornada. ¿Qué más necesitas?

—Légamo, *puteolanum*... —empezó a decir Atilio.

—Sí. Todo eso. Tablas, ladrillos, antorchas. No hay que olvidar las antorchas. Le has de dar todo lo que necesite. Y transporte. Necesitarás transporte, ¿no? ¿Cuánto? ¿Un par de reatas de bueyes?

—Ya las he contratado.

—Mejor te llevas los míos. Insisto.

—No. —La generosidad de Ampliato empezaba a incomodar al ingeniero. Primero, llegaban los regalos; luego, los regalos se convertían en un préstamo; y por último, el préstamo en una deuda imposible de saldar. Así era sin duda cómo Popidio había llegado a perder su casa. «Una ciudad de buscavidas.» Miró al cielo—. Es mediodía. Los bueyes deberían estar llegando al puerto en estos momentos. Tengo un esclavo allí esperando con nuestras herramientas.

—¿A quién se los alquilaste?

—A Báculo.

—¡Báculo! ¡Menudo ladrón borracho! Mis bueyes serían mejores. Por lo menos permite que tenga unas palabras con él. Te conseguiré un buen descuento.

Atilio se encogió de hombros.

—Si insiste...

—Insisto. Januario, saca a los hombres de los barracones y envía un mozo al puerto para que traigan aquí los bueyes de Atilio para ser cargados. Te mostraré esto mientras esperamos, aguador. —De nuevo, la zarpa de Ampliato cayó en el hombro del ingeniero—. Ven.

Los baños no eran un lujo. Eran los cimientos de la civilización. Colocaban al más humilde ciudadano de Roma por encima del bárbaro más rico y velludo. Los baños inculcaban la triple disciplina de la limpieza, la salubridad y la estricta rutina. ¿Y acaso los acueductos no se habían construido principalmente para abastecer los baños? ¿Acaso los baños no habían extendido el genio romano por toda Europa, África y Asia con la misma eficacia que las legiones de modo que hasta en la más remota ciudad de aquel vasto imperio un hombre pudiera estar seguro de hallar esa inapreciable pieza del hogar?

Tal era la naturaleza del discurso de Ampliato mientras paseaba a Atilio por la vacía concha de sus sueños. Las habitaciones estaban sin amueblar y olían fuertemente a pintura fresca y estuco. Sus pasos resonaban mientras cruzaban los cubículos y las salas de ejercicio y entraban en la parte principal del edificio. Allí los frescos ya habían sido pintados. Vistas del Nilo Verde, salpicadas de cocodrilos al sol, se convertían en escenas de la vida de los dioses. Tritón nadaba entre los Argonautas y los conducía sanos y salvos. Neptuno transformaba a su hijo en un cisne. Perseo salvaba a Andrómeda del monstruo marino enviado a acabar con los etíopes. La piscina del *caldarium* había sido construida para albergar a veintiocho clientes de pago a la vez, y mientras los bañistas descansaran boca arriba, podrían contemplar un cielo de color zafiro alumbrado por quinientas lámparas donde flotaban todas las especies de la vida marina y creerse en una cueva submarina.

Para alcanzar el nivel de lujo que pretendía, Ampliato empleaba las técnicas más modernas, los mejores materiales y los más diestros artesanos de Italia. La cúpula del *laconium*, la sauna, estaba hecha de ventanas de cristal napolitano de un dedo de grosor; los techos y las paredes eran huecas, y las calderas que calentaban el ambiente eran tan potentes que, aunque el suelo estuviera cubierto de nieve, el aire de dentro estaría lo bastante caliente para abrasar la piel de una persona. Todo había sido construido para soportar un terremoto. Las instalaciones principales —cañerías, desagües, grifos, conductos de ventilación, campañas de ducha, incluso los mangos para accionar las cisternas de las letrinas— eran de latón. Los asientos de los aseos eran de mármol frigio con apoyabrazos tallados en forma de delfines y quimeras. Por todas partes había agua corriente, tanto fría como caliente. La civilización.

Atilio no pudo menos que admirar la visión de aquel hombre. Ampliato mostraba tanto orgullo al enseñar su obra que parecía estar solicitando que invirtieran en ella. Y la verdad era que si el ingeniero hubiera tenido algún dinero —si no hubiera enviado la mayor parte de su salario a su madre y su hermana—, bien podría haberle entregado hasta su última moneda, ya que nunca se había topado con un vendedor tan eficaz como Numerio Popidio Ampliato.

—¿Cuánto os falta para terminar?

—Yo diría que un mes. Necesito que vengan los carpinteros. Quiero algunos estantes y armarios. Había pensado en poner un suelo de madera flotante en los vestuarios, creo que de pino.

—No —dijo Atilio—. Mejor utilice aliso.

—¿Aliso? ¿Por qué?

—No se pudrirá en contacto con el agua. Yo usaría pino, o quizá ciprés, para los postigos; pero debería ser algo de las tierras bajas, de donde luce el sol. No toque el pino de las montañas, no para una construcción de tanta calidad.

—¿Algún otro consejo?

—Use siempre madera cortada en otoño, no en primavera. Los árboles son fértiles en primavera y su madera es menos resistente. Para los cierres use olivo, madera de olivo quemada; le durará un siglo. Pero supongo que ya sabe todo eso.

—En absoluto. Es cierto que he construido mucho, pero nunca he sido un entendido en asuntos de piedras y maderas. De lo que entiendo es de dinero. Y lo bueno que tiene el dinero es que no importa cuándo se cosecha. Su cosecha dura todo el año. —Se echó a reír ante su ocurrencia y se volvió para mirar al ingeniero. Había algo inquietante en la intensidad de aquella mirada que no permanecía fija, sino que se movía constantemente, como si no dejara de calcular los distintos aspectos de la persona a la que se dirigía. Y Atilio pensó: «No, no es de dinero de lo que entiende, sino de hombres, de sus fuerzas y debilidades, de cuándo hace falta halagar y cuándo asustar»—. ¿Y tú, aguador? —preguntó Ampliato en voz baja—, ¿de qué entiendes tú?

—De agua.

—Bien. Eso es algo importante. El agua es tan valiosa como el dinero.

—¿Lo es? Entonces, ¿por qué no soy un hombre rico?

—Quizá podrías serlo. —Hizo el comentario como si no quisiera darle importancia y lo dejó flotando en el aire un momento bajo la imponente cúpula. Luego prosiguió—: ¿Nunca te has parado a pensar lo curiosamente que está organizado el mundo, aguador? Cuando este lugar abra sus puertas, ganaré otra fortuna, y a continuación utilizaré esa fortuna para ganar otra y otra. Pero sin tu acueducto yo no podría construir mis baños. Da que pensar, ¿no es cierto? Sin Atilio no hay Ampliato que valga.

—Salvo que no se trata de mi acueducto. Yo no lo construí. Fue el emperador.

—Cierto, y a un costo de millón y medio el kilómetro. El «difunto y añorado Augusto». ¿Acaso ha habido un hombre proclamado divino con mayor justicia que él? Dame siempre al divino Augusto antes que a Júpiter. Todos los días elevo mis plegarias a él. —Olisqueó el aire—. Esta pintura fresca me produce dolor de cabeza. Déjame que te enseñe mis planes para los terrenos.

Lo llevó por donde había llegado. El sol brillaba con toda su fuerza a través de las ventanas abiertas y los colores de los dioses de la pared de enfrente parecían dotados de vida propia. No obstante había algo fantasmal en aquellas vacías estancias: la soporífera quietud, el polvo que flotaba en los rayos de luz, el arrullo de las palomas en el patio… Una de las aves debía de haber quedado encerrada en el *laconium*, porque su repentino batir de alas hizo que a Atilio le diera un vuelco el corazón.

Fuera, de tanto calor, el luminoso aire parecía poder cortarse como vidrio fundido; pero Ampliato no pareció notarlo. Subió por una escalera con facilidad y llegó a un solario. Desde allí dominaba las vistas de su pequeño reino. Aquel iba a ser el patio de ejercicios, dijo, y añadió que tenía intención de plantar árboles alrededor para que dieran sombra. También estaba experimentando un sistema de calentar el agua en la piscina exterior. Acarició el parapeto de piedra.

—Estos son los terrenos de la que fuera mi primera propiedad. Hace diecisiete años que la compré. Si te dijera lo poco que pagué por ella, no me creerías. Claro que no quedaba mucho tras el terremoto; ningún techo, solo paredes. Yo tenía veintiocho años. Nunca había sido tan feliz ni lo he vuelto a ser. La reparé, la alquilé, compré otra, la alquilé también, y así sucesivamente. Algunas de esas casas de la época de la República eran enormes. Las dividí y metí a diez familias en cada una de ellas. Lo he estado haciendo desde entonces. Te daré un consejo, amigo mío: no hay inversión más segura en Pompeya que los inmuebles.

Mató de un manotazo una mosca que tenía en el cuello e inspeccionó los restos entre sus dedos; luego los arrojó. Atilio se lo imaginó de joven: brutal, enérgico, implacable.

—¿Había sido manumitido ya por aquel entonces por los Popidio?

Ampliato lo fulminó con la mirada.

«Poco importa lo amable que intente mostrarse», pensó Atilio, «esos ojos siempre lo delatarán.»

—Si con eso pretendías insultarme, aguador, olvídalo. Todo el mundo sabe que Numerio Popidio Ampliato nació esclavo y que no se avergüenza de ello. Sí, ya era libre. Fui manumitido en el testamento de mi amo a los veinte años. Lucio, su hijo, el que has conocido, me nombró su criado. Luego hice de cobrador de morosos para un prestamista llamado Jucundo, que me enseñó muchas cosas. Pero nunca me habría hecho rico de no haber sido por aquel terremoto. —Miró hacia el Vesubio y su tono de voz se suavizó—. Surgió de la montaña una mañana de febrero como un viento sobre la tierra. Lo vi llegar, vi los árboles doblándose a su paso, y, cuando hubo acabado, toda la ciudad estaba en ruinas. En ese momento no importaba quién hubiera nacido esclavo u hombre libre. El lugar estaba desierto. Se podía pasear por las calles durante horas sin encontrar a nadie salvo a los muertos.

—¿Quién estaba encargado de la reconstrucción?

—¡Nadie! Esa fue la desgracia. Las familias más ricas huyeron a sus posesiones en el campo. Todos estaban convencidos de que habría otro temblor.

—¿Incluyendo a Popidio?

—¡Especialmente Popidio! —Se retorció las manos y gimió en una imitación—: «¡Oh, Ampliato, los dioses nos han abandonado! ¡Oh, Ampliato, los dioses nos castigan!». ¡Los dioses! ¡Como si a los dioses les importara cómo demonios vivíamos! ¡Como si los terremotos no formaran parte de la vida en la Campania tanto como el calor o las sequías! Luego, claro, volvieron arrastrándose; volvieron cuando creyeron que todo estaba seguro; pero para entonces las cosas ya habían empezado a cambiar. ¡*Salve lucrum*! ¡Viva los beneficios! Ese es el lema de la nueva Pompeya. Se ve por toda la ciudad. ¡*Lucrum gaudium*! ¡Beneficios son alegrías! Pero, ojo, no me refiero solo al dinero. Cualquier idiota puede heredar una fortuna. Hablo de ganancias, y para eso se necesita talento. —Escupió por encima del parapeto hacia la calle de abajo—. ¡Lucio Popidio! ¿Qué talento tiene? Sí, puede beber agua fría y mearla caliente, pero no pasa de ahí. En cambio, tú... —Atilio sintió de nuevo que le tomaban la medida—. Tú, si no me equivoco, eres hombre de talento. Puedo verme en ti cuando era joven. Podría utilizar a alguien como tú.

—¿Utilizarme?

—Aquí, para empezar. Estos baños podrían beneficiarse de un hombre que entiende de agua. A cambio de tus consejos podría darte una parte de los beneficios.

Atilio negó con la cabeza, sonriendo.

—Creo que no.

Ampliato le devolvió la sonrisa.

—¡Vaya! Apuestas alto. Eso es algo que admiro en un hombre. Muy bien, pues también una participación en la propiedad.

—No, gracias. Me siento halagado, pero mi familia ha trabajado en los acueductos imperiales durante un siglo. Nací para ser ingeniero de matrices y moriré siéndolo.

—¿Y por qué no ambas cosas?

—¿Qué?

—Dirigir el acueducto y asesorarme al mismo tiempo. Nadie tiene por qué saberlo.

Atilio contempló atentamente su rostro malicioso e impaciente. Bajo el dinero, la violencia y el ansia de poder, no había más que un insignificante matón de provincias.

—No —respondió fríamente—. Eso sería imposible.

El desprecio debió de asomar en su rostro, ya que Ampliato se retractó en el acto.

—Tienes razón —contestó asintiendo—. Olvida que lo he mencionado. A veces soy un tipo demasiado tosco. Se me ocurren ideas sin haberlas meditado siquiera.

—¿Como el mandar ejecutar a un esclavo sin haberse tomado la molestia de averiguar si estaba diciendo la verdad?

Ampliato sonrió y señaló a Atilio con el dedo.

—¡Muy buena! ¡Sí, señor! Pero ¿cómo puedes esperar que alguien como yo sepa comportarse? Uno puede tener todo el dinero del imperio pero seguir siendo un patán, ¿no? Uno puede creer que está imitando los modos de la aristocracia, mostrando un poco de clase, pero al final resulta que es un monstruo. ¿No es eso lo que Corelia me llamó, un monstruo?

—¿Y Exomnio? —Atilio soltó la pregunta de golpe—. ¿También tenía con él un acuerdo de esos que nadie más conoce?

La sonrisa de Ampliato no se inmutó. Desde la calle llegó un rumor de ruedas girando sobre adoquines.

—Escucha, creo que llegan tus carretas. Será mejor que bajemos y las hagamos entrar.

Fue como si la conversación nunca hubiera tenido lugar. Tarareando de nuevo para sí, Ampliato cruzó el patio lleno de escombros y abrió las pesadas puertas e hizo una formal reverencia cuando Polites pasó conduciendo los bueyes. Un hombre al que Atilio no reconoció encabezaba el segundo grupo; unos cuantos más iban sentados en la parte de atrás del carro, con las piernas colgando por los lados; pero saltaron a tierra tan pronto reconocieron a Ampliato y se quedaron mirando humildemente al suelo.

—Bien hecho, muchachos —dijo Ampliato—. Me aseguraré de que seáis recompensados por trabajar en día festivo. Se trata de una emergencia y todos tenemos que ponernos en marcha y ayudar a reparar el acueducto. Por el bien común, ¿no es así, aguador? —Pellizcó la mejilla del hombre más próximo—. Ahora estáis bajo su mando. Servidle bien. Aguador, toma cuanto necesites. Está todo en la obra. Las antorchas se encuentran en el almacén. ¿Hay algo más que pueda hacer? —Resultaba obvio que estaba impaciente por marcharse.

—Haré un inventario de todo lo que utilicemos —dijo Atilio formalmente—. Será recompensado.

—No es en absoluto necesario, pero haz lo que quieras, no quisiera que se me acusara de intentar corromperte. —Se echó a reír y volvió a señalar—. Me quedaría a ayudarte a cargar, que no se dijera que Numerio Popidio Ampliato teme ensuciarse las manos, pero ya sabes cómo son las cosas. Cenamos temprano a causa del festival, y no debo demostrar mi origen plebeyo haciendo esperar a esos distinguidos caballeros y a sus damas. —Le tendió la mano—. Te deseo buena suerte, aguador.

Atilio se la estrechó. Su contacto resultaba seco y firme. Igual que él, Ampliato tenía la palma de la mano y los dedos encallecidos por el trabajo. Asintió.

—Gracias.

Ampliato gruñó y dio media vuelta. Fuera, en la tranquila calle, la litera lo aguardaba, y esa vez se metió dentro sin vacilar. Los esclavos corrieron a ocupar sus puestos; cuatro hombres, uno en cada esquina. Ampliato chasqueó los dedos y ellos levantaron los soportes rematados en bronce; primero hasta la cintura y luego haciendo muecas por el esfuerzo, se los apoyaron en los hombros. Su amo se arrellanó entre los cojines mirando al frente, sin fijarse en ellos, meditabundo; extendió la mano por encima del hombro, deshizo el lazo de la cortina y la dejó caer. Atilio se quedó de pie en la puerta y lo vio alejarse, con la capota carmesí ondulando de un lado a otro mientras la litera oscilaba calle abajo, seguida por su pequeño séquito de mendicantes que trotaban tras ella.

Regresó al patio.

Tal como Ampliato había prometido, allí había de todo; y por un momento Atilio se pudo olvidar de todo mientras se entregaba al simple esfuerzo del trabajo físico. Le resultaba gratificante manejar otra vez los materiales de su trabajo: los pesados ladrillos de vivas aristas, justo lo bastante grandes para caber en la mano de un hombre, con su agudo entrechocar mientras los apilaban en la parte de atrás del carro; los capazos del rojizo y polvoriento *puteolanum*, siempre más pesado y denso de lo que se esperaba, que se colaba por entre las planchas del suelo; el tacto de la madera, cálida y suave en su mejilla mientras la transportaba al hombro; y por último el légamo, en sus bulbosas ánforas de barro cocido, difíciles de aferrar y subir a la carreta.

Trabajó de firme con los demás hombres y por fin tuvo la sensación de estar progresando. No cabía duda de que Ampliato era cruel y despiadado, además de otras cosas que quizá solo los dioses supieran, pero sus materiales eran de primera y en manos honradas servirían a una causa mejor. Había pedido seis ánforas de légamo, pero decidió que era mejor llevarse el doble y aumentó la cantidad de *puteolanum*, en consecuencia, hasta veinte cestos. No quería tener que volver a recurrir a Ampliato para pedirle más. Lo que le sobrara se lo devolvería.

Entró en la zona de los baños en busca de las antorchas y las halló en el almacén más grande. Hasta ellas eran de calidad superior —prieta estopa embreada, sólidos mangos de madera forrados de tela en el mango—. A su lado había cestas llenas de lámparas de aceite, casi todas de barro cocido pero también de latón, además de velas suficientes para alumbrar un templo. «Calidad», había dicho Ampliato. No había nada mejor. Saltaba a la vista que aquel iba a tratarse de un establecimiento de lujo.

«Serán los mejores baños después de los de Roma...»

Sintió que le picaba la curiosidad y, con los brazos todavía cargados de antorchas, fue a echar un vistazo a los demás almacenes. Montones de toallas en uno; tinajas de aceite perfumado en otro; pesas de plomo para hacer ejercicios, rollos de cuerda y pelotas de cuero en

135

un tercero. Todo estaba listo y dispuesto para ser utilizado, salvo las conversaciones y el sudor humano necesario para dotar al lugar de vida. Y el agua, naturalmente. Miró por una puerta abierta la sucesión de estancias. Aquel lugar iba a gastar muchísima agua: cuatro o cinco piscinas, duchas, letrinas con sus descargas, una sala de baños de vapor... Solo las instalaciones públicas como las fuentes estaban conectadas al acueducto sin cargo, como regalo del emperador; pero los baños privados como aquel costarían una pequeña fortuna en impuestos; y si Ampliato había amasado su fortuna comprando grandes propiedades, subdividiéndolas y alquilándolas, su consumo anual de agua tenía que ser necesariamente muy alto. Se preguntó cuánto pagaba por él. Seguramente podría averiguarlo en cuanto regresara a Miseno y pusiera un poco de orden en el caos en que Exomnio había dejado los archivos del Augusta.

Quizá Ampliato no pagaba ni un céntimo.

Se quedó inmóvil bajo la luz del sol, en la casa de baños llena de ecos, escuchando el zureo de las palomas y dándole vueltas a esa posibilidad en su mente. Los acueductos siempre habían dado lugar a corruptelas: los agricultores se conectaban a la canalización principal cuando esta cruzaba sus tierras; los ciudadanos añadían una tubería aquí y otra allá y pagaban a los inspectores para que hicieran la vista gorda; los trabajos públicos se concedían a contratistas privados que presentaban facturas por obras nunca realizadas; los materiales se extraviaban. Atilio sospechaba que la corrupción alcanzaba los niveles más altos, incluso se rumoreaba que Acilio Aviola, el Curator Aquarum en persona, reclamaba un porcentaje. El ingeniero nunca había tenido nada que ver en todo aquello. No obstante no resultaba fácil encontrar un hombre honrado en Roma; un hombre honrado era un estúpido.

El peso de las antorchas hacía que le dolieran los brazos. Salió fuera, las apiló en una de las carretas y se quedó apoyado allí, pensando. Habían llegado más hombres de Ampliato. La carga había finalizado y se hallaban tumbados a la sombra, esperando órdenes. Los bueyes permanecían inmóviles, moviendo el rabo pacíficamente y con las testas rodeadas por una nube de moscas.

¿Acaso era posible que el caótico estado de los archivos del Augusta se debiera a que alguien los había estado manipulando?

Miró el impoluto cielo. El sol había cruzado su cenit. En esos momentos Becco y Corvino ya habrían llegado a Avelino. Las compuertas ya estarían cerradas y el Augusta estaría empezando a secarse. Sintió de nuevo la presión del tiempo. Sin embargo, tomó una decisión y llamó a Polites.

—Ve a los baños y coge otra docena de antorchas, una docena de lámparas, una tinaja de aceite de oliva y, de paso, un rollo de cuerda, pero no más —le ordenó—. Luego, cuando hayas acabado aquí, lleva los carros y los hombres hasta el *castellum aquae*, al lado de la puerta Vesubiana, y espérame allí. Corax no debería tardar en volver. Y ya que estás, mira de conseguir algo de comida. —Le entregó su bolsa—. Aquí hay dinero. Cuídalo por mí. No tardaré.

Se sacudió los restos de *puteolanum* de la túnica y salió por la puerta.

Hora septa

(14.10 horas)

«Cuando el magma está a punto para introducirse en un depósito de alto nivel, incluso un pequeño cambio en las tensiones de la zona, normalmente asociado con un terremoto, puede alterar la estabilidad del sistema y provocar una erupción.»

Volcanology

El festín de Ampliato hacía dos horas que duraba, y de los doce convidados reclinados ante la mesa, solo uno daba muestras de estar disfrutando plenamente: Ampliato en persona.

Para empezar, el calor resultaba asfixiante, incluso teniendo toda una de las paredes del comedor abierta al exterior y a tres esclavos uniformados de carmesí alrededor de la mesa agitando abanicos de plumas de pavo real. Al lado de la piscina, un arpista tañía monótonamente una melodía.

¡Cuatro comensales por tumbona! A juicio de Lucio Popidio, que había renegado para sí cada vez que le habían servido un nuevo manjar, al menos sobraba uno. Él prefería la regla de Varro, según la cual el número de invitados a una mesa no debía ser inferior al de las Gracias (tres) ni superar al de las Musas (nueve). Aquello significaba estar demasiado cerca de los demás compañeros de banquete. Popidio, por ejemplo, recostado entre Celsia, la aburrida esposa de Ampliato, y su propia madre, Tadia Secunda, estaba lo bastante cerca de ellas para notar el calor de sus cuerpos. ¡Repugnante! Cada vez que se incorporaba sobre un codo para coger comida de la mesa con su mano derecha, su cabeza rozaba los fláccidos senos de Celsia, y, lo que era peor, el anillo se le enredaba a veces en la rubia cabellera de su madre, que había sido arrancada de la cabeza de alguna esclava alemana y que en esos momentos servía para disimular los ralos mechones grises de la cabeza de la vieja dama.

¡Y la comida! ¿Acaso Ampliato no comprendía que el clima pedía platos fríos y sencillos y que todas aquellas salsas y preparaciones ya estaban pasadas de moda en época de Claudio? El primero de los entrantes no había estado tan mal: ostras criadas en Brindisi y transportadas a lo largo de trescientos kilómetros de costa para que se engordaran en el lago Lucrino, de modo que el sabor de las dos variedades pudiera degustarse al mismo tiempo; olivas, sardinas y huevos aderezados con anchoas picadas. Todo eso había resultado aceptable, pero, a continuación, habían llegado la langosta, los erizos de mar y, por último, los ratones envueltos en miel y semillas de amapola. Popidio se había creído obligado a tragarse al menos un roedor para complacer a su anfitrión, pero el crujido de aquellos pequeños huesos le había provocado sudores y náuseas.

Luego, presentaron una cerda rellena de riñones, con su vulva servida como acompañamiento, que sonreía desdentadamente a los comensales; un jabalí asado y repleto de tordos vivos que salieron volando cuando despiezaron la carne, y se cagaron de paso en los presentes (Ampliato había estallado en carcajadas y aplaudido ruidosamente al verlo); y a continuación las delicias: lenguas de cigüeñas y flamencos (que no habían estado mal); pero a Popidio las lenguas de los papagayos parlantes siempre le habían parecido gusanos y le sabían como imaginaba que sabían los gusanos, incluso si se maceraban en vinagre; luego, el estofado de hígados de ruiseñor...

Contempló los arrebolados rostros de sus compañeros de festín. Incluso el gordo de Britio, que en una ocasión había presumido de haberse comido un costillar entero de elefante y cuyo lema era el de Séneca, «Come para vomitar, vomita para comer», empezaba a tener mal color. Sus miradas se cruzaron y Britio le dijo algo con los labios, pero Popidio no lo entendió y se llevó una mano al oído. Su amigo se lo repitió ocultando las palabras a Ampliato tras la servilleta y enfatizando las sílabas.

—Tri-mal-cio.

Popidio tuvo que ahogar una carcajada. ¡Trimalcio! ¡Muy bueno! Trimalcio era el personaje del riquísimo esclavo manumitido, protagonista de una de las sátiras de Petronio, que invitaba a sus comensales a un festín parecido a aquel sin darse cuenta de lo vulgar y ridículo que resultaba. ¡Trimalcio! ¡Ja, ja, ja! Por un instante, Popidio retrocedió veinte años, cuando era un joven aristócrata en la corte de Nerón; cuando Petronio, el árbitro del buen gusto, entretenía a sus invitados en la mesa durante horas con sus implacables críticas a los nuevos ricos.

De repente se sintió melancólico. ¡El pobre buen Petronio!, demasiado divertido y elegante para su propio bien. Al final, Nerón, sospechando que su imperial majestad era el sutil objeto de sus burlas, lo había contemplado por última vez a través de su monóculo de esmeralda y le había ordenado que se quitara la vida. Pero Petronio había conseguido transformar su muerte en una burla; se había abierto las venas en su casa de Cumas y se las había vendado a continuación para seguir festejando con sus amigos; se las abrió de nuevo y así sucesivamente hasta morir desangrado. Su último acto consciente fue coger un catavinos valorado en tres mil sestercios que el emperador siempre había deseado heredar y romperlo. Eso era estilo. Eso era buen gusto.

«¿Y qué habría dicho de mí? —pensó Popidio amargamente—. De mí, de un Popidio que ha cantado y bailado con el amo del mundo, si me hubiera visto llegar a esto: a los cuarenta años de edad ¡prisionero de un Trimalcio cualquiera!»

Miró a su antiguo esclavo, que presidía la mesa. Todavía no estaba seguro de cómo había ocurrido. Había tenido lugar lo del terremoto, sin duda; y un poco después la muerte de Nerón. Luego había llegado la guerra civil, un antiguo tratante de mulas se había convertido en emperador y el mundo de Popidio había quedado patas arriba. De repente Ampliato se encontraba en todas partes —reconstruyendo la ciudad, erigiendo un templo, metiendo a su hijo en los organismos del consejo de la comunidad, controlando las elecciones, comprando incluso la casa de al lado. Popidio nunca había tenido talento para los números, de modo que, cuando Ampliato le contó que también él podría ganar mucho dinero, firmó los contratos sin apenas mirarlos. Y de algún modo el dinero desapareció y resultó que toda su propiedad estaba hipotecada y que su única salida era casarse con la hija de Ampliato. ¡Su antiguo esclavo convertido en su suegro! Pensó en que la vergüenza de la situación estaba acabando con su madre: ella apenas había hablado desde entonces, y tenía el rostro desencajado por la falta de sueño y las preocupaciones.

No era que le importara compartir la cama con Corelia. La contempló con avidez. Estaba tumbada dándole la espalda a Cuspio y murmurándole algo a su hermano. Tampoco le importaría tirarse al chico. Notó que se le ponía dura. Quizá no fuera mala idea sugerir un trío. Pero no. Ella nunca lo aceptaría. Era una zorra fría. Pero no tardaría en calentarla. Su mirada se cruzó otra vez con la de Britio. ¡Qué tipo tan gracioso! Le guiñó el ojo, señaló a Ampliato y murmuró:

—Trimalcio.

La voz de Ampliato restalló como un látigo y Popidio se encogió.

—Me estaba diciendo que menudo festín —intervino Britio alzando la copa—. Eso es lo que decimos todos, Ampliato, ¡qué magnífico festín!

Un murmullo de aprobación recorrió la mesa.

—Y lo mejor todavía está por llegar —dijo Ampliato. Dio unas palmadas y uno de los sirvientes se apresuró a salir del comedor en dirección a la cocina.

Popidio se las compuso para sonreír.

—Yo me he dejado un hueco para los postres. —Lo cierto era que tenía ganas de vomitar y no habría necesitado la habitual copa de salmuera y mostaza caliente para conseguirlo—. ¿Qué va a ser, pues? ¿Una cesta de ciruelas del monte Damasco? ¿O acaso ese cocinero tuyo nos ha preparado una tarta de miel de Ática?

El jefe de cocina de Ampliato era el gran Gargilio, comprado por un cuarto de millón de sestercios, recetarios incluidos. Así ocurría en aquellos días en la bahía: los cocineros eran más famosos que las gentes a quienes alimentaban. Los precios habían alcanzado cotas de locura. El dinero estaba en las manos equivocadas.

—Oh, todavía no es el momento del postre, mi querido Popidio. ¿O debería llamarte «hijo», si no es prematuro?

Ampliato sonrió maliciosamente y lo señaló con el dedo. Popidio tuvo que hacer un esfuerzo sobrehumano para ocultar su repugnancia. «¡Oh, Trimalcio! —pensó—. ¡Trimalcio!»

Se oyó un arrastrar de pasos y aparecieron cuatro esclavos llevando a hombros un modelo a escala de una trirreme tan larga como un hombre y bañada en plata que surcaba un mar de zafiros. Los comensales prorrumpieron en aplausos. Los esclavos se acercaron a la mesa de rodillas y, no sin dificultades, deslizaron la nave sobre la mesa con la proa por delante. Su interior lo ocupaba por entero una enorme anguila cuyos ojos habían sido arrancados y sustituidos por rubíes; tenía las mandíbulas abiertas y llenas de marfil; prendido a su aleta dorsal, había un grueso anillo de oro.

Popidio fue el primero en hablar:

—¡Caramba, Ampliato, esto sí que es una sorpresa!

—De mi propia pesquería de Miseno —dijo Ampliato con orgullo—. Una morena. Debe de tener unos treinta años. Mandé que la pescaran la noche pasada. ¿Veis el anillo? Me parece, Popidio, que se trata de la criatura a la que tu amigo Nerón solía cantar. —Cogió un gran cuchillo de plata—. ¿Quién será el primero en probarla? Tú, Corelia. Creo que te corresponde a ti.

«Ese es un gesto amable», pensó Popidio. Hasta ese momento Ampliato no había prestado la menor atención a su hija y había empezado a pensar que algo no iba bien entre ellos. Sin embargo aquello era una distinción de favor. Por eso vio con sorpresa que la joven lanzaba a su padre una mirada cargada del más puro odio, arrojaba la servilleta, se levantaba y salía llorando del comedor.

L os primeros transeúntes con los que se cruzó Atilio juraron que nunca habían oído hablar del local de Africanus; pero en la atestada cantina de Hércules, un poco más abajo en la misma calle, el hombre del mostrador le lanzó una mirada aviesa y le dio la dirección en voz baja:

—Baja por la colina una manzana más, gira a la derecha y después a la izquierda y vuelve a preguntar; pero ten cuidado con quién hablas, ciudadano.

Atilio se hizo una idea de lo que el otro había querido decir. A partir del momento en que salió de la vía principal, la calle se volvió más tortuosa y las casas eran de peor tono y estaban más abarrotadas. Esculpido en piedra, el símbolo de un pene y unos testículos aparecía en varias de las miserables entradas. Los vestidos multicolores de las prostitutas brillaban en la penumbra como flores azules y amarillas. Así pues, ¡allí era donde Exomnio había decidido pasar su tiempo libre! Atilio aminoró el paso y se preguntó si no sería mejor que regresara. Nada debía poner en riesgo la principal prioridad del día; pero entonces volvió a pensar en su padre, agonizando en su colchón del rincón de la pequeña casa: otro tonto honrado, cuya tozuda rectitud había dejado a una viuda sumida en la pobreza. Reanudó la caminata, pero esta vez con más energías. Furioso.

Al final de la calle sobresalía el grueso balcón de una planta baja y se reducía el paso a la anchura de un callejón. Se abrió camino entre un grupo de hombres que zanganeaban, con los ojos enrojecidos por el vino y el calor, y se introdujo por la puerta más cercana en un diminuto vestíbulo. Dominaba un fuerte y casi primitivo hedor a sudor y semen. A los lugares como aquel los llamaban «lupanares» en honor al aullido de las lobas en celo; y «lupa», meretriz, era el término popular con el que se designaba a una prostituta. Aquel negocio lo ponía enfermo. Del piso de arriba le llegó el sonido de una flauta, de golpes en el suelo y de risas masculinas. De ambos lados provenían sonidos propios de la noche: gruñidos, susurros, el llanto de un bebé.

En la semioscuridad, una mujer con un corto vestido verde se hallaba sentada en un taburete con las piernas separadas. Se puso en pie cuando vio entrar a Atilio y fue hacia él sin demora, con los brazos desplegados y los rojos labios abiertos en una sonrisa. Había usado antimonio para oscurecerse la línea de las cejas y unírselas sobre la nariz, rasgo que algunos valoraban como bello, pero que a Atilio le recordó las máscaras mortuorias de Popidio. No tenía edad: en la penumbra lo mismo podría tener quince como cincuenta años.

—¿Africano? —preguntó.

—¿Quién? —Tenía un fuerte acento; cilicio, tal vez—. No está aquí —contestó rápidamente.

—¿Y Exomnio?

Con la mención de aquel nombre, su pintada boca se abrió. Intentó cerrarle el paso, pero él la apartó con suavidad, poniéndole las manos en los desnudos hombros, y descorrió la cortina que había tras ella. Un hombre desvestido estaba en cuclillas en una letrina. Sus muslos tenían una palidez azulada en la oscuridad. Alzó la mirada, sorprendido.

—¿Africano? —preguntó Atilio, pero la expresión del hombre fue de total confusión—. Discúlpame, ciudadano.

Atilio dejó caer la cortina y se dirigió hacia uno de los cubículos del otro extremo del vestíbulo, pero la puta se le adelantó y le bloqueó el paso abriendo los brazos.

—No —dijo—. Problemas no. No está ahí.

—Entonces ¿dónde?

Ella vaciló.

—Arriba. —Hizo un gesto con el mentón, hacia el techo.

Atilio miró a su alrededor. No veía ninguna escalera.

—Cómo se sube. Muéstramelo.

La mujer no se movió, así que Atilio hizo ademán de descorrer otra cortina y ella se le adelantó de nuevo.

—Yo te enseño. Por aquí.

Lo condujo hacia otra puerta. En un cuartucho vecino un hombre gemía de placer. La mujer salió a la calle y Atilio la siguió. A la luz del día vio que su rebuscado peinado estaba lleno de mechones grises y que las gotas de sudor le habían dejado surcos en las hundidas y maquilladas mejillas. Tendría suerte si conseguía ganarse la vida en aquel barrio durante más tiempo. Su proxeneta no tardaría en echarla y ella acabaría malviviendo en la necrópolis que había más allá de la puerta Vesubiana, abriéndose de piernas entre las tumbas para los mendigos.

La prostituta se llevó las manos al flaco cuello como si le hubiera leído el pensamiento, señaló una escalera que había un poco más lejos y volvió a toda prisa al interior. Cuando Atilio empezó a subir los primeros peldaños, oyó que ella silbaba. «Me siento como Teseo en el laberinto —se dijo—, solo que sin su carrete de hilo de Ariadna para guiarme de regreso sano y salvo». Si un atacante aparecía ante él mientras otro le bloqueaba la espalda, no tendría ninguna oportunidad. Cuando llegó arriba no se molestó en llamar, sino que abrió la puerta de golpe.

Su presa, seguramente prevenida por el silbido de la meretriz, ya tenía medio cuerpo fuera de la ventana; pero el ingeniero cruzó a toda prisa la estancia y lo aferró por el cinturón antes de que pudiera saltar al terrado que había debajo. Estaba flaco y pesaba poco, de modo que Atilio tiró de él con la misma facilidad que un amo de la correa de su perro y lo depositó en la alfombra.

Había interrumpido una fiesta. Dos hombres yacían en tumbonas. Un muchacho negro aferraba una flauta contra su pecho desnudo. Una muchacha de piel cetrina, con los pezones pintados de plata, que no debía de tener más de doce o trece años y también estaba desnuda, se encontraba de pie sobre la mesa, inmóvil en plena danza. Por un momento nadie se movió. Las lámparas de aceite arrojaban su parpadeante luz sobre vívidas escenas eróticas pintadas en las paredes: una mujer a horcajadas sobre un hombre, un hombre montando a una mujer por detrás, dos hombres tumbados acariciándose los penes el uno al otro... Uno de los clientes que yacían en la cama empezó a deslizar la mano bajo el colchón, palpando el suelo en busca del cuchillo que había al lado de una bandeja de fruta pelada. Atilio apoyó su pie con todas sus fuerzas en la espalda de Africano, que soltó un gruñido. El otro retiró rápidamente la mano.

—Bien —asintió Atilio.

Sonrió, se inclinó, aferró a Africano por el cinturón y lo arrastró fuera del cuarto.

A dolescentes! —exclamó Ampliato mientras los pasos de Corelia se desvanecían—. No son más que un manojo de nervios antes de la boda. La verdad, Popidio, me alegraré cuando pase a ser responsabilidad tuya y no mía. —Vio que su esposa se levantaba para seguirla—. ¡No, mujer! ¡Déjala!

Celsia se sentó tímidamente, sonriendo a modo de disculpa al resto de los presentes. Ampliato la miró, ceñudo. Le disgustaba cuando se comportaba de ese modo, ¿por qué tenía que mostrar deferencia ante los que eran sus iguales? ¡Él podía comprarlos a todos!

Clavó el cuchillo en un costado de la morena y fue cortando hasta que hizo un gesto de disgusto a un esclavo para que se acercara a recoger las tajadas. El pez lo miraba fijamente con sus ojos rojos e inexpresivos. «La mascota del emperador —pensó Ampliato—, un príncipe en su pequeño estanque. Pues ya no.»

Mojó un trozo de pan en un cuenco con vinagre y lo chupó mientras contemplaba la diestra mano del esclavo sirviendo los platos con raciones de carne grisácea y espinosa. Nadie deseaba probarla, pero nadie quería tampoco ser el primero en rehusar. Un enfermizo ambiente de temor, tan denso como el aire de la sala, caliente y rancio, se apoderó de todos. ¿Por qué debía permitir que se sintieran cómodos? En su época de esclavo, cuando atendía la mesa, había tenido prohibido hablar en el comedor en presencia de los invitados.

Le sirvieron el primero, pero esperó a que los otros tuvieran ante ellos sus platos de oro antes de coger un trozo de pescado. Se lo llevó a los labios, se detuvo y miró a los comensales, uno a uno, empezando por Popidio, hasta que siguieron su ejemplo a regañadientes.

Había estado esperando aquel momento todo el día. Vedio Pollio había arrojado a sus esclavos a las morenas no solo para disfrutar de la novedad de ver a un hombre desgarrado bajo el agua en lugar de en la arena del circo, sino también porque como *gourmet* aseguraba que la carne humana daba a las morenas un sabor más picante. Ampliato masticó cuidadosamente, pero no notó nada especial. La carne resultaba insípida y dura, incomestible, y lo invadió el mismo sentimiento de decepción que había experimentado la tarde anterior, a la orilla del mar. Una vez más había buscado la experiencia más sublime y no había hallado más que... vacío.

Se sacó el trozo de pescado de la boca con los dedos y lo arrojó al plato con disgusto.

—Bueno, al fin y al cabo parece que las morenas, igual que las mujeres, saben mejor si son jóvenes —dijo en un intento de restarle importancia, y cogió el vino para quitarse el mal sabor de boca.

No obstante, resultaba evidente que toda cordialidad había desaparecido. Sus invitados carraspeaban disimuladamente en sus servilletas o se quitaban las espinas de entre los dientes. Entonces supo que todos se reirían de él a sus espaldas durante días tan pronto consiguieran marcharse, especialmente Holconio y aquel gordo pederasta de Britio.

«¡Querido amigo! ¿No te has enterado de la última de Ampliato? ¡Cree que el pescado, como el vino, mejora con los años!»

Bebió otro trago, paladeando el vino en la boca y pensando en un brindis, «¡Por el emperador!», cuando reparó en que su secretario se acercaba al comedor llevando una cesta de pequeño tamaño. Scutario vaciló. No deseaba importunar a su amo en pleno festín con asuntos de negocios. Ampliato sin duda lo habría enviado al diablo de no haber sido porque captó la expresión del hombre.

Dejó a un lado la arrugada servilleta, se puso en pie, saludó a sus huéspedes con una inclinación de cabeza y ordenó a su secretario que lo siguiera al *tablinum*. Cuando estuvieron fuera de la vista de los demás, flexionó los dedos.

—¿Qué es? Déjamelo ver.

Se trataba de una *capsa*, un barato recipiente de madera cubierto de piel, como los que los colegiales usaban para llevar sus papeles. El cierre había sido forzado. Ampliato abrió la tapa. Dentro había una docena de rollos de pergamino. Sacó uno al azar. Estaba lleno de columnas de cifras. Al principio, Ampliato bizqueó sin comprender, pero los números no tardaron en cobrar sentido —siempre había tenido buena cabeza para los números—, y lo comprendió.

—¿Dónde está el hombre que ha traído esto?

—Esperando en el vestíbulo, amo.

—Llévalo al viejo jardín. Di a la cocina que sirvan el postre y advierte a mis invitados que regresaré enseguida.

Ampliato tomó el camino de la parte de atrás, rodeó el comedor y subió los anchos escalones que conducían al patio de su vieja casa. Aquel era el lugar que había comprado diez años antes, cuando se había instalado deliberadamente al lado del hogar ancestral de los Popidio. ¡Qué placer le había proporcionado vivir en condiciones de igualdad con su antiguo amo, esperando el momento propicio, sabiendo que algún día, de algún modo, haría un agujero en el muro y pasaría al otro lado igual que un ejército vengador capturando una ciudadela!

Tomó asiento en el banco de piedra circular que había en el centro del jardín, a la sombra de una pérgola cubierta de rosales. Allí era donde le gustaba cerrar sus tratos más secretos. Siempre podía hablar sin que lo molestaran, y nadie se le podía acercar sin que él lo viera. Abrió la caja de nuevo y extrajo los rollos de pergamino. Alzó la mirada al límpido cielo. Podía oír los jilgueros de Corelia cantando en la pajarera y, al fondo, el rumor de la ciudad que despertaba tras la larga siesta. Las tabernas y las casas de comidas se estarían vaciando a medida que la gente salía a las calles lista para el sacrificio a Vulcano.

«¡*Salve lucrum!*»

«¡*Lucrum gaudium!*»

No levantó la vista cuando escuchó que su visitante se acercaba.

—Bueno —dijo—, parece que tenemos un problema.

A Corelia le habían regalado los jilgueros poco después de que su familia se hubiera mudado a la casa, el día de su décimo cumpleaños. Los había alimentado con escrupulosa atención, cuidado cuando habían enfermado, visto salir del huevo, aparearse, multiplicarse, morir; y en momentos como aquel, cuando necesitaba estar sola, era a la pajarera adonde iba. Ocupaba la mitad del pequeño balcón de su cuarto, sobre el enclaustrado jardín. La parte superior de la jaula estaba cubierta por un lienzo que la protegía del sol.

Se hallaba sentada, arrebujada en el sombreado rincón, abrazándose las piernas y apoyando el mentón en las rodillas, cuando oyó que alguien entraba en el jardín y se asomaba por encima de la balaustrada. Su padre se había acomodado en el banco circular de piedra con una caja a su lado y estaba leyendo unos documentos. Dejó el último a un lado y levantó la vista al cielo, en dirección a ella. Corelia retiró la cabeza rápidamente. La gente decía que se parecía a su padre. «Es la viva imagen de su progenitor.» Y dado que se trataba de un hombre apuesto, se sentía halagada.

Escuchó que decía:

—Bueno, parece que tenemos un problema.

De niña había descubierto que el claustro del jardín producía un efecto especial: los muros y las columnas parecían recoger el sonido de las voces y empujarlo hacia arriba, de modo que hasta los susurros que apenas resultaban audibles al nivel del suelo se escuchaban allí arriba con la claridad de un discurso desde el púlpito en día de elecciones. Aquella característica no había hecho más que aumentar el encanto de su secreto rincón. La mayor parte de las cosas que había oído a medida que crecía habían carecido de sentido para ella —contratos, lindes, tipos de interés—, pero le había bastado con la emoción de poder contar con su propia atalaya sobre el mundo de los adultos. Nunca había compartido con su hermano lo que sabía, ya que hacía solo escasos meses que había empezado a descifrar el misterioso lenguaje de los negocios de su padre. Y había sido allí, un mes antes, donde lo había escuchado negociar con Popidio su futuro: la cantidad que debía ser descontada con el anuncio de los esponsales, la deuda completa que debía quedar cancelada cuando la transacción matrimonial se consumara, la propiedad que debía revertir en caso de que el acuerdo no produjera sus frutos, lo que dichos frutos debían heredar íntegramente...

«Mi pequeña Venus —solía llamarla su padre—. Mi pequeña y valiente Diana.»

... el sobreprecio por pagar en concepto de virginidad, que la virginidad fuera certificada por un cirujano, Pomponio Magoniano; la cantidad a la que se renunciaba al firmar los contratos en el período establecido...

«Siempre afirmo —había dicho su padre—, hablando de hombre a hombre y entre nosotros, Popidio, que a un buen polvo no se le puede poner precio. Y tampoco hay que ponerse legalista con el asunto.»

«Mi pequeña Venus...»

—Parece que tenemos un problema...

Una voz masculina, ronca y que no conocía, contestó:

—Sí. Tenemos un problema considerable.

A lo que Ampliato añadió:

—Y su nombre es Marco Atilio...

Corelia volvió a inclinarse para no perder palabra.

Africano no quería problemas. Africano era un hombre honrado. Atilio lo condujo escaleras abajo, haciendo caso omiso de sus balbucientes protestas y mirando por encima del hombro para asegurarse de que no los seguían.

—Estoy aquí por mandato del emperador. Necesito saber dónde vivía Exomnio. ¡Rápido! —Al oír nombrar al emperador, Africano se lanzó a una perorata sobre su buena reputación. Atilio lo zarandeó—. No tengo tiempo para bobadas. Llévame a su habitación.

—Está cerrada.

—¿Y dónde está la llave?

—Abajo.

—Ve por ella.

Cuando llegaron a la calle, empujó al propietario del burdel hasta el sombrío pasillo y se mantuvo vigilante mientras este cogía la caja del dinero de su escondite. La prostituta del vestido verde había regresado a su taburete. Africano la llamaba Zmyrna.

—Zmyrna, ¿cuál es la llave del cuarto de Exomnio?

Las manos le temblaban tanto que, cuando al fin consiguió abrir la caja del dinero y sacar las llaves, se le cayeron y ella tuvo que recogérselas. Escogió una del lote y se la entregó.

—¿De qué tienes tanto miedo? —preguntó Atilio—. ¿Por qué has intentado escapar con la sola mención de un nombre?

—No quiero problemas —repitió Africano.

Cogió la llave y condujo al ingeniero hasta una taberna vecina. Era un lugar barato, poco más que un mostrador con agujeros para las tinajas de vino. No había sitio donde sentarse y la mayoría de parroquianos estaban bebiendo fuera, apoyados en la pared. Atilio supuso que allí era donde los clientes del burdel esperaban su turno con las chicas y adonde volvían después para refrescarse y alardear de sus proezas. El sitio apestaba igual que el lupanar, y el ingeniero pensó que Exomnio tenía que haber caído realmente muy bajo, que la corrupción le había corroído el alma, para haber acabado en un lugar así.

Africano era pequeño y ágil y tenía las extremidades peludas igual que un mono. Quizá de ahí el nombre de los monos africanos del foro que hacían cabriolas al final de una cadena para que sus amos ganaran unas monedas. Cruzó el establecimiento a toda prisa y subió por la endeble escalera hasta el descansillo. Se detuvo con la llave en la mano y miró a Atilio ladeando la cabeza.

—¿Y tú quien eres? —preguntó.

—Abre.

—No se ha tocado nada. Te doy mi palabra.

—Eso está bien. Ahora, abre.

El proxeneta se volvió hacia la puerta, llave en mano, y soltó una exclamación de sorpresa. Señaló la cerradura, y cuando Atilio se acercó, vio que estaba rota. El interior del cuarto se hallaba a oscuras y olía a cerrado, a humedad y a comida rancia. Una rendija de luz en la pared del fondo señalaba las contraventanas cerradas. Africano entró primero, tropezando con algo en la penumbra, y abrió la ventana. La luz del atardecer reveló un completo caos de ropa revuelta y muebles volcados por el suelo. Africano lo contempló con aire abatido.

—Yo no tengo nada que ver. ¡Lo juro!

Atilio se hizo una idea de un solo vistazo. Para empezar, en el cuarto no había mucho —un catre con un miserable colchón y una manta raída, una palangana y una jarra, un orinal, una cómoda y un taburete—, pero nada estaba intacto: hasta el colchón había sido destripado y el relleno sobresalía por los cortes.

—Lo juro —repitió Africano.

—De acuerdo —contestó Atilio—. Te creo.

Y era cierto. Africano difícilmente habría roto su propia cerradura teniendo la llave o dejado la habitación en semejante desorden. Sobre la pequeña mesa de tres patas, había un pedazo de mármol verde que resultó ser un trozo de pan enmohecido. A su lado había un cuchillo y una manzana podrida. En medio del polvo se veían huellas recientes de dedos. Atilio tocó la superficie de la mesa y se miró la yema, ennegrecida. Aquel trabajo lo habían hecho hacía poco, se dijo; el polvo no había tenido tiempo de asentarse. Quizá eso explicara por qué Ampliato se había tomado tantas molestias para enseñarle las obras de los baños: para mantenerlo entretenido mientras registraban la habitación. ¡Qué ingenuo había sido hablando de pinos de monte bajo y de madera de olivo quemada!

—¿Cuánto hace que Exomnio tiene alquilada esta habitación?

—Tres años. Puede que cuatro.

—Pero no vivía aquí todo el tiempo, ¿no?

—Iba y venía.

Atilio se dio cuenta de que ni siquiera sabía qué aspecto tenía Exomnio. Estaba persiguiendo a un fantasma.

—¿No tenía esclavo?

—No.

—¿Cuándo fue la última vez que lo viste?

—¿A Exomnio? —Africano hizo un gesto de impotencia. ¿Cómo iba a recordarlo? Tantos clientes, tantas caras...

—¿Cuándo pagaba el alquiler?

—Siempre por adelantado, todos los meses, por calendas.

—O sea que te pagó a principios de agosto. —Africano asintió. Una cosa había quedado clara: fuera lo que fuese lo que le había ocurrido, Exomnio no había tenido intención de desaparecer. El hombre vivía en la miseria y no habría pagado un cuarto de no haber tenido intención de usarlo—. Déjame solo —añadió—, yo me ocuparé.

Africano pareció dispuesto a oponerse, pero cuando Atilio dio un paso hacia él, levantó las manos en señal de rendición y se retiró al rellano. El ingeniero le cerró la estropeada puerta en las narices y escuchó el sonido de sus pasos bajando hacia la taberna.

Paseó por la estancia, ordenándola para hacerse una idea del aspecto que había tenido, como si de ese modo pudiera hallar alguna pista de qué otras cosas hubiera podido contener. Devolvió el reventado colchón a su lugar en la cama y dejó la almohada —igualmente acuchillada— en la cabecera. Dobló la manta y se estiró en ella. Al volver la cabeza vio una serie de marcas negras en la pared y se dio cuenta de que se trataba de insectos aplastados. Se imaginó a Exomnio tendido allí, en pleno calor, matando bichos, y se preguntó por qué, si había aceptado el soborno de Ampliato, había escogido vivir como un depauperado. ¿Y si se había gastado todo el dinero en putas? No parecía probable. Un revolcón con cualquiera de las fulanas de Africano no podía costar más de un puñado de monedas de cobre.

El suelo crujió.

Se incorporó muy despacio sobre un codo y vio claramente la sombra de unos pies bajo la puerta. Por un instante estuvo seguro de que se trataba de Exomnio, que se había presentado para pedir explicaciones a aquel desconocido que le había quitado el trabajo e invadido su propiedad y que en ese momento ocupaba su cama en la revuelta habitación.

—¿Quién está ahí? —preguntó. Cuando la puerta se abrió lentamente, comprobó que era solo Zmyrna y se sintió extrañamente decepcionado—. ¿Sí? ¿Qué quieres? Le he dicho a tu amo que me dejaran solo.

Ella se quedó en el umbral. Su vestido estaba abierto para enseñar las piernas. En su muslo izquierdo se apreciaba un moretón del tamaño de un puño. Contempló el cuarto y se llevó la mano a la boca, horrorizada.

—¿Quién ha hecho esto?

—Dímelo tú.

—Él dijo que se ocuparía de mí.

—¿Qué?

La mujer entró en la habitación.

—Dijo que cuando volviera se ocuparía de mí.

—¿Quién?

—Aeliano. Él lo dijo.

Atilio tardó unos segundos en comprender a quién se refería: a Exomnio, Aeliano Exomnio. Era la primera persona que conocía que lo llamaba por su nombre en lugar de por su apellido. Eso resumía a la persona. Su única relación íntima era una ramera.

—Pues no va a volver para ocuparse de ti —contestó ásperamente—. Ni de ti ni de nadie.

Ella se frotó la nariz con el dorso de la mano y Atilio comprendió que estaba llorando.

—¿Está muerto?

—Dímelo tú. —Atilio suavizó el tono—. La verdad es que nadie lo sabe.

—Él me dijo que me compraría a Africano. No más prostituta. Era especial para él. ¿Entiendes? —Se tocó el pecho, hizo un gesto hacia Atilio y se volvió a tocar el pecho.

—Sí, lo entiendo.

Contempló a Zmyrna con renovado interés. Sabía que aquello no era infrecuente, especialmente en esa parte de Italia: cuando los marineros extranjeros dejaban la armada tras haber prestado servicio durante veinticinco años y obtenían la ciudadanía, lo primero que hacían con el dinero de su desmovilización era dirigirse al primer mercado de esclavos y comprarse una esposa.

La prostituta estaba de rodillas, recogiendo las ropas esparcidas por doquier, plegándolas y guardándolas en la cómoda. Quizá fuera un punto a favor de Exomnio que la hubiera escogido a ella en lugar de a otra más joven o atractiva. O también podía ser que hubiera mentido todo el tiempo y nunca hubiera tenido intención de volver a buscarla. En cualquier caso, su futuro se había esfumado con su principal cliente.

—Tenía dinero, ¿no? Debía de tener dinero suficiente para comprarte, solo que nadie lo hubiera dicho al ver este lugar.

—Aquí no. —Se sentó en cuclillas y lo miró con rencor—. Aquí no tenía dinero, seguro. El dinero, escondido. Mucho dinero. En algún lugar astuto. Un sitio que nadie encuentra. Nadie. Eso dijo.

—Alguien ha intentado…

—El dinero, aquí no.

Se mostraba tajante. Sin duda lo había buscado mientras él estaba fuera.

—¿Te dijo dónde estaba ese sitio?

Ella se quedó mirándolo con la boca roja muy abierta, hasta que de repente bajó la cabeza. Sus hombros se estremecieron. Al principio, Atilio creyó que sollozaba, pero cuando se dio la vuelta, comprendió que el brillo de sus ojos era de lágrimas de risa.

—¡No!

Empezó a mecerse de nuevo. Parecía casi infantil en su actitud. Dio unas palmadas. Era sin duda lo más gracioso que había oído —la idea de que Exomnio pudiera haber confiado a una puta de Africano dónde escondía su dinero resultaba divertido— y Atilio no tuvo más remedio que mostrarse conforme. Él rió también y se puso en pie.

Ya no tenía objeto seguir perdiendo el tiempo allí.

En el rellano se volvió para mirarla. Seguía de cuclillas, con el vestido abierto, apretando contra el rostro una de las túnicas de Exomnio.

Atilio se apresuró en el camino de regreso, a lo largo del lado sombreado de la calle. Aquella tenía que haber sido la ruta de Exomnio hacia el *castellum aquae* y aquel el paisaje que contemplaba siempre que iba a la ciudad: las rameras y los borrachos; los charcos de orines y los restos de vómito convertidos en duras manchas en los sumideros; las pintadas en las paredes; las efigies de príapo en las entradas, con su enorme polla erecta y las campanillas en la punta para ahuyentar los malos espíritus. Así pues, ¿qué ocupaba sus pensamientos cuando hizo ese recorrido por última vez? ¿Zmyrna? ¿Ampliato? ¿La seguridad de su dinero escondido?

Miró por encima del hombro, pero nadie le prestaba atención. Aun así, se sintió aliviado de poder llegar a la calle principal y a la seguridad de su deslumbrante luminosidad.

La ciudad estaba mucho más tranquila que por la mañana. El sol mantenía a la gente fuera de las calles, y eso le permitió avanzar con rapidez hacia la puerta Vesubiana. Al aproximarse a la pequeña plaza que había delante del *castellum aquae*, vio que los carros estaban cargados con los materiales y preparados. Unos cuantos hombres estaban sentados en el suelo, ante una taberna, riendo de algo. El caballo que había alquilado se encontraba atado a un poste. Y allí estaba Polites, el fiel Polites, el miembro más de fiar del grupo, acercándose para recibirlo.

—Habéis estado fuera mucho rato, aguador.

Atilio hizo caso omiso del tono de reproche.

—Pues ya he vuelto. ¿Dónde está Musa?

—Todavía no ha llegado.

—¿Qué? —Lanzó un juramento e hizo pantalla con la mano para comprobar la posición del sol.

Debían de haber transcurrido cuatro horas, quizá cinco, desde que los otros habían partido a caballo. Había confiado en recibir noticias de ellos.

—¿Cuántos hombres tenemos?

—Doce. —Polites se frotó nerviosamente las manos.

—¿Qué te pasa?

—Son una panda de camorristas, aguador.

—¿Lo son? Sus modales no son asunto mío siempre que sepan trabajar.

—Llevan bebiendo una hora.

—Entonces será mejor que paren.

Atilio cruzó la plaza en dirección a la taberna. Ampliato le había prometido una docena de sus más recios esclavos y, como de costumbre, había cumplido su palabra. Parecía haberle prestado una tropa de gladiadores. Una jarra de vino pasaba de una mano tatuada a otra y para matar el tiempo habían sacado a Tiro del *castellum* y se estaban divirtiendo con él: uno de ellos le había quitado el gorro de fieltro y se lo iban tirando unos a otros mientras el infeliz esclavo intentaba recuperarlo inútilmente.

—Ya basta —intervino el ingeniero—. Dejadlo en paz.

Los hombres no le hicieron ni caso.

—Soy Marco Atilio —añadió en tono más alto—, aguador del Aqua Augusta, y vosotros estáis bajo mis órdenes. —Cazó al vuelo el gorro del esclavo ciego y lo sujetó con fuerza—. Vuelve al *castellum*, Tiro —le dijo, y a continuación se dirigió a la cuadrilla—: Ya basta de beber. Nos marchamos.

El hombre que sostenía la jarra de vino contempló a Atilio con indiferencia desde el suelo, se llevó el recipiente a los labios, echó la cabeza hacia atrás y bebió. El vino se le derramó por la barbilla y el pecho. Sonaron una serie de exclamaciones de aprobación, y Atilio sintió que la furia se encendía en su interior. Trabajar tanto, idear y construir, desplegar todo el ingenio en los acueductos, ¿y para qué? ¿Para llevar agua a bestias como esas o como Africano? Mejor sería dejar que se pudrieran en una charca infestada de mosquitos.

—¿Quién es vuestro jefe? —preguntó.

El que había bebido bajó la jarra.

—¿El jefe? ¿Qué es esto? ¿El maldito ejército?

—Estás borracho —dijo Atilio—. Pero yo estoy sereno y tengo prisa, así que ¡muévete!

Soltó una patada y acertó de lleno en la jarra, arrancándosela de la mano al otro. El recipiente salió dando vueltas y aterrizó de lado y sin romperse, derramando su contenido sobre los adoquines. Por un momento, en el silencio, el gorgoteo del vino fue lo único que se escuchó. Entonces se produjo un despliegue de brutal actividad: los hombres se pusieron en pie, gritando, y el bebedor se abalanzó con intención de clavar los dientes en la pierna de Atilio. En eso, entre la confusión surgió una voz tonante que resonó por encima de todas.

—¡Ya basta!

Un hombretón de más de un metro noventa de altura llegó corriendo desde el otro extremo de la plaza y se interpuso entre Atilio y los miembros de la cuadrilla abriendo los brazos para contenerlos.

—Soy Brebix, un hombre libre. —Tenía una recia barba pelirroja recortada en forma de pala—. Si aquí hay algún jefe, ese soy yo.

—Brebix —repitió Atilio, asintiendo. Recordaría ese nombre porque aquel sujeto sí que era en verdad gladiador. O, mejor dicho, ex gladiador. Tenía tatuado en el hombro el símbolo de su unidad, una serpiente enroscada y lista para morder—. Hace una hora que deberías estar aquí. Di a esos hombres que si tienen alguna queja se la presenten a Ampliato. Diles que no están obligados a acompañarme, pero que los que se queden atrás tendrán que responder ante su amo. Ahora pongamos esos carros en marcha. Nos encontraremos al otro lado de los muros de la ciudad.

Dio media vuelta y los curiosos que habían salido de las tabernas vecinas con la esperanza de presenciar una pelea se retiraron para dejarlo pasar. Temblaba y tuvo que hundir un puño en la otra mano para que no se le notara.

—¡Polites! —llamó.

—¿Sí? —El esclavo se abrió paso entre el gentío.

—Trae mi caballo. Ya hemos perdido bastante tiempo aquí.

Polites lanzó una mirada de preocupación hacia Brebix, que conducía a la renuente cuadrilla a los carros.

—Esos hombres, aguador... No me fío de ellos.

—Yo tampoco. Pero ¿qué otra cosa podemos hacer? Vamos, tráeme el caballo. Nos reuniremos con Musa por el camino.

Mientras Polites se alejaba corriendo, Atilio echó una mirada colina abajo. Pompeya le parecía menos una ciudad de vacaciones que una guarnición fronteriza, una de esas poblaciones favorecidas por una súbita fortuna. Ampliato la estaba reconstruyendo a su imagen y semejanza. No lamentaría perderla de vista para siempre, salvo por Corelia. Se preguntó qué estaría haciendo, pero cuando la imagen de la muchacha vadeando la resplandeciente piscina empezó a formarse en su mente, tuvo que hacer un esfuerzo para apartarla de sí. Salir de allí, llegar al Augusta, conseguir que el agua volviera a correr y regresar a Miseno y buscar pruebas de lo que Exomnio había estado haciendo: esas eran las prioridades. Pensar en otros asuntos no tenía sentido.

A la sombra del *castellum aquae*, Tiro se sentó, y Atilio estuvo a punto de despedirse con un gesto de la mano hasta que vio aquellos ojos parpadeantes y ciegos.

El reloj de sol indicaba que ya había pasado la hora nona cuando Atilio cruzó a caballo la alta bóveda de la puerta Vesubiana. El ruido de los cascos en los adoquines resonaba como un pequeño destacamento de caballería. El oficial de aduanas sacó la cabeza de la garita para averiguar qué ocurría, bostezó y se dio la vuelta.

El ingeniero nunca había sido un buen jinete. Sin embargo por una vez se alegraba de ir montado: le confería una altura superior y necesitaba cualquier ventaja de la que pudiera disponer. Cuando trotó hasta Brebix, los hombres tuvieron que alzar la vista y entrecerrar los ojos por el resplandor del sol.

—Seguiremos la conducción del acueducto hasta el Vesubio —dijo. El caballo giró sobre sí y Atilio tuvo que gritar por encima del hombro—. Y nada de entretenerse. Quiero que estemos en posición antes de que oscurezca.

—¿En posición? ¿Dónde?

—No lo sé todavía. Lo averiguaremos en cuanto lo veamos.

La vaguedad de sus palabras provocó una corriente de incomodidad entre los hombres. ¿Quién podía reprochárselo? A él también le habría gustado saber adónde tenía que dirigirse. ¡Maldito Musa! Sujetó su caballo y lo dirigió hacia campo abierto. Se elevó todo lo que pudo en la silla para ver la calzada más allá de la necrópolis. Discurría recta hacia las montañas a través de ordenados campos de maíz y olivares separados por muros de piedra seca y acequias —terreno de centuriones, entregado como premio décadas atrás a los legionarios desmovilizados—. No había mucho tráfico por la calzada de adoquines, uno o dos carros y unos cuantos peatones. Ningún rastro de nubecillas de polvo que delataran a alguien al galope. ¡Maldición! ¡Maldición!

—Algunos de los muchachos no están demasiado contentos con la idea de estar cerca del Vesubio al anochecer —dijo Brebix.

—¿Por qué no?

—¡Por los gigantes! —exclamó uno.

—¿Gigantes?

158

Brebix intervino, casi en tono de disculpa:

—Sí aguador, se han visto gigantes, más grandes que cualquier hombre. Se pasean por la tierra día y noche, y a veces viajan por el aire. Sus voces suenan como el retumbar del trueno.

—Quizá sean eso: truenos —respondió Atilio—. ¿No lo has pensado? Puede muy bien darse el trueno sin que haya lluvia.

—Sí, pero estos truenos no salen nunca del aire, sino de la tierra; ¡de debajo de ella!

—¿Así que por eso bebéis? —Atilio se obligó a reír—. ¿Bebéis porque tenéis miedo de lo que hay más allá de los muros de la ciudad por la noche? ¿Y tú eres gladiador? Me alegro de no haber apostado por ti. ¿O es que tu cuadrilla solo sabe meterse con muchachos ciegos? —Brebix empezó a proferir imprecaciones, pero el ingeniero se dirigió al resto de los hombres sin prestarle atención—. Pedí a vuestro amo que me diera hombres, ¡no mujercitas! Ya hemos discutido bastante. Nos quedan siete kilómetros antes de que anochezca, puede que más. ¡Ahora tirad de esos carros y seguidme!

Hincó los talones en los ijares del caballo y lo puso a trotar despacio. Cruzaron una avenida entre las tumbas donde se habían depositado ramos de flores y comida en ofrenda para conmemorar el festival de Vulcano. Unos pocos lugareños estaban acampando a la sombra de los cipreses. Pequeños lagartos negros, como oscuras grietas, se calentaban sobre las lápidas. No volvió la vista atrás. Los hombres lo seguirían. Estaba seguro. Los había provocado y además tenían miedo de Ampliato.

Al final del cementerio tiró de las riendas y esperó hasta que oyó el rumor de los carros en los adoquines. Se trataba de toscos carros de agricultor cuyos ejes giraban con las ruedas, que a su vez no eran más que simples secciones cortadas de un tronco. El ruido que hacían podía oírse a un kilómetro de distancia. Primero lo adelantaron los bueyes, cabizbajos, conducidos cada uno por un hombre con una vara; luego las carretas; y por fin la cuadrilla. Los contó. Estaban todos, incluyendo a Brebix. Al lado de la calzada, los hitos que señalaban el acueducto, uno cada cien pasos, se perdían en la distancia. Limpiamente espaciadas entre ellos se hallaban las trampillas de inspección que daban acceso al túnel. Aquella regularidad y precisión insufló un soplo de confianza en el corazón del ingeniero. Puede que otras cosas no, pero eso sabía cómo funcionaba.

Azuzó al caballo.

Una hora más tarde, cuando el sol del atardecer empezaba a declinar hacia la bahía, ya habían llegado a medio camino de la llanura. Los campos y las secas acequias los rodeaban por todas partes; los ocres muros y las torres de vigilancia de Pompeya se perdían entre el polvo, a sus espaldas, mientras la línea del acueducto los hacía avanzar implacablemente hacia la pirámide azul grisácea del Vesubio que se alzaba, cada vez mayor, ante ellos.

Hora duodecima

(18.47 horas)

> Aunque las rocas son extremadamente resistentes a
> la compresión, resultan débiles ante la tensión (fuer-
> zas de unos $1,5 \times 10^7$ bares). Así pues, la resistencia de
> las rocas que cubren un magma vesiculado que se
> enfría queda superada mucho antes de que el magma
> se solidifique. Cuando esto sucede, tiene lugar una
> erupción.
>
> *Volcanoes: A Planetary Perspective*

Plinio había estado todo el día controlando la frecuencia de los temblores. Para ser exactos, Alexion, su secretario, sentado en una mesa de la biblioteca del almirante con un reloj de agua a un lado y un cuenco con vino al otro, lo había estado haciendo por él.

El hecho de que se tratara de un día festivo no suponía ninguna diferencia en la rutina del almirante: trabajaba independientemente del día que fuera. Solo en una ocasión se había apartado de sus lecturas y dictados, a media mañana, y había sido con el fin de despedirse de sus huéspedes y acompañarlos hasta el puerto para asegurarse de que embarcaban en sus naves. Lucio Pomponiano y Livia volvían a Stabias, al otro lado de la bahía, y habían quedado en llevar con ellos en su modesta embarcación a Rectina hasta Villa Calpurnia, en Herculano. Pedio Casco, sin su esposa, volvería en su liburnia a Roma para asistir a una reunión del Consejo con el emperador. ¡Queridos y viejos amigos! Los había abrazado de corazón. Pomponiano podía ponerse pesado, pero su padre, el gran Pomponiano Secundo, había sido el superior de Plinio, y este sentía que tenía una deuda de honor con la familia. En cuanto a Pedio y Rectina, su generosidad hacia él no conocía límites. Difícilmente habría podido acabar su *Historia natural* estando fuera de Roma de no haber tenido acceso a su biblioteca.

Justo antes de subir a bordo, Pedio lo había cogido del brazo.

—Plinio, no he querido mencionarlo antes —le había dicho—, pero ¿estás seguro de que te encuentras bien?

—Demasiado gordo —había susurrado Plinio—. Eso es todo.

—¿Qué dicen tus médicos?

—¿Médicos? No permitiré que se me acerquen esos farsantes griegos. Solo un médico puede matar a un hombre con total impunidad.

—Pero mírate, hombre... ¿Y tu corazón?

—«En caso de dolencia cardíaca, la única esperanza reside sin duda en el vino.» Deberías leer mi libro; y esa, mi querido Pedio, es una medicina que puedo administrarme solo.

El senador lo había mirado y había añadido gravemente:

—El emperador está preocupado por ti.

Sin duda aquellas palabras le habían provocado una punzada en el corazón. Era miembro del Consejo Imperial, así que ¿por qué no lo habían llamado a la reunión a la que Pedio se apresuraba a acudir?

—¿Qué sugieres? ¿Que me tiene por una reliquia del pasado?

Pedio no había dicho nada; su silencio lo decía todo. De repente había abierto los brazos y el almirante lo había abrazado dándole palmadas en la espalda con su gordezuela mano.

—Cuídate, viejo amigo.

—Y tú.

Para su vergüenza, cuando Plinio deshizo el abrazo, tenía la mejilla húmeda. Había permanecido en el muelle, observando, hasta que los navíos se perdieron de vista. Aquello parecía ser lo único de lo que era capaz en esos días: ver partir a los demás.

La conversación con Pedio lo había acompañado durante todo el día, mientras de vez en cuando entraba y salía de la terraza arrastrando los pies para comprobar en la biblioteca las pulcras anotaciones de Alexion.

«El emperador está preocupado por ti.»

Al igual que el dolor del costado, tampoco desaparecía.

Como siempre, se refugió en sus observaciones. El número de «episodios armónicos», como había decidido llamar a los temblores, se había incrementado claramente: cinco en la primera hora, siete en la segunda, ocho en la tercera y así sucesivamente. Más sorprendente todavía había sido el aumento de su duración. Si al comienzo del día habían sido demasiado breves para medirlos, a partir del mediodía Alexion había podido usar la exactitud del reloj de agua para calcularlos: primero, una décima parte de una hora; luego, una decimoquinta; hasta que por fin, en la undécima hora, solo había registrado un temblor. La vibración del vino ya no había cesado.

—Debemos cambiar nuestra nomenclatura —murmuró Plinio inclinándose sobre el hombro del esclavo—. Llamar «episodios» a semejante manifestación ya no basta.

Y en correspondiente proporción con los movimientos de la tierra, como si el hombre y la naturaleza estuvieran unidos por un vínculo invisible, también habían empezado a llegar informes de disturbios en las ciudades: peleas en las fuentes públicas, cuando el suministro racionado de primera hora había finalizado sin que todo el mundo hubiera podido llenar sus recipientes; una mujer apuñalada a causa de dos ánforas de agua —¡agua!— por un borracho a las puertas del templo de Augusto. En esos momentos se decía que pandillas armadas merodeaban cerca de las fuentes en busca de pelea.

Plinio nunca había tenido dificultades a la hora de impartir órdenes. Esa era la esencia del mando. Decretó que se cancelara el sacrificio vespertino a Vulcano y que la hoguera del foro fuera desmantelada sin pérdida de tiempo. Una reunión multitudinaria por la noche equivalía a buscarse problemas. En cualquier caso, resultaba muy arriesgado montar un gran fuego en el centro de la ciudad cuando en las fuentes no había ni una gota de agua y la sequía había hecho que las casas fueran tan inflamables como astillas.

—A los sacerdotes no les gustará —dijo Antio.

El capitán de la nave insignia se había reunido con Plinio en la biblioteca. Julia, la hermana viuda del almirante, que se ocupaba de los asuntos domésticos por él, también estaba en la estancia sosteniendo una bandeja con ostras y una jarra de vino para la cena.

—Di a los sacerdotes que no tenemos elección. Estoy seguro de que Vulcano, desde su forja, nos perdonará. —Molesto, Plinio se masajeó el brazo; lo notaba entumecido—. Que todos los hombres, aparte de las dotaciones de patrulla, permanezcan acuartelados en sus barracones a partir del anochecer. De hecho quiero que se imponga un toque de queda en todo Miseno desde la puesta del sol hasta el amanecer. Todo el que sea hallado en la calle debe ser detenido y multado, ¿entendido?

—Sí, almirante.

—¿Se han abierto ya las compuertas de los depósitos?

—Se debe de estar haciendo en este momento, almirante.

Plinio gruñó. No podían permitirse otro día como aquel. Todo dependía de lo que duraran las reservas de agua. Tomó una decisión.

—Voy a echar un vistazo.

Julia se le acercó con la bandeja, preocupada.

—¿Estás seguro de que es sensato, hermano? Deberías quedarte a cenar y descansar.

—¡No me sermonees, mujer! —El rostro de su hermana se descompuso y Plinio se arrepintió al instante del tono utilizado. La vida ya la había maltratado lo suficiente. Tras ser humillada por el canalla de su esposo y su horrible querida, se quedó viuda con un niño del que ocuparse. Eso le dio una idea y añadió con amabilidad—: Perdóname, Julia. He hablado con demasiada brusquedad. Cayo. Me llevaré a Cayo conmigo si eso te hace feliz.

Al salir llamó a su secretario, Alcman.

—¿No hemos recibido todavía señal de respuesta de Roma?

—No, almirante.

«El emperador está preocupado por ti.»

No le gustaba ese silencio.

Plinio había engordado demasiado para usar litera, así que se trasladó en carruaje, uno de dos plazas, con Cayo encajonado a su lado. En comparación con su rubicundo y corpulento tío, parecía pálido y frágil como un fantasma. El almirante le dio un cariñoso apretón en la rodilla. Había nombrado al muchacho su heredero y lo había puesto en manos de los mejores tutores de Roma: Quintiliano para literatura e historia y el esmirno Nicetes Sacerdos para la retórica. Le estaba costando una fortuna, pero le decían que el chico era brillante, aunque nunca llegaría a ser soldado, sino abogado.

Una escolta de marinos con casco y coraza corría a ambos lados del carruaje despejando el camino por las estrechas calles. Unos cuantos individuos se mofaron; alguien escupió.

—¿Qué pasa con nuestra agua?

—¡Mirad a ese bastardo! ¡Seguro que no tiene sed!

Cayo preguntó:

—¿No sería mejor correr las cortinas, tío?

—No, muchacho. Nunca des lugar a que crean que estás asustado.

Sabía que aquella noche las calles se llenarían de gente enfurecida. No solo allí, también en Nápoles, Nola y las demás ciudades, especialmente durante un festival público. Puede que la naturaleza nos esté castigando por nuestro egoísmo y avaricia —se dijo—; a todas horas la torturamos con hierro, piedra y fuego, la excavamos y arrojamos sus restos al mar, le clavamos túneles y le arrancamos las entrañas, y todo para poder lucir alguna joya en el meñique. ¿Quién podría reprocharle que de vez en cuando se estremeciera de furia?

Pasaron por el puerto. Se había formado una larguísima cola de gente que esperaba ante la fuente. Se les había permitido llevar un solo recipiente, y a Plinio se le hizo evidente que una hora no sería tiempo suficiente para que todos pudieran recibir su ración. Los que estaban primero ya se habían hecho con ella y se marchaban presurosos, aferrando sus recipientes como si transportaran oro.

—Esta noche tendremos que prolongar el suministro y confiar en que nuestro joven aguador haya conseguido efectuar las reparaciones tal como prometió.

—¿Y si no lo consigue, tío?

—Entonces, mañana por la mañana, esta ciudad será pasto de las llamas.

El carruaje ganó velocidad cuando dejaron atrás la multitud y enfilaron la calle. Traqueteó al cruzar el puente de madera y volvió a aminorar al subir la pendiente que conducía a Piscina Mirabilis. Brincando en su asiento, Plinio creyó que iba a desmayarse, y seguramente dio una cabezada, porque lo siguiente que vio fue que entraban en el patio del depósito ante los arrebolados rostros de una docena de soldados de la marina. Les devolvió el saludo y se apeó con dificultad, apoyándose en el brazo de Cayo. «Si el emperador me retira el mando —pensó—, moriré con tanta seguridad como si ordenara a uno de mis pretorianos que me cortara la cabeza. Nunca más escribiré otro libro. Mi fuerza vital se desvanece. Estoy acabado.»

—¿Te encuentras bien, tío?

—Me encuentro perfectamente, Cayo. Gracias.

«¡Viejo idiota! —se reprochó a sí mismo—. ¡Estúpido y crédulo tembloroso! ¡Una frase de Pedio Casco, una reunión del Consejo Imperial a la que no te llaman, y te derrumbas!»

Insistió en bajar los peldaños del depósito sin ayuda. La luz declinaba y el esclavo que lo precedía iluminaba con una antorcha. Hacía años que no había estado allí; entonces los pilares estaban casi sumergidos y el rugido del agua había ahogado toda conversación. Pero en ese momento resonaba igual que una tumba. Sus dimensiones resultaban formidables. El nivel del agua había descendido tanto bajo sus pies que no la distinguió hasta que el esclavo sostuvo la antorcha sobre la superficie, semejante a un espejo, y él vio reflejada la imagen de su rostro, quejumbroso y ajado. Se dio cuenta de que también el depósito vibraba ligeramente, igual que el vino.

—¿Qué profundidad tiene?

—Cinco metros, almirante.

Plinio contempló su reflejo.

—¿Acaso hay algo más notable en todo el mundo? —murmuró.

—¿Qué has dicho, tío?

—Si tenemos en cuenta el abundante suministro de agua que abastece nuestros edificios públicos, baños, estanques, acequias, casas particulares, jardines y propiedades campestres; si pensamos en las distancias que ha de viajar el agua antes de llegar, en los arcos construidos, los túneles perforados en las montañas, los desniveles trazados a través de los valles; entonces deberemos admitir sin duda que no ha habido nada más notable en el mundo que nuestros acueductos. Y me temo que me cito a mí mismo, como de costumbre. —Echó la cabeza hacia atrás—. Dejad que esta noche fluya la mitad del agua. Mañana por la mañana dejaremos ir la otra mitad.

—Y luego, ¿qué?

—¿Luego, mi querido Cayo? Luego deberemos confiar en tener un día más propicio.

En Pompeya, el fuego para Vulcano estaba listo para ser encendido tan pronto como oscureciera. Sin embargo, antes de que llegara ese momento, debían tener lugar los habituales espectáculos en el foro, supuestamente pagados por Popidio pero en realidad financiados por Ampliato: una corrida de toros, una lucha de seis gladiadores y boxeo al estilo griego. Nada demasiado sofisticado, solo más o menos una hora de diversión para los votantes mientras esperaban que cayera la noche, el tipo de espectáculo que se esperaba de un edil a cambio del privilegio del cargo.

Corelia fingía encontrarse mal.

Había permanecido en cama mirando cómo los haces de luz que se filtraban por los postigos recorrían la pared a medida que el sol declinaba, mientras pensaba en la conversación que había espiado y en Atilio, el ingeniero. Había notado el modo en que él la había mirado, tanto en Miseno, el día anterior, como aquella mañana, mientras se bañaba. Amante, vengador, rescatador, víctima trágica. Se lo imaginó brevemente en todos esos papeles, pero la fantasía siempre terminaba deshaciéndose ante la misma brutal combinación de factores: ella lo había empujado a la órbita de su padre, y en ese momento su padre planeaba asesinarlo. Si moría, ella tendría la culpa.

Escuchó el ruido de los que se disponían a marcharse. Oyó a su madre llamándola y sus pasos en la escalera. Cogió rápidamente la pluma que había escondido bajo la almohada, se la introdujo en la garganta y vomitó ruidosamente. Cuando Celsia entró, Corelia señaló el contenido del cuenco e hizo un gesto de impotencia.

Su madre se sentó en la cama y apoyó la mano en la frente de su hija.

—¡Mi pobre pequeña, qué caliente estás! Debería llamar al médico.

—No, no lo molestes. —Una visita de Pomponio Magoniano, con sus pociones y purgas, era suficiente para enfermar a cualquiera—. Lo que necesito es dormir. La culpa ha sido de ese interminable banquete. He comido demasiado.

—Pero, cariño, ¡si apenas has probado bocado!

—No es verdad...

—¡Chsss...!

Su madre alzó un dedo en señal de advertencia. Alguien más subía. Corelia se preparó para un enfrentamiento con su padre. No iba a ser fácil de engañar; no obstante se trataba solo de su hermano, vestido con su larga túnica de sacerdote de Isis. La joven percibió el olor a incienso que él desprendía.

—Apresúrate, Corelia. Nos está llamando.

No hacía falta que dijera de quién se trataba.

—Está enferma —terció la madre.

—¿Lo está? Aun así tiene que acompañarnos. No le va a gustar.

Ampliato gritó desde el piso de abajo y se sobresaltaron. Miraron hacia la puerta.

—¿No puedes hacer un esfuerzo, Corelia? —preguntó su madre—. ¿Por él?

En otra época los tres habían formado una alianza; se habían reído de él a sus espaldas de sus cambios de humor, de sus arranques de ira, de sus obsesiones. Sin embargo, en los últimos tiempos, eso se había acabado y su triunvirato doméstico se había hecho añicos bajo la implacable furia paterna. Habían tenido que recurrir a tácticas individuales para sobrevivir. Corelia había visto a su madre convertirse en la perfecta ama de casa romana y colocar una efigie de Livia en su dormitorio mientras su hermano se entregaba a su culto egipcio. ¿Y ella? ¿Qué se suponía que debía hacer? ¿Casarse con Popidio y procurarse así un segundo amo? ¿Ser aún más esclava de lo que su padre había llegado a ser?

Se parecía demasiado a Ampliato para no luchar.

—Marchaos los dos —contestó amargamente—. Llévate el cuenco de vómito y enséñaselo si quieres; pero no pienso ir a ese estúpido espectáculo.

Se tumbó y se volvió de cara a la pared. De abajo llegó otro bramido.

Su madre dejó escapar un suspiro mártir.

—Está bien. Se lo diré.

Era exactamente como el ingeniero había previsto. Después de haberlos conducido hacia la cumbre durante unos kilómetros, el canal del acueducto giraba bruscamente hacia levante, justo cuando el terreno empezaba a elevarse hacia el Vesubio. La calzada giraba con él, y por primera vez estuvieron dando la espalda al mar y mirando tierra adentro, hacia las lejanas estribaciones de los Apeninos.

A partir de ese momento, la conducción de Pompeya se alejaba más a menudo de la calzada, abrazando las irregularidades del terreno, ondulando a un lado y a otro a lo largo de su camino. Atilio se extasió ante la sutileza de los acueductos. Las vías romanas se abrían paso en línea recta entre la naturaleza, venciendo toda oposición; pero los acueductos, que debían mantener una inclinación equivalente al grosor de un dedo cada cien metros —más, y el caudal resquebrajaría las paredes; menos, y el agua se estancaría—, estaban obligados a seguir las ondulaciones del suelo. Las obras más destacadas, como el puente de triple arco del sur de Galia, el más alto del mundo, que sostenía el acueducto de Nemausus, se hallaban con frecuencia fuera de la vista humana. A veces las águilas que planeaban en las corrientes cálidas de aire, sobre los solitarios paisajes montañosos, eran las únicas que podían apreciar la verdadera majestad de lo que el hombre había forjado.

Habían dejado atrás el entramado de campos centuriados y estaban penetrando en los dominios de las viñas pertenecientes a las grandes fincas. Las desvencijadas cabañas de los pequeños propietarios de las llanuras, con sus escasas ocas y gallinas picoteando por el suelo, habían dado paso a elegantes casas de campo con techos de teja roja que salpicaban las lomas inferiores de la montaña.

Observando los viñedos desde su caballo, Atilio se sintió abrumado ante tanta abundancia, tanta fertilidad a pesar de la persistente sequía. Se había equivocado de profesión. Debía olvidarse del agua y dedicarse al vino. Las cepas habían desbordado los cultivos y trepaban por todos los muros y árboles a su alcance, envolviéndolos en frondosas cascadas de verde y púrpura. Pequeños y blancos rostros de Baco, tallados en mármol para ahuyentar a los malos espíritus y con los ojos y bocas perforados, colgaban quietos en el aire, atisbando a través de la vegetación, como emboscados dispuestos al asalto. Era tiempo de vendimia y los campos estaban llenos de esclavos —esclavos subidos a escalas, esclavos doblados bajo el peso de los cestos de uvas que llevaban a la espalda. Atilio se preguntó cómo iban a conseguir recolectar toda la vid antes de que se estropease.

Llegaron a una gran villa que dominaba la llanura hasta la bahía, y Brebix preguntó si podían detenerse para descansar.

—De acuerdo, pero poco rato.

Atilio desmontó y estiró las piernas. Cuando se enjugó el sudor de la frente, vio el dorso de su mano manchado de gris, y al ir a beber se dio cuenta de que tenía los labios secos y agrietados. Polites había llevado unas hogazas y unas cuantas salchichas grasientas que comió con apetito. Los efectos de un poco de comida en un estómago vacío resultaban como siempre sorprendentes, y notó que a cada bocado se le levantaba el ánimo. Allí era donde siempre le gustaba estar; no en alguna sucia ciudad, sino en el campo, en las ocultas arterias de la civilización, bajo un cielo sin trampa. Vio que Brebix se hallaba sentado, solo, y se acercó, partió un pedazo de pan y se lo ofreció con unas cuantas salchichas.

Brebix dudó, asintió y las tomó. Iba desnudo de cintura para arriba y tenía el pecho surcado de cicatrices.

—¿Qué tipo de gladiador eras?

—Adivínalo.

Hacía mucho que Atilio no había ido a los juegos.

—No eras un *retiarius* —dijo al fin—. No te veo utilizando una red y un tridente.

—Tienes razón.

—Un *trax*, entonces; o puede que un *murmilio*. —Un *trax* llevaba un escudo pequeño y una espada corta y curvada; un *murmilio* era un luchador más pesado, armado igual que un soldado de infantería con un gladio y un escudo rectangular completo. Los músculos del brazo izquierdo de Brebix, presumiblemente el brazo del escudo, destacaban tanto como los del derecho—. Yo diría que un *murmilio*. —Brebix asintió—. ¿Cuántas peleas?

—Treinta.

Atilio estaba impresionado. Pocos hombres sobrevivían a treinta enfrentamientos. Eso equivalía a nueve o diez apariciones en la arena.

—¿En qué cuadrilla estabas?

—En la de Aleio Nigido. He peleado por toda la bahía, principalmente en Pompeya. También en Nuceria y en Nola. Cuando me gané la libertad, me fui con Ampliato.

—¿No te convertiste en entrenador?

—No, aguador —repuso en voz baja—. Ya he visto suficientes muertes.

Se puso en pie con agilidad, de un solo y fluido movimiento, y se acercó a los demás. No costaba imaginarlo entre el polvo de un anfiteatro, y Atilio comprendió cuál había sido el error de sus oponentes: pensar que se trataba de un individuo grande y lento, patoso. Sin embargo era ágil como un gato.

El ingeniero tomó otro trago. Podía divisar, al otro extremo de la bahía, las rocosas islas de Miseno: la pequeña Procita y la alta montaña de Enaria. Entonces, por primera vez, se percató de que las aguas estaban agitadas. Pequeñas crestas de espuma habían aparecido donde los diminutos navíos estaban desparramados igual que limaduras en el resplandeciente y metálico mar. Sin embargo, ninguno había izado velas. Y eso era extraño, pensó. Muy extraño. Pero ahí estaba: no había viento. Había oleaje, pero no viento.

Otro misterio de la naturaleza para ser estudiado por el almirante.

El sol empezaba a ocultarse tras el Vesubio. Un águila conejera —pequeña, poderosa, famosa por no emitir nunca un grito— planeaba en amplios giros sobre el tupido bosque. Pronto se dirigirían hacia las sombras; lo cual estaría bien, pensó, porque significaría menos calor; pero también más, porque señalaría que faltaba poco para el anochecer.

Acabó el agua y llamó a los hombres para que se pusieran en marcha.

E l silencio reinaba en la gran casa.

Siempre podía decir cuándo su padre no estaba, porque parecía como si todo el lugar dejara de contener el aliento. Se echó una capa sobre los hombros y volvió a escuchar a través de los postigos antes de abrirlos. Su cuarto daba a poniente. Al otro extremo del patio, el

171

cielo brillaba tan rojo como un tejado de terracota y el jardín, bajo su balcón, se hallaba en sombras. La pajarera seguía cubierta por un lienzo y lo retiró para que los pájaros tuvieran un poco de aire. Entonces, siguiendo un impulso —nunca había pensado en ello hasta ese momento—, corrió el pestillo y abrió la puerta lateral de la jaula.

Volvió al interior del cuarto y observó.

El hábito de la cautividad resultaba difícil de vencer y los jilgueros tardaron unos segundos en comprender la oportunidad que se les presentaba. Al final un pájaro más audaz que los demás se deslizó de su percha y saltó al dintel de la puerta. Giró la cabecita emplumada de rojo y negro hacia Corelia, guiñó sus brillantes y oscuros ojos y se lanzó a los cuatro vientos. Batió sus alas y se produjo un destello dorado en la penumbra. El ave cruzó el jardín y fue a posarse en las tejas del muro de enfrente. Otro pájaro fue hasta la puerta y voló; y luego, otro y otro. A Corelia le habría gustado quedarse para verlos escapar a todos, pero, en vez de eso, cerró los postigos.

Le había dicho a su doncella que podía marcharse al foro con el resto de los esclavos. El pasillo de su habitación se encontraba desierto, al igual que la escalera y el jardín donde su padre había mantenido lo que él había pensado que era una conversación secreta. Lo cruzó a toda prisa, manteniéndose cerca de las columnas por si se encontraba con alguien. Pasó por el atrio de su antigua casa y giró hacia el *tablinum*. Allí era donde su padre hacía sus negocios, donde recibía por la tarde, donde se reunía, solo o en grupo, hasta que los tribunales abrían, momento en que salía a la calle y era seguido por su séquito de peticionarios. Era un símbolo del poder de Ampliato que la estancia tuviera no una, sino tres cajas fuertes de recia madera tachonada de bronce sujetas al suelo mediante pasadores de hierro.

Corelia sabía dónde se guardaban las llaves, porque en épocas anteriores y más felices —¿o acaso se había tratado de un ardid para que él convenciera a sus asociados de lo encantador que era?— a ella se le había permitido entrar y sentarse a los pies de su padre mientras él trabajaba. Abrió el cajón del escritorio y allí estaban.

La caja de los documentos se encontraba en la segunda caja fuerte. No se molestó en desenrollar los pequeños pergaminos, sino que los metió directamente en el bolsillo de la capa, cerró la caja fuerte y devolvió la llave a su lugar. Las parte más arriesgada había terminado y se permitió un momentáneo respiro. Tenía preparada una excusa en caso de que la pillaran: había decidido reunirse con los demás en el foro. No obstante, no había nadie a la vista. Cruzó el patio, bajó la escalera, pasó ante la piscina con su bonito surtidor y por el comedor donde había tenido que soportar aquel terrible festín y rodeó rápidamente las columnas hacia la sala pintada de rojo de los Popidio. Pronto se convertiría en la señora de todo aquello. ¡Qué desagradable pensamiento!

Un esclavo estaba encendiendo los candelabros de bronce, pero se retiró respetuosamente hacia la pared para dejarla pasar. Una cortina, otra, una serie de estrechos peldaños y, de repente, se halló en un mundo totalmente distinto: techos bajos, paredes toscamente encaladas, olor a sudor. Las dependencias de los esclavos. Oyó que un par de hombres charlaban en alguna parte y el entrechocar de cazos de hierro. Después, para su alivio, el relincho de un caballo.

Los establos se hallaban al final del corredor. Resultaba como ella había pensado: su padre había decidido que sus invitados fueran al foro en literas y habían dejado las monturas. Acarició el hocico de su favorita, una yegua de la bahía, y le susurró. Ensillarla era tarea de esclavos, pero los había observado lo bastante a menudo para saber cómo se hacía. Mientras ella le apretaba la cincha bajo la barriga, el caballo se movió y golpeó la puerta de madera de la cuadra. Corelia contuvo el aliento, pero nadie apareció.

—Tranquila, chica, tranquila —susurró de nuevo al animal—. Solo soy yo. Todo va bien.

La entrada de la cuadra daba directamente a un lado de la calle. Hasta el más leve de los sonidos le pareció absurdamente alto: el golpe de la barra de hierro cuando la levantó, el chirrido de los goznes, el golpeteo de los cascos de la yegua en los adoquines mientras la sacaba. Un hombre que se apresuraba por la acera de enfrente la miró pero no se detuvo; probablemente llegaba tarde a su cita para presenciar el sacrificio. Desde el foro le llegó el ruido de la música y, a continuación, un grave rugido, como una ola al romper.

Subió a la grupa del caballo. Nada de decoroso montar de lado esa noche. Iba sentada con las piernas abiertas igual que un hombre. Una sensación de libertad sin límites se apoderó de ella. La calle, aquella vulgar calle con sus comercios de zapateros remendones y sastres por la que había caminado tantas veces, se había convertido en la frontera del universo. Sabía que si vacilaba un segundo más, el pánico la vencería definitivamente. Apretó las rodillas en los flancos del animal y tiró de las riendas con fuerza en dirección contraria al foro. En el primer cruce giró a la izquierda otra vez y siguió por calles secundarias, y solo cuando calculó que se hallaba lo bastante lejos de su casa para evitar toparse con alguien, salió a la vía principal. Otra salva de aplausos le llegó desde el foro.

Remontó la colina, dejó atrás los desiertos baños que estaba construyendo su padre, el *castellum aquae* y pasó bajo el arco de la puerta de la ciudad. Inclinó la cabeza al pasar ante la garita de aduanas, echándose la capucha de la capa hacia delante; salió de Pompeya y tomó la ruta hacia el Vesubio.

Vespera

(20.00 horas)

> La llegada del magma cerca de la superficie desborda
> el depósito y abulta la superficie...
>
> *Encyclopaedia of Volcanoes*

Atilio y su expedición llegaron a la matriz del Aqua Augusta justo con los estertores del día. El ingeniero contempló cómo el sol se hundía tras la gran montaña, perfilándola contra el cielo rojo y haciendo que los árboles parecieran incendiados, y al instante siguiente desaparecía. Miró al frente y vio lo que parecían montones de arena clara destacando en la oscura llanura. Entrecerró los ojos para distinguirlos mejor, azuzó al caballo y pasó a galope ante los carros.

Cuatro regulares montones de grava estaban dispuestos alrededor de un muro circular de ladrillo, alto como la cintura de un hombre. Se trataba de un tanque de sedimentación. Sabía que al menos había una docena como aquel a lo largo del Augusta —uno cada cinco o seis kilómetros, según la recomendación de Vitruvio—, lugares donde el agua era obligada a reducir su velocidad para poder recoger las impurezas que pudiera arrastrar una vez se hubieran depositado en el fondo. Todas las semanas había que retirar montones de pequeños cantos rodados, perfectamente esféricos y lisos tras haber viajado por el acueducto, restos que se apilaban a la espera de que los retiraran para descartarlos o usarlos en la construcción de calzadas.

Un tanque de sedimentación era siempre un lugar idóneo para conectar una conducción secundaria, y cuando Atilio desmontó y se acercó para inspeccionarlo, comprobó que así se había hecho también allí. El suelo era blando y esponjoso y la vegetación que había a su alrededor, más frondosa y verde: señales de saturación. El agua rebosaba el depósito por varios lugares, bañando la obra con una reluciente película transparente. El último hueco de inspección de la tubería de Pompeya se hallaba justo delante de la pared.

Apoyó las manos en el borde y se asomó. El tanque tenía unos seis metros y medio de diámetro y unos cinco de profundidad. Sin sol estaba demasiado oscuro para ver el fondo de gravilla, pero sabía que al menos allí abajo habría tres bocas de túnel: una por donde desembocaba el Augusta, otra por donde proseguía y una tercera que conectaba la canalización de Pompeya al sistema. El agua le corría entre los dedos y se preguntó cuándo habrían cerrado Corvino y Becco las compuertas en Avelino. Con suerte el caudal empezaría a disminuir muy pronto.

Oyó ruido de pasos en el suelo húmedo a su espalda. Brebix y unos hombres más se acercaban desde las carretas.

—¿Es este el sitio, aguador?

—No, Brebix, todavía no. Pero ya no estamos lejos. ¿Ves esto? ¿Ves cómo brota el agua de dentro? Eso es porque la conducción principal está bloqueada en algún punto más adelante. —Se secó las manos en la túnica—. Debemos seguir.

No fue una decisión popular, y aún menos cuando se descubrió que los carromatos se estaban hundiendo hasta los ejes en el barro. Se oyeron improperios y les fue necesario recurrir a toda su fuerza —hombros y espaldas contra un carro primero y después contra el otro— para empujarlos hasta terreno más firme. Media de docena de hombres rodaron por el suelo y se quedaron allí, negándose a moverse, y Atilio tuvo que acercarse y tenderles la mano para ponerlos en pie. Estaban cansados y hambrientos y cargados de supersticiones. Era peor que conducir una reala de mulas quisquillosas.

Ató su caballo a la trasera de uno de los carros, y cuando Brebix le preguntó qué estaba haciendo, le contestó:

—Caminaré con vosotros.

Cogió el ronzal del buey más cercano y tiró de él. Fue la misma historia que cuando habían salido de Pompeya: al principio nadie se movió, pero, poco a poco, empezaron a ponerse en marcha. «El instinto natural del hombre es seguir —pensó Atilio—. El que tenga más fuerza de voluntad, sea quien sea, siempre dominará a los demás.» Era algo que Ampliato comprendía mejor que ninguna otra persona que hubiera conocido.

Estaban cruzando una estrecha llanura entre terreno elevado. El Vesubio se hallaba a su izquierda; a la derecha, las lejanas alturas de los Apeninos se alzaban como un muro. La calzada se había separado de nuevo del acueducto y seguían un sendero caminando despacio pero sin descanso a lo largo del Augusta —hito, agujero de registro; hito, agujero de registro; y así sucesivamente—, a través de viejas arboledas de limoneros y olivares, mientras zonas de oscuridad se iban apoderando de los árboles. Poco había que oír por encima del rumor de las ruedas salvo el ocasional cencerro de alguna cabra en la semioscuridad.

Atilio no apartaba la vista de la línea del acueducto. El agua rebosaba en algunos de los agujeros de registro y resultaba una ominosa señal. El túnel de la matriz llegaba a los dos metros de altura. Si el agua tenía fuerza suficiente para mover las pesadas tapas de inspección, entonces la presión debía de ser inmensa; lo cual sugería que la obstrucción tenía que resultar igualmente importante; de otro modo, habría sido arrastrada. ¿Dónde estarían Corax y Musa?

Un estruendo tremendo, igual que el retumbar de un trueno, les llegó de la dirección del Vesubio; un estruendo que pareció pasar rodando sobre ellos y estrellarse en las rocosas estribaciones de los Apeninos con una sorda vibración. El terreno tembló y los bueyes se espantaron, y se alejaron instintivamente del ruido, arrastrándolos con ellos. Atilio clavó los talones en el sendero y casi había conseguido detenerlos cuando uno de los hombres señaló con el dedo y gritó:

—¡Los gigantes!

Unas enormes y blancas criaturas, fantasmales en la penumbra, parecían estar surgiendo del suelo ante ellos, como si las bóvedas de hades se hubieran resquebrajado y los espíritus de los muertos volaran hacia el cielo. Incluso Atilio notó que se le erizaba el vello del cogote; pero fue Brebix quien al final se echó a reír y exclamó:

—¡Pero si solo son pájaros! ¡Mirad, idiotas!

Pájaros, unos inmensos pájaros —¿quizá flamencos?— levantaron el vuelo a centenares, como una gigantesca sábana blanca que ondulara y se agitara, y se perdieron de vista. «Los flamencos —se dijo Atilio— son pájaros acuáticos.»

En la distancia divisó a dos hombres que los llamaban agitando los brazos.

Aunque Nerón en persona se hubiera puesto manos a la obra durante años no habría podido idear un lago artificial más espléndido que el creado por el Augusta en apenas día y medio. Una somera depresión situada al norte de la matriz se había llenado hasta un metro de altura. La superficie brillaba suavemente en el crepúsculo, interrumpida aquí y allá por el oscuro follaje de los olivos medio sumergidos. Varias aves acuáticas se deslizaban entre ellos, y los flamencos ocupaban el extremo más alejado.

Los hombres de la cuadrilla de Atilio no se detuvieron a pedir permiso: se quitaron las túnicas y corrieron desnudos hacia el agua. Sus blancas nalgas contrastaban con el bronceado de sus cuerpos y les conferían el aspecto de una manada de exóticos antílopes que hubieran acudido a beber y a bañarse en una charca al atardecer. Los gritos y los chapuzones llegaron hasta donde Atilio se hallaba con Musa y Corvino. El ingeniero no había intentado detenerlos; prefería dejar que disfrutaran mientras pudieran; además tenía un nuevo misterio que resolver: Corax no estaba.

Según Musa, él y el supervisor habían descubierto el lago menos de dos horas después de haber salido de Pompeya —alrededor de mediodía—, y había sido exactamente como Atilio había predicho: imposible no ver semejante inundación. Tras una breve inspección de los daños, Corax había vuelto a montar a la grupa de su caballo y había partido hacia Pompeya para informar de la gravedad de los daños, como se había acordado.

Atilio apretó la mandíbula por la furia.

—Pero eso tuvo que ser hace unas siete u ocho horas. —No creía una palabra—. A ver, Musa, cuéntame la verdad de lo ocurrido.

—Estoy diciendo la verdad, aguador. ¡Te lo juro! —Los ojos de Musa se desorbitaban de preocupación aparentemente sincera—. ¡Creía que regresaría contigo! ¡Algo tiene que haberle ocurrido!

Al lado del abierto agujero de registro, Musa y Corvino habían encendido un fuego, no para mantenerse calientes —el ambiente seguía siendo sofocante—, sino para ahuyentar a los malos espíritus. La leña que habían encontrado estaba seca como la yesca y las llamas

brillaban en la oscuridad escupiendo rojos chisporroteos que se alzaban en remolinos con el humo. Grandes mariposas nocturnas revoloteaban entre las cenizas volantes.

—Es posible que por alguna razón no llegáramos a encontrarnos
en la ruta.

Atilio echó una mirada a la creciente penumbra. Sin embargo, a
pesar de lo que acababa de decir, sabía que no podía estar en lo cierto.
Por otra parte, un hombre a caballo, aunque hubiera tomado una ruta
distinta, habría tenido tiempo de llegar a Pompeya, comprobar que la
cuadrilla ya había partido y atraparlos por el camino.

—Esto no tiene sentido. Además, dejé muy claro que eras tú
quien tenías que avisarnos, y no Corax.

—Es verdad.

—¿Entonces?

—Él insistió en ir a avisarte.

«Ha huido», pensó Atilio. Era la explicación más verosímil; él y su
amigo Exomnio se habían largado.

—Para serte sincero —dijo Musa mirando a su alrededor—, este
lugar me da escalofríos. ¿No habéis oído el ruido que se acaba de producir?

—Claro que lo hemos oído. ¡Hasta en Nápoles lo habrán escuchado!

—Pues espera a ver lo que ha pasado con la matriz.

Atilio se acercó a uno de los carros y cogió una antorcha, regresó
y la hundió en la hoguera. La tea prendió al instante. Los tres hombres se reunieron alrededor de la abertura en el suelo y de nuevo Atilio percibió la vaharada de azufre que surgía de la oscuridad.

—Tráeme una cuerda —dijo a Musa—. Está con las herramientas.
—Miró a Corvino—. ¿A ti cómo te ha ido? ¿Cerrasteis las esclusas?

—Sí, aguador. Tuvimos que discutir con el sacerdote, pero Becco
lo convenció.

—¿A qué hora las cerrasteis?

—A la séptima.

Atilio se frotó las sienes intentando calcular. El nivel del agua en
el túnel inundado empezaría a bajar en unas horas; pero a menos que
enviara a Corvino de vuelta a Avelino, Becco seguiría sus instruccio-

nes, esperaría doce horas y reabriría las compuertas durante la sexta guardia nocturna. Resultaba desesperadamente ajustado. Nunca lo conseguirían.

Cuando Musa volvió, Atilio le entregó la antorcha, se ató un extremo de la cuerda alrededor de la cintura y se sentó en el borde del agujero de registro.

—Teseo en el laberinto —murmuró para sí.

—¿Qué?

—Nada. Simplemente asegúrate de no soltar el otro extremo de la cuerda. Allí hay alguien que aprecio.

«Un metro de tierra —se dijo el ingeniero—. Luego medio metro de obra y por último dos de vacío desde lo alto del túnel hasta el suelo. Tres metros y medio en total. Mejor será que aterrice bien.»

Se dio la vuelta, se dejó caer lentamente en el estrecho hueco aferrándose al borde con la punta de los dedos y se quedó colgado un instante. ¿Cuántas veces había hecho lo mismo? Sin embargo ni una sola vez en diez años había dejado de sentir una punzada de pánico al hallarse encerrado bajo tierra. Era su miedo secreto, un miedo que no había confesado a nadie, ni siquiera a su padre, sobre todo nunca a su padre. Cerró los ojos y se dejó ir, doblando las rodillas para amortiguar el impacto contra el suelo. Permaneció agachado por un momento y recobró el equilibrio con el hedor del azufre en la nariz; a continuación, cautelosamente, extendió los brazos. El túnel solo tenía un metro de ancho. Notó argamasa seca bajo los dedos. Abrió los ojos y solo vio oscuridad, la misma que al tenerlos cerrados. Se incorporó, dio un paso atrás y gritó a Musa:

—¡Tírame la antorcha!

La llama parpadeó mientras caía, y por un momento Atilio temió que se apagara; pero cuando se inclinó para coger la tea por el mango, se reavivó e iluminó las paredes. La zona inferior presentaba una incrustación de légamo depositada por años de caudal. Su irregular y abultada superficie se asemejaba más al interior de una caverna que a la obra de la mano del hombre, y pensó en lo rápidamente que la naturaleza recobraba lo que se veía obligada a ceder —la mampostería cedía bajo la lluvia y el hielo, las calzadas se cubrían de maleza y los acueductos acababan taponados por la misma agua que transportaban. La civilización era una guerra sin cuartel que, en última instancia, el hombre estaba condenado a perder. Raspó la costra con la uña. Allí estaba la prueba de la dejadez de Exomnio: la capa era casi tan gruesa como su dedo. Tendría que haber sido rascada cada pocos años. Como mínimo debía de hacer diez años que en aquel sector no se realizaba ningún tipo de mantenimiento.

Se volvió con dificultad en el reducido espacio sosteniendo la antorcha ante él y atisbó en la oscuridad, pero no pudo distinguir nada. Empezó a avanzar contando los pasos, y cuando llegó al dieciocho, dejó escapar una exclamación de sorpresa. No era que el túnel estuviera totalmente bloqueado —eso ya se lo esperaba—, sino que parecía como si toda la base hubiera sido levantada, empujada desde abajo por alguna fuerza irresistible. El grueso lecho de argamasa sobre el que descansaba la canalización se había quebrado y toda una sección aparecía inclinada e incrustada en el techo. Oyó las amortiguadas palabras de Musa.

—¿Puedes verlo?

El túnel se había estrechado considerablemente. Tuvo que ponerse a gatas y arrastrarse para avanzar. A su vez, la rotura de la base había combado las paredes y derrumbado el techo. El agua se filtraba a través de una comprimida masa de ladrillos, tierra y fragmentos de argamasa. Escarbó con la mano libre, pero allí la intensidad del azufre era muy fuerte y la antorcha amenazaba con apagarse. Reculó rápidamente y regresó al pozo del registro de inspección. Miró hacia arriba y vio los rostros de Musa y Corvino recortados contra el cielo del crepúsculo. Apoyó la antorcha en la pared del túnel.

—Sujetad la cuerda, voy a subir. —Se la desató de la cintura y le dio un fuerte tirón. Los rostros de los dos hombres habían desaparecido—. ¿Listos?

—¡Sí!

Intentó no pensar en lo que sucedería si lo dejaban caer. Aferró la cuerda con la mano derecha y se izó; luego hizo lo mismo con la izquierda. La cuerda se balanceaba de un lado a otro. Llegó a la altura del pozo de inspección y creyó que las fuerzas lo abandonaban, pero con un nuevo empujón consiguió que sus rodillas hicieran contacto con la pared del pozo y pudo encajonarse entre las paredes. Creyó que le sería más fácil salir si soltaba la cuerda y ascendió apoyándose con la espalda y las rodillas hasta que pudo sacar los brazos por la tapa de registro y salir al aire fresco de la noche.

Se quedó estirado en el suelo, recobrando el aliento mientras Musa y Corvino lo observaban. La luna llena empezaba a asomar.

—¿Y bien? ¿Qué te parece?

El ingeniero meneó la cabeza.

—Nunca he visto nada parecido. He visto techos derrumbados y corrimientos de tierra en las laderas de las montañas, pero esto… Parece como si un tramo entero del suelo hubiera sido empujado hacia arriba. Se trata de algo nuevo para mí.

—Corax dijo justamente lo mismo.

Atilio se puso en pie y miró por el pozo. Su antorcha seguía ardiendo contra la pared del túnel.

—Este terreno parece sólido —comentó amargamente—, pero no es más firme que el agua.

Empezó a caminar siguiendo los pasos a lo largo del Augusta. Contó dieciocho y se detuvo. Estudiando el terreno de cerca, vio que estaba ligeramente combado. Hizo una marca con el pie y siguió caminando y contando. La zona abultada no parecía muy grande; tenía unos seis o siete metros. Resultaba difícil ser preciso. Hizo otra marca en el suelo. A cierta distancia, a su izquierda, la cuadrilla de Ampliato seguía divirtiéndose en el agua.

Notó una repentina oleada de optimismo. La verdad era que la rotura no resultaba tan importante. Cuantas más vueltas le daba menos le parecía el resultado de un terremoto. Un temblor de tierra podría haber derruido todo el techo a lo largo de una sección, ¡y eso sí que habría sido un desastre mayor! Pero esa avería estaba mucho más localizada: era más como si el terreno, por alguna extraña razón, se hubiera elevado uno o dos metros a lo largo de una estrecha franja.

Se dio la vuelta. Sí, podía verlo. El suelo había oscilado. La matriz había quedado obstruida y al mismo tiempo la presión había producido una grieta en la pared del túnel. El agua había escapado por ahí y formado el lago artificial; pero si conseguían despejar la obstrucción y dejar que el Augusta drenara…

En el acto decidió que no enviaría a Corvino de vuelta a Avelino.

Intentaría reparar el acueducto durante la noche. Enfrentarse a lo imposible: ¡ese era el modo romano! Hizo bocina con las manos y llamó a los hombres.

—¡Bien, caballeros, hora de cierre de los baños! ¡Todos a trabajar!

Las mujeres no solían viajar solas por las calzadas de Campania. Por eso, cuando Corelia pasó ante ellos, los campesinos que laboraban en los secos y estrechos campos se volvieron para contemplarla. Cualquiera de aquellas fornidas mujeres de granjero, tan anchas como altas y armadas con un recio azadón, se lo habría pensado dos veces antes de aventurarse sin protección por la noche; entonces, ¿qué pretendía una joven a todas luces de buena familia a lomos de un buen caballo? ¡Una presa apetitosa! En dos ocasiones varios hombres se habían cruzado en su camino en un intento de bloquearle el paso y arrebatarle las riendas; pero en ambas Corelia había azuzado al caballo y, tras unos metros, los asaltantes habían renunciado a la persecución.

Por la conversación que había espiado aquella tarde sabía qué ruta había tomado el aguador. Sin embargo, lo que en un soleado jardín se le había antojado que sería un viaje sin complicaciones —seguir el trazado de la canalización de Pompeya hasta su empalme con el acueducto—, al anochecer resultaba una empresa aterradora; y cuando llegó a los viñedos al pie del Vesubio, deseó no haberla emprendido. Era cierto lo que su padre decía de ella: terca, desobediente e insensata; que primero actuaba y después pensaba. Esas habían sido las conocidas acusaciones con las que la había castigado la noche anterior, en Miseno, tras la muerte del esclavo, mientras se embarcaban de regreso a Pompeya. No obstante, ya era demasiado tarde para volverse atrás.

La jornada de trabajo estaba llegando a su fin. Hileras de fatigados y silenciosos esclavos atados unos a los otros por los tobillos caminaban pesadamente por la cuneta a la luz del crepúsculo. El metálico golpeteo de las cadenas en los adoquines y el restallar del látigo de los capataces sobre sus espaldas eran los únicos sonidos. Había oído hablar de aquellos infelices apretujados en los barracones que se habían añadido a las fincas más importantes y que trabajaban uno o dos años hasta que rendían el alma; había oído hablar de ellos, pero nunca los había visto. En un par de ocasiones se cruzó con un esclavo que había encontrado las energías suficientes para alzar la vista del polvo y mirarla. Le había parecido como atisbar el infierno a través de un agujero.

Aun así, no quiso abandonar, ni siquiera cuando la llegada de la noche vació la calzada y el trazado del acueducto empezó a hacerse más difícil de seguir. La tranquilizadora visión de las fincas que salpicaban las laderas se desvaneció poco a poco y fue sustituida por solitarios puntos de luz de lámparas o antorchas que brillaban en la oscuridad. El caballo aminoró hasta ponerse al paso y Corelia se balanceó en la silla a su ritmo.

Hacía calor. Tenía sed (naturalmente, se había olvidado de llevar agua: eso era algo que los esclavos hacían por ella). Le escocía donde la ropa se le pegaba a la sudada piel. Únicamente el pensamiento del aguador y del peligro en que se hallaba la mantenían en movimiento. ¿Y si era demasiado tarde? ¿Y si ya había sido asesinado? Estaba empezando a preguntarse si llegaría a alcanzarlo cuando a su alrededor el aire pareció hacerse más denso y vibrar; un instante después, de las entrañas de la montaña, a su izquierda, surgió un poderoso tronido. La yegua se encabritó y estuvo a punto de tirarla. Las riendas le resbalaron de los dedos por el sudor, y no pudo aferrarse a los costados del animal con los húmedos muslos. Cuando este se lanzó a todo galope, Corelia solo pudo salvarse aferrándose desesperadamente a las crines.

La galopada debió de prolongarse durante un kilómetro o más porque, cuando el caballo empezó a aminorar y Corelia pudo alzar la cabeza, vio que habían abandonado la calzada y se habían adentrado en campo abierto. Oyó ruido de agua en las cercanías y también debió de oírlo el caballo u olerla, ya que dio media vuelta y se dirigió hacia los sonidos. Había tenido la mejilla apretada contra el cuello de la yegua y los ojos cerrados, pero en ese momento, al alzar la cabeza, distinguió unos montones de blancas piedras y un muro bajo que parecía rodear un enorme pozo. El caballo se inclinó a beber. Corelia le susurró palabras tranquilizadoras y desmontó despacio para no sobresaltarlo. Estaba temblando del susto.

Los pies se le hundieron en el barro. En la distancia divisó los fuegos de un campamento.

El primer objetivo de Atilio consistía en retirar los escombros del túnel, tarea nada fácil. La anchura del canal no permitía que más de un hombre trabajara en la obstrucción manejando el pico y la pala. Los capazos llenos tenían que recorrer la matriz de mano en mano hasta que llegaban al pozo de registro, eran atados e izados a la superficie, vaciados y devueltos, momento en que otros se llenaban y eran enviados fuera.

Como era costumbre en él, Atilio se puso el primero con el pico. Desgarró un trozo de tela de su túnica y se lo ató, tapándose la nariz y la boca para aplacar el hedor a azufre. Remover los ladrillos y la tierra y meterlos a paletadas en los cestos ya resultaba bastante duro, pero intentar blandir el hacha en aquel reducido espacio y reducir la argamasa a fragmentos manejables era tarea de un Hércules. Algunos de los trozos debían ser arrastrados por dos hombres, y no tardó en despellejarse los codos en las paredes del túnel. En cuanto al calor, si sumaba la sofocante noche, el sudor de los cuerpos y las llamas de las antorchas, resultaba peor de lo que imaginaba que sería en las entrañas de las minas de oro de Hispania. A pesar de todo, Atilio tenía la impresión de estar progresando, y eso le daba renovadas fuerzas. Había encontrado la obstrucción. Todos sus problemas quedarían resueltos si podía despejar aquellos pocos y estrechos metros.

Al cabo de un rato, Brebix le dio un golpecito en el hombro y se ofreció para relevarlo. Atilio, agradecido, le entregó el pico y contempló con admiración cómo el forzudo, a pesar de que su corpachón ocupaba casi todo el espacio del túnel, manejaba la herramienta con tanta facilidad como si se tratara de un juguete. El ingeniero se deslizó a lo largo de la cadena humana y los demás se apartaron para hacerle sitio. En ese momento trabajaban en equipo, como una sola entidad: de nuevo al estilo romano. Y ya fuera por los efectos del baño o por el alivio de tener una tarea en la que ocupar sus pensamientos, el estado de ánimo de los hombres se transformó. Empezó a pensar que después de todo quizá no fueran tan malos tipos. Había algo que era menester reconocer en favor de Ampliato: sabía cómo entrenar una cuadrilla de esclavos. Tomó el pesado cesto del hombre que tenía al lado —el mismo a quien le había arrancado la jarra de vino de una patada— y se arrastró con él hasta el siguiente de la cadena.

Lentamente fue perdiendo la noción del tiempo. Su mundo se redujo a los escasos metros del túnel, a la sensación de dolor en brazos y espalda, a los arañazos de las manos producidos por los cortantes escombros, al escozor de los codos y al asfixiante calor. Se encontraba tan absorto que al principio no oyó a Brebix que lo llamaba.

—¡Aguador! ¡Eh, aguador!

—¿Sí? —Se aplastó contra la pared y se abrió paso entre los hombres reparando por primera vez en que el agua le llegaba a los tobillos—. ¿Qué pasa?

—Compruébalo tú mismo.

Atilio tomó la antorcha del hombre tras él y la acercó a la compacta obstrucción. A primera vista parecía realmente sólida, pero enseguida vio que el agua se filtraba por todas partes. Pequeños regueros corrían por la rezumante masa, como si esta hubiera empezado a sudar.

—¿Ves lo que quiero decir? —Brebix tanteó con el hacha—. Si esto se desmorona, nos ahogaremos igual que ratas en una cloaca.

Atilio se percató del silencio que reinaba a su espalda. Los esclavos habían dejado de trabajar y escuchaban. Miró hacia atrás y calculó que habían retirado unos cuatro o cinco metros de escombros. Así pues, ¿lo que quedaba era lo único que contenía el peso del Augusta? ¿Menos de un metro? No deseaba detenerse, pero tampoco quería matarlos a todos.

—Muy bien —dijo a regañadientes—. Despejad el túnel.

No hizo falta que lo repitiera: dejaron las antorchas apoyadas contra la pared, depositaron cestos y herramientas y se alinearon para trepar por la cuerda. Tan pronto como los pies de uno desaparecían por la boca de registro, el siguiente ya se izaba en pos de seguridad. Atilio siguió a Brebix por el túnel. Cuando alcanzaron la salida, eran los únicos que quedaban bajo tierra.

El gladiador le ofreció la cuerda, pero Atilio la rechazó.

—No, sal tú. Voy a quedarme a ver qué más se puede hacer. —Vio que Brebix lo miraba como si estuviera loco—. Me ataré a la cuerda por seguridad. Cuando llegues arriba desátala del carro y larga la suficiente para que pueda llegar al final del túnel. Mantenla firme.

Brebix se encogió de hombros.

—Tú decides.

Cuando el gladiador se volvió para subir, Atilio lo aferró por el brazo.

—Brebix, ¿eres lo bastante fuerte para sostenerme?

El hombretón sonrió brevemente

—A ti y a tu jodida madre.

A pesar de su peso, Brebix trepó por la cuerda con la facilidad de un mono. Atilio se quedó solo. Mientras se anudaba por segunda vez esa noche la cuerda a la cintura, pensó que quizá estuviera realmente chiflado; sin embargo, no parecía haber alternativa, ya que hasta que el túnel no hubiera drenado no podrían repararlo, y no disponía de tiempo para esperar que se vaciara por las filtraciones. Tiró de la cuerda.

—¿Listo, Brebix?

—¡Listo!

Recogió su antorcha y empezó a internarse en el túnel, con el agua por encima de los tobillos, chapoteando con las espinillas al pasar sobre las herramientas y cestos abandonados. Avanzó despacio para que Brebix pudiera ir soltando la cuerda, y cuando alcanzó los escombros, estaba sudando por los nervios y el calor. Notaba el peso del Augusta al otro lado. Se pasó la antorcha a la mano izquierda y con la derecha empezó a tirar del extremo de un ladrillo que sobresalía a la altura de su rostro, moviéndolo hacia los lados y arriba y abajo. Todo lo que necesitaba era una pequeña rendija, un controlado descenso de la presión desde lo alto. Al principio el ladrillo ni se movió; luego el agua empezó a brotarle por los lados y de repente salió disparado entre los dedos de Atilio, empujado por el torrente que se había abierto al lado de su cabeza, tan cerca que le arañó la oreja.

El ingeniero dio un grito y se retiró mientras la zona de la grieta se hinchaba y estallaba hacia fuera y hacia abajo en forma de «V», antes de que un muro de agua cayera sobre él y le empujara hacia atrás, arrancándole la antorcha de las manos y sumiéndolo en la oscuridad. Se sumergió bajo el agua muy deprisa —de espaldas y de cabeza—, se dejó llevar por el túnel buscando un asidero en la lisa argamasa del enlucido de la matriz, pero no halló ninguno. La corriente lo hizo rodar y notó una punzada de dolor cuando la cuerda se le tensó en torno a la cintura, le obligó a doblarse y tiró de él hacia arriba provocando que se arañase la espalda contra el techo. Por un momento pensó que se había salvado, pero la cuerda se soltó. Atilio se hundió en el fondo del túnel y notó que la corriente lo arrastraba, igual que a una hoja por el sumidero, hacia la oscuridad.

Nocte concubia

(22.07 horas)

Muchos observadores han comentado acerca de la tendencia que tienen las erupciones a desencadenarse o a aumentar de violencia en momentos de luna llena, cuando las tensiones de las mareas sobre la corteza son mayores.

Volcanology

Ampliato nunca se había interesado especialmente en la Vulcanalia. El festival señalaba el punto del calendario a partir del cual las noches empezaban antes y las mañanas se despertaban a la luz de las velas: el final de la promesa del verano y el comienzo del largo y melancólico declive hacia el invierno. Además, la ceremonia en sí misma resultaba de mal gusto. Vulcano moraba en una cueva bajo una montaña y esparcía sus devoradores fuegos por toda la tierra. Todas las criaturas lo temían, salvo los peces; por lo tanto —siguiendo el principio de que los dioses, igual que los humanos, lo que más anhelaban era aquello que no podían alcanzar—, debía ser aplacado arrojando peces vivos a una pira llameante.

No se trataba de que Ampliato careciera de inclinaciones religiosas. Siempre le había gustado ver cómo sacrificaban nobles animales. Por ejemplo: la plácida manera en que el buey se encaminaba hacia el altar, su pasmada forma de mirar al sacerdote, el potente e inesperado mazazo del asistente, el destello del cuchillo que le cortaba la garganta; su manera de desplomarse, tieso como una tabla, patas arriba; las gotas de sangre carmesí, que se coagulaban en el polvo, y las amarillas tripas que se descolgaban del desgarrado vientre, listas para ser examinadas en busca de augurios. Eso sí que era religión. Pero ver cientos de insignificantes peces arrojados al fuego por una chusma supersticiosa que desfilaba ante la hoguera sagrada, contemplar los plateados cuerpos retorciéndose y saltando entre las llamas... En lo que a él se refería, no tenía nada de noble.

Ese año, además, resultaba especialmente tedioso debido al récord de asistentes deseosos de brindar su ofrenda. La interminable sequía, las fuentes secas, el agostamiento de los pozos, los temblores de tierra y las apariciones vistas y oídas en la montaña, todo parecía obra de Vulcano. La aprensión se había apoderado de la ciudad. Ampliato podía leerlo en los arrebolados y sudorosos rostros de la multitud mientras esta recorría el foro contemplando la pira. El miedo se palpaba en el aire.

Su posición no era la mejor. Los padres de la ciudad, tal como exigía la tradición, se hallaban reunidos en los peldaños del templo de Júpiter, los magistrados y los sacerdotes delante, los miembros del Ordo, incluyendo a su propio hijo, agrupados detrás. En cualquier caso Ampliato, como esclavo manumitido y carente de rango oficial, estaba fuera del protocolo y recluido en la parte de atrás. No es que le preocupara; al contrario, disfrutaba del hecho de que el poder, el verdadero poder, permaneciera en la sombra: una fuerza invisible que hacía posible que la gente disfrutara de aquellos ceremoniales públicos mientras él la controlaba como marionetas. Además, y eso sí que resultaba realmente placentero, a muchos les constaba que en verdad era él —el tipo que estaba tercero, de pie, en la décima fila— quien realmente dictaba la ley en la ciudad. Popidio y Cuspio, Holconio y Britio, ellos sí que lo sabían, y tuvo la certeza de que se retorcían por dentro al recibir el tributo de la muchedumbre. Y también la plebe, y por eso se mostraba tan respetuosa con él. Veía cómo lo buscaban y lo señalaban y asentían.

Se los imaginaba diciendo: «Ese es Ampliato, el que reconstruyó la ciudad mientras los demás huían. ¡Salve, Ampliato! ¡Salve, Ampliato! ¡Salve, Ampliato!».

Se marchó discretamente antes de que la ceremonia acabara.

Una vez más optó por caminar en lugar de usar la litera, y bajó los peldaños del templo pasando entre los espectadores —un breve saludo aquí, un apretón allá—, recorrió la parte en sombra del edificio, cruzó el triunfal arco de Tiberio y salió a la calle desierta. Sus esclavos lo seguían con la litera y le hacían de guardaespaldas, pero a él

Pompeya de noche no le daba miedo. Conocía cada piedra de la ciudad, cada bache y cada agujero de la calle, cada fachada y cada alcantarilla. La gran luna llena y alguna que otra luz callejera —otra de sus innovaciones— bastaban para mostrarle el camino. Pero no eran solo los edificios de Pompeya los que conocía, sino sus gentes y los entresijos de sus almas, especialmente en período electoral: cinco distritos electorales —Forenses, Campanienses, Salinienses, Urbulanenses, Pagani— en los que contaba con un agente; y todas las ramas de los oficios —lavanderos, panaderos, pescadores, perfumistas, orfebres y demás—; los tenía controlados a todos. Incluso podía aportar la mitad de los adoradores de Isis, su templo, como un paquete de votos. Y a cambio de instalar en el poder a las marionetas de su preferencia, recibía todas aquellas licencias y permisos, el visto bueno en la basílica: el equivalente a la invisible moneda de cambio del poder.

Giró hacia su casa —mejor dicho, hacia sus casas— y se detuvo para disfrutar del aire nocturno. Amaba aquella ciudad. Por las mañanas el calor podía resultar opresivo; pero normalmente de Capri solía llegar un oscuro oleaje, de modo que al cabo de unas horas la brisa marina soplaba por la ciudad agitando las hojas y, hasta el final del día, Pompeya olía igual que en primavera. Ciertamente cuando el calor apretaba y el viento estaba en calma, los capitostes de la comunidad se quejaban de que apestaba. Sin embargo él casi la prefería con el aire más pesado. Las boñigas de caballo de las calles, los orines de las lavanderías, las fábricas de salsa de pescado del puerto, el sudor de miles de cuerpos apretujados dentro de los muros de la ciudad: para Ampliato ese era el olor de la vida, de la actividad y el beneficio.

Siguió caminando y, al llegar a la entrada principal de su casa, se situó bajo el farol y llamó con fuerza. Seguía siendo un placer para él cruzar el umbral que durante su época de esclavo había tenido vedado, y recompensó al portero con una sonrisa. Se encontraba de un humor excelente, tanto que cuando estaba a medio camino del vestíbulo, dio media vuelta y preguntó:

—¿Conoces el secreto de una vida feliz, Massavo?

El portero negó con su inmensa cabeza.

—Morir. —Ampliato le dio un amistoso puñetazo en el estómago e hizo una mueca; era como atizarle a un madero—. Morir y después volver a la vida y disfrutar de cada día como si de una victoria sobre los dioses se tratara.

No tenía miedo de nadie ni de nada. Y lo mejor radicaba en que no era, ni de lejos, tan rico como los demás daban por hecho. La villa de Miseno —diez millones de sestercios, demasiados, pero ¡no había podido resistirse!— la había comprado con un crédito respaldado por su casa, que a su vez había sido pagada con una hipoteca avalada por unos baños que ni siquiera estaban acabados. No obstante, lo mantenía todo en marcha por la fuerza de su voluntad y por la confianza del público. Y si ese idiota de Lucio Popidio creía que iba a recuperar su hogar tras casarse con Corelia... En fin, tendría que haberse buscado un buen abogado antes de haber firmado el acuerdo.

Cuando pasó ante la piscina, iluminada con antorchas, se paró para examinar la fuente. El vaho del surtidor de agua se combinaba con el aroma de las rosas, pero mientras lo observaba le pareció que perdía fuerza y pensó en el joven y serio aguador, que estaría en algún lugar en la oscuridad intentando reparar el acueducto. No volvería. Era una pena. Podrían haber hecho negocios juntos. Pero era honrado, y el lema de Ampliato era: «Que los dioses nos libren de un hombre honrado». Quizá ya estuviera muerto.

La debilidad del surtidor empezó a inquietarlo. Pensó en los plateados peces saltando y retorciéndose en las llamas e intentó imaginar la reacción de los ciudadanos cuando descubrieran que el acueducto no funcionaba. Naturalmente, esos bobos supersticiosos le echarían la culpa a Vulcano. No había pensado en ello. En ese caso, el día siguiente podía ser el momento para presentar por fin la profecía de Biria Onomastia, la sibila de Pompeya, que había tenido la precaución de encargar al principio del verano. La mujer vivía en una casa cerca del anfiteatro y por las noches, entre nubes de humo, se comunicaba con Sabazios, el antiguo dios, en cuyo honor sacrificaba serpientes —un repugnante procedimiento— sobre un altar sostenido por dos mágicas manos de bronce. Toda la ceremonia le había producido escalofríos, pero la sibila había anunciado un extraordinario futuro para Pompeya y a él iba a resultarle provechoso dejar que se extendiera el rumor. Decidió que por la mañana mandaría llamar a los magistrados. Por el momento, mientras los demás seguían en el foro, tenía otros asuntos más urgentes que atender.

Su miembro viril empezó a ponerse erecto al subir los peldaños que llevaban a los apartamentos privados de los Popidio, un camino que tiempo atrás había recorrido muchas veces, cuando su viejo amo lo había usado como un perro. ¡Qué secretas y frenéticas cópulas habían presenciado aquellas paredes con el paso de los años! ¡De qué babeantes arrumacos habían sido testigos mientras Ampliato se sometía a los curiosos dedos y se abría para el cabeza de familia! En esa época era mucho más joven que Celsino, más incluso que Corelia. ¿Quién era ella para quejarse por un matrimonio sin amor? Y eso que el amo siempre le había susurrado lo mucho que lo amaba. Incluso cabía que fuera cierto porque, al fin y al cabo, lo había manumitido en su testamento. Todo lo que Ampliato había conseguido alcanzar tenía sus orígenes en la caliente semilla que allí se había derramado.

La puerta del dormitorio no tenía echado el pestillo y entró sin llamar. Una lámpara de aceite ardía ligeramente en la cómoda. La claridad de la luna se derramaba a través de los postigos abiertos y, bajo su tenue luz, vio a Tadia Secunda, que yacía boca abajo en su cama igual que un cadáver en su féretro. La mujer volvió la cabeza al verlo aparecer. Estaba desnuda. Tenía sesenta años, día más o menos. Su peluca descansaba en una cabeza artificial al lado de la lámpara, una ciega espectadora de lo que estaba por llegar. En los viejos tiempos había sido ella quien daba las órdenes —ponte aquí, así, ¡no, de la otra manera!—, pero en ese momento los papeles habían cambiado y él no estaba seguro de que ella siguiera disfrutando, aunque nunca había dicho palabra. Tadia Secunda se puso a cuatro patas en silencio y le ofreció, permaneciendo inmóvil, sus huesudas caderas azuladas por la luna, esperando a que su antiguo esclavo, su amo en esos momentos, subiera a la cama.

Después de que la cuerda cediera dos veces, Atilio consiguió clavar rodillas y codos en las estrechas paredes de la matriz en un esfuerzo por agarrarse que solo le sirvió para verse empujado aún más lejos a lo largo del túnel. Con los pulmones ardiendo, a punto de desfallecer, se dio cuenta de que únicamente le quedaba una oportunidad. Volvió a intentarlo y esa vez lo consiguió. Se despatarró como una estrella de mar, sacó la cabeza a la superficie y tosió y jadeó en busca de aire.

En medio de la negrura no tenía idea de lo lejos que había sido arrastrado. No veía ni oía nada, no notaba nada salvo la aspereza de la argamasa en rodillas y manos y la presión de la corriente que le llegaba hasta el cuello, martilleándole el cuerpo. Había perdido la noción del tiempo que llevaba aferrado, pero poco a poco fue notando que la presión disminuía y que el nivel de agua bajaba. Cuando notó que tenía los hombros fuera, supo que lo peor había pasado. Enseguida tuvo el pecho por encima de la superficie. Con cuidado se desasió de las paredes y se mantuvo en pie, osciló en la corriente y se enderezó igual que un árbol que hubiera sobrevivido a una repentina inundación.

Su cerebro se puso en marcha de nuevo. Las contenidas aguas se estaban drenando y, puesto que las compuertas habían sido cerradas en Avelino doce horas antes, no había suministro que las reemplazara. Lo que restaba estaba siendo controlado por el infinitesimal gradiente del acueducto. Notó que algo le tiraba de la cintura. La cuerda flotaba tras él. Palpó en su búsqueda en la oscuridad y se le enrolló en el brazo. Tocó el extremo. Estaba liso, ni desgarrado ni roto. Brebix debía de haberla soltado. Pero ¿por qué? De repente lo asaltó el pánico y un frenético deseo de escapar. Se inclinó hacia delante y empezó a caminar en el agua. Era como una pesadilla: con las manos extendidas ante él, palpando las paredes, rodeado de una infinita oscuridad, incapaz de mover las piernas más deprisa que el vacilante caminar de un anciano. Se sentía doblemente apresado, por los muros que lo cernían y por el peso del agua que debía vencer. Le dolían las costillas y notaba el hombro como si se lo hubieran marcado con un hierro candente.

Oyó que algo caía en el agua, y en la distancia un punto de luz apareció como una estrella fugaz. Se detuvo y escuchó atentamente, jadeando con fuerza. Más gritos seguidos de una segunda salpicadura. Apareció otra antorcha. Lo estaban buscando. Oyó un lejano grito, «¡Aguador!», e intentó decidir si debía responder. ¿Acaso se estaba asustando por nada? La obstrucción había cedido tan bruscamente y con tanta fuerza que ningún hombre habría tenido la fuerza necesaria para sostenerlo. Sin embargo, Brebix no era un hombre como los demás, y lo ocurrido no había sido una sorpresa: se suponía que el gladiador estaba prevenido.

—¡Aguador!

Dudó. No había otra salida del túnel; de eso estaba seguro. No tenía más remedio que seguir y enfrentarse. Sin embargo, el instinto le decía que se guardara sus sospechas. Contestó:

—¡Estoy aquí!

Se abrió paso entre la corriente que disminuía y se dirigió hacia las oscilantes luces.

Le dieron la bienvenida con una mezcla de incredulidad y respeto. Brebix, Musa y el joven Polites se abalanzaron para saludarlo porque, según dijeron, a todos les había parecido que nadie podía haber sobrevivido a semejante torrente. Brebix insistió en que la cuerda se le había escapado de entre las manos igual que una serpiente, y para demostrarlo le enseñó las palmas. A la luz de las antorchas aparecían surcadas por una vívida quemadura. Quizá decía la verdad. Sonaba sinceramente contrito, pero cualquier asesino habría sonado igual si su víctima hubiera regresado de entre los muertos.

—Si no recuerdo mal, Brebix, dijiste que eras capaz de sostenerme a mí y a mi madre.

—¡Ay, sí! Me temo que tu madre ha sido más pesada de lo que yo creía.

—Los dioses te han sido propicios, aguador —declaró Musa—. Seguro que te tienen reservado un destino especial.

—Mi destino —contestó Atilio— es reparar este maldito acueducto y regresar a Miseno.

Se desató la cuerda de la cintura, tomó la antorcha de Polites y recorrió el túnel.

¡Con qué rapidez se estaba drenando el agua! Apenas le llegaba a las rodillas. Se imaginó la corriente discurriendo hacia Nola y las otras ciudades; al final acabaría de recorrer la bahía, pasaría los arcos situados al norte de Nápoles, por encima del gran puente de Cuma, y seguiría el espinazo de la península hasta Miseno. Pronto aquella sección se habría drenado por completo y en el suelo no quedarían más que charcos. Al margen de lo que hubiera pasado, había cumplido la promesa hecha al almirante: había despejado la matriz.

La zona del túnel que había quedado obstruida estaba hecha un desastre, pero la fuerza de la avenida había terminado la mayor parte del trabajo por ellos. En esos momentos solo era cuestión de quitar los restos de tierra y escombros, nivelar el suelo y las paredes, echar una base de argamasa y ladrillos y enlucirlo todo. Nada de florituras: solo un arreglo temporal hasta que pudieran efectuar las debidas reparaciones en otoño. Todavía restaba mucho que hacer antes de que una lengua de agua fresca los alcanzara desde Avelino, una vez que Becco reabriera las compuertas. Les dio las instrucciones oportunas y Musa añadió sus propias sugerencias. Si bajaban los ladrillos ya, dijo, podrían amontonarlos a lo largo de la pared y tenerlos listos para cuando ya no hubiera agua. También podían empezar a mezclar la argamasa arriba. Era la primera vez que mostraba deseos de cooperar desde que Atilio se había hecho cargo del acueducto y parecía impresionado por el hecho de que el ingeniero hubiera sobrevivido. «Debería de resucitar con más frecuencia», se dijo Atilio.

—Por fin el hedor ha desaparecido —comentó Brebix.

El ingeniero no se había percatado. Olfateó el aire. Era cierto. El penetrante olor del azufre se había desvanecido. Se preguntó a qué podía obedecer, de dónde había salido y por qué se había evaporado; pero no tenía tiempo para dedicar a esas cuestiones. Oyó que lo llamaban y caminó por el agua hasta el pozo de inspección. Era la voz de Corvino.

—¡Aguador!

—¿Sí? —El rostro del esclavo estaba perfilado por un rojo resplandor—. ¿Qué ocurre?

—Creo que debería salir y verlo usted mismo. —Su cabeza desapareció bruscamente.

«Y ahora ¿qué pasa?», se preguntó Atilio mientras cogía la cuerda, la comprobaba y empezaba a trepar. En su magullado estado, le resultó más difícil que antes. Ascendió lentamente, mano sobre mano, izándose por el estrecho pozo hasta que pudo pasar los brazos por encima del borde de la tapa de registro y salir a la tibia noche.

Durante el rato que había permanecido bajo tierra, la luna había ascendido, plena, enorme, redonda y roja. Era como las estrellas en esa parte del mundo —como todo, de hecho—, desmesurada y antinatural. En ese momento los trabajos se desarrollaban con diligencia en la superficie: se habían amontonado los escombros retirados del túnel, un par de grandes hogueras escupían chispas al cielo, las antorchas clavadas en el suelo proporcionaban luz adicional y las carretas habían sido reunidas y descargadas. Vio el ancho anillo de barro que el lago había empezado a dejar al secarse. Los esclavos de la cuadrilla de Ampliato, que aguardaban órdenes apoyados contra los carromatos, lo miraron con curiosidad cuando se puso en pie. Se dio cuenta de que debía de ofrecer un buen espectáculo, sucio y empapado. Gritó por la abertura a Musa para que subiera y pusiera a todo el mundo a trabajar y buscó a Corvino. El esclavo se hallaba a unos treinta pasos de distancia, cerca de los bueyes, dando la espalda al pozo. Atilio lo llamó, impaciente.

—¿Y bien?

Corvino se dio la vuelta y por toda explicación se hizo a un lado, dejando tras él a una figura encapuchada. Atilio echó a andar hacia ellos. Solo cuando estuvo más cerca y el desconocido se descubrió, lo reconoció. No se habría llevado mayor sorpresa si Egeria en persona, la diosa de los manantiales, se hubiera materializado a la luz de la luna. Su primer pensamiento fue que tenía que haber llegado acompañada de su padre, así que buscó con la mirada a otros jinetes y monturas; pero solo había un caballo, que pastaba plácidamente en la rala hierba. La joven estaba sola. Atilio se le acercó sorprendido, con las manos levantadas.

—¡Corelia! Pero ¿qué...?

—No ha querido decirme qué desea —interrumpió Corvino—. Dice que solo está dispuesta a hablar con usted.

—Corelia...

Ella hizo un gesto de suspicacia hacia Corvino, se llevó un dedo a los labios y negó con la cabeza.

—¿Ve lo que quiero decir? Tan pronto como la vi ayer supe que nos traería problemas.

—Bien, Corvino. Ya basta. Vuelve al trabajo.

—Pero...

—¡Al trabajo!

Mientras el esclavo se alejaba refunfuñando, Atilio la examinó más atentamente. Tenía las mejillas manchadas, el cabello despeinado y la ropa salpicada de barro. Pero lo que más le sorprendió fueron sus ojos, brillantes y muy abiertos. Le tomó la mano.

—Este no es lugar para ti. ¿A qué has venido?

—Quería traerte esto —susurró, y de los pliegues de la capa sacó varios rollos pequeños de pergamino.

Los documentos eran de distinto tipo y condición, lo bastante reducidos para que cupiesen bajo el brazo. El ingeniero cogió una antorcha y, con Corelia a su lado, se alejó de la actividad del acueducto hasta encontrar un lugar reservado que miraba al terreno inundado, detrás de los carros. En lo que quedaba del lago, la luna rielaba formando un camino de luz tan recto y ancho como una calzada romana. Desde el lado opuesto llegaban el agitar de alas y los gritos de las aves acuáticas.

Atilio le cogió la capa y la extendió en el suelo para que la muchacha se sentara. A continuación clavó el mango de la antorcha en tierra, se acomodó y desenrolló el más antiguo de los pergaminos. Era el plano de una sección del Augusta, de aquella misma sección: Pompeya, Nola y el Vesubio estaban indicados en una tinta negra que había empezado a tornarse gris. Llevaba el sello imperial del Divino Augusto, como si hubiera sido oficialmente inspeccionado y aprobado. Se trataba del plano de un supervisor, de un original, trazado hacía más de un siglo. Hasta era posible que el gran Marco Agripa lo hubiera tenido en sus manos. Le dio la vuelta. Un documento así solo podía provenir de dos sitios: o bien del archivo del Curator Aquarum, en Roma, o de Piscina Mirabilis, en Miseno. Lo volvió a enrollar cuidadosamente.

Los tres siguientes contenían esencialmente columnas de cifras, y le costó un rato entenderlas. Una llevaba el encabezamiento «Colonia Veneria Pompeianorum», estaba dividida en años —DCCCXIV, DCCCXV, y así sucesivamente—, y retrocedía dos décadas con sus correspondientes subdivisiones, anotaciones y totales. Las cantidades se incrementaban todos los años hasta que, en el finalizado último diciembre —el año romano de 833—, llegaban a doblarse. El segundo documento le pareció a simple vista idéntico hasta que lo estudió más a fondo y comprobó que las cifras eran aproximadamente la mitad de las anteriores. Por ejemplo: el total registrado en el primer rollo durante el último año sumaba trescientos cincuenta y dos mil, y en el segundo se había reducido a ciento setenta y ocho mil.

El tercero era menos formal y tenía el aspecto de las cuentas de ingresos mensuales de una persona. De nuevo abarcaba dos décadas y las cifras se iban incrementado hasta doblarse. Y en verdad eran suculentos ingresos: cincuenta mil sestercios el año anterior y un total de un tercio de millón.

Corelia estaba sentada con las piernas recogidas, observándolo.

—Bueno, ¿qué significan?

Atilio se tomó su tiempo antes de responder. Se sentía corrompido: la desvergüenza de un hombre era la vergüenza de todos. ¿Y quién podía decir hasta dónde se remontaba tanta corrupción? Pero entonces lo pensó. No. No podía haber llegado hasta Roma porque, de haber sido así, Aviola nunca lo habría enviado a Miseno.

—Tienen todo el aspecto de ser las cifras del consumo anual de agua de Pompeya. —Le mostró el primer pergamino—. Trescientos cincuenta mil *quirinarie* el año pasado. Eso es lo que correspondería a una ciudad del tamaño de Pompeya. Y supongo que estas otras cifras son las que mi predecesor ha comunicado oficialmente a Roma. Allí no podrían descubrir la diferencia, especialmente tras el terremoto, a menos que enviaran a un inspector para que las comprobara. Y esto... —No intentó ocultar su desprecio al mostrárselo—. Esto es lo que tu padre le pagó para que mantuviera la boca cerrada. —Ella lo miró perpleja—. El agua es cara —le explicó Atilio—, especialmente si se está reconstruyendo una ciudad. «Al menos tan valiosa como el dinero.» Eso fue lo que tu padre me dijo. No cabe duda que marcó la diferencia entre pérdida y beneficio. ¡*Salve lucrum*!

Enrolló el pergamino. Seguramente habían sido robados del miserable cuarto de Exomnio, situado encima de la taberna. Se preguntó por qué el aguador se había arriesgado a tener tan a mano aquellas pruebas incriminatorias, pero entonces comprendió que eso era precisamente lo que pretendía, porque le brindaban una poderosa herramienta contra Ampliato.

«Que no se te ocurra enfrentarte conmigo, silenciarme, apartarme del trato o amenazar con delatarme, porque si yo caigo tú caerás conmigo.»

—¿Y estos otros dos? —preguntó Corelia.

Los últimos eran tan distintos al resto que no parecían guardar relación alguna. Para empezar eran mucho más recientes y en lugar de cifras estaban cubiertos de escritura; el primero, estaba redactado en griego.

> La cumbre propiamente dicha es casi llana y está desolada. El suelo parece de ceniza y está lleno de pozos de piedra requemada, como si el fuego la hubiera abrasado. Toda la zona parece haberse incendiado en el pasado y haber contado con cráteres llameantes de negra roca que después se extinguieron por falta de combustible. No hay duda de que esta es la causa de la fertilidad de los terrenos circundantes, al igual que en Catania, donde se dice que la tierra impregnada de las cenizas arrojadas por las llamas del Etna hacen que el suelo sea especialmente apropiado para los viñedos. El suelo enriquecido contiene tanto materiales quemados como materiales que incrementan la producción. Cuando está saturado de las sustancias enriquecedoras, se encuentra listo para arder, como sucede con todas las sustancias sulfurosas; pero cuando estas han surgido y el fuego se ha extinguido, el suelo se vuelve ceniciento y apto para producir.

Atilio tuvo que leerlo dos veces, sosteniéndolo ante la antorcha, antes de estar seguro de haberlo entendido. Se lo entregó a Corelia. «La cumbre.» ¿La cumbre de qué? Del Vesubio, seguramente, esa era la única cumbre de los alrededores; pero ¿realmente había tenido fuerzas el perezoso, bebedor y putero Exomnio para escalar el Vesubio y anotar sus impresiones en griego? Desafiaba al sentido común. ¿Y las expresiones? «Cráteres llameantes de negra roca», «fertilidad de los terrenos circundantes». No sonaba al lenguaje de un técnico. Era demasiado literario, para nada el tipo de frases que se le podían ocurrir a un tipo como Exomnio, que seguramente no dominaba la lengua helena más que Atilio. Tenía que haberlo copiado de alguna parte o haber hecho que se lo copiaran, quizá por alguno de los escribas de la biblioteca del foro.

El último pergamino era más largo y estaba en latín, pero el contenido resultaba igualmente misterioso.

Lucilo, mi buen amigo, acabo de enterarme de que Pompeya, la famosa ciudad de Campania, ha sido arrasada por un terremoto que también ha afectado las zonas vecinas; igualmente que la ciudad de Herculano está en ruinas y que hasta las estructuras que han quedado en pie se tambalean; y que Nápoles también ha perdido muchos hogares. A estas calamidades se han añadido otras: se dice que cientos de rebaños de ovejas han muerto, que las estatuas se han agrietado y que alguna gente se ha vuelto loca y anda vagando por ahí, desamparada.

He dicho que cientos de ovejas han muerto en la zona de Pompeya. No hay razón para que creas que lo ocurrido a esos animales ha sido a causa del miedo, ya que dicen que es normal que una plaga se desencadene tras un gran terremoto, y en eso no hay sorpresa porque muchos elementos desconocidos yacen bajo tierra. La misma atmósfera de aquí, que está enrarecida por algún defecto de la tierra o por la inactividad y eterna oscuridad, resulta dañina para todos aquellos que la respiran. No me sorprende que las ovejas —ovejas que tienen una delicada constitución— se hayan contagiado, puesto que tienen la cabeza más cerca del suelo y reciben las flatulencias del corrupto aire cercano al suelo. Si ese aire hubiera brotado en mayores cantidades, también habría perjudicado a las personas, pero la abundancia de aire fresco lo dispersó antes de que pudiera ser inhalado por la gente.

De nuevo el lenguaje le pareció demasiado florido y su ejecución demasiado profesional para que fuera obra de Exomnio. En cualquier caso, ¿por qué iba a decir Exomnio que acababa de enterarse de un terremoto ocurrido hacía diecisiete años? ¿Y quién era Lucilio?

Corelia se había apoyado en él para leer el documento. Atilio pudo oler su perfume, notar su aliento en la mejilla y sus senos presionándole el brazo.

—¿Estás segura de que estos estaban con los demás pergaminos? ¿No puede haber salido de otro sitio?

—Estaban en la misma caja. ¿Qué significan?

—¿Y dices que no viste al hombre que le llevó esto a tu padre?

Corelia negó con la cabeza.

—Solo pude oírlo. Hablaron de ti. Fueron sus palabras las que me han empujado a buscarte. —Se le acercó un poco y bajó la voz—. Mi padre dijo que no quería que volvieras vivo de esta misión.

—¿Ah, sí? —Hizo un esfuerzo por reír—. Y el otro ¿qué contestó?

—Que no sería un problema.

Se hizo el silencio. Atilio notó el contacto de la mano de la chica, sus fríos dedos en los arañazos y rozaduras. Entonces Corelia le apoyó la cabeza en el pecho. Estaba agotada. Por un momento y por primera vez en tres años, Atilio se permitió disfrutar de la sensación de tener el cuerpo de una mujer tan cerca del suyo.

Eso era lo que uno sentía cuando estaba vivo. Lo había olvidado.

Al cabo de un rato, Corelia se durmió. Con cuidado, para no despertarla, Atilio apartó el brazo, la dejó y regresó al acueducto.

Los trabajos de reparación habían alcanzado un momento decisivo. Los esclavos habían acabado de retirar los escombros del túnel y habían empezado a bajar los ladrillos. Atilio hizo un cauteloso gesto de asentimiento a Brebix y a Musa, que estaban de pie, hablando. Ambos hombres guardaron silencio cuando él se acercó y miraron hacia donde Corelia descansaba. Atilio hizo caso omiso de su curiosidad.

Su mente era un torbellino. Que Exomnio fuera corrupto no era ninguna sorpresa. Ya se había hecho a la idea, y suponía que era el motivo de su desaparición. Sin embargo, esos otros documentos, el griego y el extracto de la carta, suponían un nuevo misterio; implicaban que a Exomnio le había preocupado el terreno por donde discurría el Augusta —el suelo sulfuroso y nocivo— al menos tres semanas antes de que el acueducto resultara contaminado, que le había preocupado lo bastante para buscar los planos originales e investigar en la biblioteca de Pompeya.

Atilio contempló distraídamente las profundidades de la matriz. Recordaba su conversación de la tarde anterior con Corax en Piscina Mirabilis, el tono burlón del supervisor: «Conocía esta agua mejor que ningún otro hombre. Lo habría visto venir». Y su respuesta, dicha sin pensar: «Quizá lo vio venir y por eso ha desaparecido».

Por primera vez lo asaltó el presentimiento de algo terrible. No era capaz de precisarlo, pero estaban sucediendo demasiadas cosas fuera de lo normal: la rotura de la matriz, los temblores del suelo, los manantiales retirándose en las rocas, el envenenamiento por azufre... Exomnio también lo había notado.

El fuego de las antorchas brillaba en el túnel.

—Musa...

—¿Sí, aguador?

—¿De dónde era Exomnio? ¿Dónde había nacido?

—En Sicilia, aguador.

—Sí, sí. Lo sé, en Sicilia. Pero ¿en qué parte, exactamente?

—Creo que en el levante. —Musa frunció el entrecejo—. En Catania. ¿Por qué?

Pero el ingeniero, que contemplaba la oscura mole del Vesubio más allá de la llanura, no respondió.

JÚPITER

24 de agosto

El día de la erupción

Hora prima

(06.20 horas)

En un momento dado, el magma entró en contacto con agua que se filtraba hacia abajo por el volcán dando inicio así al primer paso: la erupción freático-magmática que provocó la lluvia de ceniza volcánica sobre la ladera oriental del volcán. Esto probablemente sucedió durante la madrugada o la mañana del 24 de agosto.

Volcanoes: A Planetary Perspective

Durante toda la sofocante noche, mientras trabajaban a la luz de las antorchas reparando la matriz, Atilio ocultó la creciente inquietud que lo asaltaba.

En la superficie ayudó a Polites y a Corvino a preparar la mezcla de argamasa de las gavetas de madera echando el légamo, el polvoriento *puteolanum* y añadiendo una pequeña cantidad de agua —no más de una taza, porque ahí radicaba el secreto para conseguir una buena argamasa: cuanto más seca era la masa, mejor fraguaba—; luego ayudó a los esclavos a bajarla hasta la matriz y a esparcirla para formar el lecho de la nueva canalización. Echó una mano a Brebix para triturar los escombros que habían retirado, y añadieron a la base varias capas de ese material para reforzarla; serró las tablas de madera que usaban para apalancar las paredes y arrastrarse en la argamasa húmeda; le pasó los ladrillos a Musa para que los fuera colocando y finalmente trabajó hombro con hombro con Corvino para aplicar una fina capa de enlucido.

(Y ahí estaba el segundo secreto de una argamasa perfecta: compactarla tanto como fuera posible, eliminar toda burbuja de aire o agua que pudiera debilitarla.)

Cuando el cielo que se divisaba desde el pozo de inspección empezó a tornarse gris, Atilio creyó que probablemente habían hecho lo necesario para que el Augusta volviera a estar en condiciones de funcionar.

Tendrían que regresar para hacer las reparaciones que faltaban; pero, por el momento y con un poco de suerte, aguantaría. Caminó con la antorcha en la mano hasta el final de la parcheada sección, inspeccionando cada centímetro. El enlucido impermeable se secaría aunque el agua volviera a fluir. Al acabar el día se habría endurecido. Al cabo de tres sería tan duro como la roca.

Eso si es que ser más duro que la roca significaba algo, pensó.

—Una argamasa que fragua bajo el agua —le dijo a Musa—. ¡Eso sí que es un milagro!

Dejó que los demás salieran antes que él.

El despuntar del día les mostró que habían montado el campamento entre pastos salpicados de piedras y rodeados de montañas. Al este se levantaban las abruptas pendientes de los Apeninos y una ciudad —seguramente Nola— empezaba a hacerse visible a unos siete u ocho kilómetros de distancia. Sin embargo la sorpresa fue descubrir lo cerca que se encontraban del Vesubio: la montaña se elevaba a muy poca distancia, al oeste. El terreno ascendía con rapidez apenas a unos cientos de metros del acueducto, y el ingeniero tuvo que alzar la vista para divisar la cumbre. Pero en ese momento, cuando empezaban a levantarse las nubes, lo que resultaba más intranquilizador eran las vetas de un blanco grisáceo que habían aparecido en una de sus laderas. Destacaban claramente sobre el verde frondoso del bosque, tenían forma de flecha y apuntaban hacia la cima. De no haber sido pleno agosto, Atilio habría jurado que se trataba de nieve. Los demás también las vieron.

—¿Hielo? —dijo Brebix, mirando boquiabierto la montaña—. ¿Hielo en agosto?

—¿Habías visto antes algo parecido, aguador? —terció Musa.

Atilio negó con la cabeza. Estaba pensando en la descripción del pergamino griego: «Las cenizas arrojadas por las llamas del Etna hacen que el suelo sea especialmente apropiado para los viñedos».

—¿Podrían ser...? —se preguntó, dubitativo, casi para sus adentros—. ¿Podrían ser cenizas?

—Pero ¿cómo puede haber cenizas sin fuego? —objetó Musa—. Y si hubiera habido un fuego de esas dimensiones en la oscuridad, sin duda lo habríamos visto.

—Es cierto.

Atilio contempló a su alrededor los exhaustos y temerosos rostros. Por todas partes se veían las huellas de su trabajo: montones de escombros, ánforas vacías, antorchas apagadas, zonas requemadas donde habían ardido las hogueras hasta extinguirse. El lago había desaparecido, y se dio cuenta de que con él también los pájaros. No los había oído marcharse. A lo largo de las estribaciones montañosas del otro lado del Vesubio, el sol comenzaba a asomar. Una extraña quietud dominaba el ambiente. Ningún canto de pájaro, ninguna de las voces del amanecer. Era para poner de los nervios al más templado de los augures.

—¿Estás seguro de que no estaban cuando tú llegaste ayer con Corax?

—Sí, seguro. —Musa contemplaba el Vesubio como hipnotizado. Se limpió nerviosamente las manos en la sucia túnica—. Tiene que haber ocurrido durante la noche. El ruido que estremeció el suelo ¿recuerdas? Tuvo que haber sido eso. La montaña ha escupido.

Un murmullo de intranquilidad corrió entre los hombres y uno de ellos gritó:

—¡Solo pueden ser los gigantes!

Atilio se enjugó el sudor de los ojos.

Empezaba a hacer calor otra vez. Un nuevo día abrasador se avecinaba. Pero había algo más que el calor: una tensión, como la de la piel de un tambor demasiado tensa. ¿Acaso era su mente la que le jugaba una mala pasada o realmente había notado un estremecimiento en el suelo? Una punzada de miedo le erizó los cabellos. El Etna y el Vesubio. Estaba empezando a apreciar el mismo y terrible vínculo que Exomnio había detectado.

—De acuerdo —dijo vivamente—. ¡Larguémonos de aquí! —Fue hacia Corelia mientras gritaba por encima del hombro—: ¡Sacad todos los trastos de la matriz! ¡Y espabilad! ¡Ya hemos acabado!

Corelia seguía durmiendo, o al menos eso pensó él. Se hallaba tumbada al lado de la carreta más distante, echa un ovillo, con las manos ante el rostro y cerradas en puños. Atilio se quedó un momento de pie, mirándola, maravillándose por la incongruencia que resultaba su belleza en aquel lugar desolado: Egeria rodeada de sus herramientas de trabajo.

—Llevo horas despierta. —Se dio la vuelta y abrió los ojos—. ¿Habéis terminado el trabajo?

—Lo justo. —Atilio se arrodilló y recogió los pergaminos—. Los hombres regresan a Pompeya. Quiero que te vayas antes que ellos. Te proporcionaré una escolta.

Ella se sentó de golpe.

—¡No!

Sabía que aquella iba a ser su reacción. Había pasado la mitad de la noche pensándolo, pero ¿qué otra elección tenía? Le habló deprisa:

—Tienes que devolver estos documentos al lugar donde los encontraste. Si te marchas ya, podrás llegar a Pompeya bastante antes del mediodía. Con un poco de suerte, tu padre no tiene por qué enterarse de que los has cogido ni de que me los has traído.

—¡Pero si son la prueba de su corrupción!

—No. —Alzó la mano para aplacarla—. No lo son. Por sí solos no significan nada. La prueba sería que Exomnio declarase ante un magistrado. Pero eso no lo tenemos, y tampoco tenemos el dinero que tu padre le ha pagado ni pruebas materiales de algo en que pudiera haberlo gastado. Ha sido muy prudente. En lo que al mundo se refiere, Exomnio ha sido tan honrado como Catón. Además, esto es menos importante que sacarte de aquí. Algo está ocurriendo con la montaña, aunque no sé de qué se trata. Me parece que Exomnio también lo sospechó hace unas semanas. Es como si…—Se interrumpió. No tenía palabras para expresarlo—. Es como si estuviera cobrando vida. Te encontrarás más segura en Pompeya.

Corelia meneaba la cabeza.

—¿Y tú qué harás?

—Volver a Miseno e informar al almirante. Si alguien puede encontrar algún sentido a todo esto, es él.

—En cuanto te quedes solo, intentarán matarte.

—No lo creo. Si realmente hubieran querido matarme, lo habrían hecho durante la noche. Han tenido muchas oportunidades. Al contrario, creo que estaré más seguro. Yo tengo un caballo, y ellos van a pie. No podrían atraparme por mucho que quisieran.

—Yo también tengo un caballo. Llévame contigo.

—Eso es imposible.

—¿Por qué? Sé montar.

Por un instante acarició la imagen de ellos dos volviendo juntos a Miseno. La hija del dueño de Villa Hortensia compartiendo sus pobres aposentos de Piscina Mirabilis, escondiéndola cuando Ampliato fuera a buscarla. ¿Cuánto tiempo podrían durar así? ¿Un día? ¿Dos? Y luego ¿qué? Las normas de la sociedad eran tan inquebrantables como las leyes de la ingeniería.

—Corelia, escucha. —Le tomó las manos—. Haría cualquier cosa que pudiera para ayudarte a cambio de lo que has hecho por mí, pero desafiar a tu padre es una locura.

—¡Tú no lo entiendes! —La asía con ferocidad—. ¡No puedo volver! ¡No me hagas volver! ¡No podría soportar encontrarme de nuevo con él ni tener que casarme con ese hombre!

—Pero conoces las leyes. Cuando se trata de matrimonio eres tan propiedad de tu padre como cualquiera de sus esclavos. —¿Qué podía decirle? Odiaba todas y cada una de sus palabras—. Puede que no resulte tan malo como temes. —Corelia sollozó, retiró las manos y enterró el rostro en ellas—. No podemos escapar a nuestro destino; y créeme, hay destinos peores que casarse con un hombre rico. Podrías estar trabajando en los campos y morirte antes de cumplir los veinte, o ser una prostituta de las calles de Pompeya. Acepta lo que tenga que ocurrir. Vive con ello. Sobrevivirás, ya lo verás.

Ella lo miró largamente. ¿Era desprecio u odio?

—Te juro que antes me haría prostituta.

—Y yo te juro que no. —Su tono se hizo más duro—. Eres joven. ¿Qué sabes tú sobre la manera de vivir de la gente?

—Lo que sé es que no puedo casarme con alguien a quien desprecio. ¿Acaso podrías tú? —Lo fulminó con la mirada—. Sí, quizá podrías.

Atilio se dio la vuelta.

—No, Corelia.

—¿Estás casado?

—No.

—Pero lo estuviste.

—Sí —respondió él en voz baja—. Mi mujer está muerta.

Aquello la silenció por un momento.

—¿Y tú la despreciabas?

—Claro que no.

—¿Y ella te despreciaba a ti?

—Puede.

Corelia calló un instante.

—¿Cómo murió?

Nunca había hablado del tema. Ni siquiera se había permitido pensar en ello. Y si, como sucedía algunas veces, especialmente en las horas de insomnio previas al amanecer, su mente empezaba a recorrer aquel penoso camino, él se había entrenado para contenerla y desviarla por otros rumbos. Pero en aquel momento... De algún modo Corelia se le había metido bajo la piel. Para su sorpresa, se oyó contándoselo.

—Se parecía a ti. Y tenía carácter, como tú. —Rió brevemente al recordarlo—. Estuvimos casados tres años. —Era una locura, pero no podía detenerse—. Se quedó embarazada, pero en el parto el niño llegó al revés, con los pies por delante, como Agripa. Eso es lo que quiere decir «Agripa», *Aegre partus*, nacido con dificultad. ¿Lo sabías? Al principio pensé que el hecho de que el niño de una familia de aguador naciera igual que el gran Agripa se trataba de una feliz premonición. Estaba seguro de que iba a ser niño. Era el mes de junio y estábamos en Roma. Hacía calor, casi tanto como por aquí. Pero, a pesar de que contábamos con un médico y dos comadronas, el niño no cambió de posición. Entonces ella empezó a sangrar. —Cerró los ojos—. Vinieron a verme antes de que oscureciera. «¡Marco Atilio, escoge entre tu mujer y tu hijo!», me dijeron. Contesté que quería a los dos, pero me respondieron que era imposible. Entonces dije: «Mi esposa». Sí, claro que lo dije. Entré en la habitación para estar con ella. Se encontraba muy débil, pero aun así no estuvo de acuerdo. ¡Incluso entonces discutió conmigo! Tenían unas tijeras. Ya sabes, de esas que usan los jardineros. Y un cuchillo. Y un garfio. Primero cortaron un pie; luego, el otro. Después usaron el cuchillo para descuartizar el cuerpo y el garfio para sacar el cráneo. Pero la hemorragia de Sabina no se detuvo, así que ella también murió a la mañana siguiente. Ya ves. No lo sé... Es posible que al final me despreciara.

La envió de regreso a Pompeya con Polites. No porque el esclavo griego fuera la escolta más fuerte disponible o el mejor jinete, sino porque era el único en quien Atilio confiaba. Le dio la montura de Corvino y le ordenó que no la perdiera de vista hasta que estuviera sana y salva en su casa.

Al final la muchacha se marchó sin oponer resistencia, sin expresar apenas palabra, y él se avergonzó de lo que le había dicho. Había conseguido acallarla, pero de un modo bastante cobarde y recurriendo a la autocompasión.

Ningún letrado de Roma habría aceptado ganarse al público del tribunal recurriendo a un truco retórico tan barato como aquella repugnante evocación de los fantasmas de una esposa y un hijo muertos. Corelia se había envuelto en la capa y había echado la cabeza hacia atrás, recogiéndose el oscuro cabello. Y en aquel gesto Atilio había visto una impresionante dignidad: se mostraba dispuesta a hacer lo que él le pedía pero no a admitir que tuviera razón. No lo había mirado al subir al caballo. Se había limitado a chasquear la lengua, a tirar de las riendas y a seguir a Polites.

Atilio tuvo que recurrir a todo su autocontrol para no salir a toda prisa tras ella. «¡Qué pobre recompensa por todos los riesgos que ha corrido por mí!», pensó.

En cuanto al destino —el núcleo de su miserable sermón—, era cierto que creía en él. Desde el día en que nacía, todo ser humano se veía encadenado a su destino, igual que a un carro en movimiento. El objetivo final del viaje no podía ser alterado, solo la manera en que uno lo recorría: caminando erguido o llevado a rastras y a regañadientes por el polvo.

A pesar de todo, se sintió fatal al verla partir. El sol fue iluminando el paisaje a medida que la distancia entre ellos aumentaba, de modo que pudo contemplarla largo rato, hasta que el último de los caballos pasó tras un olivar, y Corelia desapareció.

En Miseno, el almirante yacía en la cama de su habitación, recordando.

Recordaba los llanos y fangosos bosques de la Germania Superior y los grandes robles que crecían a orillas del mar del Norte —eso suponiendo que tuviera algún sentido hablar de orillas en un territorio donde apenas había distinción entre tierra y mar—, lluvia y el viento, y el modo en que las tormentas, entre terribles crujidos, llegaban a arrancar los árboles de cuajo, con grandes pedazos de terruño pegados a las raíces, y los empujaban con las ramas convertidas en velámenes sobre las frágiles galeras romanas. Seguía viendo en su mente los desgarradores relámpagos y el negro cielo y los pálidos rostros de los guerreros caucos entre los árboles; percibía el olor del barro y la lluvia, recordaba el terror ante los troncos estrellándose contra los barcos anclados y a sus hombres ahogándose en aquel bárbaro y turbio mar.

Se estremeció y abrió los ojos a la tenue claridad. Se incorporó y preguntó dónde se hallaba. Su secretario, sentado al pie de la cama y cerca de una vela, levantó el punzón y miró la tablilla de cera.

—Estábamos con Domitio Corbulo, almirante —dijo Alexion—. Cuando usted estaba en la caballería, luchando contra los caucos.

—Ah, sí. Eso es. Los caucos. Ya me acuerdo.

Pero ¿qué recordaba realmente? El almirante llevaba meses intentando escribir sus memorias —su libro póstumo, estaba convencido de ello— y regresar a ellas resultaba una bienvenida distracción de los problemas del acueducto. Sin embargo, lo que había visto y hecho, lo que había leído o le habían contado, parecía en aquellos días fundirse en una especie de sueño uniforme. ¡Qué cosas había presenciado! Había visto a la emperatriz Lolia Paulina, la esposa de Calígula, resplandecer en su banquete nupcial, como una fuente a la luz de las velas, bajo una cascada de perlas y esmeraldas valorada en más de cuarenta millones de sestercios; y a la emperatriz Agripina, esposa del babeante Claudio, la había visto pasear envuelta en una capa hecha enteramente de oro; oro cuya extracción había presenciado en sus días de procurador en Hispania —a los mineros, excavando la ladera de la montaña suspendidos de largas cuerdas de modo que, de lejos, parecían alguna especie de pájaros gigantes picoteando la roca—, y tanto trabajo, tanto peligro ¿para qué? ¡Pobre Agripina!. Asesinada en esa misma ciudad por Aniceto, su predecesor como almirante de la flota de Miseno, según órdenes de su propio hijo, el emperador Nerón, que había mandado que la arrojaran al mar desde un barco que se hundió y que después, cuando la infeliz ya había conseguido ganar la orilla, mandó a los marineros que la apuñalaran hasta matarla. ¡Qué historias!

—Los caucos... —Cuántos años tenía entonces, ¿veinticuatro? Había sido su primera campaña. Volvió a empezar—: Los caucos habitaban sobre grandes plataformas elevadas de madera para evitar las traicioneras mareas de la región. Recogían barro con sus manos desnudas y lo ponían a secar a merced de los gélidos vientos del norte; lo usaban como combustible. Para beber solo consumían agua de lluvia que almacenaban en grandes cisternas delante de sus casas, señal inequívoca de su falta de civilización. ¡Unos malditos bastardos, esos caucos! —Se interrumpió—. Esto último será mejor que lo omitas —ordenó.

La puerta se abrió brevemente, dejando que se colara un haz de brillante y blanca luz. Oyó el susurro del Mediterráneo, el ruido de los astilleros. Así pues, ya era de día. Debía de llevar horas levantado. La puerta se cerró de nuevo. Un esclavo se acercó de puntillas hasta su secretario y le dijo algo al oído. Plinio hizo rodar su gordo corpachón para verlo mejor.

—¿Qué hora es?

—El final de la hora primera, almirante.

—¿Se han abierto las compuertas del depósito?

—Sí, almirante. Nos ha llegado un mensaje indicando que el agua que restaba se ha vaciado.

Plinio renegó y se recostó en la almohada.

—Y también parece, señor, que se ha hecho un hallazgo de lo más sorprendente.

La cuadrilla partió media hora más tarde que Corelia. No se trató de una ceremoniosa despedida. Un miedo contagioso se había extendido entre los hombres y había contagiado a Musa y Corvino. Todos estaban impacientes por regresar a la seguridad de Pompeya. Incluso Brebix, el antiguo gladiador, el héroe invicto de treinta peleas, no dejaba de mirar nerviosamente con sus ojillos negros el Vesubio.

Despejaron la matriz y arrojaron las herramientas, los ladrillos sobrantes y las ánforas vacías a las carretas. Finalmente, un grupo de esclavos echó tierra en los restos de las hogueras y borró las marcas dejadas por la argamasa. Cuando acabaron fue como si nadie hubiera estado allí.

Atilio se quedó cautamente al lado del pozo de inspección con los brazos cruzados mientras los veía prepararse para marchar. Aquel era el momento de mayor riesgo, cuando el trabajo había concluido. Sería propio de Ampliato que intentara sacar el mayor provecho posible del ingeniero antes de liquidarlo. Estaba dispuesto a luchar, a vender caro su pellejo si era necesario.

Musa subió al otro caballo que quedaba y, una vez en la silla, le preguntó:

—¿Vienes?

—No. Os atraparé más tarde.

—¿Por qué no vienes ya?

—Quiero subir a la montaña.

Musa lo contempló, perplejo.

—¿Y por qué?

«Buena pregunta —se dijo Atilio—. Porque la respuesta a lo que ha estado sucediendo aquí abajo tiene que estar ahí arriba. Porque mi trabajo consiste en que el agua fluya. Porque estoy asustado.» El ingeniero hizo un gesto de indiferencia.

—Simple curiosidad. No te preocupes, no he olvidado mi promesa; si es eso lo que te preocupa. Toma. —Le tiró la bolsa con las monedas—. Habéis trabajado bien. Compra vino y comida para los hombres.

216

Musa abrió el monedero e inspeccionó el contenido.

—Hay una buena cantidad, aguador, incluso para unas cuantas mujeres.

Atilio rió.

—Vete tranquilo, Musa. Nos veremos pronto, ya sea en Pompeya o en Miseno.

Musa lo volvió a mirar y estuvo a punto de decir algo, pero cambió de opinión. Espoleó al caballo y se alejó en pos de los carros. Atilio se quedó solo.

De nuevo le llamó la atención la peculiar calma del día; era como si la naturaleza estuviera conteniendo el aliento. El ruido de las pesadas ruedas de madera se perdió lentamente en la distancia, y todo lo que pudo oír fue el ocasional campaneo de algún cencerro y el omnipresente canto de las cigarras.

El sol estaba bastante alto. Contempló la desierta campiña. A continuación se tumbó boca abajo y se asomó a la matriz. El calor era como una losa sobre su espalda. Pensó en Sabina y en Corelia y en la terrible imagen de su hijo muerto. Lloró. Por una vez no intentó contenerse, sino que se rindió; se atragantó y se estremeció de pena respirando el aire del túnel e inhalando el amargo olor de la argamasa húmeda.

Se sentía extrañamente ajeno a sí mismo, como si se hubiera dividido en dos personas diferentes: la que sollozaba y la que lo observaba sollozar.

Al cabo de un rato se calmó y se puso en pie para limpiarse el rostro con la manga de la túnica. Entonces, cuando volvió a bajar la mirada, algo captó su atención: un destello en la oscuridad. Dio un paso atrás para dejar que los rayos del sol iluminaran el pozo y vio que el fondo del acueducto rielaba. Se frotó los ojos y volvió a mirar. La cualidad del reflejo pareció cambiar, ensancharse y hacerse más sustancial, ondular y aumentar a medida que el túnel se llenaba de agua.

«¡Vuelve a correr!», se dijo.

Cuando quedó convencido de que no se equivocaba y de que el Augusta funcionaba de nuevo, tapó el pozo con la pesada cubierta. La hizo descender lentamente sosteniéndola con la punta de los dedos hasta el último instante y la dejó caer cuando solo faltaban unos centímetros. El túnel quedó sellado con un golpe sordo.

Atilio desató su caballo y montó. Bajo el reverberante calor, los hitos del acueducto desaparecían en la distancia como rocas sumergidas. Tiró de las riendas y se encaró con el Vesubio. Espoleó su montura y tomó el sendero que conducía a la montaña primero al galope y luego al trote a medida que el terreno se elevaba.

La Piscina Mirabilis se había drenado hasta la última gota de agua y el depósito estaba vacío. Una visión infrecuente. Eso se había realizado anteriormente, hacía una década, debido a razones de mantenimiento, con el fin de que los esclavos pudieran retirar a paletadas los sedimentos y comprobar que no hubiera señales de agrietamiento en las paredes. El almirante escuchó atentamente mientras el esclavo le explicaba el funcionamiento del sistema. Siempre le interesaban los aspectos técnicos.

—¿Y cada cuánto tiempo se supone que debe hacerse?

—Lo normal, almirante, es cada diez años.

—Así que en todo caso iba a tener que hacerse pronto, ¿no?

—Sí, almirante.

Se hallaban —Plinio, su sobrino; Alexion, su secretario, y Dromo, el esclavo encargado— en los peldaños del depósito, a medio camino del fondo.

Plinio había dado órdenes de que no se tocara nada hasta que él llegara y un guardia había sido apostado en la puerta para impedir cualquier entrada no autorizada. Sin embargo, había corrido el rumor del descubrimiento y en el patio se amontonaba la habitual multitud de curiosos.

El suelo de Piscina Mirabilis tenía el mismo aspecto que una playa en marea baja. Había pequeños charcos aquí y allá, donde el sedimento se había ahuecado, y la base del depósito aparecía salpicada de objetos —herramientas oxidadas, piedras, calzado— que habían caído al agua con el paso de los años y se habían hundido hasta el fondo. Algunos estaban totalmente cubiertos de sedimento, de modo que no eran más que bultos informes. El bote de remos había encallado.

Varias huellas de pies iban y volvían desde el inicio de los peldaños hasta el centro de la cisterna, donde descansaba un objeto de mayores proporciones. Dromo preguntó al almirante si deseaba que se lo fuera a buscar.

—No —dijo Plinio—. Quiero ver con mis propios ojos el lugar donde está. Cayo, ayúdame, ¿quieres?

Señaló sus sandalias, y su sobrino se arrodilló para desatárselas mientras él se apoyaba en Alexion. Lo invadió una emoción casi infantil y la sensación se intensificó cuando descendió cautelosamente los últimos escalones y puso pie en el sedimento. El negro légamo le desbordó entre los dedos, deliciosamente fresco, y de repente se sintió de nuevo como cuando era niño y vivía con su familia en Como, en la Italia traspadánica, y jugaba a la orilla del lago; y los años transcurridos —casi medio siglo— le parecieron tan insustanciales como un sueño. ¿Cuántas veces le ocurría lo mismo a lo largo del día? Antes nunca, pero últimamente cualquier nimiedad podía desencadenarlo; bastaba un tacto, un olor, un sonido, un color, y de inmediato recuerdos que no sabía que tenía lo inundaban como si de él no quedara más que un jadeante montón de impresiones recordadas.

Se arremangó los pliegues de la túnica y empezó a cruzar la superficie a paso rápido. Los pies se le hundían agradablemente en el barro y hacían un divertido ruido de succión cuando los levantaba. Oyó a Cayo a su espalda.

—¡Tío, ten cuidado!

Se echó a reír mientras meneaba la cabeza y se mantenía alejado de las otras huellas. Resultaba más agradable hollar la capa de légamo donde estaba fresca y había empezado a endurecerse con el aire cálido. Los otros lo seguían a una prudente distancia.

¡Qué magnífica construcción era aquella bóveda subterránea con sus pilares diez veces más altos que un hombre! ¡Qué mente la había proyectado y qué fuerza de voluntad la había hecho realidad! Y todo para almacenar un agua que llegaba transportada desde casi cien kilómetros de distancia. Nunca había puesto objeciones a que se deificara a los emperadores. «Dios es el hombre ayudando al hombre.» Esa era su filosofía. El Divino Augusto merecía su lugar en el panteón aunque solo fuera por haber encargado los trabajos del acueducto de Campania y la Piscina Mirabilis.

Cuando llegó al centro del depósito, jadeaba por el esfuerzo de haber tenido que caminar por el pegajoso fondo, así que descansó contra una columna mientras Cayo llegaba a su lado; pero estaba satisfecho por haber realizado el esfuerzo. El esclavo había estado acertado al avisarlo. Aquello era algo que sin duda había que ver: un misterio de la naturaleza se había convertido también en un misterio de los hombres.

El objeto que había en el barro era un ánfora de las que se utilizaban para almacenar légamo. Con la base semihundida, casi se sostenía en pie. La larga cuerda que tenía atada a una de las asas descansaba enredada a su alrededor. La tapa, normalmente sellada con cera, había sido retirada. Debía de haber un millar de monedas de plata esparcidas en el barro.

—No se ha tocado nada, almirante —se apresuró a decir Dromo—. Les ordené que lo dejaran todo como estaba.

Plinio soltó un bufido.

—Cayo, ¿cuánto calculas que debe de haber ahí?

Su sobrino hundió ambas manos en el ánfora, las ahuecó y mostró el contenido al almirante. Rebosaban de dinares de plata.

—Una fortuna, tío.

—Y una fortuna ilegal. De eso puedes estar seguro. Una fortuna que corrompe este honrado barro. —Ni el recipiente ni la cuerda estaban muy cubiertos de sedimento, lo cual a ojos de Plinio significaba que no llevaban mucho tiempo en el fondo. Miró el abovedado techo—. Alguien debió de remar cuando estaba lleno y lo dejó caer.

—¿Y luego soltó la cuerda? —Cayo lo miró, perplejo—. Pero ¿quién podría hacer algo así? ¿Cómo esperaba poder recuperarlo? Nadie podría bucear a tanta profundidad.

—Cierto. —Plinio hundió la mano entre las monedas y las examinó en su regordeta palma, apartándolas con el pulgar. El sonriente perfil de Vespasiano adornaba una de las caras, los sagrados instrumentos de los augures llenaban la otra. Las inscripciones de los cantos —IMP CAES VESP AVG COS III— indicaban que habían sido acuñadas durante el tercer consulado del emperador, ocho años antes—. Por lo tanto, debemos asumir que su propietario no tenía planeado recuperarlas buceando, Cayo, sino vaciando el depósito. Y el único hombre con autoridad para vaciar la piscina cuando le viniera en gana era nuestro desaparecido aguador, Exomnio.

Hora quarta

(10.37 horas)

> El índice de ascenso normal del magma, según se
> desprende de estudios recientes, sugiere que el mag-
> ma de la cámara del Vesubio empezó a ascender a una
> velocidad superior a los 0,2 metros por segundo en
> las conducciones del volcán unas cuatro horas antes
> de la erupción; es decir, aproximadamente a las nue-
> ve de la mañana del 24 de agosto.
>
> Burkhard Müller-Ullrich (ed.),
> *Dynamics of Volcanism*

El *quattuorviri* —la Comisión de los Cuatro, compuesta por los magistrados electos de Pompeya— se hallaba reunido en sesión de urgencia en el salón de Lucio Popidio. Los esclavos habían llevado una butaca para cada uno y una pequeña mesa ante la cual estaban sentados, callados y cruzados de brazos, esperando. Ampliato, por deferencia al no ser magistrado, se hallaba tumbado en un diván del rincón, comiendo un higo y observándolos. A través de la puerta abierta, alcanzaba a ver la piscina y la silenciosa fuente, y también a un gato que jugueteaba en un rincón del jardín con un pajarito. Aquel ritual de prolongación de la muerte lo intrigaba. Los egipcios consideraban al gato animal sagrado y de entre todas las criaturas la más próxima al hombre en inteligencia. Y, según le parecía, en la naturaleza solo hombres y gatos experimentaban placer en la crueldad. ¿Significaba eso que inteligencia y crueldad iban inseparablemente unidos? Interesante cuestión. Se comió otro higo y el ruido que hizo al masticarlo provocó una mueca en Popidio.

—Debo decir que te veo de lo más tranquilo, Ampliato. —En el tono del edil se apreciaba un deje de irritación.

—Estoy sumamente tranquilo. Deberías relajarte.

—Para ti es fácil decirlo. Tu nombre no figura en los cincuenta anuncios que han aparecido en la ciudad asegurando a todo el mundo que el agua volverá a correr a mediodía.

—Responsabilidad pública: el precio del cargo, mi querido Popidio. —Chasqueó los pringosos dedos y un esclavo le acercó un pequeño cuenco de plata. Ampliato se lavó y se secó con la túnica del sirviente—. Excelencias, debéis tener fe en la ingeniería romana. Todo saldrá bien.

Habían transcurrido cuatro horas desde que Pompeya se había despertado a un nuevo día de calor abrasador y sin nubes para descubrir que se había quedado sin suministro de agua. El instinto de Ampliato sobre lo que iba a ocurrir como consecuencia se había demostrado certero: que hubiera sucedido la mañana siguiente al sacrificio de Vulcano era, incluso para los menos supersticiosos, prueba evidente de que el dios no había quedado complacido. Desde el amanecer se habían empezado a formar nerviosos grupos en las esquinas. En el foro y las principales fuentes, habían aparecido tablones firmados por «L. Popidio Secundo» anunciando que se estaban efectuando reparaciones en el acueducto y que el suministro se reanudaría en la hora séptima. Sin embargo, había sido un magro consuelo para los que recordaban el terrible terremoto de hacía diecisiete años —también se habían quedado sin agua entonces— y desde la mañana se palpaba la inquietud en la ciudad. Algunos comercios no habían abierto, unos pocos habitantes se habían marchado, con sus posesiones apiladas en carros, gritando a voz en cuello que Vulcano se disponía a destruir Pompeya por segunda vez; y empezaba a correr el rumor de que el *quattuorviri* se hallaba reunido en casa de Popidio. Una multitud se había congregado en la calle. De vez en cuando hasta el confortable salón llegaba el ruido de la turba: un gruñido, igual que el de las bestias enjauladas en los sótanos del anfiteatro justo antes de que fueran liberadas para que se enfrentaran a los gladiadores.

Britio se estremeció.

—Te dije que nunca tendríamos que haber colaborado con el aguador.

—Es cierto —convino Cuspio—. Yo también lo dije desde el principio. Mira adónde nos ha llevado.

Ampliato pensó que se podía saber mucho de un hombre leyendo en su cara; también a través de los caprichos de comida y bebida que se permitía, de la actividad a la que se dedicaba, de su orgullo o cobardía y de su fuerza. Popidio, apuesto y débil; Cuspio, igual que su padre, valiente, brutal y estúpido; Britio, embrutecido de tanto vicio; Holconio, agrio como el vinagre y perspicaz, demasiadas anchoas y garum en su dieta.

—Tonterías —contestó Ampliato en tono amistoso—. Pensadlo. Si no hubiéramos colaborado, sencillamente se habría ido a Nola en busca de ayuda y nosotros nos habríamos quedado igualmente sin agua, solo que un día después. ¿Y qué habría ocurrido si Roma se llega a enterar? Además, de este modo sabemos dónde se encuentra. Está en nuestro poder.

Los otros no se fijaron, pero el viejo Holconio se volvió bruscamente.

—¿Y por qué es tan importante que sepamos dónde está?

Ampliato se quedó por un momento sin respuesta. Rió.

—¡Vamos, Holconio! No me dirás que no es útil tener tanta información como sea posible. Eso vale sobradamente el precio de haberle prestado un puñado de esclavos y un poco de légamo y madera. Una vez que tienes a un hombre en deuda contigo, es más fácil controlarlo.

—Sí, eso es cierto —contestó secamente Holconio lanzando una mirada a Popidio.

Pero ni siquiera Popidio era lo bastante estúpido para pasar por alto el insulto. Se puso colorado y se incorporó en su butaca.

—¿Y eso qué quiere decir?

—Escuchadme —interrumpió Ampliato, que deseaba cortar aquella conversación antes de que fuera demasiado lejos—. Quiero hablaros de una profecía que encargué a principio de este verano, cuando empezaron los temblores.

—¿Una profecía? —Popidio se sentó de nuevo, repentinamente interesado. Le encantaban esas cosas, y Ampliato lo sabía. La vieja Biria, con sus dos mágicas manos de bronce cubiertas de símbolos místicos, sus jaulas llenas de serpientes y sus lechosos ojos que no podían ver nada y que sin embargo eran capaces de atisbar el futuro...—. ¿Has consultado a la sibila? ¿Qué te ha dicho?

Ampliato adoptó una actitud adecuadamente solemne.

—Sacrificó unas serpientes a Sabazios y las despellejó para estudiar el mensaje. Estuve presente durante toda la ceremonia. —Recordó las llamas en el altar, el humo, las relucientes manos, el incienso, la voz susurrante de la sibila, aguda y apenas humana, igual que la maldición de la madre de aquel esclavo que había mandado arrojar a las morenas. A pesar suyo, la ceremonia lo había impresionado—. Vio una ciudad, nuestra ciudad, dentro de muchos años, mil años, puede que más. Vio nuestros templos, nuestros anfiteatros, nuestras calles rebosantes de gente de todos los rincones del mundo. Eso fue lo que vio en las tripas de las serpientes. Está claro: cuando los césares se hayan convertido en polvo y el imperio se haya desvanecido, lo que nosotros hemos construido aquí perdurará.

Se recostó. Casi se había convencido a sí mismo. Popidio dejó escapar un silbido.

—Biria Onomástica nunca se equivoca —dijo.

—¿Y querrá repetir todo eso? —preguntó Holconio, escéptico—. ¿Nos permitirá ver la profecía?

—Sí —afirmó Ampliato—. Más le vale. Le pagué generosamente por ello.

Creyó oír algo. Se levantó del diván y salió al sol del jardín. El surtidor que alimentaba la piscina tenía forma de ninfa derramando un cántaro. Al acercarse lo percibió otra vez: un débil gorgoteo. Entonces el agua empezó a brotar lentamente hacia el recipiente. El caño escupió y pareció atascarse, pero enseguida el agua volvió a manar con más fuerza. Ampliato se sintió de repente abrumado por las fuerzas sobrenaturales que había convocado. Llamó a los otros para que se acercaran y observaran.

—¿Lo véis? —preguntó—. Os lo dije. La profecía es cierta.

Entre las exclamaciones de alivio y alegría, hasta Holconio se permitió una sonrisa.

—Magnífico.

—¡Scutario! —llamó Ampliato—. Sirve nuestro mejor vino al *quattuorviri*. Sí, Caecuban, ¿por qué no? Y ahora, Popidio, ¿quieres comunicar tú la noticia a la multitud o prefieres que me encargue yo?

—Díselo tú, Ampliato. Yo necesito una copa.

Ampliato cruzó el atrio hacia la gran puerta principal. Hizo un gesto a Massavo para que abriera y salió hasta el umbral. En la calle había quizá un centenar de ciudadanos... sus ciudadanos, le gustaba pensar. Alzó los brazos reclamando silencio.

—¡Todos vosotros sabéis quién soy! —gritó cuando el rumor de las voces se apagó—. ¡Y todos vosotros sabéis que podéis confiar en mí!

—¿Por qué deberíamos confiar en ti? —gritó alguien desde el fondo.

Ampliato hizo caso omiso.

—El agua vuelve a manar. Si al igual que ese insolente no me creéis, id a ver las fuentes con vuestros propios ojos. ¡El acueducto ha sido reparado! Y hoy mismo, más tarde, se hará pública una fantástica profecía de la sibila, Biria Onomástica. ¡Hará falta algo más que unos simples temblores de tierra y un verano caluroso para amedrentar a la colonia de Pompeya!

Algunos vitorearon. Ampliato sonrió abiertamente y saludó con la mano.

—¡Que tengáis buen día, ciudadanos! Volvamos a nuestros negocios. *¡Salve lucrum! ¡Lucrum gaudium!* —Se escabulló y fue al vestíbulo—. Tírales unas monedas, Scutario —murmuró sin dejar de sonreír al gentío—, pero, ojo, no demasiadas. Las suficientes para un poco de vino para todos.

Se entretuvo lo justo para escuchar los efectos de su generosidad mientras la multitud se afanaba en recoger las monedas. Luego regresó al atrio frotándose las manos con delectación. La desaparición de Exomnio había trastocado su ecuanimidad, no iba a negarlo, pero había resuelto el problema en menos de un día; la fuente parecía manar abundantemente y si el nuevo y joven aguador no estaba muerto ya, pronto lo estaría. ¡Había motivos para celebrarlo! Del salón le llegaron sonidos de risas y copas entrechocando. Estaba a punto de rodear la piscina para unirse a ellos cuando reparó en el cuerpo del pajarillo muerto. Lo empujó con la punta del pie y se agachó para recogerlo. El pequeño cadáver estaba todavía caliente. Cresta roja, mejillas blancas y alas negras y amarillas. Una gota de sangre le brotaba del ojo.

Un jilguero. Solo plumas. Lo sopesó mientras un oscuro pensamiento cruzaba su subconsciente. Acto seguido lo dejó caer y subió rápidamente los escalones que conducían al enclaustrado jardín de su antigua casa. El gato lo vio llegar y salió disparado a esconderse tras unos matorrales, pero Ampliato no estaba interesado en el felino: tenía los ojos fijos en la vacía pajarera del balcón de Corelia y en los cerrados postigos de su cuarto.

—¡Celsia! —gritó—. ¿Dónde está Corelia?

—No se encontraba bien. La he dejado dormir.

—¡Ve a buscarla! ¡Ya! —La empujó hacia la escalera, se dio la vuelta y se fue corriendo a su estudio.

No podía ser.

No se habría atrevido.

Supo que algo iba mal en el instante en que cogió la lámpara y la llevó a su escritorio. Se trataba de un viejo truco que había aprendido de su antiguo amo —un cabello en el cajón para averiguar si algunos dedos curiosos habían estado metiendo mano en sus asuntos— y que le daba resultado, especialmente tras haber dejado muy claro que crucificaría al esclavo que no fuera de fiar.

El cabello no estaba. Y cuando abrió la caja fuerte y sacó la caja de los documentos, los pergaminos tampoco. Se quedó de pie como un tonto, volcando la vacía *capsa* y agitándola como un mago que hubiera olvidado el resto del truco. Luego la arrojó al otro extremo de la estancia, donde se hizo añicos contra la pared, y salió corriendo al patio. Su mujer acababa de abrir las contraventanas del balcón y estaba apoyada en él cubriéndose el rostro con las manos.

Corelia tenía la montaña a su espalda cuando entró por la puerta Vesubiana y llegó a la plaza del *castellum aquae*. Las fuentes habían vuelto a brotar, pero el flujo todavía era débil y, desde su elevada posición, pudo ver que sobre la ciudad flotaba un polvoriento velo levantado por el tráfico de las calles. Un rumor de actividad se elevaba por encima de los rojos tejados.

Se había tomado su tiempo para regresar a casa y en ningún momento había apremiado a su caballo para que acelerara el paso mientras contorneaban el Vesubio. No veía motivo para apresurarse. Al descender por la empinada calle con Polites siguiéndola fielmente, tuvo la impresión de que las ciegas paredes de las casas se cernían sobre ella como los muros de una prisión. Los lugares donde había disfrutado en su juventud —los ocultos estanques, los perfumados jardines, los comercios con telas y cachivaches, los teatros y los bulliciosos baños— se le antojaban tan muertos como la ceniza. Se fijó en los frustrados y malhumorados rostros de la gente en las fuentes, que se arremolinaba para arrimar sus recipientes bajo el débil chorro de agua, y volvió a pensar en el aguador. Se preguntó dónde y qué estaría haciendo. La historia de su mujer y su hijo no había dejado de agobiarla durante el camino de vuelta.

Sabía que él tenía razón. Su destino estaba sellado. A medida que se acercaba a casa de su padre, ya no experimentaba miedo ni inquietud, solo se sentía cansada, sedienta y sucia, como muerta. Quizá así fuera su vida en adelante, un cuerpo que seguiría con las actividades rutinarias mientras su alma residía en otra parte. Vio que al final de la calle había una multitud más numerosa que el habitual séquito de pedigüeños. Al observarlos vio que se entregaban a una especie de danza ritual, alzando las manos al cielo y arrodillándose a continuación para escarbar entre los adoquines. Tardó un momento en comprender que les habían arrojado dinero. Pensó que era típico de su padre; el césar de provincias intentando ganarse el afecto de las turbas creyendo que se comportaba como un aristócrata e incapaz de reconocer su pomposa vulgaridad.

Su desprecio se hizo más fuerte que su miedo y reforzó su coraje. Fue por detrás de la casa hasta las cuadras y un anciano sirviente salió a recibirla cuando oyó el resonar de los cascos en el suelo. El hombre contempló atónito su desarreglado aspecto, pero ella no le prestó atención, saltó de la silla y le entregó las riendas. Le dio las gracias a Polites y se volvió hacia el sirviente.

—Asegúrate de que este hombre recibe comida y bebida.

Salió rápidamente de la claridad de la calle, se adentró en la penumbra de la casa y subió por la escalera de las dependencias de los esclavos. Mientras caminaba sacó de debajo de su túnica los rollos de pergamino. Marco Atilio le había dicho que los devolviera a la caja fuerte de su padre y confiara en que nadie se hubiera dado cuenta de que los había cogido. Sin embargo, no era eso lo que pensaba hacer: se los entregaría personalmente. Aún mejor, le diría dónde había estado. Así él sabría toda la verdad y podría hacer lo que le viniera en gana. No le importaba. ¿Qué podía haber peor que el futuro que le había planeado? No se puede castigar a un muerto.

Con el empuje de la rebeldía, atravesó la cortina, entró en casa de Popidio y caminó hacia la piscina que formaba el corazón de la villa. Oyó voces a su derecha y vio que en el salón se encontraban su futuro marido y el resto de los magistrados de Pompeya. Se volvieron para mirarla justo en el instante en que su padre, seguido de su madre y su hermano, aparecía en el descansillo de la escalera de su antigua casa. Ampliato vio lo que Corelia llevaba en la mano y, durante un glorioso instante, ella vio miedo en su rostro.

—¡Corelia! —gritó Ampliato echando a correr.

Pero Corelia se apartó y fue a toda prisa hacia el salón, donde volcó los secretos de su padre sobre la mesa y la alfombra antes de que él pudiera impedírselo.

A tilio tenía la impresión de que el Vesubio estaba jugando a engañarlo, haciéndole creer que no conseguía acercarse por mucho que se aproximara. Solo cuando se daba la vuelta y miraba hacia atrás, protegiéndose los ojos de los rayos del sol, se daba cuenta de lo alto que había llegado. No tardó en tener una clara visión de Nola. Los irrigados campos que la rodeaban eran como un limpio parche verde, no mayor que el pañuelo de una muñeca extendido sobre la árida campiña de Campania. Y la propia Nola, con su fortaleza samnita, no parecía más formidable que unos bloques de construcción de un niño arrojados contra los lejanos promontorios. En ese momento sus habitantes ya debían de tener agua de nuevo. La idea le dio una inyección de seguridad.

Se había dirigido a propósito hacia la veta blanquecina más cercana y llegó a ella a media mañana; se encontraba en una zona donde acababan los pastos de las lomas inferiores y daba comienzo el bosque. No se había cruzado con ser viviente alguno, humano o animal, y las escasas granjas del camino estaban desiertas. Imaginó que la gente se había marchado por la noche, cuando se escuchó la explosión, o con las primeras luces, cuando se levantaron y contemplaron aquel fantasmal y ceniciento panorama. Las cenizas cubrían el suelo como blanca nieve, inmóviles puesto que no había un soplo de viento. Cuando bajó del caballo, levantó una nube de polvo que se le adhirió a las sudorosas piernas. Recogió un puñado de cenizas con la mano. No olían a nada, eran muy finas y estaban tibias por el sol. Cubrían el follaje de los árboles igual que lo habría hecho una ligera nevada.

Se guardó un poco de ceniza en el bolsillo para llevársela al almirante y bebió un poco de agua, enjuagándose el seco sabor a polvo de la boca. Miró pendiente abajo y distinguió a otro jinete, a menos de dos kilómetros de distancia, que avanzaba a buen ritmo hacia allí, seguramente empujado por la misma curiosidad de descubrir lo sucedido. Atilio consideró la posibilidad de esperarlo, pero decidió que era mejor no hacerlo. Quería proseguir. Escupió el agua, volvió a montar y siguió por el flanco de la montaña, alejándose de las cenizas, para retomar el sendero que se adentraba en el bosque.

Cuando se internó entre los árboles, la vegetación se cerró a su alrededor y perdió el sentido de la orientación. No podía hacer otra cosa que seguir aquella pista de cazadores a medida que iba discurriendo por el bosque, cruzando secos arroyos y serpenteando siempre hacia lo alto. Se apeó para orinar. Unos lagartos se escabulleron entre la hojarasca. Vio pequeñas arañas rojas y sus frágiles telas, y peludas orugas del tamaño de un dedo. Abundaban los racimos de rojas frutas silvestres que le supieron a dulce en la boca. La vegetación era la típica de la zona; alisos, zarzas y madreselvas. Torcuato, el capitán de la liburnia, había estado en lo cierto: el Vesubio era más fácil de escalar de lo que parecía. Por otra parte, si los arroyos bajaban con agua, el monte podía dar sustento a todo un ejército. Se imaginó a Espartaco, el gladiador tracio, conduciendo a sus seguidores por aquel mismo sendero, un siglo y medio antes, hacia el refugio de la cima.

Tardó alrededor de una hora en cruzar la foresta. Había perdido el sentido del tiempo. El sol se hallaba oculto por las altas ramas y derramaba sus rayos a través de la tupida capa de hojas. El cielo, reducido a fragmentos por el follaje, formaba un brillante rompecabezas azul. En el aire se respiraba la fragancia de los pinos y la seca vegetación. Las mariposas revoloteaban entre las ramas. No había otro rumor que el ocasional canturreo de las tórtolas. El trote del caballo y el calor lo dejaron soñoliento. La cabeza se le caía. En un momento creyó oír el rumor de un animal grande que lo seguía, pero cuando se detuvo a escuchar el sonido, este se apagó. Poco después el bosque empezó a ralear y salió a un claro.

Era como si el Vesubio hubiera decidido cambiar el juego. Si durante horas había tenido la impresión de no haber avanzado, en ese momento la cumbre se alzaba ante él, a escasos cientos de metros más arriba, al final de una rocosa pendiente sin otra vegetación que unos ralos matorrales y unas pocas plantas de flores amarillas. Era exactamente como la había descrito el escritor griego: un tapón ennegrecido por el fuego de siglos anteriores. En algunos lugares las piedras formaban abultamientos, casi como si las hubieran empujado desde abajo, y dejaban caer por la ladera lluvias de gravilla. También se habían producido movimientos de tierra. Grandes peñascos del tamaño de un hombre habían rodado hasta estrellarse entre los árboles, y a juzgar por su aspecto había sido hacía poco. Atilio recordó la reticencia de los hombres a la hora de salir de Pompeya. «Los gigantes viajan por el aire y sus voces son como tronidos.» Un sonido que debía de haber viajado durante kilómetros.

La pendiente era demasiado empinada para subirla a caballo. Desmontó y halló un lugar a la sombra donde ató al animal a un tronco. Examinó el terreno en busca de un palo que pudiera servirle de bastón y escogió uno del grosor de su muñeca, gris y suave, de madera muerta hacía tiempo, y ayudándose con él inició el ascenso final.

El sol era implacable y el cielo estaba tan deslumbrante que casi parecía blanco. Dejó las rocas y pasó a un terreno pedregoso y carbonizado, a un aire sofocante que le abrasaba los pulmones, un calor seco como el de un hierro al rojo. Nada de lagartos en el suelo ni de aves volando. Era como trepar directamente hacia el sol. Notaba el calor perforándole las suelas de las sandalias, pero se obligó a seguir sin mirar atrás hasta que el terreno dejó de ascender y sus ojos dejaron de ver negra piedra y contemplaron cielo azul. Trepó por el borde de la cima y se asomó al techo del mundo.

La cumbre del Vesubio no era el afilado pico que se divisaba desde la base, sino una irregular llanura de unos doscientos pasos de diámetro, un paraje de negra roca salpicado por algunas manchas de parda vegetación que solamente servía para subrayar la desolación. No solo parecía haber ardido en el pasado, como decía el pergamino griego, sino estar quemándose en ese mismo instante. Al menos tres columnas de grisáceo vapor se alzaban del suelo, siseando y oscilando en el silencio. Reinaba el mismo hedor a azufre que había percibido en las tuberías de Villa Hortensia. Ese era el lugar, se dijo Atilio, el corazón del diablo. Intuía algo gigantesco y perverso. Se lo podía llamar Vulcano o dar cualquier otro nombre que se prefiriera, se lo podía adorar como un dios; pero en cualquier caso resultaba una presencia tangible. Se estremeció.

Empezó a recorrer la cima manteniéndose cerca del borde, hipnotizado por las vaharadas sulfurosas que brotaban del suelo entre silbidos y por el increíble panorama. A su derecha, lejos, la roca desnuda discurría hasta el linde del bosque, y a partir de allí no había otra cosa que un tupido y ondulante manto verde. Torcuato había comentado que se podía divisar hasta una distancia de setenta kilómetros, pero Atilio tuvo la impresión de que tenía toda Italia extendida a sus pies. A medida que se desplazó hacia poniente, la bahía de Nápoles ocupó su campo de visión. Podía distinguir con toda claridad el promontorio de Miseno y las islas de más allá, el refugio imperial de Capri y, más lejos, la delgada línea donde el intenso azul del mar se encontraba con el más claro del cielo. Las aguas seguían salpicadas de la misma espuma que ya había visto la tarde anterior, olas en un mar sin viento. Sin embargo, en ese momento tuvo la impresión de que quizá se estaba levantando la brisa: la notaba en la cara, era la que llamaban «Caurus» y que soplaba desde el noroeste, hacia Pompeya. La ciudad aparecía a sus pies, reducida a una simple mancha arenosa a poca distancia de la costa. Se imaginó a Corelia llegando allí, por completo fuera de su alcance, una mota dentro de un punto, perdida para siempre.

Se sintió mareado solo de mirar, como si no fuera más que una brizna de polen que pudiera ser arrastrada en cualquier momento por la cálida brisa y arrojada a la azul inmensidad, y sintió el irresistible impulso de rendirse, un anhelo tal de aquel perfecto olvido azul que tuvo que hacer un esfuerzo para darse la vuelta. Temblando, empezó a atravesar directamente la planicie para llegar al otro lado, por donde había empezado, manteniéndose alejado de las emanaciones sulfurosas que parecían multiplicarse por todos lados. El suelo se estremecía y palpitaba. Sintió la urgencia de alejarse sin pérdida de tiempo, pero el terreno era irregular, con grandes depresiones a ambos lados de su camino —«cráteres llameantes de negra roca», había dicho el escritor griego—, y tenía que ir con cuidado por dónde pisaba. Por eso, porque caminaba con la cabeza gacha, olió el cuerpo antes de verlo.

El olor lo detuvo en seco, un hedor dulzón y pegajoso que le entró por las fosas nasales y se las ensució con una capa grasienta. Emanaba de una polvorienta hondonada, justo delante de él, que quizá tuviera un metro de profundidad y unos diez de ancho. Reverberaba como un caldero puesto al fuego. Pero lo peor fue que, cuando se asomó por el borde, todo lo que el lugar contenía estaba muerto; no solo el hombre, que vestía una túnica blanca y cuyos miembros estaban tan amoratados que al principio Atilio pensó que era nubio, sino también otras criaturas: una serpiente, un pájaro y una serie de animales pequeños. Todos tirados en aquel pozo de muerte. Hasta la vegetación estaba calcinada y envenenada.

El cadáver yacía en el fondo, de costado, con los brazos abiertos. Una cantimplora y un sombrero de paja descansaban fuera del alcance de su mano, como si hubiera fallecido intentando cogerlos. Debía de llevar allí un par de semanas, pudriéndose al calor. No obstante, lo sorprendente era lo intacto que parecía. No había sido devorado por insectos ni carroñeros. No había nubes de moscas revoloteando sobre aquella carne a medio cocer; al contrario, su cuerpo parecía haber envenenado a todos los que habían intentado darse un festín a su costa.

Tragó saliva para contener la náusea. Estaba seguro de que se trataba de Exomnio. Hacía dos semanas o más que había desaparecido. ¿Quién más se habría aventurado a trepar hasta allí, en pleno agosto? Pero ¿cómo asegurarse? No lo había visto nunca. A pesar de todo, era reacio a bajar hasta aquel pozo de muerte. Se obligó a ponerse en cuclillas cerca del borde y miró atentamente el ennegrecido rostro. Vio una hilera de dientes que sonreían en una mueca siniestra, igual que pepitas en una fruta madura. Un ojo sin vida miraba a lo largo del brazo estirado. No había señales de lesiones, sino que todo el cuerpo era una herida amoratada y supurante. ¿Qué podía haberlo matado? ¿Podía haber sucumbido al calor? Quizá le había fallado el corazón. Atilio se inclinó un poco más para intentar empujarlo con el palo y de inmediato notó que empezaba a perder el conocimiento. Unos puntos brillantes le danzaron ante los ojos y estuvo a punto de caer de bruces. Se apoyó en el cayado y se echó hacia atrás, jadeando.

«Las flatulencias del corrupto aire cercano al suelo...»

Le dolía la cabeza. Vomitó una bilis repugnante, y seguía tosiendo y escupiendo cuando oyó, por delante de él, el crujido de la vegetación al ser pisada. Levantó la vista medio atontado. Al otro lado de la hondonada, a no más de cincuenta pasos de distancia, un hombre cruzaba la planicie hacia él. Al principio creyó que se trataba de una alucinación provocada por las miasmas y se mantuvo en pie con esfuerzo, balanceándose de un lado a otro como un borracho, parpadeando para apartarse el sudor de los ojos e intentar enfocar la mirada. La figura siguió avanzando, rodeada de géiseres de vapor de azufre, con un centelleante cuchillo en la mano.

Corax.

Atilio no se encontraba en condiciones de luchar. Podría haber corrido, pero apenas fue capaz de arrastrarse.

El supervisor se acercó al pozo cautelosamente. Agachado y con los brazos extendidos, cambiaba el peso de un pie a otro sin apartar los ojos del ingeniero, como si temiera algún truco por su parte. Lanzó una rápida ojeada al cuerpo, frunció el entrecejo al ingeniero y volvió a mirar.

—¿Qué es todo esto, muchachito?

Parecía casi ofendido. Había planeado cuidadosamente su ataque, había recorrido muchos kilómetros para llevarlo a cabo, había aguardado en la oscuridad la llegada del amanecer y había seguido a su presa a prudente distancia. «Seguro que era el jinete que vi», se dijo Atilio paladeando a cada momento el sabor de la venganza solo para ver sus planes alterados en el último instante. Su expresión decía que no era justo, una más de las muchas trabas que la vida había puesto en el camino de Gavio Corax.

—Repito: ¿qué es todo esto?

Atilio intentó hablar. Notaba la lengua lenta y pastosa. Quería explicarle que Exomnio estaba en lo cierto, que allí había un gran peligro; pero no pudo pronunciar palabra. Corax sonreía burlonamente al cadáver y meneaba la cabeza.

—¡Viejo bastardo estúpido! ¡Mira que trepar hasta aquí con este calor! Preocuparse por la montaña, ¿para qué? ¡Para nada! ¡Para nada salvo para que nos entierre contigo! —Volvió la atención hacia Atilio—. ¿Y tú? ¡Un cabroncete de Roma venido para enseñarnos cómo hacer nuestro trabajo! ¿Sigues creyendo que te queda alguna oportunidad? Veo que no tienes nada que decir. Bueno, ¿por qué no te abro otra boca y vemos qué sale de ahí?

Se encorvó y se pasó el cuchillo de una mano a la otra con el rostro pétreo, listo para matar. Empezó a rodear la hondonada, y todo lo que Atilio pudo hacer fue dar un traspié en dirección contraria. Cuando el supervisor se detenía, el ingeniero también; si avanzaba, él retrocedía. La cosa duró un rato, pero solo consiguió enfurecer a Corax.

—¡Jódete! —gritó—. ¡No estoy dispuesto a jugar tu estúpido jueguecito!

Y de repente el supervisor se lanzó contra su presa. Con el rostro arrebolado, jadeando bajo el calor, se lanzó a atravesar la hondonada. Casi había llegado al otro lado cuando se detuvo y se miró las piernas, perplejo. Con desesperada lentitud, intentó seguir avanzando, boqueando igual que un pez fuera del agua. Dejó caer el cuchillo y se desplomó de rodillas, agitando débilmente el aire con las manos. Acto seguido se desplomó boca abajo.

No hubo nada que Atilio pudiera hacer salvo ver cómo se asfixiaba en el letal calor. Corax aún hizo unos leves intentos de moverse, como si intentara aferrar algo más allá de su alcance, como debía de haber hecho Exomnio. Luego se quedó tendido e inmóvil. Su respiración se hizo más lenta y se apagó; pero antes de que cesara del todo, Atilio lo había abandonado, tropezando por la palpitante y estremecida planicie que era la cima de la montaña, rodeado de fumarolas que expulsaban unos vapores que la brisa empujaba hacia Pompeya.

Abajo, en la ciudad, la brisa, que había empezado a soplar en la hora más cálida del día, fue acogida con gran alivio. El Caurus levantó nubecillas de polvo por las calles mientras se vaciaban a la hora de la siesta, haciendo oscilar los coloristas tablones de las tabernas y agitando las hojas de los grandes plataneros del anfiteatro. En casa de Popidio rizó la superficie de la piscina. Las pequeñas máscaras de los faunos y las ménades que colgaban entre las columnas se agitaron y tintinearon. Uno de los pergaminos que yacían en la alfombra fue empujado y rodó hacia la mesa. Holconio lo detuvo con el pie.

—¿Qué ocurre? —preguntó.

Ampliato tuvo la tentación de abofetear a Corelia allí mismo, pero se dio cuenta de que ser golpeada en público habría significado una victoria para ella y se contuvo. Su mente pensó deprisa. Sabía todo lo que hacía falta saber acerca del poder, sabía que había ocasiones en las que era más prudente mantener los secretos bajo llave: guardarse el conocimiento y, al igual que una amante predilecta, no compartirlo con nadie. Pero también sabía que había momentos en que un secreto desvelado con prudencia podía actuar como un imán y atraer a los demás, atarlos. En un arranque de inspiración, comprendió que aquel era uno de esos momentos.

—Leedlo —dijo—. No tengo nada que ocultar a mis amigos.—Se agachó, recogió otro pergamino y lo dejó en la mesa.

—Deberíamos marcharnos —intervino Britio, que apuró su vaso de vino y se puso en pie.

—¡Leedlos! —ordenó Ampliato. El magistrado se sentó, contrariado—. Lo siento, pero insisto. Provienen de casa de Exomnio. Es hora de que lo sepáis. Servíos más vino. Solo será un momento. Corelia, tú ven conmigo.

La cogió del brazo y la llevó hacia la escalera. La muchacha intentó oponerse, pero él era demasiado fuerte. Ampliato se dio cuenta vagamente de que su mujer y su hijo los seguían. Cuando estuvieron fuera de la vista, en el jardín del claustro, le dio un fuerte pellizco.

—¿Realmente creías que podrías perjudicarme? ¿Una débil mujer como tú?

—No —repuso ella haciendo una mueca y retorciéndose para soltarse—. ¡Pero creí que al menos podía intentarlo!

La compostura de su hija lo desconcertó.

—¡Ah! ¿Y cómo se supone que ibas a conseguirlo?

—Mostrando esos documentos al aguador. Enseñándoselos a todo el mundo para que todos sepan cómo eres en verdad.

—¿Y cómo soy? Dime.

—Un ladrón. Un asesino. ¡Más rastrero que un esclavo!

Escupió la última palabra, y Ampliato echó la mano hacia atrás para golpearla, y lo habría hecho si Celsino no se le hubiera sujetado por detrás.

—No, padre. Ya basta.

Durante una fracción de segundo, Ampliato enmudeció por la sorpresa.

—¿Tú? ¿Tú también? —Se soltó y fulminó a su hijo con la mirada—. ¿No tienes algún rito religioso que atender, Celsino? ¿Y tú? —Se volvió hacia su esposa—. ¿No deberías estar rezando a Livia, tu santa patrona, solicitando su guía? ¡Bah! Salid de mi vista, vosotros dos. —Arrastró a Corelia por el sendero hacia la escalera. Los otros no se movieron. Se dio la vuelta, la empujó peldaños arriba y por el pasillo y la metió en la habitación. Corelia cayó de espaldas en la cama—. ¡Hija traidora e ingrata!

Buscó con la mirada algún objeto con el que castigarla, pero solo vio delicados objetos femeninos cuidadosamente ordenados —un peine de marfil, un chal de seda, una sombrilla, una tira de perlas— y unos cuantos juguetes que habían sido apartados para ofrendarlos a Venus antes de la boda. Apoyada en un rincón había una muñeca de madera cuyas extremidades se podían mover y que le había comprado años atrás para su aniversario. La visión lo sorprendió. ¿Qué había pasado con su hija? ¡La había querido tanto! ¿Cómo había llegado al punto de odiarlo? Estaba perplejo. ¿Acaso no lo había hecho todo, construido todo aquello, salido del barro por ella y su hermano? Se quedó allí, jadeante, derrotado, mientras ella lo miraba fijamente desde la cama. No supo qué decir.

—Te quedarás aquí hasta que haya decidido lo que debe hacerse contigo —ordenó al fin en voz baja, y salió cerrando la puerta con llave.

Su mujer y su hijo ya no estaban en el jardín. «Típico de esos pobres rebeldes —pensó—, derretirse a mis espaldas.» Corelia siempre había tenido más coraje que todos ellos juntos. ¡Su niñita!

En el salón los magistrados estaban apoyados en la mesa, murmurando. Guardaron silencio cuando él se acercó y se dieron la vuelta para mirarlo cuando fue hacia el aparador y se sirvió un poco de vino. El borde de la jarra tintineó contra la copa. ¿Le temblaba la mano? Se la examinó, anverso y reverso. No era propio de él. Le pareció bastante firme, y se sintió mejor cuando hubo vaciado el vaso. Se sirvió otro, se obligó a sonreír y se dio la vuelta para enfrentarse con los magistrados.

—¿Y bien?

Holconio fue el primero en hablar.

—¿De dónde ha salido esto?

—Corax, el supervisor del Augusta, me los trajo ayer por la tarde. Los encontró en el cuarto de Exomnio.

—¿Quieres decir que los robó?

—Encontrar, robar... —Ampliato hizo un gesto vago con la mano.

—Esto debería haberse puesto en nuestro conocimiento de inmediato.

—¿Y eso por qué, excelencias?

—¿Acaso no es obvio? —interrumpió Popidio muy excitado—. ¡Exomnio creía que se iba a producir otro gran terremoto!

—Cálmate, Popidio. Llevas diecisiete años quejándote de los terremotos. Yo no me tomaría este asunto demasiado en serio.

—Exomnio sí que se lo tomó en serio.

—¡Exomnio! —Ampliato lo contempló con desprecio—. Exomnio fue siempre un manojo de nervios.

—Puede. Pero entonces ¿por qué pidió que le copiaran estos documentos? Este en particular. ¿Qué crees tú que pretendía con este? —Agitó uno de los pergaminos.

Ampliato le echó un vistazo y tomó otro trago de vino.

—Está en griego y yo no sé leer griego. Te olvidas, Popidio, de que yo no me he beneficiado de la misma exquisita educación que tú.

—Pues yo sí leo griego y creo que reconozco esto. Se trata de los trabajos de Estrabón, el geógrafo, que viajó por estos territorios en tiempos del Divino Augusto. Aquí describe una cima que es llana, está desolada y en el pasado ha sido pasto del fuego. Sin duda ha de tratarse del Vesubio. Dice que la fertilidad del suelo de los alrededores le recuerda a Catania, donde el terreno está cubierto por las cenizas del Etna.

—¿Y qué?

—¿Exomnio no era siciliano? —preguntó Holconio—. ¿De qué ciudad venía?

Ampliato hizo un gesto con la mano descartando el asunto.

—Creo que de Catania, pero ¿qué tiene que ver? —preguntó.

«Debería aprender algo de griego», se dijo. Si un inútil como Popidio había podido, cualquiera debía de poder.

—En cuanto al documento en latín —prosiguió Popidio—, también lo reconozco. Es parte de un libro, y conozco tanto a quien lo escribió como a la persona a la que va dirigido. Es de Anio Séneca, el mentor de Nerón. Al menos habrás oído hablar de él.

Ampliato se ruborizó.

—Yo me dedico a la construcción, no a los libros. ¿Qué es todo ese asunto?

—El Lucilio del que habla es Lucilio hijo, un ciudadano originario de esta misma ciudad. Tenía una casa cerca del teatro y era procurador en el extranjero, en Sicilia, creo. Séneca describe el gran terremoto de Campania. Está sacado de su libro, *Cuestiones naturales*. Creo que incluso hay una copia en nuestra biblioteca del foro. Sentó las bases de la filosofía estoica.

—¡La filosofía estoica! —se burló Ampliato—. ¿Y qué iba a hacer Exomnio con toda esa filosofía?

—¿Acaso no está claro? —contestó Popidio, presa de una creciente exasperación. Extendió los documentos uno al lado del otro—. Exomnio creía haber descubierto una relación. ¿Lo ves? —Señaló uno y otro—. El Etna y el Vesubio. La fertilidad del terreno de Catania y del de Pompeya. Los terribles presagios de hace diecisiete años, el envenenamiento de las ovejas, y los presagios de este verano. Era siciliano. Vio las señales de peligro, ¡y ahora ha desaparecido!

Durante un momento, nadie habló. Las efigies que rodeaban la piscina tintineaban en la brisa.

—Creo que estos documentos deberían ser estudiados en una reunión formal del Ordo. Lo antes posible.

—No —dijo Ampliato.

—¡Pero el Ordo es el consejo rector de la ciudad! Tiene derecho a estar informado...

—¡No! —Ampliato se mostraba tajante—. ¿Cuántos ciudadanos son miembros del Ordo?

—Ochenta y cinco —contestó Holconio.

—Ahí lo tienes. En una hora se habrá enterado toda la ciudad. ¿Quieres desatar el pánico justo ahora que empezamos a recuperarnos? ¿Cuando tenemos en nuestras manos la profecía de la sibila para tenerlos mansos? Recordad, señorías, quiénes os votaron. Os votaron los comerciantes. No os darán las gracias precisamente si les espantáis la clientela. Ya habéis visto lo que ha ocurrido esta mañana solo porque las fuentes han estado sin funcionar unas horas. Además ¿qué implica esto? ¿Que Exomnio estaba preocupado por los temblores de tierra? ¿Que el suelo de Campania es de cenizas y tiene apestosas fumarolas como el de Sicilia? ¿Y qué? Han sido parte de la vida de aquí desde los tiempos de Rómulo. —Vio que sus palabras daban en el blanco—. Además, este no es el verdadero problema.

—¿Y cuál es el verdadero problema? —preguntó Holconio.

—Los otros documentos, los que demuestran lo que Exomnio llegó a cobrar a cambio de dar agua barata a la ciudad.

—Cuidado, Ampliato —intervino Holconio rápidamente—, tus pequeños acuerdos nada tienen que ver con nosotros.

—¡Mis «pequeños acuerdos»! —Ampliato se echó a reír—. ¡Esta sí que es buena! —Dejó el vaso y cogió el decantador para servirse otro trago. De nuevo los vidrios entrechocaron. Empezaba a sentir que la cabeza le daba vueltas, pero no le importaba—. ¡Vamos, honorables señores, no finjáis que no lo sabíais! ¿Cómo creéis que esta ciudad se recuperó tan deprisa después del terremoto? ¡Mis «pequeños acuerdos» os han ahorrado una fortuna! Sí, y de paso me han ayudado a labrar la mía. No lo niego, pero ¡ninguno de vosotros estaría donde está sin mí! Tus preciosos baños, Popidio, donde Britio disfruta dejando que se la meneen esos jovencitos, ¿cuánto pagaste por ellos? ¡Nada! ¿Y tú, Cuspio, por tus fuentes? ¿Y tú, Holconio, por tu piscina? ¿Y todos los baños particulares, y los jardines irrigados, y los grandes estanques públicos de la palestra, y las cañerías de las nuevas casas? Esta ciudad se ha mantenido a flote durante una década gracias a mis «pequeños acuerdos» con Exomnio. Y ahora un pequeño hijo de puta llegado de Roma se ha enterado de todo. ¡Ese sí que es el problema!

—Qué ultraje —exclamó Britio con voz temblorosa—. Qué ultraje tener que escuchar estas palabras de un esclavo arribista.

—¿Arribista? No te parecía tan arribista cuando pagué los juegos que aseguraron tu elección, Britio. «A espada, sin cuartel, y que la carnicería se haga en el centro, donde todos puedan verla.» ¿No fue eso lo que me pediste y eso lo que te di?

Holconio alzó la mano.

—Caballeros, caballeros, tranquilicémonos.

—Pero seguramente podrás llegar a un acuerdo con este nuevo aguador igual que hiciste con el anterior —terció Cuspio.

—Me temo que no. Ayer le dejé caer una indirecta, pero su reacción fue mirarme como si lo hubiera cogido por la polla. Se sintió insultado por mi generosidad. No. Me temo que reconozco a esa clase de personas. Se llevará el asunto a Roma, allí comprobarán las cifras y nos enviarán una comisión antes de que haya acabado el año.

—Entonces ¿qué vamos a hacer? —preguntó Popidio—. Si esto se descubre, todos saldremos perjudicados.

Ampliato le sonrió por encima del borde de la copa de vino.

—No os preocupéis, lo tengo todo resuelto.

—De qué modo.

—Popidio, ten cuidado —le advirtió Holconio rápidamente.

Ampliato se detuvo. Ellos no querían saberlo. Al fin y al cabo eran los magistrados de la ciudad. La inocencia de los ignorantes, a eso aspiraban. Pero ¿por qué debían disfrutar de una conciencia tranquila? No. Estaba dispuesto a que se mancharan las manos de sangre tanto como él.

—Irá a reunirse con sus antepasados antes de que regrese a Miseno. —Miró a su alrededor—. Un accidente en el campo. ¿Alguien no está de acuerdo? Hablad si no lo estáis. ¿Popidio...? ¿Holconio...? ¿Britio...? ¿Cuspio...? —Esperó. Todo era comedia: dijeran lo que dijeran, a esas horas el aguador ya debía de estar muerto. Corax se había relamido con la idea de cortarle el gaznate—. Lo interpretaré como un asentimiento. ¿Qué tal un brindis?

Tendió la mano para coger el decantador, pero se detuvo a medio camino. El grueso cristal no solo se estremecía; se desplazaba de lado por la suave superficie de la mesa. Se lo quedó mirando estúpidamente, ceñudo. Aquello no podía ser. No podía ser, pero el recipiente llegó al final de la mesa y cayó al suelo. Contempló las losas. Vibraban bajo sus pies. Poco a poco el tremor fue aumentando y una racha de aire caliente cruzó la casa, lo bastante poderosa para empujar las contraventanas. Un instante después, lejos pero con gran claridad, una claridad mayor de lo que él o cualquiera había escuchado jamás, llegó el estruendo de una doble explosión.

Hora sexta

(12.57 horas)

La superficie del volcán se fracturó poco después de mediodía permitiendo la descompresión explosiva del cuerpo principal de magma... La velocidad de salida del magma fue aproximadamente de 1.440 km/h (Mach 1). La convección empujó los gases incandescentes y la piedra pómez clástica a una altura de 28 km.

En total, la energía térmica liberada a lo largo de toda la erupción puede calcularse aplicando la siguiente fórmula:

$Eth = V \cdot d \cdot T \cdot K$

Donde «Eth» se expresa en julios, «V» es el volumen en km cúbicos, «d» es la gravedad específica (1,0), y «K» es una constante que incluye el calor específico del magma y los equivalentes mecánicos del calor $(8,23 \times 10^{14})$.

Por lo tanto, la energía térmica liberada durante la erupción del año 79 d.C. habría sido aproximadamente de 2×10^{18} julios; es decir, unas 100.000 veces la de la bomba atómica de Hiroshima.

Dynamics of Volcanism

Después, cuando compararon sus respectivas historias, los supervivientes siempre se sorprendieron de lo distinto que aquel instante les había parecido a cada uno. En Roma, a doscientos kilómetros, sonó igual que un golpe sordo, como si una estatua o un árbol hubieran caído. Los que escaparon de Pompeya, que se hallaba a siete kilómetros a sotavento, siempre juraron que habían oído dos secos estallidos; mientras que en Capua, a unos treinta kilómetros de distancia, el ruido fue escuchado desde el principio como un tronido continuo; sin embargo, en Miseno, que se hallaba más cerca que Capua, no se oyó nada, solo se vio la súbita aparición de una estrecha columna de pardos residuos ascendiendo silenciosamente hacia el cielo sin nubes.

Para Atilio fue como una poderosa y seca oleada que se le echó encima con estruendo. Se hallaba a unos tres kilómetros de la cima, descendiendo a toda prisa a caballo por el sendero de cazadores que cruzaba el bosque por el flanco de poniente de la montaña. Los efectos de la inhalación de los gases tóxicos se habían reducido a una punzada de dolor tras los ojos y el aturdimiento había dado paso, sorprendentemente, a una agudizada percepción. No le cabía duda de lo que estaba a punto de suceder. Su plan consistía en tomar la ruta de la costa en Herculano y en cabalgar directamente a Miseno para advertir al almirante. Supuso que llegaría a media tarde. A través de los árboles, la bahía resplandecía a la luz del sol, lo bastante cerca para que pudiera distinguir las líneas individuales del oleaje rompiente. Estaba viendo las relucientes formas de las telas de araña que colgaban entre el follaje y una nubecilla de mosquitos cuando de repente desaparecieron.

La onda expansiva lo golpeó por detrás y lo empujó hacia delante: un aire ardiente, como salido de un horno. Luego algo pareció estallarle en los oídos, porque el mundo se convirtió en un universo silencioso de árboles que se retorcían y hojas que volaban. Su caballo tropezó y estuvo a punto de caer. Atilio se aferró al cuello del animal mientras se precipitaba sendero abajo, cabalgando a lomos de la incandescente oleada. Y entonces, de golpe, el tronido se desvaneció. Los árboles recobraron su posición, la polvareda dejó de arremolinarse y el aire se volvió respirable de nuevo. Intentó hablar al caballo, pero se había quedado sin voz, y cuando se volvió para mirar la cima de la montaña, vio que esta había desaparecido y que en su lugar se alzaba un chorro de roca y tierra hirviente.

Desde Pompeya parecía como si un fornido y negro brazo hubiera atravesado la cumbre y se dispusiera a golpear la bóveda celeste. ¡Bang! ¡Bang! Un doble estallido y a continuación el resonante tronido que llegó descendiendo por las laderas. Ampliato salió a la calle con los magistrados. De la vecina panadería y por toda la calle, la gente salía para contemplar el Vesubio cubriéndose los ojos, con los rostros vueltos hacia aquel nuevo y oscuro sol que se alzaba hacia el norte sobre su tronante pedestal de roca. Se escucharon algunos gritos, pero no cundió el pánico. Era todavía demasiado pronto, el espectáculo resultaba demasiado pasmoso —demasiado increíble y remoto— para que fuera percibido como una amenaza inmediata.

«Parará en cualquier momento», pensó Ampliato. Deseaba fervientemente que así fuera. «Que cese ahora, y la situación se podrá controlar.» Tenía el temple necesario, la fuerza de carácter. Todo era cuestión de presentarlo adecuadamente. Él podría ocuparse: «¡Ciudadanos, los dioses nos han enviado una señal! Sigamos sus instrucciones. ¡Erijamos una gran columna siguiendo su celestial inspiración! ¡Vivimos en un lugar bendecido!». Pero el fenómeno no se detuvo. No paró. Siguió subiendo y subiendo. Un centenar de nucas se arquearon hacia atrás como una sola para seguir la trayectoria y poco a poco los gritos aislados se fueron haciendo más generales. La columna, estrecha en su base, se hacía más ancha a medida que ascendía y su extremo se aplastaba contra el cielo.

Alguien gritó que el viento la empujaba hacia la ciudad.

Fue entonces cuando Ampliato supo que no los podría controlar. La masa obedecía a impulsos simples —avaricia, lujuria, crueldad— y él podía jugar con ellos igual que con las cuerdas de un arpa porque él era la masa y la masa era él. Sin embargo, el pánico ahogaba toda música posible. A pesar de todo, lo intentó. Se colocó en el centro de la calle y desplegó los brazos.

—¡Esperad! —gritó—. ¡Cuspio! ¡Britio! ¡Todos vosotros, unid vuestras manos conmigo! ¡Demos ejemplo!

Aquellos cobardes ni siquiera lo miraron. Holconio fue el primero en huir colina abajo, hundiendo sus huesudos codos en la compacta multitud. A continuación, Cuspio y Popidio dieron media vuelta y volvieron al interior de la casa. Más arriba, la multitud se había ido convirtiendo en una masa compacta a medida que la gente llegaba por las calles laterales. En ese momento el gentío empezaba a dar la espalda a la montaña y a mirar el mar. Su único instinto era ¡escapar!

Ampliato tuvo una fugaz visión del pálido rostro de su esposa en el umbral y de inmediato fue rodeado por la multitud que huía, volteado como aquellos monigotes de madera que empleaban para practicar en la escuela de gladiadores. Fue arrojado a un lado, zarandeado, y habría desaparecido bajo sus pies si Massavo no lo hubiese visto caer y lo hubiera recogido y devuelto a la seguridad de la puerta. Ampliato vio a una madre que dejaba caer a su bebé y oyó sus gritos al ser pisoteado; vio que una anciana se golpeaba la cabeza contra el muro de enfrente y se derrumbaba sin sentido hasta que se hundía en la muchedumbre que pasaba indiferente sobre ella. Algunos lloraban, otros sollozaban. La mayoría callaban en un intento de conservar las fuerzas de cara a la lucha que les esperaba para cruzar la puerta Stabiasna.

Ampliato, apoyado contra la puerta, notó una humedad en el rostro, y cuando se enjugó la nariz con el dorso de la mano, vio que la tenía manchada de sangre. Miró por encima de las cabezas hacia la montaña, pero ya había desaparecido. Un gigantesco muro, una negra nube, avanzaba hacia la ciudad igual que una lóbrega tormenta. Pero se dio cuenta de que no era una tormenta, de que no era una nube, sino una atronadora cascada de piedra. Miró rápidamente en la dirección opuesta. Su crucero, dorado y carmesí, seguía amarrado en el muelle. Podían hacerse a la mar, intentar llegar a la villa de Miseno, buscar refugio allí. Sin embargo el río humano que se dirigía a la salida de la ciudad empezaba a prolongarse calle arriba. Nunca conseguiría llegar al puerto. Y aunque lo consiguiera, la tripulación huiría para salvarse.

Habían decidido por él. «Que así sea», pensó. Exactamente lo mismo había ocurrido diecisiete años atrás: los cobardes habían volado y él se había quedado. ¡Y luego habían vuelto arrastrándose! Sintió que sus energías y su coraje de siempre renacían. Una vez más, el esclavo daría una lección de valor romano a sus antiguos amos. La sibila nunca se equivocaba. Lanzó una última mirada cargada de desprecio al torrente de pánico que pasaba ante sus ojos, retrocedió y ordenó a Massavo que atrancara la puerta. Se quedarían y sobrevivirían.

Desde Miseno parecía humo. Julia, la hermana de Plinio, que paseaba por la terraza con su parasol mientras recogía las últimas rosas del verano para disponerlas en la mesa de la cena, dio por sentado que se trataba de otro de tantos incendios que habían plagado la bahía durante todo el estío. No obstante, la altura de la nube, su tamaño y velocidad de ascenso eran algo que nunca había visto antes, así que decidió despertar a su hermano, que daba cabezadas entre sus libros en el jardín de abajo.

Incluso a la sombra del árbol, el rostro de Plinio estaba tan colorado como las flores del cesto. Julia dudó si despertarlo o no, porque seguramente se excitaría. Recordó cómo había sido su padre en los años previos a su muerte —la misma corpulencia, la misma falta de aliento, la misma desacostumbrada irritabilidad—, pero, si lo dejaba dormir, sin duda se pondría aún más furioso por haberse perdido aquella especial humareda. Le acarició el cabello y susurró:

—Despierta, hermano. Hay algo que te gustará ver.

Plinio abrió los ojos de golpe.

—¿El agua? ¿Vuelve a manar?

—No. No se trata del agua, sino de un gran incendio que se ve al otro lado de la bahía, como si saliera del Vesubio.

—¿Del Vesubio? —Parpadeó y enseguida llamó a un esclavo que había cerca—: ¡Mis sandalias! ¡Rápido!

—Escucha, hermano, no debes...

Ni siquiera esperó a que le llevaran las sandalias, sino que por segunda vez aquel día se puso en pie y se encaminó, descalzo, por el seco césped hacia la terraza. Cuando llegó, la mayoría de los esclavos de la casa estaban apoyados en la balaustrada, mirando hacia levante, al otro lado de la bahía, lo que parecía un gigantesco paraguas de humo elevándose sobre la costa. Un tronco pardo y grueso lleno de manchas claras y oscuras se alzaba kilómetros en el aire escupiendo en lo alto una corona de brumosas ramas; ramas que en sus extremos parecía que se disolvían y dejaban caer una fina lluvia de polvo arenoso.

Era un axioma del almirante —uno de los que más le gustaba repetir— que, cuanto más observaba la naturaleza menos inclinado se sentía a pensar que pudiera haber algo imposible para ella. Sin embargo, aquello no podía ser de ninguna de las maneras. Nada de lo que había leído en su vida —y lo había leído todo— igualaba aquel espectáculo. ¿Acaso la naturaleza le estaba brindando el privilegio de ser testigo de algo nunca registrado en los anales de la historia? Todos sus años reuniendo hechos, la plegaria con la que había concluido su *Historia natural* —«Salve, naturaleza, madre de la creación; tú que sabes que de entre todos los hombres de Roma he sido quien te ha rendido honores en todas tus manifestaciones, sé generosa conmigo»—, ¿era aquella su recompensa? Si no hubiera estado tan gordo, se habría postrado de rodillas.

—Gracias —murmuró para sí—. Gracias.

Debía ponerse manos a la obra de inmediato. «Una copa como la de un pino... un alto tronco... ramas...» Tenía que anotar todo aquello para la posteridad mientras conservara las imágenes frescas en su mente. Gritó a Alexion para que cogiera papel y lápiz, y a Julia la envió a buscar a Cayo.

—Está dentro, trabajando en la traducción que le encargaste.

—Bien. Dile que venga inmediatamente. No querrá perderse esto. —No podía tratarse de humo, se dijo, era demasiado espeso. Además, en la base no había señales de fuego. Pero, si no era humo, entonces ¿qué era?—. ¡Callaos, maldita sea! —gritó a los esclavos que enmudecieron.

Si escuchaba atentamente, podía distinguir un tronido grave y regular que cruzaba la bahía. Si así era como sonaba a veinticinco kilómetros de distancia, ¿cómo debía de oírse estando cerca?

—Envía a un mensajero a la escuela naval para que llame al capitán de la nave insignia —ordenó a Alcman—. Que le diga que quiero una liburnia a mi disposición.

—¡Hermano, no!

Alzó una mano.

—Julia, ya sé que me quieres bien; pero ahórrate las palabras. Este fenómeno, sea lo que sea, es una señal de la naturaleza. ¡Es mío!

Corelia había abierto los postigos de par en par y se hallaba de pie en su balcón. A su derecha, por encima del plano techo del atrio, avanzaba una nube gigantesca negra como la tinta, como si un negro telón descendiera del cielo. El aire se estremecía con los tronidos. Oyó gritos procedentes de la calle. En el patio los criados corrían de un lado a otro sin un propósito aparente. Le recordaban a las lombrices en una jarra antes de que las utilizaran como cebo o para cocinar. Se sentía extrañamente ajena a la escena, como un espectador en su palco observando una complicada representación. En cualquier momento un dios aparecería volando y la devolvería a la seguridad.

—¿Qué está pasando? —gritó, pero nadie le prestó atención.

Lo volvió a intentar y comprendió que se habían olvidado de ella.

El tronido de la nube se estaba haciendo más fuerte. Corrió a la puerta e intentó abrirla, pero la cerradura era demasiado fuerte para que pudiera romperla. Volvió a toda prisa a la terraza. Estaba a demasiada altura como para saltar. Abajo y a la izquierda, divisó a Popidio, que subía los peldaños desde su parte de la casa guiando a su madre, Tadia Secunda, ante él. Un puñado de sus esclavos cargados con bultos los seguían. Lo llamó.

—¡Popidio! —Al oír su nombre, él se detuvo y miró a su alrededor. Ella le hizo gestos con la mano—. ¡Ayúdame! Me ha encerrado.

Popidio meneó la cabeza con desespero.

—¡Y nos está intentando encerrar a nosotros también! ¡Se ha vuelto loco!

—¡Por favor, sube y abre la puerta!

Vaciló. Deseaba ayudarla, y lo habría hecho, pero no había dado apenas un paso cuando algo rebotó tras él en el tejado y cayó en el jardín: una piedra, ligera y del tamaño del puño de un niño. La vio aterrizar. Otra golpeó la pérgola. Y de repente todo se volvió oscuro y el aire se llenó de proyectiles. Empezaron a lloverle impactos en la cabeza y los hombros. Parecían rocas esponjosas. Esponjas blanquecinas y petrificadas. No eran pesadas, pero hacían daño. Era como estar bajo una granizada cálida, oscura y seca, si es que tal cosa podía existir. Olvidándose de los gritos de Corelia corrió al atrio en busca de refugio empujando a su madre. La puerta de delante —la vieja entrada de Ampliato— estaba abierta, y salió tropezando a la calle.

Corelia no lo vio marchar. Se retiró a su cuarto para evitar el

249

bombardeo y se quedó con la visión del mundo exterior devorado por las sombras de la repentina penumbra. Entonces la luz se desvaneció del todo y en la oscuridad no se oyeron más gritos: solo la rugiente lluvia de piedras.

Curiosamente, en Herculano la vida seguía siendo normal. El sol brillaba. La bahía y el cielo eran de un intenso azul. Cuando Atilio llegó a la carretera de la costa, vio incluso a los pescadores en sus botes arrojando sus redes. Era como si se tratara de un truco del clima veraniego: media bahía desaparecida bajo una violenta tormenta y la otra media disfrutando de buen tiempo. Hasta el rumor que llegaba de la montaña parecía poco amenazador: un tronido de fondo que viajaba con la lluvia de restos hacia la península de Sorrento.

Fuera de las puertas de la ciudad, se había reunido una pequeña multitud para presenciar el acontecimiento y unos cuantos comerciantes avispados estaban montando tenderetes para vender dulces y vino. Una fila de polvorientos viajeros se acercaba ya caminando fatigosamente por la carretera, arrastrando equipajes y bultos, algunos tirando de carros abarrotados con sus posesiones. Los niños correteaban entre ellos disfrutando de la aventura, pero los rostros de sus padres estaban contraídos por el miedo.

Atilio tuvo la impresión de estar viviendo un sueño. Sentado en un hito, un hombre con la boca llena de pastel le preguntó alegremente cómo estaban las cosas en el lugar de donde provenía.

—Más negras que la medianoche en Oplontis —contestó alguien—. Y en Pompeya tiene que ser peor.

—¿Pompeya? —inquirió rápidamente Atilio. Aquello lo había despertado—. ¿Qué está ocurriendo en Pompeya?

El viajero meneó la cabeza y se pasó un dedo por el cuello. El ingeniero retrocedió al acordarse de Corelia. Cuando la había obligado a marcharse del acueducto, lo había hecho creyendo que la alejaba del peligro; pero en ese momento, mientras sus ojos seguían la curva de la carretera hacia Pompeya y hasta el punto donde desaparecía bajo la oscuridad, se dio cuenta de que había conseguido exactamente lo contrario. La ceniza de la erupción del Vesubio, arrastrada por el viento, estaba cayendo directamente sobre la ciudad.

—No vayas en esa dirección, ciudadano —le previno el hombre—. No hay forma de pasar.

Pero Atilio ya había hecho girar a su caballo y se encaraba con la riada de refugiados.

Cuanto más avanzaba, más atestada se hallaba la calzada y más lastimero aspecto presentaba la población en fuga. Casi todos estaban cubiertos de un polvo gris, con el pelo apelmazado y los rostros, salpicados de sangre, como máscaras mortuorias. Algunos llevaban antorchas todavía encendidas: un abatido ejército de hombres empalidecidos alejándose penosamente de alguna calamitosa derrota, incapaces siquiera de hablar. Sus animales —bueyes, caballos, perros y gatos— parecían figuras de alabastro dotadas de vida propia. Tras ellos, en la calzada, iban dejando un rastro de huellas de pies y roderas cenicientas.

Del lado de los olivares le llegó un estruendo; en el otro lado, el mar pareció empezar a bullir con una miríada de salpicaduras. Se oyó un golpeteo de piedras en la carretera, más adelante. El caballo de Atilio se detuvo, agachó la testa y se negó a seguir avanzando. De repente, el borde de la nube, que había dado la impresión de hallarse a casi un kilómetro, se abalanzó hacia ellos. El cielo estaba negro y surcado por pequeños proyectiles. En un abrir y cerrar de ojos, el día pasó de la luz del sol a la penumbra del crepúsculo y Atilio se vio bombardeado por todas partes. No se trataba de piedras, sino de blanquecinos fragmentos de escoria, pequeñas bolas de ceniza petrificada que caían desde tremenda altura y le rebotaban en cabeza y hombros. Gente y carros surgían de la penumbra. Las mujeres gritaban. Las antorchas casi se extinguieron en la oscuridad. El caballo de Atilio se encabritó y dio media vuelta. Atilio dejó de ser rescatador y se convirtió en uno más del torrente de aterrorizados fugitivos, intentando frenéticamente escapar de la tormenta de escombros. Entonces el aire se hizo menos denso, se tornó marrón y salieron a la luz del sol.

Electrizados por la amenaza que se cernía a sus espaldas, todos se apresuraban. Atilio se dio cuenta de que la ruta hacia Pompeya no solo resultaba intransitable, sino que un ligero cambio en la dirección del viento estaba extendiendo el peligro hacia el oeste de la bahía. Una pareja de ancianos se encontraba sentada al borde del camino, demasiado agotada para proseguir. Un carro había volcado, y un hombre intentaba desesperadamente enderezarlo mientras su esposa tranquilizaba a un recién nacido y una niña se le aferraba a la falda. La columna de huidos los envolvió y Atilio fue arrastrado por la multitud y devuelto a la carretera hacia Herculano.

En las puertas de la ciudad, sus habitantes se habían percatado del cambio de dirección de la tormenta de piedras. Cuando Atilio llegó, los comerciantes estaban desmontando a toda prisa sus tenderetes. La multitud se desperdigó; unos buscaron refugio en la ciudad y otros salieron para unirse al éxodo. Y sin embargo, entre la confusión, Atilio pudo ver por encima de los rojos tejados a los pescadores de la bahía y, más allá, los grandes navíos cargados de grano provenientes de Egipto que se acercaban a los muelles de Puteoli. «El mar», pensó. Si alguien pudiera echar un bote al agua, quizá le fuera posible rodear la lluvia de piedras y acercarse a Pompeya desde el sur por mar. Comprendió que sería inútil intentar abrirse camino hasta la costa de Herculano, pero quizá en la gran villa de las afueras —el domicilio del senador Pedio Casco, con su tropa de filósofos— tuvieran alguna embarcación que pudiera utilizar.

Cabalgó un poco más a lo largo de la calzada hasta que llegó a un par de altos postes que supuso pertenecían a Villa Calpurnia. Dejó su caballo atado en el patio y miró a su alrededor en busca de alguna señal de vida, pero el lugar parecía desierto. Entró por la puerta abierta en el gran atrio y rodeó un jardín enclaustrado. Podía oír gritos, pasos corriendo por los pasillos de mármol. Entonces un esclavo apareció a la vuelta de la esquina empujando una carretilla cargada hasta arriba con rollos de pergamino. El hombre hizo caso omiso de la llamada de Atilio y se dirigió a través de un amplio portalón hacia el brillante sol del atardecer mientras otro esclavo que empujaba una carretilla vacía salía en dirección contraria. El ingeniero le cerró el paso.

—¿Dónde está el senador?

—Está en Roma. —El esclavo era joven y estaba aterrorizado y sudoroso.

—¿Y tu señora?

—Al lado de la piscina. Por favor, dejadme pasar.

Atilio se hizo a un lado para dejarlo pasar y corrió al sol.

Bajo la terraza se encontraba la enorme piscina que había visto desde la liburnia durante su viaje por mar a Pompeya. Había gente alrededor: docenas de esclavos y eruditos con túnicas blancas iban de un lado a otro cargados con rollos de pergamino, metiéndolos en cajas al borde del agua mientras un grupo de mujeres se hallaban de pie observando la costa y la tormenta, que desde aquella distancia parecía una bruma pardusca. A su lado, los navíos anclados ante Herculano parecían simples ramitas. La pesca había acabado. Se estaba levantando oleaje. Atilio lo oyó romper en rápida sucesión en la costa; apenas había llegado una ola cuando la siguiente se le echaba encima. Algunas de las mujeres gemían, pero la señora mayor que había en el centro del grupo, con un vestido azul oscuro, le pareció tranquila cuando él se le acercó. La recordaba: era la mujer del collar de perlas gigantes.

—¿Es usted la esposa de Pedio Casco?

Ella asintió.

—Soy Marco Atilio, ingeniero imperial. Conocí a su esposo hace dos días, en la villa del almirante.

La mujer lo miró con ansiedad.

—¿Le ha enviado Plinio?

—No. He venido a pedirle un favor: una embarcación.

El rostro se le descompuso.

—¿Cree que si tuviera una embarcación estaría aquí? Mi marido partió con ella ayer hacia Roma.

Atilio contempló el inmenso palacio, las estatuas y jardines, los tesoros artísticos y libros que estaban siendo apilados en el césped. Se dio la vuelta para marcharse.

—¡Espere! —lo llamó ella—. ¡Tiene que ayudarnos!

—No hay nada que yo pueda hacer. Tendrá que probar suerte en la carretera, junto a los demás.

—No temo por mí, pero la biblioteca… Es necesario salvar la biblioteca. Tiene demasiados libros para que los transportemos por carretera.

—Mi preocupación es la gente, no los libros.

—La gente muere. Los libros son inmortales.

—Entonces, si son inmortales, podrán sobrevivir sin mi ayuda.

Tomó el camino que subía hacia la casa.

—¡Espere! —Se recogió la falda y corrió tras el aguador—. ¿Adónde va?

—A buscar un bote.

—Plinio tiene. Plinio tiene bajo su mando la mayor flota del mundo.

—Plinio se encuentra al otro lado de la bahía.

—¡Mire al otro lado del mar! ¡Toda una montaña amenaza con echársenos encima! ¿Qué cree que puede hacer un hombre solo en un bote? Necesitamos una flota. ¡Venga conmigo!

Atilio tuvo que admitirlo: aquella mujer tenía la fuerza de voluntad de cualquier hombre. La siguió por el paseo de columnas que rodeaba la piscina, subió unos peldaños y entró en la biblioteca. La mayoría de los compartimientos habían sido vaciados. Un puñado de esclavos estaban cargando lo último en una carretilla. Las cabezas de mármol de los antiguos filósofos contemplaban la escena, estupefactas por lo que estaba ocurriendo.

—Aquí es donde guardamos los volúmenes que mis antepasados trajeron de Grecia. Solo de Sófocles hay ciento veinte obras, además de las obras completas de Aristóteles. Son irremplazables. Nunca hemos permitido que las copiaran. —Le cogió del brazo—. Los hombres nacen y mueren a miles cada hora. ¿Qué importancia tenemos? Estas grandes obras serán todo lo que quedará de nosotros. Plinio lo entenderá. —Se sentó a la pequeña mesa, cogió una pluma y la mojó en el lujoso tintero de latón. Una vela roja parpadeó a su lado—. Llévele esta carta. Conoce la biblioteca. Dígale que Rectina le ruega que la rescate.

Tras ella, más allá de la terraza, Atilio vio que la ominosa oscuridad se extendía imparablemente por la bahía igual que la sombra en un reloj de sol. Había creído que su fuerza disminuiría, pero si algo hacía era intensificarse. La mujer estaba en lo cierto: iban a ser necesarios grandes navíos, navíos de guerra, para hacer frente a tan poderoso enemigo. Ella enrolló la carta, la selló con la vela goteante y estampó el sello de su dedo en la cera caliente.

—¿Tiene un caballo?

—Iría más deprisa con uno fresco.

—Lo tendrá. —Llamó a uno de los esclavos—. Acompaña a Marco Atilio a los establos y dale la montura más veloz que tengamos. —Le entregó la carta, y cuando él la cogió le aferró la muñeca con sus huesudos dedos—. No me falle, ingeniero.

Atilio se soltó y corrió tras el esclavo.

Hora nona

(15.32 horas)

El efecto de la súbita liberación de grandes cantidades de magma puede alterar la geometría del sistema de conducciones, desestabilizar el depósito superficial e inducir un derrumbamiento estructural. Tal situación, a menudo pone en contacto el magma con fluidos freáticos, aumenta la intensidad de la erupción así como la descompresión explosiva del sistema hidrotermal asociado con el depósito superficial.

Encyclopaedia of Volcanoes

A Atilio le llevó casi dos horas de una cabalgada sin tregua llegar a Miseno. La carretera serpenteaba a lo largo de la costa, a veces discurriendo directamente al lado del agua, a veces internándose tierra adentro, más allá de las villas de la élite romana. Durante todo el trayecto fue pasando al lado de pequeños grupos de espectadores que se habían reunido al borde del camino para contemplar el lejano suceso. Casi todo el rato estuvo dándole la espalda a la montaña, pero cuando dobló el recodo norte de la bahía y empezó a descender hacia Nápoles, pudo verla de nuevo, lejos y a su izquierda, un fenómeno que cobraba una extraña belleza: un delicado velo de bruma había rodeado la columna central alzándose kilómetro tras kilómetro como un perfecto cilindro translúcido que alcanzaba a acariciar lo alto de la nube en forma de seta que se alzaba sobre la bahía.

En Nápoles, en el peor de los casos un lugar de lo más apacible, no se respiraba nada parecido al pánico. Hacía rato que había dejado atrás las caravanas de refugiados que huían de la lluvia de piedras y las noticias de la catástrofe que asolaba Pompeya aún no habían llegado a la ciudad. Los templos de estilo griego y los teatros que miraban al mar resplandecían bajo el sol de la tarde. Los visitantes paseaban por los jardines. En las colinas de detrás de la ciudad, pudo distinguir los rojos arcos de ladrillo del Aqua Augusta cuando salía a la superficie. Se preguntó si el agua estaría fluyendo, pero no se atrevía a detenerse para comprobarlo. La verdad era que tampoco le importaba. Lo que antes había sido lo más importante del mundo se había visto reducido a la más pequeña de las insignificancias. ¿Qué eran en esos momentos Exomnio y Corax sino cenizas? Ni siquiera eso; apenas un recuerdo. Se preguntó qué habría ocurrido con los otros hombres. Sin embargo la imagen de la que no se podía zafar era la de Corelia, el modo en que se había recogido el cabello al montar, cómo se había desvanecido en la lontananza siguiendo el trayecto que él le había marcado para enfrentarse a la tragedia que él, y no el destino, le había asignado.

Cruzó Nápoles y salió a campo abierto de nuevo, a la calzada que se internaba en el inmenso túnel que Agripa había hecho excavar bajo el promontorio de Pausilipon —donde, tal como Séneca había observado, las antorchas de los esclavos encargados de la calzada más que iluminar la oscuridad la destacaban—, que llegaba hasta más allá de los inmensos muelles del puerto de Puteoli (otro de los proyectos de Agripa), más allá de las afueras de Cumas (donde se decía que la sibila descansaba en su jaula deseando morir), más allá del lago Averno, más allá de los grandes baños dispuestos en forma de terrazas en Baias, más allá de los borrachos de las playas y de las tiendas de recuerdos con sus objetos de vidrio de brillantes colores, de los niños que hacían volar sus cometas, de los pescadores que reparaban sus redes en los muelles, de los hombres que jugaban a lanzar huesos bajo la sombra de las adelfas, más allá de las centurias de marineros uniformados que corrían al redoble de los tambores hacia la base naval, más allá de todas las múltiples formas de vida de la superpotencia romana mientras, al otro lado de la bahía, el Vesubio soltaba un segundo tronido que hacía que el gris manantial de piedras se tornara negro y lo empujaba aún más arriba, hacia el cielo.

La principal preocupación de Plinio era que el fenómeno cesara antes de que él pudiera llegar hasta allí. No dejaba de salir y entrar en su biblioteca para comprobar la evolución de la columna de humo, y en cada ocasión respiraba aliviado. Parecía que estaba aumentando. Una estimación de su altura resultaba imposible. Posidonio sostenía que las brumas, los vientos y las nubes no podían ascender más de siete kilómetros en el aire; pero la mayoría de los expertos —y Plinio, para compensar, aceptaba la opinión mayoritaria— situaban la cifra en doscientos kilómetros. Fuera cual fuera la verdad, la columna —la «manifestación», como él la había bautizado— era enorme.

Para conseguir que sus observaciones resultaran lo más exactas posible, había ordenado que llevaran al puerto su reloj de agua y que lo instalaran en el puente de popa de la liburnia. Mientras se completaba la tarea y preparaban el barco, buscó referencias del Vesubio en su biblioteca. Nunca había prestado demasiada atención a la montaña. Era tan enorme, tan obvia, estaba tan presente que había preferido concentrarse en los aspectos más esotéricos de la naturaleza. El primer texto que consultó fue la *Geografía* de Estrabón, que lo dejó pasmado: «Toda la zona parece haberse incendiado en el pasado y haber contado con cráteres llameantes de negra roca». ¿Cómo no se había dado cuenta? Llamó a Cayo para que le echara un vistazo.

—¿Lo ves? Compara la montaña con el Etna. Pero ¿cómo puede ser? El Etna tiene un cráter de más de tres kilómetros de ancho. Lo he visto con mis propios ojos, brillando a través del mar, por la noche. Y todas esas islas que escupen fuego: Stromboli, gobernada por Eolo, el dios del viento; Lipari, Salina y la Isla Sagrada, donde se dice que vive Vulcano... Puedes verlas arder. Sin embargo, en el Vesubio nadie ha informado nunca de fuegos.

—Aquí habla de «cráteres llameantes de negra roca que después se extinguieron por falta de combustible» —indicó—. Quizá significa que alguna nueva fuente de combustible está alimentando la montaña y por eso ha vuelto a la vida. —Cayo parecía expectante—. ¿No podría explicar eso la presencia de azufre en el agua del acueducto?

Plinio lo miró con renovado respeto. Sí, el muchacho tenía razón. Tenía que ser eso. El azufre era el combustible universal en ese tipo de fenómenos: la lengua de fuego de Confantium, en Bactria; la ardiente balsa de las llanuras de Babilonia; el campo de estrellas cerca del monte Hesperia, en Etiopía. No obstante, las implicaciones de todo aquello eran terribles. Lipari y la Isla Sagrada habían ardido durante días enteros, hasta que fue enviada por mar una comisión del Senado para que oficiara los ritos oportunos. Un fuego eruptivo parecido en plena península y en medio de centros poblados podía acabar en desastre.

Hizo un esfuerzo para ponerse en pie.

—Debo ir a mi barco. —Llamó a su esclavo—. ¡Alexion! Cayo, ¿por qué no vienes conmigo? Deja la traducción. —Le tendió la mano y le sonrió—. Te libero de tus lecciones.

—¿De veras, tío? —Cayo contempló la bahía y se mordió el labio. Saltaba a la vista que también él se había percatado de las consecuencias de tener un segundo Etna en plena bahía—. Es muy amable por tu parte, pero, para serte sincero, lo cierto es que estoy en un pasaje especialmente difícil; aunque, si insistes...

Plinio se dio cuenta de que su sobrino estaba asustado, pero ¿quién podía reprochárselo? Notó una punzada de aprensión en la boca del estómago y volvió a ser un viejo soldado. Pensó en ordenar a Cayo que lo acompañara. Ningún romano debía sucumbir al miedo. ¿Qué había sido de las austeras virtudes de su juventud? Pero entonces pensó en Julia. ¿Era sensato exponer a su único hijo a un riesgo innecesario?

—No, no —respondió en tono forzadamente alegre—. No insisto. El mar parece agitado. Te marearás. Mejor te quedas y cuidas de tu madre. —Le pellizcó la pecosa mejilla y le alborotó los grasientos cabellos—. Serás un buen letrado, Cayo Plinio. Quizá uno de los más importantes. Te veo en el Senado algún día. Serás mi heredero. Mis libros serán tuyos. El nombre de Plinio vivirá a través de ti. —Se detuvo; estaba empezando a sonar a despedida. Añadió en tono gruñón—: Vuelve a tus estudios y di a tu madre que regresaré a la puesta del sol.

Apoyándose en el brazo de su secretario y sin volver la vista atrás, el almirante salió pesadamente de su biblioteca.

Atilio había pasado Piscina Mirabilis y había cruzado hasta el puerto y estaba empezando a subir el camino hacia la villa del almirante cuando vio que un destacamento de soldados despejaba el camino para el carruaje de Plinio. Apenas tuvo tiempo de desmontar y poner pie en la calle antes de que la tropa lo alcanzara.

—¡Almirante! —llamó.

Plinio, que miraba al frente, se volvió vagamente en su dirección y vio una figura que no reconoció, cubierta de polvo, con la túnica desgarrada y los brazos, las piernas y el rostro surcados de sangre seca. La aparición le habló de nuevo.

—Almirante, ¡soy Marco Atilio!

—¡Ingeniero! —Hizo que el carro se detuviera—. ¿Qué te ha pasado?

—Es una catástrofe, almirante. La montaña ha estallado. Llueven rocas. —Atilio se pasó la lengua por los cuarteados labios—. Cientos de personas huyen hacia el este por la ruta de la costa. Oplontis y Pompeya están siendo sepultadas. Vengo cabalgando desde Herculano y traigo un mensaje para usted. —Rebuscó en su bolsillo—. Un mensaje de la esposa de Pedio Casco.

—¿De Rectina? —Plinio le cogió la carta de las manos y rompió el sello. La leyó dos veces. Su expresión se ensombreció, y pareció encontrarse mal, muy abatido. Se apoyó en el carruaje y mostró a Atilio la emborronada escritura: «Plinio, mi querido amigo, la biblioteca está en peligro. No tengo a nadie. Te ruego que vengas por mar sin pérdida de tiempo si todavía amas estos antiguos libros y a tu fiel y vieja Rectina»—. ¿Es cierto? —preguntó—. ¿De verdad está en peligro Villa Calpurnia?

—Toda la costa corre peligro, almirante. —¿Qué le pasaba al anciano? ¿Acaso los años y la bebida lo habían atontado o creía que se trataba de un espectáculo dispuesto en su exclusivo interés?—. El peligro viaja con el viento y cambia como una veleta. Incluso Miseno puede que no resulte seguro.

—Incluso Miseno puede que no resulte seguro —repitió Plinio—, y Rectina está sola. —Los ojos se le llenaron de lágrimas. Enrolló la carta y llamó a su secretario, que se había ido corriendo con los soldados—. ¿Dónde está Antio?

—En el muelle, almirante.

—Hemos de darnos prisa. Sube conmigo, Atilio. —Golpeó un lado del carruaje con el anillo—. ¡Sigamos! —Atilio se acomodó en el estrecho espacio y el vehículo siguió pendiente abajo—. Ahora, aguador, cuéntame todo lo que has visto.

Atilio intentó poner en orden sus pensamientos, pero le resultaba difícil expresarse con coherencia. Aun así intentó transmitir la enormidad de lo que había presenciado cuando la cima de la montaña había desaparecido. Explicó que el estallido de la cumbre había sido la culminación de una serie de otros fenómenos: la presencia de azufre, las nubes de gases tóxicos, los temblores de tierra, el corrimiento de tierra que había seccionado la matriz del Augusta, la desaparición de los manantiales locales. Todos esos sucesos estaban relacionados.

—Y ninguno de nosotros supo verlo —dijo Plinio meneando la cabeza—. Hemos estado tan ciegos como el viejo Pomponiano, que creía que todo era obra de Júpiter.

—Eso no es cierto del todo, almirante. Un hombre lo intuyó, un hombre nacido en Catania, la tierra del Etna: mi predecesor, Exomnio.

—¿Exomnio? —preguntó el almirante en tono cortante—. ¿El mismo que ocultó un cuarto de millón de sestercios en el fondo del depósito de Piscina Mirabilis? —Se dio cuenta de la atónita expresión de Atilio—. Se ha descubierto esta mañana, cuando quedó vacío del todo. ¿Es que acaso sabes cómo consiguió tal cantidad?

Estaban entrando en los muelles. Atilio vio un perfil que le resultaba familiar —la *Minerva* amarrada al muelle, con el mástil principal colocado y lista para navegar—, y pensó en lo extraña que resultaba la cadena de acontecimientos que lo había devuelto a aquel lugar y momento. Si Exomnio no hubiera nacido en Sicilia, nunca se habría aventurado a subir al Vesubio y no habría desaparecido; y él, Atilio, nunca habría sido enviado por Roma, no habría puesto el pie en Pompeya ni conocido a Corelia, a Ampliato ni a Corax. Durante un breve instante captó la extraordinaria y perfecta lógica de todo aquello, desde el pescado envenenado hasta las monedas escondidas, y meditó el mejor modo de describírselo al almirante; pero apenas había empezado cuando Plinio lo interrumpió con un gesto de la mano.

—La mezquindad y la avaricia del ser humano bastarían para escribir un tratado —exclamó con impaciencia—, pero ¿qué importan ahora? Ponlo todo por escrito en tu informe y tenlo listo para cuando vuelva. ¿Y el acueducto?

—Reparado, almirante. Al menos lo estaba cuando lo dejé esta mañana.

—Entonces has hecho un buen trabajo, ingeniero. Y en Roma se sabrá, te lo prometo. Ahora vuelve a tus dependencias y descansa.

El viento azotaba los cabos y las drizas contra el mástil de la *Minerva*. Torcuato se hallaba en la pasarela de proa, hablando con el comandante del buque insignia, Antio, y un grupo de siete oficiales. Todos se cuadraron cuando el carruaje de Plinio se acercó.

—Almirante, con su permiso, preferiría navegar con usted —objetó Atilio.

Plinio lo miró, sorprendido; le sonrió y le dio una palmada en el muslo con su regordeta mano.

—¡Un científico! Eres como yo. Lo supe en cuanto te vi. ¡Haremos grandes cosas hoy, Marco Atilio! —Empezó a dar órdenes mientras su secretario lo ayudaba a apearse—. Torcuato, partimos de inmediato. El ingeniero vendrá con nosotros. Antio, haz sonar la alarma general. Haz que envíen en mi nombre y mediante destellos la siguiente señal a Roma: «Vesubio explotado antes de la hora séptima. Población de la bahía en peligro. Saco la flota al mar para evacuar supervivientes».

Antio lo miró, estupefacto.

—¿La flota al completo, almirante?

—Cualquier cosa que flote. ¿Qué tienes ahí? —Plinio miró hacia el puerto exterior, donde los navíos de guerra se mecían en sus fondeos, balanceándose en el creciente oleaje—. ¿No es esa la *Concordia*? ¿Y esas no son la *Libertas* y la *Iustitia*? ¿Y allí no están la *Pietas* y la *Europa*? —Las abarcó con un gesto de la mano—. ¡Todas ellas! Y además todo lo que se encuentre en el puerto interior y no esté en el dique seco. ¡Vamos, Antio! La otra noche te quejabas de que la flota más poderosa de los mares no sabía lo que era entrar en acción. Pues bien, aquí tienes tanta acción como quieras.

—Pero la acción requiere un enemigo, almirante.

—Ahí tienes a tu enemigo. —Señaló la humareda que se agigantaba en la distancia—. ¡Un enemigo más poderoso que cualquier fuerza a la que César se haya enfrentado! Por un momento, Antio no se movió, y Atilio se preguntó si estaría pensando en insubordinarse; pero entonces un destello apareció en los ojos del marino, que se volvió hacia sus oficiales.

—Ya habéis oído las órdenes. Mandad la señal al emperador y tocad alarma general. ¡Ah! Y haced correr la voz de que cortaré las pelotas a todo capitán que no se haya hecho a la mar dentro de media hora.

Era plena hora nona cuando, según el reloj del almirante, la *Minerva* fue apartada del muelle y empezó a virar lentamente para dirigirse a mar abierto. Atilio volvió a su antiguo lugar, contra el pasamanos, y asintió a Torcuato. El capitán le respondió con un leve movimiento de la cabeza, como diciendo que se aprestaban a una locura.

—Anota la hora —ordenó Plinio a Alexion.

El esclavo se puso en cuclillas a su lado, mojó la pluma en tinta y anotó una cifra.

Una cómoda butaca de alto respaldo había sido dispuesta en el pequeño puente, y desde aquella elevada posición Plinio supervisó la escena que se desarrollaba ante él. Su sueño durante los últimos dos años había sido mandar la flota en batalla y desenfundar su inmensa espada; sin embargo, sabía que Vespasiano lo había designado para que fuera un simple administrador en tiempos de paz y evitara que el filo de su arma se oxidara. Pero ya había tenido suficientes ejercicios de entrenamiento. Por fin podría ver cómo era de verdad una situación de batalla: las agudas notas de las trompetas arrancando a los hombres de cualquier rincón de Miseno; los botes de remos que llevaban a las primeras tripulaciones hasta sus cuatrirremes, los guardias de avanzada embarcando y repartiéndose por las cubiertas, los altos mástiles colocados en posición, los remos dispuestos. Antio le había prometido que tendría veinte barcos en condiciones de navegar de inmediato. Equivalían a cuatro mil hombres, ¡una legión!

Cuando la *Minerva* se halló aproada a levante, dos filas de remos hendieron el agua, el timbal del cómitre empezó a sonar bajo cubierta y la nave fue lanzada hacia delante. Plinio escuchó el sonido que hacía su estandarte, blasonado con el águila imperial, flameando al viento a su espalda. La brisa le daba en la cara, y notó un nudo en el estómago por la expectativa. Toda la ciudad había salido a mirar. Veía a la gente abarrotando las calles, asomada a las ventanas, de pie en las azoteas. Una ovación les llegó débilmente desde el muelle. Escudriñó la costa en busca de su villa, vio a Julia y a Cayo asomados fuera de la biblioteca y los saludó. Ellos le respondieron.

—¿Ves la volubilidad de las masas? —comentó alegremente con Atilio—. La otra noche me escupían por la calle. Hoy soy su héroe. Solo viven para el espectáculo. —Saludó de nuevo.

—Sí —masculló Torcuato—. Y a ver qué hacen mañana, cuando se enteren de que la mitad de los hombres han muerto.

Atilio, sorprendido por su aspereza, preguntó en voz baja:

—¿Crees que estamos en tan grave peligro?

—Estas naves son fuertes, ingeniero, pero se mantienen de una pieza gracias a cabos. Lucharía gustoso contra cualquier enemigo mortal, pero solo un loco se hace a la mar para combatir a la naturaleza.

El piloto de proa dio un aviso, y el timonel, de pie tras el almirante, empujó el timón. La *Minerva* serpenteó entre los barcos de guerra anclados, lo bastante cerca para que Atilio alcanzara a ver los rostros de los marineros en cubierta. Luego volvió a girar y pasó frente a los muros de piedra natural del puerto, que parecieron abrirse lentamente, como las puertas de un templo. Por primera vez tuvieron una amplia vista de lo que estaba sucediendo en la bahía.

Plinio aferró los brazos de su butaca, demasiado impresionado para decir palabra. Luego recordó su deber para con la ciencia.

—Más allá del promontorio de Pausilipon —empezó a dictar al instante—, todo el Vesubio y la costa circundante están cubiertos por una nube de color gris lechoso y veteada de negro que se desplaza. —Pero eso resultaba una descripción demasiado tibia, pensó. Necesitaba poder transmitir todo el impacto de la impresión, así que buscó las palabras adecuadas—: Surgiendo por encima, retorciéndose y burbujeando, como si las ardientes entrañas de la tierra estuvieran siendo arrastradas y arrojadas hacia lo alto, se alza la columna central de la «manifestación». —Estaba mejor. Prosiguió—: Crece como si la sos-

264

tuviera un estallido constante, pero cuando alcanza la mayor altura, el peso de los materiales proyectados resulta excesivo y al presionar estos hacia abajo la columna se extiende hacia los lados. ¿Estás de acuerdo, ingeniero —preguntó—, en que es por el peso por lo que se achata?

—El peso, almirante. O puede que también por el viento —gritó Atilio.

—Sí. Bien visto. Añádelo a las notas, Alexion. El viento parece más fuerte en altitud, y en consecuencia inclina la «manifestación» hacia el sudeste. —Hizo un gesto a Torcuato—. Deberíamos aprovechar ese viento, almirante. ¡A toda vela!

—¡Qué locura! ¿Qué clase de comandante busca la tormenta? —murmuró Torcuato para sí, pero gritó a sus oficiales—: ¡Izad la mayor!

La percha donde se hacía firme la vela latina fue izada en el centro del casco y Atilio tuvo que correr hacia popa mientras los marineros de ambas amuras aferraban las drizas y empezaban a tirar. La vela seguía recogida cuando la percha llegó a su posición bajo la cofa, la plataforma de observación, y un joven grumete trepó por el mástil para deshacer los tomadores. Cuando el último de ellos se desató, la gruesa lona cayó y de inmediato se hinchó y se tensó con la fuerza del viento. La *Minerva* crujió y ganó velocidad, y surcó las olas salpicando blanca espuma con su afilada proa, igual que un formón cortando blanda madera.

Plinio sintió que su ánimo mejoraba con la navegación. Señaló a la izquierda.

—Ese es nuestro destino, capitán: ¡Herculano! Diríjase recto hacia la costa, a Villa Calpurnia.

—Sí, almirante. ¡Timonel! ¡Rumbo a levante!

La vela crujió y la nave se escoró. El agua rociada empapó a Atilio. ¡Qué fantástica sensación! Se limpió la mugre del rostro y se pasó los dedos por el sucio cabello. Bajo cubierta, el martilleo del timbal había alcanzado un ritmo frenético. Los remos se convirtieron en una mancha difusa entre la espuma del oleaje. El secretario del almirante tuvo que sujetar sus papeles con ambos brazos para evitar que salieran volando. Atilio miró a Plinio. El hombre se hallaba inclinado hacia delante en su butaca, con las mejillas húmedas de mar, los ojos brillantes de entusiasmo y sonriendo abiertamente. Cualquier rastro del cansancio anterior había desaparecido. Volvía a ser un jinete a lomos de su caballo, cargando a través de las planicies de Germania, jabalina en mano, para desatar el caos entre los bárbaros.

—Rescataremos a Rectina y su biblioteca, los dejaremos en lugar seguro y luego nos uniremos a Antio y su flota y evacuaremos a toda la gente que podamos de la costa. ¿Qué le parece eso, capitán?

—Lo que el almirante desee —repuso Torcuato, muy rígido—. ¿Qué hora indica su reloj?

—El comienzo de la hora décima —dijo Alexion.

El capitán alzó las cejas.

—Entonces solo nos quedan tres horas de luz antes del crepúsculo.

Dejó que las implicaciones de la frase quedaran suspendidas en el aire, pero el almirante las descartó con un gesto.

—Mire la velocidad que llevamos, capitán. No tardaremos nada en llegar a la costa.

—Sí. Y el viento que nos empuja hacia allá nos hará doblemente difícil volver a mar abierto.

—¡Marineros! —se burló el almirante gritando por encima del rugido de las olas—. ¿Estás escuchando, ingeniero? Juro que son peores que los agricultores cuando se trata del clima. Se quejan si no hay viento y se quejan aún más cuando lo hay.

—Almirante, ¿sería tan amable de disculparme? —preguntó Torcuato, cuadrándose.

Dio media vuelta apretando la mandíbula y fue hacia proa manteniendo el equilibrio.

—Observaciones de la hora décima —dictó Plinio—. ¿Estás listo, Alexion? —Unió los dedos y frunció el entrecejo. Resultaba todo un desafío, desde el punto de vista técnico, describir un fenómeno para el que no se habían inventado todavía palabras. Al cabo de un rato, las distintas metáforas, columnas, troncos de árbol, surtidores y otras parecidas eran más un obstáculo que una inspiración y no le servían para retratar el poderío de lo que estaba presenciando. Tendría que haber embarcado un poeta; le habría sido de más utilidad que el capitán. Empezó—: Si nos acercamos, la «manifestación» parece una gigantesca nube de tormenta cargada de lluvia y cada vez más negra. Igual que una tempestad vista desde una distancia de varios kilómetros, se distinguen distintas cortinas de lluvia que flotan como el humo ante la oscura superficie. Sin embargo, según el ingeniero, lo que cae no es lluvia, sino piedras. —Llamó hacia popa—. Sube aquí, ingeniero, descríbenos otra vez lo que viste. Para que quede constancia.

Atilio subió por la escalerilla hasta la plataforma. Había algo totalmente incongruente en cómo el almirante se había instalado —con su esclavo, su escritorio portátil, su butaca y su reloj de agua— ante la furia de los elementos entre los que navegaban. Aunque Atilio tenía el viento a su espalda, pudo distinguir claramente el rugido de la montaña. De repente, la imponente cascada de piedras pareció estar mucho más cerca y el barco se le antojó tan frágil como una hoja en un salto de agua. Había empezado a relatar de nuevo su historia cuando un relámpago trazó un arco en la negra y bullente nube, no un relámpago blanco, sino rojo y serpenteante, que quedó suspendido en el vacío igual que una vívida arteria cargada de sangre. Alexion se puso a chasquear la lengua, que era el modo que tenían los supersticiosos de adorar al rayo.

—Añade eso a la lista de los fenómenos— ordenó Plinio—. Relámpagos, un ominoso portento.

—Navegamos demasiado cerca —gritó Torcuato.

Tras el almirante, Atilio alcanzó a divisar las cuatrirremes de la flota de Miseno que, todavía iluminadas por el sol, salían del puerto en formación de «V», igual que un escuadrón de patos voladores. Entonces se fijó en que el cielo se estaba oscureciendo. Una barrera de piedras explotaba sobre el mar a su derecha y se acercaba cada vez más. Las proas y las velas de las naves de guerra se tornaron borrosas y el aire se llenó de sibilantes proyectiles.

En medio de la confusión, Torcuato iba de un lado a otro, gritando órdenes. Los hombres corrieron por la cubierta en la penumbra. Las drizas que sostenían la percha fueron desatadas y la vela arriada. El timonel viró a babor. Un instante después, una bola relampagueante descendió violentamente de los cielos, tocó el mástil y descendió por él y a lo largo de la percha. En la luminosidad de su resplandor, Atilio vio al almirante con la cabeza entre las piernas y las manos cubriéndose la nuca y a su secretario inclinado hacia delante, protegiendo sus papeles. La bola de fuego saltó del extremo de la percha y se precipitó en el mar, donde se extinguió con un violento siseo, dejando un rastro de gases sulfurosos. Si la vela no hubiera estado arriada, seguramente habría ardido. Atilio notó el tamborileo de las piedras en cubierta y sobre sus hombros, comprendió que la *Minerva* había debido pasar rozando la nube y que Torcuato intentaba alejarse remando debajo de ella. Al final el capitán lo consiguió. Hubo una última rociada de piedras y volvieron a salir al sol.

Oyó que Plinio tosía. Abrió los ojos y vio al almirante de pie, quitándose la escoria de la túnica. Sostenía unas cuantas piedras en la mano y, cuando se sentó, las examinó en su palma. Por todo el barco los hombres se sacudían la ropa y se palpaban el cuerpo en busca de cortes o heridas. La *Minerva* seguía navegando recta hacia Herculano, que se hallaba a menos de un kilómetro de distancia y resultaba claramente visible. Sin embargo, el viento se estaba levantando, y el mar con él. El timonel se esforzaba en seguir el rumbo. Las olas batían contra el costado de babor del barco.

—Encuentro con la «manifestación» —dijo Plinio con calma. Se interrumpió para enjugarse el rostro con la manga de la túnica y volvió a toser—. ¿Estás anotando esto? ¿Qué hora es?

Alexion barrió las piedrecitas del tablero y sopló el polvo. Se inclinó hacia el reloj.

—El mecanismo está roto, almirante. —Le temblaba la voz y estaba a punto de llorar.

—Bueno, no importa. Digamos que es la hora undécima. —Plinio sostuvo en alto una de las piedras y la observó de cerca—. El material es una piedra pómez esponjosa de un color gris blanquecino. Es ligera como la ceniza y cae en fragmentos no mayores que el pulgar de un hombre. —Se detuvo y añadió amablemente—: Coge la pluma, Alexion; si hay algo que no puedo soportar, es la cobardía.

La mano del secretario temblaba. Le resultaba difícil escribir mientras la liburnia se escoraba y cabeceaba. La pluma trazó una escritura ilegible en el pergamino. La butaca del almirante resbaló por el puente y Atilio la sujetó.

—Debería ir bajo cubierta —le dijo mientras Torcuato se acercaba con la cabeza desprotegida.

—Tenga mi casco, almirante.

—Gracias, capitán, pero este viejo cráneo mío ya me proporciona protección suficiente.

—Almirante, se lo ruego. Este viento no empujará directamente hacia la tormenta. ¡Debemos dar media vuelta!

Plinio hizo caso omiso.

—La piedra pómez se parece menos a una piedra y más a lo que podrían ser fragmentos solidificados de una nube. —Ladeó la cabeza para mirar por la otra borda del barco—. Flotan en el mar como si fueran trozos de hielo. ¿Lo veis? ¡Extraordinario!

Atilio no se había fijado. Las aguas estaban cubiertas por una alfombra de piedras. Los remos las separaban y hundían, pero otras más volvían a emerger de inmediato. Torcuato corrió a la borda. Estaban rodeados.

Una ola de piedra pómez rompió contra la proa de la nave.

—Almirante...

—La fortuna sonríe a los valientes, Torcuato. Hacia la costa.

Durante un rato más siguieron avanzando, pero el ritmo de los remos se veía frenado, no por el viento o las olas, sino por la presencia de piedra pómez en el agua. A medida que se acercaban a la costa, se iba haciendo más espesa: medio metro, un metro. Una vasta extensión de seco oleaje. Las palas de los remos azotaban impotentes la superficie, incapaces de ejercer ninguna presión; y el barco, empujado por el viento, empezó a derivar hacia la lluvia de piedras. Villa Calpurnia se encontraba tentadoramente cerca. Atilio distinguió el sitio donde había conversado con Rectina. Vio las figuras corriendo por la orilla, los montones de libros, las blancas túnicas de los epicúreos ondeando.

Plinio había dejado de dictar y con ayuda de Atilio se había puesto en pie. Por todas partes las planchas crujían mientras la presión de la piedra pómez cercaba el barco. El ingeniero notó que el almirante se encogía, como si por primera vez reconociera que habían sido vencidos. Tendió la mano hacia la orilla.

—Rectina —murmuró.

El resto de la flota había empezado a dispersarse. La formación en «V» se deshizo mientras los navíos luchaban por salvarse. Entonces volvió a cernirse sobre ellos la oscuridad, y el familiar tronido de la piedra pómez al caer ahogó cualquier otro sonido.

—¡Hemos perdido el control del barco! —gritó Torcuato—. ¡Todos bajo cubierta! Ingeniero, ayúdame a bajarlo de aquí.

—¡Mis notas! —protestó Plinio.

—Alexion tiene sus apuntes, almirante.

Atilio lo sostenía de un brazo y el capitán del otro. Era tremendamente pesado. Tropezó en el último peldaño y estuvo a punto de caer cuan largo era; pero entre los dos lograron sostenerlo y lo arrastraron por el puente hasta la escotilla que conducía a la zona de los remeros justo en el instante en que el aire se convertía en piedras.

—¡Haced sitio al almirante! —gritó jadeante Torcuato.

Casi lo tiraron escalerilla abajo. A continuación, Alexion bajó con sus preciosos papeles, pisándole los talones. Luego, Atilio saltó en plena lluvia de piedra pómez; y por último Torcuato, que cerró la escotilla tras él.

Vespera
(20.02 horas)

Durante la primera fase, el radio de la boca del cráter era probablemente de unos cien metros. A medida que la erupción se fue desarrollando, el inevitable ensanchamiento de la boca permitió niveles eruptivos aún mayores. Al anochecer del día 24, la altura de la columna había aumentado. Progresivamente se fueron liberando niveles más profundos de magma hasta que al cabo de unas siete horas se alcanzó el máximo nivel de piedra pómez gris, que fue lanzada a un ritmo de 1,5 millones de toneladas por segundo y llevada por convección a una altura aproximada de 33 kilómetros.

Volcanoes: A Planetary Perspective

R efugiados en el asfixiante calor y la casi total oscuridad del interior de la *Minerva*, escucharon el martilleo de la lluvia de piedras sobre sus cabezas. El aire apestaba a sudor y estaba enrarecido por la respiración de los doscientos marineros. De vez en cuando se oía alguna voz quejándose en lengua extranjera, pero era silenciada por la áspera reprimenda de los oficiales. Cerca de Atilio un hombre se puso a gritar repetidamente en latín que aquello era el fin del mundo, y lo cierto era que el ingeniero tenía exactamente la misma impresión. La naturaleza había enloquecido: se estaban ahogando bajo un manto de roca en medio del mar, hundiéndose en las profundidades de la noche en plena luz del día. El navío se balanceaba violentamente, pero ninguno de los remos se movía. No tenía sentido que se pusieran en marcha, ya que ignoraban hacia dónde estaban aproados. Sumidos en sus respectivos pensamientos, los hombres no podían hacer más que resistir.

271

Atilio no pudo calcular cuánto tiempo duró. Puede que una hora, puede que dos. Ni siquiera estaba seguro de cuál era el lugar donde se encontraba bajo cubierta. Sabía que se aferraba a una pasarela que recorría el barco a lo largo y que a ambos lados de donde se hallaba se amontonaban los remeros en sus bancos. Oyó a Plinio resollando cerca y a Alexion gimiendo como un niño. Torcuato estaba callado. El incesante martilleo de la lluvia de piedra pómez, ensordecedor al principio por rebotar en la cubierta, se había ido amortiguando a medida que los proyectiles caían unos sobre otros, aislándolos del mundo. Para Atilio eso era lo peor: la sensación de que aquella masa los aprisionaba y los enterraba en vida. A medida que el tiempo pasaba, se preguntó hasta cuándo resistirían las uniones del barco o si el peso que la nave acumulaba la sumergiría bajo las olas. Intentó consolarse con la idea de que la piedra pómez era ligera (los ingenieros la utilizaban en Roma en la construcción de bóvedas, mezclándola con argamasa en lugar de las habituales piedras y fragmentos de ladrillo). A pesar de todo, empezó a notar que la nave se hundía y, poco después, uno de los marineros a su derecha gritó, preso del pánico, que el agua estaba entrando por las aberturas de los remos.

Torcuato le gritó que se callara y avisó a Plinio de que debía salir con un grupo de hombres para intentar tirar por la borda la piedra pómez.

—Haz lo que tengas que hacer, capitán —respondió el almirante. Su tono era tranquilo—. ¡Os habla Plinio! —gritó por encima del estruendo de la tormenta—. ¡Espero de cada uno de vosotros que se comporte como un soldado de Roma! Cuando regresemos a Miseno, os recompensaré. ¡Os lo prometo!

En la oscuridad se escucharon gritos de protesta.

—¡Eso si es que regresamos!

—¡Tú nos metiste en este lío!

—¡Silencio! —bramó Torcuato—. Ingeniero, ¿quieres echarme una mano?

Había subido por la escalerilla y estaba intentando abrir la escotilla, pero el peso de la piedra pómez se lo hacía difícil. Atilio se acercó por la pasarela y se le unió en los peldaños. Se sujetó con una mano y con la otra empujó. Entre los dos consiguieron levantarla lentamente dejando que una cascada de fragmentos les lloviera encima y cayera en las tablas del fondo.

—¡Necesito veinte hombres! —exclamó Torcuato—. Las primeras cinco filas de remeros, ¡seguidme!

Atilio salió tras él bajo la lluvia de piedra pómez. Había una extraña luminosidad pardusca, como si estuvieran en medio de una tormenta de arena. Torcuato lo cogió por el brazo y señaló. Atilio tardó un instante en comprender, hasta que de repente también lo vio: una serie de luces que parpadeaban débilmente a través de las tinieblas, en la distancia. «¡Pompeya! —pensó—. ¡Corelia!»

—Hemos derivado bajo lo peor y nos hemos acercado hacia la costa —gritó el capitán—. ¡Solo los dioses saben en qué punto! ¡Hemos de intentar llevar la nave a la orilla! ¡Ayúdame con el timón! —Se volvió y empujó al primero de los remeros que salían hacia la escotilla—. Vuelve abajo y di a los demás que remen, ¡que remen por su vida! El resto de vosotros izad la vela.

Corrió por el barco hacia popa y Atilio lo siguió con la cabeza gacha, hundiendo los pies en la espesa alfombra de blanca piedra pómez que cubría la cubierta como si fuera nieve. Se habían hundido tanto en el agua que casi habría podido dar un paso fuera del barco y caminar por la flotante superficie de piedra. Subió hasta el castillo de popa y, con Torcuato, aferró el enorme remo que servía de timón a la liburnia. Sin embargo ni siquiera el peso combinado de los dos fue suficiente para moverlo en medio de la masa de piedra.

Pudo entrever la vela alzándose ante ellos. La oyó crujir al llenarse de viento. Al mismo tiempo los remos se pusieron a trabajar. El timón se estremeció en sus manos. Torcuato empujó hacia un lado y él tiró en la misma dirección, con los pies resbalándole y buscando un punto firme entre los fragmentos sueltos. El madero empezó a moverse, lentamente. Durante un momento la liburnia dio la impresión de seguir hundiéndose, pero entonces una ráfaga de viento la impulsó hacia delante. Oyó el ritmo del timbal que sonaba bajo cubierta y vio que los remos empezaban a hender la superficie con regularidad. La costa surgió lentamente de entre las sombras: un espigón, una playa de arena, una serie de villas con las terrazas iluminadas por antorchas; gente afanándose por la orilla, donde las olas rompían levantando los botes en las aguas someras y devolviéndolos a tierra. Atilio comprendió con desánimo que, fuera cual fuera aquel lugar, no se trataba de Pompeya.

De repente, el timón dio un bandazo y se movió con tal facilidad que el ingeniero creyó que se había partido. Torcuato lo sujetó con fuerza y dirigió la nave hacia la playa. Habían salido del mar de piedra pómez y se hallaban entre las olas rompientes. La fuerza del viento y el mar los llevaba directamente a la orilla. Vio que las personas de la playa, que intentaban cargar sus posesiones en los botes, se volvían para mirarlos, estupefactos, y que corrían en todas direcciones para apartarse de la liburnia que se les echaba encima. Torcuato gritó:

—¡Sujetaos!

Al instante el casco de la nave rozó las rocas y Atilio salió volando por la cubierta. Su caída fue amortiguada por el manto de piedra pómez de treinta centímetros de grosor.

Se quedó un momento allí, aturdido, con la mejilla contra los tibios y secos fragmentos mientras el barco se balanceaba. Oyó los gritos de los marineros que subían a cubierta y saltaban en las olas que rompían. Se incorporó y vio que arriaban la vela y lanzaban el ancla por la borda. Hombres con cabos corrían por la playa buscando lugares donde amarrar la nave. Reinaba la penumbra, pero no la falsa penumbra provocada por la erupción y que creían haber atravesado, sino la normal de un crepúsculo. La lluvia de piedra pómez era leve e intermitente y el ruido que producía al caer sobre el barco y en el agua quedaba ahogado por el de las olas y el viento. Plinio había salido por la escotilla y pisaba la piedra pómez con cuidado apoyándose en Alexion: una digna y recia figura en medio del pánico reinante. Si tenía miedo, no lo demostraba. Cuando Atilio se le acercó, el almirante lo saludó casi con alegría.

—Caramba, ingeniero, esto es tener buena suerte. ¿Ves dónde estamos? Conozco bien este lugar. Es Stabias. Una estupenda ciudad para una velada. ¡Torcuato! —llamó—, sugiero que pasemos aquí la noche.

El capitán lo miró con incredulidad.

—No tenemos más remedio, almirante. No podemos salir a mar abierto con este viento. La pregunta es: ¿cuánto tardará en empujar hacia aquí ese muro de piedra?

—Puede que no lo haga —contestó Plinio.

Dirigió la mirada hacia las luces de la pequeña ciudad, que se alzaban por la ladera. Se hallaba separada de la playa por la calzada que recorría toda la bahía. La carretera estaba abarrotada por el mismo tráfico de refugiados que Atilio había visto en Herculano. Se habían congregado en la orilla alrededor de un centenar de personas que llevaban sus enseres con la esperanza de intentar escapar por mar, pero que no podían hacer otra cosa que contemplar impotentes el violento oleaje. Un hombre gordo y mayor se hallaba de pie, separado del grupo, y alzaba los brazos al cielo lamentándose. Atilio creyó reconocerlo. También Plinio se fijó en él.

—Es mi amigo Pomponiano. ¡Pobre loco! —dijo tristemente—. Una persona nerviosa, en el mejor de los casos. Necesitará nuestro apoyo. Debemos mostrarle nuestro lado más valiente. Ayúdame a llegar a la orilla.

Atilio saltó al agua seguido de Torcuato. Las olas tanto les llegaban a la cintura como al cuello, y no resultaba fácil sostener a un hombre del peso y condiciones del almirante. Con ayuda de Alexion, Plinio se tumbó de costado y se deslizó por la borda mientras ellos lo sujetaban y lo metían en el agua. Entre todos consiguieron mantenerlo con la cabeza fuera y entonces, haciendo toda una demostración de autocontrol, Plinio se zafó de sus apoyos y vadeó las olas hasta llegar a la orilla sin ayuda.

—¡Viejo loco y tozudo! —exclamó Torcuato mientras lo observaba caminar por la playa y abrazar a Pomponiano—. ¡Viejo loco y valiente! ¡Casi nos ha matado dos veces, y estoy seguro de que volverá a intentarlo otra vez antes de palmarla!

Atilio contempló la costa que se extendía hacia el Vesubio, pero en la creciente oscuridad no pudo ver mucho aparte de las blancas crestas de las olas que batían la orilla. Otro relámpago rojo surcó el cielo.

—¿A qué distancia estamos de Pompeya?

—A unos cuatro kilómetros —respondió Torcuato—, quizá menos. Parece que allí se están llevando la peor parte. ¡Pobres desgraciados! Con este viento... Mejor será que hayan buscado refugio.

Empezó a caminar hacia la orilla, y Atilio se quedó solo.

Si Stabias se hallaba a cuatro kilómetros a sotavento de Pompeya y si el Vesubio se alzaba a más de siete kilómetros por detrás de la ciudad, entonces aquella monstruosa nube debía de medir ¡doce kilómetros de longitud y unos siete de ancho teniendo en cuenta lo que había llegado a penetrar en el mar! A menos que Corelia hubiera huido nada más desencadenarse la erupción, no iba a tener la más mínima oportunidad de escapar.

Se quedó allí un momento, zarandeado por las olas, hasta que al final oyó que el almirante lo llamaba. Abatido, se abrió camino entre los rompientes y cruzó la playa para reunirse con los demás.

Pomponiano tenía una villa delante del mar, a poca distancia caminando por la carretera, y Plinio estaba proponiendo que todos se refugiaran allí. Atilio los oyó discutir mientras se acercaba. Pomponiano, con su voz de falsete, aseguraba, presa del pánico, que si dejaban la playa perderían la oportunidad de hacerse un hueco en alguna embarcación. Plinio lo descartó.

—No tiene sentido que nos quedemos esperando aquí. —Su tono denotaba urgencia—. Por otro parte, siempre podrás navegar con nosotros cuando el mar y el viento se muestren más favorables. Ven conmigo, Livia, toma mi brazo.

Y con la esposa de Pomponiano a un lado y Alexion al otro —además de un centenar de esclavos cargados con muebles, candelabros, alfombras y bustos de mármol—, el almirante se encaminó ladera arriba por el sendero.

Se apresuraba tanto como podía y resoplaba.

«Lo sabe —pensó Atilio—. Por sus observaciones sabe lo que va a suceder.»

Y así fue. Apenas habían conseguido llegar a las puertas de la villa cuando la «manifestación» volvió a abatirse sobre ellos como una tormenta de verano. Primero fueron unos cuantos goterones a modo de advertencia y acto seguido, el cielo descargó sobre los arbustos de arándanos y el empedrado del patio.

Atilio notó que lo empujaban y a su vez empujó al hombre que tenía delante y todos juntos cruzaron la puerta y entraron en la desierta villa. La gente gemía al golpearse con el mobiliario. Oyó a una mujer gritar y caer. Apareció el desencajado rostro de un esclavo iluminado por un candil, se esfumó y se oyó el familiar soplido de una antorcha al prender. Todos se acurrucaron al abrigo de la luz, amos y esclavos por igual, mientras la lluvia de piedra pómez resonaba en el tejado de terracota de la finca y se estrellaba en los jardines ornamentales de fuera. Alguien fue a buscar antorchas y velas con el candil y los esclavos las encendieron hasta que hubo luz más que suficiente, como si pudieran estar más a salvo cuanto más brillante fuera la escena. El abarrotado salón no tardó en ser testigo de un favorable cambio de humor. Fue entonces cuando Plinio, rodeando los hombros de Pomponiano con el brazo, declaró que le apetecía cenar.

E l almirante no creía en una vida en el más allá. «Ni el cuerpo ni la mente tienen más sensaciones después de la muerte de las que tenían antes de nacer.» No obstante, durante las horas que siguieron hizo un despliegue de coraje que ninguno de los supervivientes olvidó jamás. Hacía tiempo que había decidido que, cuando la muerte fuera a buscarlo, haría todo lo posible por enfrentarse a ella con el mismo ánimo que Marco Sergio, a quien había descrito en su *Historia natural* como el hombre más valiente que hubiera existido: herido veintitrés veces en el curso de sus campañas, mutilado, capturado dos veces por Aníbal y encadenado durante casi veinte meses, Sergio había cabalgado hacia su última batalla con una mano de hierro en sustitución de la que había perdido. No tuvo tanta suerte como Escipión o César, pero ¿qué importaba? Plinio había escrito de él: «Otros héroes conquistaron hombres, pero él consiguió derrotar al destino».

«Derrotar al destino.» Esa debía ser la aspiración del hombre. En consecuencia, mientras los esclavos le preparaban la cena, explicó a su atónito amigo Pomponiano que antes le apetecía tomar un baño, se alejó arrastrando los pies y se apoyó en Alexion para sumergirse en una bañera fría. Se quitó los sucios ropajes, se introdujo en la limpia agua y se sumergió la cabeza en un universo de silencio. Cuando emergió, anunció que deseaba dictar unas cuantas observaciones más; al igual que el ingeniero, calculaba que la «manifestación» debía de tener unas dimensiones de unos doce kilómetros por ocho. Luego dejó que uno de los esclavos de Pomponiano lo secara, lo perfumara con aceite de azafrán y lo vistiera con una de las togas limpias de su amigo.

Se sentaron cinco a cenar: Plinio, Pomponiano, Livia, Torcuato y Atilio. No era un número idóneo desde el punto de vista de la etiqueta y el estruendo de la piedra pómez al caer entorpecía la conversación. No obstante le permitió tener un diván para él solo y espacio para tumbarse. La mesa y los divanes habían sido llevados desde el comedor y dispuestos en el reluciente salón. Y si la comida no fue gran cosa —los fuegos habían sido apagados en la cocina y lo mejor que se pudo improvisar fueron fiambres y pescado frío—, siguiendo una sugerencia de Plinio, Pomponiano compensó con los vinos y sacó un Falernio que tenía doscientos años y se remontaba a una cosecha de la época del consulado de Lucio Optimio. Era la última ánfora.

—Carece de sentido conservarla en un momento así —comentó lúgubremente.

A la luz de las antorchas, el licor tenía los reflejos de la miel. Una vez decantado —pero antes de que lo mezclaran con un vino más joven, ya que era demasiado amargo para ser bebido solo—, Plinio tomó la copa de manos del esclavo y lo olió, apreciando en el mohoso aroma el soplo de la vieja República, de los hombres del temple de Catón y Sergio, de una ciudad luchando para convertirse en un imperio, del polvo de los Campos de Marte, de los juicios a hierro y fuego.

El almirante llevó el peso de la conversación e intentó hacerla lo más ligera posible, evitando, por ejemplo, mencionar a Rectina y la preciada biblioteca de Villa Calpurnia; o la pérdida de la flota, que en esos momentos se hallaría dispersa por toda la costa. (Se dio cuenta de que eso por sí solo era suficiente para que lo condenaran a quitarse la vida: la había mandado hacerse a la mar sin la preceptiva autorización imperial, y Tito no destacaba por su clemencia.) Habló del vino. Sabía mucho de vinos. Julia decía de él que era un «pelmazo del vino», pero ¿qué importaba? Ser un pelmazo formaba parte de los privilegios del rango y la edad. De no haber sido por el vino, su corazón habría expirado hacía años.

—Los archivos nos dicen que el verano del consulado de Optimio fue muy parecido a este. Largos y calurosos días de sol interminable. Puede que dentro de doscientos años los hombres beban nuestra cosecha de ahora y se pregunten cómo éramos entonces y se
interroguen sobre nuestras habilidades y nuestro coraje.

El tronido de la lluvia de piedra pómez pareció aumentar. En algún sitio la madera se astilló y se oyó cómo se partían las tejas. Plinio
observó a sus compañeros de mesa; a Pomponiano, que miraba el techo haciendo muecas; a Livia, que se las compuso para devolverle
una rígida sonrisa (siempre había sido mucho más hombre que su
marido); a Torcuato, que tenía la mirada clavada en el suelo, ceñudo, y
por último, al ingeniero, que no había dicho una palabra en toda la
cena. Sentía simpatía por él, un hombre de ciencia que se había hecho a la mar en busca de conocimiento.

—Brindemos por el genio de la ingeniería romana —sugirió—.
Brindemos por el Aqua Augusta, que nos avisó de que esto iba a suceder. ¡Ojalá hubiéramos tenido la sensatez de prestarle atención! —Alzó
la copa hacia Atilio—. ¡Por el Aqua Augusta!

—¡Por el Aqua Augusta!

Bebieron con distintos grados de entusiasmo, y el almirante, haciendo chasquear los labios, pensó que era un buen vino; una perfecta combinación de lo viejo y lo nuevo. Lo mismo que él y el ingeniero. ¿Y si resultaba ser el último que probaba? Pues entonces sería el
apropiado para poner el punto final.

Cuando anunció que se iba a dormir, comprendió que todos creían
que estaba bromeando; pero no, les aseguró, lo decía en serio. Se había
entrenado para dormir a voluntad, incluso de pie, sobre una silla de
montar, en medio de un helado bosque germano. ¿Aquello? ¡Aquello
no era nada!

—Ingeniero, vuestro brazo, si sois tan amable.

Atilio cogió una antorcha con una mano y con la otra ayudó al
almirante. Salieron juntos al porticado patio central. Plinio había estado otras veces allí a lo largo de los años; era uno de sus lugares fa-
voritos: la moteada luz sobre las rosadas piedras, el aroma de las flores,
el arrullo de las aves del palomar de encima de la veranda... Pero en
esos momentos el jardín se hallaba sumido en la más negra oscuridad

y se estremecía bajo la lluvia de piedras. La piedra pómez estaba por todas partes y cubría el sendero. Las nubes de ceniza que desprendía la seca piedra lo hicieron resollar. Se detuvo ante la puerta de su dormitorio habitual y esperó a que Atilio despejara el umbral para que él pudiera entrar. Se preguntó qué habría sido de las aves. ¿habrían volado justo antes de que la «manifestación» se produjera, ofreciendo un portento para que los augures lo interpretaran? ¿O estarían refugiadas en algún lugar en plena negra noche, acurrucadas y zarandeadas?

—¿Estás asustado, Marco Atilio?

—Sí.

—Eso está bien. Para ser valiente hace falta por definición estar asustado primero. —Apoyó la mano en el hombro del ingeniero y se quitó las sandalias—. La naturaleza es una piadosa deidad —dijo—. Su furia nunca dura eternamente. Los fuegos se apagan, las tormentas se agotan, las inundaciones remiten. Esto también terminará. Ya lo verás. Ve a descansar.

Entró en la habitación sin ventanas arrastrando los pies y dejó que Atilio cerrara la puerta.

El ingeniero permaneció donde estaba, apoyado contra la pared, contemplando la lluvia de piedra pómez. Al cabo de un rato oyó ruidosos ronquidos procedentes del dormitorio. «¡Extraordinario!», se dijo. O bien el almirante fingía dormir —cosa que dudaba—, o realmente el anciano descansaba. Miró el cielo. Probablemente Plinio estaba en lo cierto y la «manifestación», como insistía en llamarla, empezaría a amainar. Sin embargo, ese momento todavía no había llegado. Es más, la fuerza del fenómeno iba en aumento. Notó que el ruido de la roca al caer se hacía más agudo, más impactante. El suelo se estremecía igual que lo había hecho en Pompeya. Dio un cauteloso paso más allá de su cobijo, sosteniendo la antorcha cerca del suelo, y de inmediato recibió un fuerte impacto en el brazo. Estuvo a punto de dejar caer la tea. Cogió un puñado de piedra pómez y, retirándose contra la pared, la examinó a la luz.

Era más oscura que la de antes, más densa, más grande, como si varios fragmentos se hubieran fusionado, y golpeaba el suelo con más virulencia. La lluvia de la piedra pómez esponjosa y blanca había resultado molesta e intimidante, pero no especialmente dolorosa. Sin embargo, el impacto de aquella otra bastaba para dejar inconsciente a una persona. ¿Cuánto tiempo hacía que duraba? La llevó al salón y se la enseñó a Torcuato.

—Está empeorando —le dijo—. Mientras cenábamos, las piedras se han hecho más grandes y pesadas. —Se volvió hacia Pomponiano—. ¿Qué clase de techos tienen aquí, señor? ¿Planos o inclinados?

—Planos —contestó Pomponiano—. Forman las terrazas. Ya las habrán visto desde la bahía.

«Ah, sí —se dijo Atilio—, las famosas vistas. Quizá si se hubieran dedicado a mirar más la montaña en lugar del mar, habrían estado preparados.»

—¿Es vieja la casa?

—Ha pertenecido a mi familia durante generaciones —dijo Pomponiano orgullosamente—. ¿Por qué?

—Porque no es segura. Con el peso de las piedras que están cayendo, tarde o temprano las vigas cederán. Debemos salir.

Torcuato sopesó el grueso fragmento en su mano.

—¿Salir? ¿Con esto cayendo?

Por un instante nadie dijo nada. Luego Pomponiano empezó a gritar que todos estaban acabados, que tendrían que haber hecho el sacrificio a Júpiter tal como él había dicho desde el principio, pero nadie le prestó atención.

—¡Cállate! —le ordenó su mujer—. Tenemos cojines, ¿no? Tenemos mantas y almohadas. Podemos protegernos de las piedras.

—¿Dónde está el almirante? —preguntó Torcuato.

—Dormido.

—Se ha resignado a morir, ¿no es así? ¡Todas esas tonterías sobre el vino…! Pero yo no estoy dispuesto a morir. ¿Y tú?

—Tampoco.

Atilio se sorprendió por la firmeza de su respuesta. Tras la muerte de Sabina, había seguido viviendo pero insensibilizado, como si le hubieran dicho que el mundo llegaba a su fin y no le hubiera importado ni cuándo ni cómo. Sin embargo, ya no se sentía así.

—Pues volvamos a la playa.

Lidia dio instrucciones para que cogieran almohadas y cobertores mientras Atilio regresaba al patio a toda prisa. Todavía escuchaba los ronquidos de Plinio. Llamó a la puerta e intentó abrirla, pero el suelo se había vuelto a llenar de escoria. Tuvo que arrodillarse para apartarla. Luego abrió y entró, antorcha en mano. Zarandeó al almirante por el hombro. El anciano renegó y parpadeó ante la luz.

—Déjame.

Intentó ponerse de lado. Atilio no quiso discutir: le pasó el brazo por la axila y tiró de él para ponerlo en pie. Trastabillando bajo el peso, empujó al quejumbroso almirante hacia la puerta. Apenas habían cruzado el umbral cuando oyeron que una de las vigas cedía y el techo se derrumbaba.

Se pusieron las almohadas en la cabeza de modo que se cubrieran las orejas y se las sujetaron bajo la barbilla con jirones de tela arrancados de las sábanas. Con aquellos bultos blancos en la cabeza parecían ciegos insectos subterráneos. A continuación, cogieron todos una antorcha o un candil y, poniendo una mano en el hombro de quien les precedía —aparte de Torcuato, que iba primero y llevaba puesto el casco—, se encaminaron hacia la playa.

A su alrededor todo era furia y caos: el turbulento mar, la tormenta de piedras, el retumbar de los tejados al derrumbarse. De tanto en tanto, Atilio notaba el amortiguado impacto de un proyectil en su cabeza y los oídos le zumbaban como no lo habían hecho desde que sus maestros lo castigaran de niño. Era como ser apedreado por una multitud, como si las deidades hubieran decidido el triunfo de Vulcano y aquel lamentable desfile desprovisto de toda dignidad fuera el modo escogido por el dios para humillar a sus cautivos. Avanzaron lentamente, hundiéndose hasta las rodillas en piedra pómez y cenizas, incapaces de ir más deprisa que el almirante, cuyos jadeos y toses parecían empeorar con cada tropezón. Se sujetaba a Alexion y Atilio lo sostenía. Tras el ingeniero marchaba Livia y, tras ella, Pomponiano. Los esclavos formaban una fila de antorchas que cerraba el cortejo.

La fuerza del bombardeo había despejado la carretera de refugiados, pero en la playa se divisaban luces, y fue allí hacia donde los condujo Torcuato. Un puñado de ciudadanos de Stabias y algunos hombres de la tripulación de la *Minerva* habían desguazado una de las inútiles embarcaciones y encendido una hoguera con ella. Con cuerdas, la pesada vela de la liburnia y una docena de remos habían levantado un refugio al lado del fuego. Los que habían huido por la costa se habían acercado rogando protección y había una multitud de varios cientos que intentaba ponerse a cubierto. Nadie quería compartir su espacio dentro de la tienda con los miserables recién llegados y se produjo un rifirrafe en la entrada hasta que Torcuato gritó que llevaba al almirante Plinio con él y que crucificaría a todo marinero que se negara a obedecer.

A regañadientes les hicieron sitio, y Alexion y Atilio depositaron a Plinio en la arena, al lado de la entrada. El hombre pidió un poco de agua y Alexion cogió la cantimplora de uno de los esclavos y se la acercó a los labios. Plinio bebió un poco, tosió y se tumbó de lado. Alexion le desató con cuidado la almohada, se la colocó bajo la cabeza y miró a Atilio. Este hizo un gesto de impotencia. No sabía qué decir. No creía probable que el anciano pudiera sobrevivir a algo más como aquello.

Se dio la vuelta y contempló el interior del refugio. La gente se amontonaba dentro con apenas espacio para moverse. El peso de la piedra pómez hundía el techo y de vez en cuando unos marineros lo despejaban empujándolo con los remos hacia arriba y haciendo rodar las piedras. Los niños lloraban. Un muchacho reclamaba a su madre. Aparte de eso, nadie hablaba ni gritaba. Atilio intentó deducir qué hora era. Supuso que sería algún momento avanzado de la noche, pero aunque hubiera estado amaneciendo habría resultado imposible saberlo. Se preguntó cuánto más podrían resistir. Tarde o temprano la sed, el hambre o la presión de la piedra pómez sobre los lados de la tienda los obligarían a abandonar la playa. Y entonces ¿qué? ¿Asfixiarse lentamente bajo las piedras? ¿Una muerte más refinada que cualquiera de las ideadas por el hombre en el circo? Y pensar que Plinio creía que la naturaleza era una deidad compasiva...

Se quitó la almohada de la sudorosa cabeza y fue al dejar su rostro al descubierto cuando oyó que alguien gritaba su nombre. En la casi oscuridad le costó distinguir quién había sido y ni siquiera lo reconoció cuando el hombre se abrió paso hacia donde él se encontraba porque el desconocido tenía el rostro como de piedra, estaba cubierto de polvo y con los pelos de punta, igual que los de Medusa. Solo cuando le dijo su nombre, «Soy yo, Lucio Popidio», cayó en la cuenta de que se trataba de uno de los ediles de Pompeya.

Atilio lo cogió por el brazo.

—¿Y Corelia? ¿Está con usted?

Popidio se puso a sollozar.

—Mi madre... Se desmayó en la carretera. No podía llevarla más. Tuve que abandonarla...

Atilio lo zarandeó.

—¿Dónde está Corelia?

Los ojos de Popidio eran como las vacías cuencas de una máscara. Parecía una de las ancestrales efigies de la pared de su casa. Tragó saliva.

—¡Cobarde! —le espetó Atilio.

—Intenté traerla —dijo sollozando Popidio—, pero ese loco la había encerrado en su habitación.

—Así que la abandonó...

—¿Qué otra cosa podía hacer? ¡Quería encerrarnos a todos! —Se agarró a la túnica de Atilio—. Lléveme con usted. ¿No es Plinio el que está ahí? Tenéis un barco, ¿verdad? Por caridad, ¡no puedo seguir solo!

Atilio lo apartó de un empujón y fue a trompicones hasta la entrada de la tienda. La hoguera se había extinguido bajo la lluvia de piedras y, una vez apagada, parecía que la oscuridad de la playa no fuera ya la de la noche, sino la de una habitación cerrada. Se esforzó por distinguir Pompeya. ¿Quién podía asegurar que no era el mundo entero el que estaba siendo destruido? ¿Que la misma fuerza que mantenía unido el universo —el «logos», tal como lo llamaban los filósofos— no se estaba desintegrando? Se dejó caer de rodillas y hundió las manos en la arena. Entonces, mientras los granos se le deslizaban entre los dedos, supo que todo sería aniquilado —Plinio, Corelia, él mismo, la biblioteca de Herculano, la flota, las ciudades de la bahía, el acueducto, Roma, César, todo lo que había sido erigido—, que cualquier cosa viviente acabaría reducida a cenizas en una costa batida por las olas. Ninguno de ellos dejaría siquiera una huella en la arena; no dejarían ni un recuerdo. Yacería en aquella playa junto a los demás y sus huesos acabarían aplastados y convertidos en polvo.

Sin embargo, la montaña todavía no había acabado con ellos. Oyó que una mujer gritaba y alzó la vista. Leve y milagrosa, muy lejos pero aumentando en intensidad, vio una corona de fuego elevándose en el cielo.

VENUS

25 de agosto

El último día de la erupción

Inclinatio

(00.12 horas)

Llega un momento en que está siendo arrojado tanto magma y tan deprisa que la densidad de la columna eruptiva se hace demasiado elevada para que se
mantenga una convección estable. Cuando concu-
rren estas condiciones, se produce el derrumbe de la
columna, lo cual genera corrientes y emanaciones de
materiales piroclásticos que resultan mucho más letales que las lluvias de ceniza volcánica.

Volcanoes: A Planetary Perspective

La luz se desplazó de izquierda a derecha y ligeramente hacia
abajo, una hoz de luminosa bruma —así fue como la descri-
bió Plinio, «una hoz de luminosa bruma»— arrastrándose por
las pendientes occidentales del Vesubio y dejando a su paso un mosaico de fuegos. Algunos no eran más que titilantes y aislados puntitos
—casas de campo y villas en llamas—, pero en otros lugares ardían
amplias extensiones de bosque. Vívidas y ágiles lenguas naranjas y rojas
horadaban violentos agujeros en la oscuridad. La hoz siguió moviéndose implacablemente tanto rato como se habría tardado en contar
hasta cien, lanzó un breve fogonazo y desapareció.

—La «manifestación» ha entrado en una nueva fase —dictó Plinio.

A los ojos de Atilio había algo inexplicablemente siniestro en
aquel silencioso y llameante fenómeno, en su misteriosa aparición y
en su enigmática muerte. Había surgido de la reventada cumbre de la
montaña y debía de haber descendido hasta el mar. Se acordó de los
fértiles viñedos, de los generosos racimos de uva, de los esclavos encadenados. Ese año no habría vendimia, ni verde ni madura.

—Resulta difícil decirlo desde aquí —comentó Torcuato—, pero, a juzgar por su posición, yo diría que esa nube de fuego debe de haber pasado por encima de Herculano.

—Y, sin embargo, no parece que esté en llamas —contestó Atilio—. Esa parte de la costa está sumida en la negrura. Es como si la ciudad hubiera desaparecido.

Miraron hacia la base de la ardiente montaña buscando algún punto de luz, pero no había nada.

En la playa de Stabias, el fenómeno provocó una oleada de pánico. No tardaron en percibir el olor de los incendios en el viento, el acre y punzante olor del azufre y las cenizas. Alguien gritó que iban a morir todos abrasados. La gente sollozaba, pero nadie con más fuerza que Lucio Popidio, que llamaba a su madre. Luego algún otro, uno de los marineros que había estado empujando el techo de lona con el remo, exclamó que ya no se hundía. Aquello calmó el miedo.

Atilio sacó cautelosamente el brazo fuera del refugio, con la palma de la mano hacia arriba, como si quisiera comprobar si llovía. El marinero tenía razón. El aire seguía lleno de pequeños proyectiles, pero la violencia de la tormenta había amainado. Era como si la montaña hubiera hallado otro modo de liberar su perversa energía con la avalancha de fuego en vez de bombardearlos con piedras. El ingeniero tomó una decisión: mejor morir haciendo algo, mejor desplomarse en la carretera de la costa y yacer en una tumba sin nombre que encogerse en aquel frágil refugio, acosado por imaginaciones terroríficas, como un espectador aguardando el fin. Recogió la almohada que había tirado, se la puso en la cabeza y palpó la arena buscando la cinta para atársela. Torcuato le preguntó qué estaba haciendo.

—Me marcho.

—¿Te marchas? —Plinio, recostado en la arena, con sus notas esparcidas a su alrededor y sujetas por fragmentos de piedra pómez, lo traspasó con la mirada—. No harás tal cosa. Te niego absolutamente el permiso para marcharte.

—Con el mayor de los respetos, almirante, mis órdenes las recibo de Roma, no de usted.

Le sorprendía que ninguno de los esclavos lo hubiera intentado. «La fuerza de la costumbre —pensó—. La fuerza de la costumbre y la falta de un sitio adonde ir.»

—Pero te necesito aquí. —Había un tono de súplica en la voz de Plinio—. ¿Qué ocurrirá si algo me sucede? Alguien debe asegurarse de que mis notas no se pierdan para la posteridad.

—Hay otros que pueden ocuparse de eso, almirante. Prefiero arriesgarme y aprovechar mi oportunidad en la carretera.

—Pero tú eres un hombre de ciencia, ingeniero, puedo verlo. Por eso viniste. Me eres mucho más valioso aquí. Torcuato, ¡detenlo!

El capitán vaciló. Acto seguido se desabrochó la mentonera del casco y se lo quitó.

—Toma esto —dijo—. El metal protege mejor que las plumas. —Atilio empezó a protestar, pero Torcuato se lo entregó—. Cógelo y buena suerte.

—Gracias. —Atilio le estrechó la mano—. Os deseo que la suerte os acompañe.

Le encajaba bien. Nunca había llevado un casco. Se puso en pie y cogió una antorcha. Se sentía igual que un gladiador a punto de entrar en la arena.

—Pero ¿adónde piensas ir? —gruñó Plinio.

Atilio salió a la tormenta. La lluvia de piedra pómez le rebotó con un campaneo en el casco. Aparte de las pocas antorchas clavadas en el suelo alrededor del perímetro del refugio y de la lejana y brillante pira del Vesubio, la oscuridad era absoluta.

—A Pompeya.

Torcuato había calculado que la distancia entre Stabias y Pompeya era de unos cuatro o cinco kilómetros, el equivalente a una hora de marcha por carretera en buenas condiciones y en un día despejado. Sin embargo, la montaña había alterado las leyes del tiempo y el espacio, y durante largo rato Atilio tuvo la sensación de que no avanzaba en absoluto.

Había conseguido salir de la playa y llegar a la calzada sin demasiados problemas, y tenía suerte de que la vista del Vesubio fuera ininterrumpida, ya que los incendios le permitían orientarse. Sabía que si caminaba en línea recta, tarde o temprano llegaría a Pompeya. No obstante, tenía el viento en contra y, aunque mantenía la cabeza gacha, dejando que su mundo se redujera a la visión de sus pálidas piernas y del pequeño espacio iluminado donde se movía, la lluvia de piedra pómez le azotaba el rostro y el polvo se le metía en la boca y la nariz. A cada paso se hundía hasta las rodillas en la escoria y el efecto era como intentar trepar por un montón de gravilla o de grano, por una infinita pendiente sin forma que le arañaba la piel y le desgarraba los músculos hasta el muslo. Cada pocos cientos de metros se detenía y de algún modo, mientras sostenía la antorcha, debía sacar los pies de la pegajosa piedra pómez y quitarse las piedras de las sandalias.

La tentación de tumbarse en el suelo y quedarse allí le resultaba irresistible. A pesar de todo, sabía que debía vencerla porque ya había pasado por encima de los cadáveres de quienes no lo habían hecho. La antorcha le mostraba suaves formas, simples perfiles de humanidad y, de vez en cuando, algún pie que asomaba o una mano que surgía aferrando el vacío. Pero no era solo la gente que había hallado la muerte en la carretera, también tropezó con unos bueyes que habían quedado atrapados en la escoria y un caballo derrumbado ante el carro abandonado que arrastraba: un caballo de piedra tirando de un carro de piedra. Todas esas imágenes fueron surgiendo como breves apariciones en el parpadeante círculo de luz que lo acompañaba. Sin duda había muchas más, pero afortunadamente no podía verlas. A veces los vivos, lo mismo que los muertos, salían fugazmente de la oscuridad: un hombre llevando un gato, una joven desnuda y enloquecida; una pareja cargando con un largo candelabro de latón sobre los hombros, ella detrás y él delante. De los lados le llegaban gritos aislados y gemidos, como los que imaginó que se escucharían en un campo de batalla tras la lucha. No se detuvo, salvo en una ocasión, cuando oyó a un niño que llamaba a sus padres. Escuchó y buscó a tientas la fuente del llanto dando voces, pero el niño calló, quizá asustado por los sonidos de un desconocido. Al final, Atilio abandonó la búsqueda.

Todo aquello se prolongó durante horas.

En algún momento el arco de luz reapareció en la cima del Vesubio y volvió a rodar por las pendientes siguiendo aproximadamente la misma trayectoria anterior. Su resplandor era más vivo y, cuando alcanzó la orilla —o lo que Atilio creyó que era la orilla—, no se extinguió de golpe, sino que se internó en el mar antes de disolverse en la negrura. La lluvia de piedras volvió a amainar. Sin embargo, en las laderas de la montaña, parecía que el fenómeno había apagado los fuegos en lugar de reavivarlos. Poco después la antorcha del ingeniero empezó a chisporrotear: la brea se agotaba. Atilio siguió adelante con renovadas energías nacidas del miedo y de la certeza de saber que cuando la llama se extinguiera se vería perdido en la oscuridad. Y cuando el momento llegó, fue sin duda terrible, más incluso de lo que había temido. Sus piernas desaparecieron y no pudo ver nada, ni siquiera su mano aunque se la pusiera ante los ojos.

Los fuegos de la ladera del Vesubio también habían quedado reducidos a ocasionales surtidores de chispas anaranjadas. Los rojos relámpagos conferían un tinte rosado a la base de la negra nube. Ya no estaba seguro de en qué dirección miraba. Se sentía incorpóreo, completamente solo, enterrado hasta casi los muslos en piedra pómez, con el mundo tronando y girando a su alrededor. Arrojó la apagada antorcha, abrió los brazos y se dejó caer. Se quedó allí, exhausto, notando cómo la piedra pómez se iba acumulando lentamente alrededor de sus hombros. Y resultó curiosamente reconfortante, como cuando lo arropaban de niño en la cama. Apoyó la mejilla en la tibia escoria y notó que se relajaba. Una intensa sensación de paz lo inundó. Si eso era la muerte, no estaba tan mal; podía aceptarla, incluso darle la bienvenida, como le daba la bienvenida al descanso al final de un duro día de trabajo bajo los arcos de cualquier acueducto.

En sus sueños el suelo se derretía, y él iba dando tumbos y cayendo, entre una cascada de rocas, hacia el centro de la tierra.

El calor lo despertó y también el olor a quemado. No sabía cuánto había dormido. Lo suficiente para haber quedado casi enterrado. Se hallaba en su propia tumba. Presa del pánico, se apoyó en sus brazos y, poco a poco, notó que el peso que tenía sobre sus hombros cedía y se resquebrajaba. Oyó el ruido de la piedra pómez al caer al suelo. Se incorporó y sacudió la cabeza escupiendo polvo y restos que tenía en la boca y parpadeando. Seguía enterrado de cintura para abajo.

La lluvia de piedra pómez, la familiar señal de advertencia, había cesado casi por completo. En la distancia, casi frente a él y bajo en el cielo, estaba el conocido arco llameante; solo que esa vez, en lugar de moverse igual que un cometa de derecha a izquierda, bajaba a toda velocidad y se extendía lateralmente hacia donde él se encontraba. Lo seguía inmediatamente detrás un intervalo de oscuridad que estalló en llamas poco después, cuando el calor encontró combustible fresco en el flanco meridional de la montaña. Precediéndolo, cabalgando sobre el ardiente viento, llegó un rugido tronante, un bramido que de haber sido él Plinio habría descrito, cambiando de metáfora, como una ola, una bullente ola de vapor candente que le abrasó las mejillas y le llenó los ojos de lágrimas. Le llegó el olor de su cabello que se chamuscaba.

Se retorció para liberarse de la piedra pómez mientras aquel amanecer sulfuroso se precipitaba desde el cielo sobre él. Algo oscuro crecía ante él surgiendo del suelo. Entonces se dio cuenta de que el resplandor carmesí trazaba la silueta de una ciudad que se encontraba a menos de un kilómetro de distancia. La visión se iluminó aún más. Distinguió las murallas y las torres de vigilancia, las columnas del templo al que le faltaba el techo, las hileras de ciegas ventanas y por fin la gente, las sombras de la gente corriendo presa del pánico a lo largo de las defensas. El espectáculo resultó claramente visible un momento más, el instante suficiente para que Atilio reconociera Pompeya. Luego el resplandor que había tras ella se desvaneció lentamente, llevándose la ciudad de regreso a las sombras.

Diluculum

(06.00 horas)

> Resulta peligroso dar por hecho que lo peor ha pa-
> sado tras la fase explosiva inicial. Predecir el final
> de una erupción es aún más difícil que predecir su
> inicio.
>
> *Encyclopaedia of Volcanoes*

Se quitó el casco y lo utilizó a modo de cubo, hundiéndolo en la
piedra pómez y arrojándola por encima del hombro. Lentamente, a medida que trabajaba, se dio cuenta de que se veía los
pálidos brazos. Se detuvo y se los contempló maravillado. Verse las
manos, ¡qué trivialidad! Y, sin embargo, habría llorado de alegría. Estaba amaneciendo. Un nuevo día se esforzaba por nacer. Seguía con
vida.

Acabó de cavar, liberó las piernas y se puso trabajosamente en
pie. Los incendios que acababan de prender en lo alto del Vesubio le
habían devuelto el sentido de la orientación. Quizá fuera solo su
imaginación, pero creía divisar la sombra de una población. La extensión de escoria se desplegaba ante él, informe, como un ondulante paisaje. Echó a caminar hacia Pompeya, hasta las rodillas de cenizas
y piedra pómez, sucio, sudando, sediento, con el penetrante olor a
quemado invadiéndole la nariz y la garganta. Por la cercanía de los
muros de la ciudad supuso que debía de hallarse casi en el puerto, en
cuyo caso tenía que haber un río en alguna parte. Sin embargo, la
erupción había enterrado el Sarno bajo un desierto de cenizas y rocas. A través de la lluvia de polvo, tuvo la impresión de que estaba
rodeado de bajos muros, pero cuando se acercó tropezando, vio que
no eran tales, sino edificios casi enterrados, y que estaba caminando
por una calle casi a la altura de las azoteas. La capa de piedra pómez y
ceniza debía de alcanzar más de dos metros de profundidad.

Resultaba imposible imaginar que alguien hubiera podido sobrevivir a semejante bombardeo. Sin embargo así había sido. No solo había visto a la gente moverse por las murallas de la ciudad, sino que los veía entonces saliendo de agujeros en el suelo, de debajo de sus casas convertidas en tumbas, individuos solos, parejas apoyándose los unos en los otros, familias enteras, madres sosteniendo a sus hijos. Estaban de pie en la polvorienta y pardusca penumbra, sacudiéndose la ropa, contemplando el cielo.

Aparte de alguna pedrada ocasional, la lluvia de proyectiles había cesado. Sin embargo se reanudaría de nuevo; Atilio estaba convencido. Había una pauta: cuanto mayor era la expulsión de nubes de fuego por las laderas, más aire parecía restarle a la tormenta y más duraba la pausa antes de que empezara otra vez. Por otra parte, tampoco cabía duda de que aquellas emanaciones gaseosas estaban cobrando fuerza. La primera parecía haber golpeado Herculano; la segunda había llegado más allá, hasta el mar; la tercera había casi alcanzado Pompeya. La siguiente podía barrer la ciudad entera. Echó a correr.

El puerto entero había desaparecido. Apenas unos pocos mástiles asomaban por encima del mar de piedra pómez. Un quebrado codaste y el perfil de un casco eran los únicos vestigios de que alguna vez hubiera existido. Alcanzaba a oír el mar, pero el sonido le llegaba desde muy lejos. El perfil de la costa había sido alterado. De vez en cuando el suelo se estremecía y oía el lejano estruendo de las paredes y las vigas que cedían y se derrumbaban. Una bola relampagueante cruzó el cielo y fue a caer sobre las distantes columnas del templo de Venus. Se desató un incendio. El avance se le empezó a complicar. Atilio notó que remontaba una pendiente e intentó recordar qué aspecto había tenido el puerto, con sus inclinadas rampas que conducían desde los muelles y los embarcaderos hasta las puertas de la ciudad. Vio antorchas flotando en el aire que pasaban por su lado. Había esperado encontrar a los supervivientes aprovechando cualquier oportunidad de escapar de la ciudad; sin embargo, el tráfico se movía en sentido contrario. La gente regresaba a Pompeya. ¿Para qué? Supuso que era para buscar a los que habían perdido, para recuperar algunas pertenencias, para saquear. Habría querido advertirles que debían huir mientras pudieran hacerlo, pero no tenía aliento. Un hombre lo apartó de un empellón y siguió corriendo, tambaleándose como una marioneta mientras se alejaba entre los montones de escoria.

Atilio llegó al final de la rampa. Avanzó a tientas entre los torbellinos de polvo y ceniza hasta que encontró la esquina de una pared de ladrillo y se internó por el bajo túnel, que era todo lo que quedaba del gran arco de entrada de la ciudad. Podría haber tocado la bóveda con las manos. Alguien se le echó encima por detrás y lo agarró del brazo.

—¿Has visto a mi esposa?

El individuo sostenía una lámpara de aceite y protegía la llama con la mano. Era joven, apuesto y parecía incongruentemente impoluto, como si hubiera salido a pasear después del desayuno. Atilio se fijó en los dedos que sostenían el candil y vio que le habían hecho la manicura.

—Lo siento, yo...

—Julia Felix. Tiene que conocerla. Todo el mundo la conoce. Le temblaba la voz. Gritó—: ¿Alguien ha visto a Julia Felix?

Algo se agitó, y el ingeniero se dio cuenta de que había una docena de personas apiñadas que se refugiaban bajo la entrada.

—No ha pasado por aquí —murmuró una voz.

El joven soltó un gruñido y caminó a trompicones hacia la ciudad.

—¡Julia! ¡Julia! —Su voz se fue desvaneciendo mientras el candil era tragado por la penumbra—. ¡Julia!

Atilio preguntó a gritos:

—¿Qué puerta es esta?

Le respondió el mismo hombre.

—La Stabiana.

—¿Así pues, esta calle conduce a la puerta Vesubiana?

—¡No se lo digas! —siseó una voz—. ¡Es un desconocido que ha venido a robarnos!

Otros hombres con antorchas se abrían paso por la rampa.

—¡Ladrones! —gritó una mujer—. ¡Nuestras propiedades se han quedado sin vigilancia! ¡Ladrones!

Alguien lanzó un puñetazo, se oyó un juramento y de repente la entrada se convirtió en una confusión de sombras y antorchas que se agitaban. El ingeniero siguió avanzando, palpando la pared y pisando cuerpos. Un hombre soltó una imprecación y una mano se cerró alrededor del tobillo de Atilio. Se zafó como pudo y llegó hasta el final de la puerta; se volvió y vio que alguien golpeaba con una antorcha el rostro de una mujer y que el cabello de esta se incendiaba. Los gritos de la infeliz lo persiguieron mientras se daba la vuelta e intentaba correr, desesperado por escapar de la disputa que parecía estar atrayendo a la gente por las calles vecinas: hombres y mujeres salían de la oscuridad, sombras entre las sombras, patinando y resbalando por la pendiente para unirse a la pelea.

Locura. Toda la ciudad parecía presa de la locura.

Siguió subiendo al tiempo que intentaba orientarse. Estaba seguro de que ese era el camino hacia la puerta Vesubiana. Podía divisar los dedos anaranjados del fuego avanzando por la montaña, lo cual significaba que no debía de hallarse lejos de casa de los Popidio. Tenía que estar en aquella misma calle. A su izquierda, a cierta distancia, había un gran edificio sin techo y un fuego ardía en su interior, iluminando tras las ventanas el barbudo y gigante rostro de una representación del dios Baco. Parecía el teatro. A su derecha estaban las aplastadas formas de unas casas, igual que una hilera de dientes desgastados, que apenas asomaban un metro por encima de la superficie. Fue hacia ellas tambaleándose. Se movían algunas antorchas, se habían encendido hogueras. La gente cavaba frenéticamente, algunos con planchas de madera, otros con las manos desnudas; gritaban nombres, sacaban cajas, alfombras, pedazos de mobiliario roto. Una anciana gritaba histéricamente. Dos hombres forcejeaban por algo —no supo qué—, mientras otro escapaba con un busto de mármol bajo el brazo.

Vio un grupo de caballos, inmóviles en pleno galope, abalanzándose sobre él desde la oscuridad, y se quedó mirándolos estúpidamente hasta que cayó en la cuenta de que se trataba del monumento ecuestre del cruce de calles. Retrocedió calle abajo, pasó ante lo que recordaba vagamente como un horno y por fin, a la altura de la rodilla, vio débilmente en la pared la inscripción: SUS VECINOS RUEGAN LA ELECCIÓN DE LUCIO POPIDIO SECUNDO COMO EDIL. SERÁ DIGNO DEL CARGO.

Se las arregló para introducirse por la ventana de una de las calles laterales y reanudó su marcha entre la escoria llamando a Corelia por su nombre. No había rastro de vida.

Todavía resultaba posible deducir la distribución de las dos casas por las paredes de sus pisos superiores. El techo del atrio se había desmoronado, pero el de la zona llana de al lado tenía que haber sido la piscina y más allá debía de hallarse el segundo patio. Se asomó a las estancias de lo que había sido el piso de arriba. En la penumbra distinguió muebles rotos, cacharros hechos añicos y jirones de tela colgantes. Incluso los techos inclinados habían cedido bajo la arremetida de las piedras. Fragmentos de piedra pómez se mezclaban con trozos de teja, de ladrillo y astillas de las vigas. Halló una jaula en lo que debió de ser un balcón y se introdujo en un vacío dormitorio abierto al cielo. Saltaba a la vista que se trataba de la habitación de una mujer: joyas abandonadas, un peine, un espejo roto... En la polvorienta penumbra, una muñeca parcialmente enterrada ofrecía un grotesco aspecto, igual que un niño muerto. Levantó de la cama lo que creyó era el borde de una manta y vio que se trataba de una capa. Fue hasta la puerta. Cerrada. Luego volvió a la cama y examinó la capa más de cerca.

Nunca había tenido buen ojo para la ropa femenina. Sabina solía decirle que podría haberse vestido con harapos y que él ni se habría enterado. Sin embargo, estaba seguro de que aquella prenda pertenecía a Corelia. Popidio había dicho que la habían encerrado en su cuarto, y aquel era el cuarto de una mujer. Sin embargo no había rastro del cuerpo ni allí ni fuera. Por primera vez se atrevió a pensar que podía haber escapado, pero ¿cuándo?, ¿adónde?

Dio vueltas a la capa intentando pensar en lo que Ampliato habría hecho.

«¡Quería encerrarnos a todos!» La frase de Popidio.

Lo más probable era que Ampliato hubiera bloqueado todas las salidas y ordenado a todo el mundo que se sentara. Pero tuvo que haber llegado un momento, hacia el anochecer, cuando los techos empezaron a hundirse, en que hasta el propio Ampliato debió de darse

cuenta de que la vieja casa era una ratonera. No era la clase de persona que se resignaba a morir sin luchar, pero tampoco de los que huían
de la ciudad. No habría sido propio de él; además, en ese momento
habría sido imposible llegar muy lejos. No. Seguramente había intentado poner a su familia a buen recaudo.

Atilio se llevó la prenda de Corelia a la cara y aspiró su perfume.
Cabía la alternativa de que hubiera intentado escapar de su padre. Lo
odiaba lo suficiente. Pero él no se lo habría permitido. Supuso que
habían organizado una marcha —como cuando ellos habían salido de
la villa de Pomponiano, en Stabias, con almohadas en la cabeza y antorchas para alumbrarse un poco— y habían salido a ver la lluvia de
piedras. Pero ¿adónde habían podido ir? ¿Qué lugar podía resultar lo
bastante seguro? Intentó pensar como lo haría un ingeniero. ¿Qué
tipo de techo era lo bastante resistente para soportar dos metros de
piedra pómez? Ninguno que fuera plano; de eso estaba seguro. Tenía
que ser uno construido con métodos recientes. Una bóveda sería ideal.
Pero ¿dónde había una bóveda reciente en Pompeya?

Dejó caer la capa y corrió hacia el balcón.

Cientos de personas llenaban en ese momento las calles deambu-
lando en la semioscuridad, a la altura de los tejados, igual que
hormigas cuyo nido hubiera sido destrozado. Algunos vagaban sin
rumbo, desorientados, enloquecidos por la desdicha. Atilio vio a un
hombre quitarse tranquilamente la ropa y doblarla con cuidado como
si se dispusiera a tomar un baño. Otros parecían ocupados en sus propios planes de búsqueda o huida. Los ladrones —o quizá se trataba de
los legítimos propietarios, ¿quién podía asegurarlo?— corrían por los
callejones llevándose todo lo que podían. Lo peor eran las voces que
llamaban a otros por su nombre en la oscuridad. ¿Había visto alguien
a Felicio o a Perusa, a Vero o a Apuleya, la esposa de Narciso, a Specu-
la o a Terencio Neo, el abogado? Los padres se habían visto separados
de sus hijos. Los niños lloraban entre las casas en ruinas. Algunos se
acercaron a Atilio con antorchas, albergando la esperanza de que pudiera ser un padre, un marido, un hermano; pero él los apartó e hizo
caso omiso de sus preguntas, concentrado en contar los bloques de

casas a medida que los iba pasando, remontando la colina hacia la puerta Vesubiana: uno, dos, tres… Le parecía que tardaba una eternidad en dejarlos atrás. Lo único en que podía confiar era en que su memoria no lo traicionara.

Como mínimo un centenar de incendios ardía en la cara sur de la montaña, distribuidos en una compleja constelación que flotaba, baja, en el cielo. Atilio había aprendido a distinguir las diferentes llamas del Vesubio, y aquellas eran seguras: las secuelas de un trauma ya pasado. Lo que lo llenaba de terror y le movía las piernas más allá del dolor y el agotamiento mientras recorría la arrasada ciudad era la perspectiva de ver aparecer una nueva nube incandescente en la cima de la montaña.

En la esquina del cuarto bloque, encontró una hilera de tiendas, enterradas hasta los tres cuartos de su altura. Subió por la pendiente de piedra pómez hasta alcanzar las bajas azoteas y se agachó tras el antepecho, cuyo borde destacaba nítidamente. Debía de haber algún incendio más allá. Lentamente asomó la cabeza. Al otro lado del soterrado patio de obras, se hallaban las nueve altas ventanas de los baños de Ampliato, cada una iluminada, desafiantemente iluminada, por antorchas y filas de lámparas de aceite. Incluso pudo distinguir las pinturas de las paredes del fondo y unas figuras masculinas moviéndose ante ellas. Solo faltaba música para que pareciera que se celebraba una fiesta.

Atilio se descolgó hasta el patio y corrió hasta el fondo. La iluminación era tan intensa que proyectaba sombras. Al aproximarse vio que las figuras eran esclavos y que estaban limpiando los montones de piedra pómez que se habían metido en las tres grandes estancias, los vestuarios, el *tepidarium* y el *caldarium*, apartándola a paletadas como si fuera nieve y, en otros lugares, simplemente barriéndola con escobas. Patrullando tras ellos se encontraba Ampliato, quien gritaba que trabajaran con más ahínco, y de vez en cuando empuñaba él mismo una pala o una escoba y mostraba cómo había que hacerlo antes de reemprender el nervioso paseo. Atilio se quedó observando un rato, oculto en la oscuridad. Luego, cautelosamente, empezó a trepar hacia la estancia del medio —el *tepidarium*—, al final de la cual divisaba la entrada de la abovedada sala del *laconium*, la sauna. No había forma de que pudiera llegar hasta allí sin que lo vieran, de modo que al final simplemente entró: caminó por entre la piedra pómez y se introdujo por la ventana. Sus pasos resonaron en el suelo enlosado mientras los esclavos lo contemplaban estupefactos. Se encontraba a medio camino cuando Ampliato lo vio.

—¡Aguador! —gritó mientras corría a interceptarlo. Sonreía y tenía los brazos abiertos—. ¡Aguador! Te estaba esperando.

Tenía un corte en la sien y el lado izquierdo de su cabeza estaba manchado de sangre seca. Había cortes en sus mejillas y la sangre había goteado hasta formarle oscuros surcos en el rostro cubierto de polvo. Los labios se le arqueaban confiriéndole el aspecto de una máscara teatral. La parpadeante luz se le reflejaba en los ojos desmesuradamente abiertos. Volvió a hablar antes de que Atilio pudiera decir algo.

—Tenemos que conseguir que el acueducto vuelva a funcionar de inmediato. Todo está listo, ya lo ves. Nada ha quedado dañado. Podríamos abrir el negocio mañana si consiguiéramos conectarnos al suministro. —Hablaba deprisa, las palabras se le amontonaban, y apenas terminaba una frase y ya empezaba la siguiente. ¡Tenía tantas ideas que expresar! ¡Lo veía todo ante sus ojos!—. La gente necesitará un sitio en la ciudad donde todo funcione. Tendrán que bañarse. Poner la ciudad en marcha de nuevo será una tarea mugrienta. Pero no solo eso; estos baños serán un lugar simbólico donde reunirse. Si los ven funcionar, les dará confianza. La confianza es la clave de todo. El agua lo es todo. ¿Lo ves? Te necesito, aguador. ¿Qué? ¿Vamos al cincuenta por ciento?

—¿Dónde está Corelia?

—¿Corelia? —Los ojos de Ampliato seguían alertas ante cualquier trato potencial—. ¿Quieres a Corelia? ¿La quieres a cambio del agua?

—Puede.

—¿Un matrimonio? Estoy dispuesto a considerarlo. —Señaló con el pulgar—. Está ahí, pero antes quiero que mis letrados redacten el contrato.

Atilio se dio la vuelta y cruzó la estrecha entrada hasta el *laconium*. Sentados en uno de los bancos de piedra que había bajo la bóveda, se encontraban Corelia, su madre y su hermano. Frente a ellos estaban Scutario y el gigantesco portero nubio, Massavo. Una segunda salida conducía al *caldarium*. Corelia levantó los ojos cuando entró el ingeniero.

—Tenemos que marcharnos —dijo Atilio—. ¡Todos! ¡Deprisa!

A su espalda, Ampliato bloqueó la salida.

—¡Oh, no! —dijo—. De aquí no se marcha nadie. Hemos resistido lo peor. Este no es el momento de echar a correr. Recordad la profecía de la sibila.

Atilio no le prestó atención y dirigió sus palabras a Corelia, que parecía paralizada por la impresión.

—Escucha, la lluvia de piedras no es el mayor de los peligros. Los vientos de fuego descienden de la montaña cuando cesa la lluvia. ¡Los he visto! ¡Arrasan todo a su paso!

—No, no —insistió Ampliato—. Aquí estamos más seguros que en ninguna otra parte. Creedme. Las paredes tienen un metro de grosor.

—¿A salvo del calor en una sauna? —Atilio apeló a todos ellos—. No lo escuchéis. Corelia, si la nube de fuego llega hasta aquí, este lugar os cocerá a todos igual que un horno.

Le tendió la mano, pero ella lanzó una breve mirada a Massavo. Atilio lo comprendió: estaban bajo vigilancia y el *laconium* era su celda.

—Nadie se marcha de aquí —repitió Ampliato—. ¡Massavo!

Atilio cogió a Corelia por la muñeca e intentó arrastrarla hacia el *caldarium* antes de que Massavo pudiera detenerlo, pero el gigantón fue demasiado rápido. Saltó para bloquearles la salida y, cuando Atilio intentó apartarlo, le rodeó el cuello con el brazo y lo arrastró al centro de la estancia. Atilio soltó a Corelia y luchó por librarse de la presa que lo estrangulaba. En circunstancias normales sabía salir airoso de una pelea, pero no contra un oponente de aquellas proporciones, no estando al borde del agotamiento. Oyó que Ampliato ordenaba que le rompiera el cuello. «¡Párteselo como a la gallina que es!» Entonces surgió una llamarada cerca de su oreja y se oyó un grito de dolor de Massavo. El gigante lo soltó y Atilio vio a Corelia, que sostenía una antorcha con ambas manos, y a Massavo en el suelo. Ampliato la llamó por su nombre, y hubo algo patético en la forma como lo dijo, tendiendo los brazos hacia ella. La muchacha se dio la vuelta, antorcha en mano, y se enfrentó a su padre; acto seguido enfiló a toda prisa hacia la salida y entró en el *caldarium* mientras gritaba a Atilio para que la siguiera.

El ingeniero corrió a trompicones tras ella, pasó por el túnel y salió a la claridad de la caliente estancia; cruzó el suelo inmaculado, dejó atrás a los esclavos, salió por la ventana a la oscuridad y se hundió en la piedra pómez. A medio camino del patio, miró hacia atrás y pensó que quizá Ampliato se hubiera rendido: no había señales de que los persiguieran. Pero no; en su locura, el antiguo esclavo no estaba dispuesto. Nunca lo estaría. La inconfundible silueta de Massavo apareció en la ventana, con su amo al lado. La luz se fragmentó cuando las antorchas pasaron de mano en mano. Una docena de hombres armados con escobas y palas salieron del *caldarium* y se desplegaron en abanico por el terreno en obras.

Corelia y Atilio tuvieron la impresión de que tardaban una eternidad en trepar entre resbalones hasta la azotea de la casa vecina y en saltar desde allí a la calle. En algún momento debieron de resultar visibles, porque uno de los esclavos los localizó y dio un grito de aviso. Atilio sintió un agudo dolor en el tobillo al aterrizar. Tomó el brazo de Corelia y cojeó con ella colina arriba hasta que los dos se refugiaron en las sombras, pegados a la pared, mientras las antorchas de los hombres de Ampliato aparecían en la calle tras ellos. Su vía de escape por la puerta Stabiasna había quedado cortada.

Entonces creyó que ya no les quedaban esperanzas. Estaban atrapados entre dos fuegos: las llamas de las antorchas y las llamas del Vesubio. Miró desesperadamente a unas y a otras y percibió que un leve resplandor se empezaba a formar en lo alto de la montaña, en el mismo lugar que antes, donde habían surgido las nubes de fuego. Entonces se le ocurrió una idea, absurda en su desesperación, y la descartó; pero la idea persistió en su mente hasta que Atilio se preguntó si no lo habría estado pensando todo el rato. Al fin y al cabo, ¿qué había estado haciendo si no? ¿Acaso no se había dirigido hacia el Vesubio mientras los demás se quedaban en el sitio o escapaban, primero a lo largo de la ruta de la costa, desde Stabias hacia Pompeya, y después desde el sur de la ciudad hacia el norte? Quizá lo había estado aguardando desde el principio: su destino.

Contempló la montaña. No había duda: el fenómeno iba en aumento.

—¿Puedes correr? —le susurró a Corelia.

—Sí.

—Pues entonces corre como no has corrido en tu vida.

Dejaron el refugio de la pared. Los hombres de Ampliato les daban la espalda y miraban a través de la neblina hacia la puerta Stabiasna. Atilio lo oyó impartir órdenes: «Vosotros dos, id por la calle lateral. Vosotros, colina abajo». No les quedaba más alternativa que abrirse otra vez camino por entre la escoria y las cenizas. Tuvo que apretar los dientes para contener el dolor de la pierna. Corelia era más veloz que él, igual que lo había sido cuando había corrido colina arriba en Miseno, con la falda recogida y sus largas y blancas piernas centelleando en la oscuridad. Atilio tropezó tras ella, consciente del grito de Ampliato: «¡Por allí van! ¡Seguidme!». Pero, cuando llegaron el final de los edificios y se arriesgó a echar un vistazo por encima del hombro, vio que solo una antorcha los seguía.

—¡Cobardes! —gritaba el millonario—. ¿De qué tenéis miedo?

Pero lo que había provocado la desbandada saltaba a la vista: una ola de fuego bajaba por la falda del Vesubio aumentando por segundos —no en altura, sino en anchura—, rugiente, gaseosa, más ardiente que las llamas, al rojo blanco. Solo un desquiciado correría hacia ella. Ni siquiera Massavo estaba dispuesto a seguir a su amo. La gente abandonó sus fútiles intentos de recuperar sus pertenencias y corrió calle abajo para escapar de ella. Atilio notó que el calor le golpeaba el rostro. El ardiente viento levantó un torbellino de escoria y ceniza. Corelia lo miró pero él la urgió, contra todo instinto, contra todo sentido común, para que siguiera adelante, hacia la montaña. Ya habían dejado atrás una manzana. Solo les quedaba otra. Ante ellos la puerta Vesubiana se recortaba contra el cielo en llamas.

—¡Espera! —gritó Ampliato—. ¡Corelia! —Pero su voz se hacía más débil. Se estaba quedando atrás.

Atilio alcanzó la esquina del *castellum aquae* con la cabeza agachada contra el huracán que lo azotaba, casi cegado por la polvareda, y metió a Corelia por el estrecho callejón. La piedra pómez y las cenizas casi habían tapado la puerta. Solo asomaba una pequeña esquina de madera. Le dio unas cuantas patadas, hasta que la cerradura cedió y la piedra pómez se desparramó por el hueco abierto. Empujó a Corelia y se deslizó tras ella en la oscuridad. Oyó el ruido del agua y fue a tientas hacia allí. Palpó el borde del depósito y se dejó caer dentro, con el agua hasta la cintura. Luego ayudó a Corelia y palpó la rejilla de la canalización en busca de los cierres. Los desatornilló y retiró la rejilla. Guió a Corelia hasta que ella se metió dentro del túnel de la matriz, y se encaramó tras ella.

—Muévete. Avanza tanto como puedas.

Los rodeó un rugido, como el de una avalancha. Era imposible que ella hubiera oído sus palabras. Atilio ni siquiera se oía a sí mismo. Sin embargo, la joven corrió instintivamente. Él la siguió, sujetándola por la cintura y obligándola a sumergirse en el agua todo lo posible. Luego se le echó encima y los dos se quedaron abrazados en la corriente. Entonces, en la oscuridad del acueducto, justo bajo los muros de la ciudad, solo hubo un calor abrasador y el hedor del azufre.

Hora altera

(07.57 horas)

El cuerpo humano no puede sobrevivir más que
unos pocos segundos expuesto a temperaturas superiores a los 200 grados centígrados, especialmente en
las rápidas corrientes de un soplo volcánico. Intentar
respirar en la densa nube de cenizas ardientes en
ausencia de oxígeno conduciría a la pérdida de conciencia al cabo de unas pocas inhalaciones y produ-
ciría graves quemaduras en el tracto respiratorio...
Por otra parte, es posible sobrevivir en las zonas más
alejadas del soplo si se dispone de refugio suficiente
para protegerse de las corrientes del soplo volcánico
y sus altísimas temperaturas, así como de los proyectiles (rocas, material de aluvión) arrastrados por la
nube de materiales.

Encyclopaedia of Volcanoes

Una tormenta de arena incandescente se abatió colina abajo
sobre Ampliato. Los muros exteriores estallaron, los techos
explotaron, tejas y ladrillos, vigas, piedras y cuerpos volaron hacia él; pero, tal como le pareció en ese largo momento antes de
su muerte, lo hicieron tan lentamente que casi pudo verlos girar en el
resplandor. Y entonces la explosión lo alcanzó. Le reventó los tímpa-
nos, le abrasó el cabello, le arrancó la ropa y las sandalias; lo volteó y
lo estampó contra una pared.

Murió en el instante en que el soplo volcánico alcanzaba los baños y se desataba por las ventanas abiertas, asfixiando a su esposa que,
obedeciendo sus órdenes hasta el último instante, se había quedado
en el *caldarium*. Atrapó a su hijo, que se había marchado e intentaba
alcanzar el templo de Isis. Levantó en el aire y acabó con el secretario

307

y el portero, Scutario y Massavo, que corrían por la calle hacia la puerta Stabiana. Pasó sobre el burdel, adonde su propietario, Africano, había vuelto para recuperar su dinero y donde Zmyrna se escondía bajo la cama de Exomnio. Mató a Brebix, que se había ido a la escuela de gladiadores al comienzo de la erupción para estar con sus antiguos camaradas; y a Musa y a Corvino, que, confiando en que podría protegerlos, habían decidido quedarse con él. Incluso mató al fiel Polites, que se había refugiado en el puerto y había regresado a la ciudad para intentar ayudar a Corelia. Mató a más de dos mil personas en menos de un minuto y dejó sus cuerpos transfigurados en una serie de grotescas estampas para que la posteridad pudiera contemplarlas boquiabierta.

Y aunque sus ropas y cabellos ardieron brevemente, esa combustión se extinguió enseguida debido a la falta de oxígeno. Entonces la marea de fina ceniza de un metro de altura que viajaba tras la ola de fuego inundó la ciudad cubriendo el paisaje y amoldándose a cada detalle de las víctimas. La ceniza se endureció y llovió más piedra pómez. En sus cobijos los cuerpos se descompusieron y con ellos, a medida que pasaban los siglos, también el recuerdo de que alguna vez hubiera existido una ciudad en ese lugar. Pompeya se convirtió en una población de habitantes perfectamente huecos, abrazados o juntos, con sus ropas desgarradas o por encima de la cabeza, aferrando desesperadamente sus posesiones favoritas o la nada, oquedades suspendidas en el aire, a la altura de los tejados.

En Stabias, el vendaval del soplo volcánico atrapó el improvisado refugio hecho con la vela de la *Minerva* y lo arrancó de la playa. La gente, al descubierto, vio cómo la nube de fuego descendía sobre Pompeya y se dirigía directamente hacia ellos.

Todos corrieron, Pomponiano y Popidio los primeros.

Habían querido llevarse a Plinio con ellos. Torcuato y Alexion lo sostuvieron por los brazos y lo pusieron en pie. Sin embargo, el almirante ya no deseaba que lo movieran y les ordenó con brusquedad que lo abandonaran y se salvaran. Sabían que lo decía en serio. Alexion recogió las notas y repitió su promesa de que se las entregaría a Cayo, su sobrino. Torcuato se cuadró y Plinio se quedó solo.

Había hecho todo lo que había podido. Había observado la «manifestación» en todas sus fases, había descrito sus etapas —columna, nube, tormenta y fuego— y se había quedado sin palabras para describirla. Había vivido una larga vida, había presenciado muchas cosas, y en ese momento la naturaleza le permitía un último atisbo de su poder. En los momentos finales de su existencia, Plinio siguió observando con el mismo interés que de niño. ¿Qué mayor bendición podía desear un hombre?

La franja de luz era muy brillante y, aun así, latían sombras en su seno. ¿Qué podía significar? Seguía sintiendo curiosidad.

Los hombres confundían el hecho de medir con el conocimiento; además siempre se ponían en el centro de todas las cosas. Ese era su mayor engreimiento. «La tierra se recalienta: ¡tiene que ser nuestra culpa! La montaña nos destruye: ¡no hemos rendido tributo a los dioses! Llueve poco, llueve demasiado...» Era el alivio de pensar que esos hechos estaban relacionados con su conducta, que si vivían una vida mejor, más frugalmente, su virtud se vería recompensada. Pero allí estaba la naturaleza, echándosele encima, inabarcable, todopoderosa, indiferente. En sus fuegos vio toda la futilidad de las pretensiones de los hombres.

Resultaba difícil respirar o sostenerse en pie en medio del huracán. El aire estaba lleno de polvo y cenizas y tenía un brillo terrible. Se asfixiaba. El dolor en el pecho era como un corsé de hierro. Se tambaleó hacia delante.

Enfréntalo. No cedas.

Enfréntalo como un romano.

La ola se lo tragó.

La erupción continuó a lo largo del día con nuevas oleadas y atronadoras explosiones que estremecieron el terreno. Hacia el anochecer, su furia amainó y empezó a llover. El agua extinguió los fuegos, despejó el aire de cenizas y empapó el gris paisaje de dunas y oquedades en que se habían convertido la fértil llanura pompeyana y la hermosa costa desde Stabias hasta Herculano. Llenó los pozos, alimentó los manantiales y creó nuevos cauces que serpentearon hacia el mar. El lecho del río Sarno adquirió un perfil completamente diferente.

A medida que el aire se fue despejando, el Vesubio reapareció, pero su perfil había sido alterado para siempre. Su cima ya no terminaba en punta, sino en forma cóncava, como si un mordisco gigantesco se la hubiera arrancado. Una luna enorme y enrojecida por el polvo se elevó sobre aquel mundo transformado.

El cuerpo de Plinio fue recuperado de la playa —«Parecía más dormido que muerto», según su sobrino— y fue llevado a Miseno junto con sus observaciones. Posteriormente estas se demostraron tan exactas que dieron origen a una nueva denominación científica, «Plínica», para definir una erupción volcánica en la que una estrecha oleada de gas es lanzada con gran violencia por la chimenea principal a una altura de varios kilómetros antes de expandirse lateralmente.

El Aqua Augusta siguió funcionando igual que continuaría haciéndolo en los siglos venideros.

La gente que había huido de sus casas en los límites orientales de la montaña empezó a regresar cautelosamente al anochecer, y fueron muchas las historias y rumores que circularon en los días que siguieron. Se dijo que una mujer había dado a luz una criatura hecha por entero de piedra. También se observó que algunas rocas habían cobrado vida y asumido forma humana. Una plantación de árboles que había crecido en un lado de la carretera hacia Nola cruzó al otro lado y dio una cosecha de misteriosos frutos verdes de los que se decía que curaban cualquier enfermedad, desde las lombrices a la calvicie.

Milagrosos también fueron algunos relatos de supervivencia. Se dijo que un esclavo ciego había conseguido hallar la salida de Pompeya y se había refugiado en la barriga de un caballo muerto en la carretera y que de esa manera había sobrevivido a la lluvia de piedras y al fuego. Dos niños, bellos y rubios —gemelos—, fueron hallados vagando sin rumbo, vestidos con ropajes de oro y sin un rasguño, pero incapaces de hablar. Fueron llevados a Roma y entregados al emperador.

La más persistente de todas fue la leyenda de un hombre y una mujer que habían surgido de las mismísimas entrañas de la tierra al anochecer, el día en que cesó la erupción. Se dijo que habían ido desde Pompeya por túneles subterráneos, igual que topos, y que habían aparecido en terreno despejado, empapados por las aguas de un río subterráneo que les había brindado sagrada protección. Se decía que se los había visto caminar juntos hacia la costa mientras el sol se ponía tras el quebrado perfil del Vesubio y la familiar brisa procedente de Capri agitaba las ondulantes dunas de ceniza.

No obstante, esta historia en concreto se ha considerado siempre una exageración, y toda la gente con sentido común la ha rechazado como una simple superstición.

Agradecimientos

He prologado estos volúmenes con los nombres de
mis autoridades. Lo he hecho así porque, en mi opinión, rendir tributo a los que constituyeron los me-
dios de mis hazañas resulta cosa agradable y demues-
tra una honorable modestia.

PLINIO, *Historia natural*

Me temo que no puedo pretender, como Plinio, haber consultado dos mil volúmenes en el curso de mis investiga-
ciones. A pesar de todo, esta novela no podría haber sido
escrita sin la erudición de muchos otros y yo, igual que Plinio, creo
que sería «cosa agradable» —al menos para mí, si no necesariamente
para ellos— referir la lista de mis fuentes.

Además de los trabajos de vulcanología citados en el texto, me
gustaría manifestar mi deuda hacia Jean-Pierre Adam (*Roman Buil-
ding*), Carlin A. Barton (*Roman Honour*), Mary Beagon (*Roman Natu-
re*), Marcel Byron (*Pompeii and Herculaneum*), Lionel Casson (*The An-
cient Mariners*), John D'Arms (*Romans of the Bay of Naples*), Joseph Jay
Deiss (*Herculaneum*), George Hauck (*The Acueduct of Nemausus*), John
F. Healey (*Pliny the Elder on Science and Technology*), James Higginbot-
ham (*Piscinae*), A. Trevor Hodge (*Roman Acueducts and Water Supply*),
Wilhelmina Feemster Jashemski (*The Gardens of Pompeii*), Willem
Jongman (*The Economy and Society of Pompeii*), Ray Laurence (*Roman
Pompeii*), Amadeo Maiuri (*Pompeii*), August Mau (*Pompeii: Its Life and
Art*), Davis Moore (*The Roman Pantheon*), Salvatore Nappo (*Pompeii:
Guide to the Lost City*), L. Richardson, Jr. (*Pompeii, an Architectural His-
tory*), Chester G. Starr (*The Roman Imperial Navy*), Antonio Varone
(*Pompei, I misteri di una città sepolta*), Andrew Wallace-Hadrill (*Houses
and Society in Pompeii and Herculaneum*), Paul Zenker (*Pompeii: Public and
Private Life*).

Las traducciones de Plinio, Séneca y Estrabón están sacadas de las ediciones de sus obras publicadas por la Loeb Classical Library. Utilicé con frecuencia la edición de la obra de Vitruvio *Diez libros de arquitectura*, editada por Ingrid D. Rowland y Thomas Noble Howe. El *Barrington Atlas of the Greek and Roman World*, editado por Richard J. A. Talbert, me sirvió para dar verosimilitud a mi retrato de Campania. Los análisis vulcanológicos de la erupción, obra de Harald Sidgursson, Stanford Cashdollar y Stephen R. J. Sparks, publicados en *The American Journal of Archeology* (86, pp. 39-51), me resultaron de un valor incalculable.

Tuve la satisfacción de charlar sobre los romanos de la bahía de Nápoles con John D'Arms, mientras cenaba con su familia en un apropiado sofocante jardín inglés, poco antes de su muerte. Siempre recordaré su amabilidad y su apoyo. El profesor A. Trevor Hodge, cuyos trabajos pioneros sobre los acueductos romanos resultaron cruciales para que pudiera hacerme una imagen del Aqua Augusta, respondió con ánimo colaborador a todas mis preguntas. El apoyo del profesor Jasper Griffin me permitió tener acceso a la biblioteca del Ashmolean Museum de Oxford. La doctora Mary Beard, del Newnham College de Cambridge, leyó el manuscrito antes de su publicación y contribuyó con valiosas sugerencias.

A todos esos eruditos les doy mis más sinceras gracias y les ofrezco la protección de la siguiente y conocida rúbrica final: los errores, falsas interpretaciones y libertades que los hechos puedan contener son responsabilidad exclusiva del autor.

ROBERT HARRIS
Kintbury, junio de 2003

Índice

VENUS